PIPPA WRIGHT

Wenn du aus der Reihe tanzt, tanze ich mit

Buch

Esther und Laura lernen sich kennen, als sie sieben Jahre alt sind, und sich darüber streiten, wer beim Nachspielen des Films E.T. die Rolle von Drew Barrymore übernehmen darf. Als während ihrer hitzigen Auseinandersetzung die Plüscheule, die E.T. darstellen sollte, kaputtgeht, kleben sie den abgefallenen Kopf mit Kaugummi wieder an – dieses kleine Geheimnis schweißt sie für immer zusammen, und die beiden werden die besten Freundinnen.

Viele Jahre später, die beiden sind inzwischen in ihren Dreißigern, sind Esther und Laura immer noch sehr eng befreundet, obwohl sich vieles verändert hat. Esther ist verheiratet und hat ein kleines Kind, während Laura ihren Platz im Leben noch nicht ganz gefunden hat, momentan ist sie in San Francisco und arbeitet auf einem Weingut. Die beiden kommunizieren fast nur noch per E-Mail miteinander, deshalb ist Esther auch schockiert, als sie von Lauras Mutter erfährt, dass diese spurlos verschwunden zu sein scheint. Sie lässt alles stehen und liegen und macht sich auf die Suche nach ihrer Freundin. Alles, was sie hat, ist eine letzte E-Mail von Laura, in der sie schreibt, dass sie auf den Spuren von Drew Barrymore unterwegs ist …

Autorin

Pippa Wright lebt in London und arbeitet in der Verlagsbranche. *Wenn du aus der Reihe tanzt, tanze ich mit* ist nach *Das Schwagermonster, Vergiss das mit dem Prinzen* und *Willkommen im Wahnsinn* ihr vierter Roman.

Von Pippa Wright bei Blanvalet bereits erschienen:

Willkommen im Wahnsinn ·
Vergiss das mit dem Prinzen · Das Schwagermonster

Pippa Wright

Wenn du aus der Reihe tanzt, tanze ich mit

Roman

Aus dem Englischen
von Leena Flegler

blanvalet

Die Originalausgabe erschien 2015
unter dem Titel »The Gospel According to Drew Barrymore« bei Pan Books, an imprint of Pan Macmillan, a division of Macmillan Publishers Limited, London.

FSC
www.fsc.org
MIX
Papier aus verantwortungsvollen Quellen
FSC® C014496

Verlagsgruppe Random House FSC® N001967

1. Auflage

Umschlaggestaltung und -motiv: www.buerosued.de
Redaktion: Ivana Marinovic
LH · Herstellung: kw
Satz: Buch-Werkstatt GmbH, Bad Aibling
Druck und Bindung: GGP Media GmbH, Pößneck
Printed in Germany
ISBN: 978-3-7341-0262-2

www.blanvalet.de

Für die Schwestern.
Ihr wisst schon, wer gemeint ist.

1

Oktober 2013

Wenn ich dich nach deinem besten Freund oder nach deiner besten Freundin fragen würde – wen würdest du nennen? Ohne nachzudenken? Der erste Name, der dir in den Sinn kommt? Sagtest du, dein Ehemann? Oder Lebensgefährte? Zählt nicht. Zurück auf Los. Meiner Definition zufolge kennt ein bester Freund dich bereits so lange, dass er oder sie mit dir mindestens eine gescheiterte Beziehung, Rotz in den Haaren, unmenschlich viele Zigaretten und Hungerzeiten durchgestanden hat. Und dieser beste Freund ist nicht die besagte gescheiterte oder meinetwegen auch nicht gescheiterte Beziehung. Hast du stattdessen einen Verwandten genannt – deine Mutter oder Schwester womöglich? Sorry, auch nicht erlaubt. Das sind Leute, die ohnehin für dich da sind, egal was passiert. Sie sind Familie. Ein bester Freund ist ein anderes Paar Schuhe. Ein bester Freund ist jemand, der nicht notwendigerweise da sein *müsste,* sich aber freiwillig und allen Widrigkeiten zum Trotz dafür entscheidet. Jemand wie Laura.

Bis zu dem Punkt, als sie plötzlich entschied, woanders zu sein.

Ihre Mutter ruft mich um sechs Uhr morgens an. Ich bin bereits seit einer Stunde wach und versuche, Linus die Flasche zu geben, und stürze mich sofort auf das klingelnde Handy, damit es ihn nicht aufregt. Natürlich reißt er angesichts der Unterbrechung überrascht die Augen auf, aber sie gehen gleich wieder zu, und die bläulichen Lider flattern leicht; ich kann sehen, dass er noch nicht wieder fest eingeschlafen ist.

»Wann hast du das letzte Mal mit Laura gesprochen?«

So fängt eine Befragung durch Margie immer an. Keine Vorrede, kein Guten Tag und ganz gewiss keine Entschuldigung für die frühe Störung. Jedes Mal denke ich mir, sie muss diese Unterhaltung schon eine Weile im Kopf durchgespielt haben, ehe sie zum Hörer gegriffen hat, und vergisst darüber, dass ich noch nicht im Bilde bin.

»Hi, Margie«, sage ich. »Ist was passiert?«

Irgendwas ist immer passiert.

»Wann hast du zuletzt mit ihr gesprochen?«, fragt sie erneut, als hätte ich zwischendurch kein Wort gesagt. »In dieser Woche?«

Da muss ich nachdenken. Seit Linus auf der Welt ist, sind die Wochentage für mich nicht mehr relevant. Entscheidend ist, wann er gefüttert wird und wann er schläft. Meine neueste Zeiteinheit ist der Löffel voll Hustensaft.

»Keine Ahnung – wir sprechen ständig miteinander. Ich bin mir nicht ganz sicher, aber ich glaub, wir haben letzte Woche auf FaceTime …«

»Weißt du noch, was sie da gesagt hat?«, fragt sie. »Ich muss es ganz genau wissen.«

Mein Mann taucht in der Tür auf, das T-Shirt ist ihm über den Bund seiner ausgewaschenen Schlafanzughose hochgerutscht. Er quittiert das Telefon in meiner Hand mit einer Grimasse und tippt sich auf eine imaginäre Armbanduhr. »Margie«, forme ich lautlos mit den Lippen, und er kreiselt mit dem Zeigefinger über seine Schläfe – *die spinnt wohl!* – und schlurft weiter den Flur entlang zur Küche.

»Ich weiß es nicht genau«, antworte ich. Nebenan fängt der elektrische Wasserkocher an zu rasseln, und ich hoffe, das bedeutet, dass ich gleich einen Kaffee bekomme. »Wir haben auch nicht lang geredet – Linus hat losgeheult, da musste ich auflegen.«

»Ach, natürlich, Linus«, kommt sofort von ihr, als hätte sie sich gerade erst wieder daran erinnert, dass es ihn auch gibt, allerdings nicht unbedingt mit großer Begeisterung.

»Worum geht es überhaupt? Ist irgendwas vorgefallen?«

»Hast du irgendeine Ahnung, wo sie stecken könnte?«, fragt Margie, und unter ihrem barschen Tonfall ist ein leicht panisches Zittern zu spüren, bei dem ich, so leid es mir tut, insgeheim die Augen verdrehe.

»Margie?« Ich streichle dem Baby über den Hinterkopf, wo es wie ein Mönch eine komische kleine kahle Stelle hat, an der ihm das feine blonde Haar ausgegangen ist. »Wird das hier wieder wie damals, als sie nach Calistoga Springs gefahren ist? Du weißt doch, wie wütend sie damals war, als du die Polizei gerufen hast. Ich bin mir sicher, dass sie sich bald wieder meldet. Kein Grund zur Sorge.«

»Calistoga Springs war ein Missverständnis«, sagt sie, und ihre Konsonanten zischen regelrecht vor Verdruss.

»Allerdings hat diese nette Polizistin mir damals durchaus recht gegeben: Eine Mutter darf doch wohl erwarten, dass ihr einziges Kind regelmäßig Lebenszeichen schickt, wenn es Tausende Meilen von zu Hause weg ist.«

»Natürlich«, sage ich leise und beherrscht. »Aber Laura hat versprochen, dass sie dich öfter anruft. Du musst dich also schon ein bisschen zurückhalten und nicht jedes Mal wieder in Panik geraten, wenn sie mal für ein paar Tage verreist, ohne dir Bescheid zu geben.«

Margies Kalten Krieg hat Laura das immer genannt, als wir Teenager waren. Welches Worst-Case-Szenario auch immer man sich ausmalen konnte – Margie war immer einen Schritt voraus und tapezierte die Wände mit Alufolie, weil sich garantiert irgendeine Katastrophe anbahnte. Eine halbe Stunde Verspätung? Sicher ein tödlicher Autounfall. Eine Weile Funkstille? Kidnapping.

»Es sind aber nicht nur ein paar Tage«, beharrt sie.

»Es ist Erntezeit«, entgegne ich. Der beruhigende Tonfall gilt teils ihr, teils aber auch dem Baby, das sich neben mir rührt. Linus reckt sich ein bisschen und streckt die winzigen Finger, ehe er sie wieder zu Fäustchen ballt. »Das weißt du doch. Du kannst nicht erwarten, dass sie sich ständig meldet, wenn auf dem Weingut gerade der Teufel los ist.«

»Aber genau das ist doch der Punkt«, sagt die Stimme am anderen Ende und wird schriller. »Es ist Ernte, und Lauras Chef hat mich als ihre nächste Angehörige angerufen, weil er wissen wollte, warum sie seit Donnerstag nicht mehr zur Arbeit erschienen ist.«

Linus quäkt leise, als ich mich aufrecht hinsetze und ihn auf einer Insel aus Kissen ablege.

»Seit Donnerstag? Aber das ist … das ist …«

»Heute haben wir Dienstag«, sagt Margie schnippisch, weil sie mein Zögern richtig interpretiert: Ich habe nicht wirklich eine Ahnung, welcher Wochentag gerade ist.

Donnerstag, Dienstag – da wäre doch ein langes Wochenende vorstellbar, oder nicht?

»Sicher, dass sie nicht verreist ist?«

Ich höre sie durchs Telefon schnauben. »Als würde sie *mir* so was erzählen. Ich hatte gehofft, sie hätte mit dir darüber gesprochen.«

»Nein«, antworte ich. »Hat sie nicht.«

»Egal. Sie hat sich jedenfalls nicht freigenommen«, fährt sie fort. »Und du weißt, dass sie nie im Leben einfach blaumachen würde.«

»Und jetzt glaubst du, sie hätte einen Unfall gehabt oder dergleichen?«

»Sie haben die Krankenhäuser abtelefoniert«, erklärt Margie. Das Zittern in ihrer Stimme schlägt unter Garantie gleich in Gejammer um. »Keine Spur von ihr. Und ihr Auto ist auch weg. Warum sollte sie einfach so weggefahren sein, Esther? Sie hätte dir doch erzählt, wenn irgendwas gewesen wäre, oder? Du bist ihre beste Freundin.«

Bis zu diesem Augenblick habe ich das ebenfalls geglaubt. Ich hätte jederzeit felsenfest behauptet, selbstverständlich sei Laura meine beste Freundin, natürlich wisse ich Bescheid. Ich hätte gesagt, wir müssten nicht im selben Land leben, um einander nahe zu sein, wir müssten auch nicht täglich voneinander hören, um zu wissen, was der andere gerade macht. Aber was, wenn Laura verschwunden wäre, ich meine, *wirklich* verschwunden wäre, und ich wüsste es nicht? Würde ich mich da immer noch als ihre beste Freundin bezeichnen können?

Das Baby läuft rot an und verzieht das Gesicht, als es – immer noch mit geschlossenen Augen – feststellt, dass ich nicht mehr neben ihm sitze. Ich nehme ihn schnell auf den Arm und spüre, wie er an meiner Brust wieder schläfrig und schwer wird.

»Was hat ihr Chef gesagt?«, frage ich und klemme mir das Telefon zwischen Ohr und Schulter, sodass das Zimmer vor mir in Schräglage gerät. »Hat er vielleicht irgendwas bemerkt? Hat sie sich komisch verhalten?«

»Nein«, antwortet Margie. »Stanley meint, sie hätte sich wie immer verhalten. Müde, aber auch nicht mehr als jeder andere auf dem Gut. Er kann sich nicht erklären, warum sie einfach so verschwunden ist.«

Ihre Arbeit bedeutet Laura alles. Manchmal macht sie Witze darüber, dass die Arbeit die innigste Beziehung wäre, die sie je gehabt hätte. Einfach wegzubleiben sieht ihr wirklich nicht ähnlich, erst recht während der Erntehektik. Ich spüre, wie mein beschleunigter Herzschlag ängstlich gegen Linus' Brust pocht. Margies Paranoia scheint ansteckend zu sein.

»Ich dachte, du wüsstest es«, sagt sie, und dabei bricht ihr zu guter Letzt die Stimme. »Ich dachte wirklich, du wüsstest es, Esther.«

Sie weint ins Telefon, und ich sage ihr tröstliche Dinge, von denen ich nicht ganz sicher bin, ob ich sie selbst glaube – Laura geht es gut, wahrscheinlich meldet sie sich schon morgen … Als Margie sich endlich beruhigt hat, einigen wir uns darauf, dass ich versuchen werde, Laura zu erreichen, bevor wir irgendwelche dramatischen Schlüsse ziehen. Es gibt manchmal Dinge, die man leichter mit einer Freundin bespricht als mit der eigenen Mutter, sage ich zu ihr. Sie wird irgendeinen Grund haben, und alles kommt wieder in Ordnung.

Als sie endlich auflegt, scrolle ich auf dem Handy durch meine E-Mails, um nachzusehen, wann genau ich zuletzt von Laura gehört habe. Während mein Daumen auf dem Display immer weiter nach unten wischt, weiter und noch weiter, bekomme ich Gewissensbisse – ich habe Margie erzählt, dass wir ständig miteinander reden, aber als ich Lauras jüngste E-Mail finde, ist die fast eine ganze Woche alt, und schlimmer noch, ich habe nie darauf geantwortet.

Es war eine eigenartige Mail, jetzt erinnere ich mich wieder. Deshalb habe ich auch nicht sofort darauf reagiert. Für unbekümmerte Und-was-läuft-gerade-so-bei-dir-E-Mail-Wechsel habe ich schlicht und ergreifend keine Zeit mehr. Ich antworte nur noch auf direkte Fragen: Hast du am Dienstag Zeit? Soll ich auf dem Heimweg Milch kaufen? Schläft Linus inzwischen besser? Nein, ja, nein.

Ich dachte, Lauras E-Mail wäre einfach nur ein bisschen Geplänkel gewesen, nichts Weltbewegendes. Nichts, was eine sofortige Antwort erfordert hätte.

Hi, Est, hatte sie geschrieben. *Schade, dass du auflegen musstest, hoffe, meinem kreischenden Patenkind geht's gut. Ich wünschte mir, ich könnte ihn endlich mal wieder persönlich treffen. Ich wünschte mir, ich könnte auch dich wieder persönlich treffen. Deine klugen Ratschläge kämen mir gerade sehr gelegen, aber mangels vierstündiger Schimpftirade bei einer Flasche Pinot Noir muss ich wohl weitermachen mit dem Weitermachen. Ich lasse mich von Drew Barrymore leiten – wie immer, du weißt schon. Unser Evangelium, stimmt's?*

Allerallerliebste Grüße,

L

Ich hätte zurückschreiben müssen. Ich dachte, dahinter würde sich einfach nur eine sentimentale Anwandlung von Heimweh verbergen. Doch als ich jetzt auf ihre E-Mail starre und sie nicht allein als bloße Nachricht, sondern als potenziellen Hinweis darauf betrachte, wo sie sein könnte, frage ich mich, ob nicht noch mehr dahintersteckt. Es liest sich wie eine Einladung, oder etwa nicht? Eine Aufforderung an mich, sie zu fragen, wobei sie meinen Rat braucht. Und ich habe nicht geantwortet.

Und noch schlimmer: Ich weiß noch ganz genau, dass ich geseufzt habe, als ich die E-Mail las. Dass ich gedacht habe, Laura, bitte, kannst du nicht ein einziges Mal geradeheraus sagen, was du willst, statt immer nur Andeutungen fallen zu lassen wie Brotkrumen, denen ich folgen soll?

Was Drew Barrymore angeht: Ja, sicher weiß ich, was damit gemeint ist – ein dummer Witz zwischen zwei Mädchen, ein Name, der stellvertretend steht für Freundschaft, Erwachsenwerden und das Fällen von Entscheidungen, ohne dabei auch nur zu ahnen, wie sehr sie das Leben in andere Bahnen lenken können. Eine Landkarte ist der Name allerdings nicht, er enthält keinen Hinweis darauf, wohin Laura verschwunden sein könnte. Nur die Erinnerung daran, wo sie einmal war.

E. T., 1982[1]

GERTIE: Da ist er ja.
MARY [anderweitig beschäftigt]: Da ist wer?
[Erwischt E. T. versehentlich mit der Kühlschranktür, weil sie ihn nicht bemerkt.]
GERTIE: Der Mann vom Mond. Aber ich glaub, du hast ihn schon getötet.

2

Als sie zum Essen kamen, bat Esthers Mummy sie, zu Laura besonders nett zu sein, weil sie wahrscheinlich ein bisschen verschreckt und schüchtern wäre. Laura sei ein Einzelkind, erklärte sie, hatte also keine Geschwister, mit denen sie spielen konnte, und sie hatte all ihre Freunde und Spielsachen zurücklassen müssen, als ihr Daddy aus Amerika nach England zurückversetzt worden war.

Esther wusste noch genau, wie sie King Alfred bekommen hatte, ihr Meerschweinchen – wie superleise und supervorsichtig sie hatte sein müssen, damit es sich nicht erschreckte. Am besten saß man ganz still auf dem Boden und ließ King Alfred von allein zu einem kommen, sobald er dazu bereit war, statt ihn quer durchs Kinderzimmer zu jagen, auch wenn es aussah, als würde ihm das Spaß machen. Sie hatte den Verdacht, dass es sich mit Laura genauso verhalten könnte. Meerschweinchen kamen schließlich auch aus Amerika, nur nicht aus demselben Teil, erklärte Mummy.

Also kramten Esther und ihre kleine Schwester zur Begrüßung ihre besten Spielsachen hervor: Neben den fast neuen blonden Girl's-World-Schminkkopf setzten sie Esthers Lieblings-Sindy-Puppen, und davor platzierte Sophie die ausgestopfte Eule mit den echten Federn, die normalerweise auf dem Kaminsims im Kinderzimmer saß, weil sie zu alt und wertvoll war, um jeden Tag damit zu spielen.

Als Laura ankam, war sie allerdings alles andere als schüchtern oder verängstigt. Während die Erwachsenen einander begrüßten, zog sie ihren Mantel aus und legte ihn sich gefaltet über den Arm. Dann warf sie ihnen unter dem dunklen, gerade geschnittenen Pony einen Blick zu und sagte laut und mit amerikanischem Akzent: »Hi.« Sophie versteckte sich hinter Mummys Beinen, während Esther ebenfalls »Hi« sagte und ihr flüchtig zuwinkte.

Laura war größer als Esther, obwohl sie zwei Monate jünger war, und auf der Nase hatte sie jede Menge Sommersprossen. Die Haare waren zu einem kurzen Bob geschnitten wie bei Milli-Molli, und sie hatte eine richtige Handtasche mit einem Bild von Snoopy über der Schulter. Als sie sich das Haar hinters Ohr strich, stellte Esther erstaunt fest, dass sie Ohrstecker hatte.

»Sind die echt?« Sie zeigte auf die funkelnden Stecker.

Lauras Hand wanderte nach oben, und sie befühlte den Stecker mit den Fingerspitzen, als hätte sie bereits völlig vergessen, dass er da war.

»Yeah …« Verwirrt sah sie ihre Mutter an. Ohrstecker schienen für sie keine große Sache zu sein. »Bevor wir hergezogen sind, hat mein Dad erlaubt, dass ich mir Löcher stechen lasse.«

»Und nein«, sagte Esthers Mummy sofort, »bevor du fragst: nicht vor deinem zehnten Geburtstag. Und zeig nicht mit dem Finger auf andere.«

»Ganz meine Meinung«, sagte Lauras Mummy. Sie sah Laura kein bisschen ähnlich, und sie hatte auch keinen amerikanischen Akzent. Ihr Haar war fast schon gelb, lang und lockig, und sie hatte eine Brille mit einem dicken runden Gestell auf der Nase. »Ich war dagegen, dass sie sich die Stecker schießen lässt – zum einen wegen des Infektionsrisikos, und zum anderen hab ich einfach Angst, dass sie ihr auf dem Spielplatz ausgerissen werden. Du weißt ja, wie Kinder sind. Aber Edward ist einfach mit ihr losgezogen – als kleine Überraschung.«

»Was soll ich sagen?«, warf Lauras Daddy ein und wuschelte seiner Tochter durch das Haar, das genauso schwarz und glatt war wie sein eigenes. Dann grinste er die Mädchen an. »Ich bin mir sicher, ihr zwei wisst genauso gut, wie ihr euren Dad um den Finger wickeln könnt.«

Esther bemerkte, wie Lauras Mummy ihm Einhalt gebot, indem sie ihn kurz mit dem Fuß antippte. Als er sich die Augenbrauen rieb, konnte Esther ihm ansehen, wie peinlich es ihm war.

Sogar Laura verdrehte die Augen. »Daa-aad …«

»Sorry, ihr beiden«, sagte er und ging vor Esther und Sophie in die Hocke, als wären sie Babys und keine Mädchen im Alter von sieben und fünf Jahren. »Ihr müsst ihn ganz fürchterlich vermissen. Und ich wette, er vermisst euch auch.«

Esther schüttelte bloß den Kopf, starrte auf seine Schuhe hinab und brachte keinen Ton heraus. Mit einem Mal fühlten sich ihre Wangen ganz heiß an, und sie hatte einen Kloß im Hals. Die beste Methode, um Daddy nicht allzu sehr zu vermissen, war, nicht über ihn zu sprechen oder auch nur an ihn zu denken. Wann immer sie traurig wurde, dachte sie einfach an etwas anderes, an die Schule zum Beispiel oder an Brownies.

»Er ist auf einem *Schiff*«, erklärte Sophie und streckte den Kopf hinter den Beinen ihrer Mutter hervor. »Das ist ganz weit weg, mitten auf dem Meer.«

Sophie war noch zu klein, um es zu begreifen – andauernd fragte sie, wann er zurückkommen würde. Das machte alles nur noch schlimmer, nicht nur für Esther, sondern auch für ihre Mummy.

»Ich bin mir sicher, er kommt schon bald zu euch zurückgesegelt«, sagte Lauras Daddy und tätschelte Sophie ein wenig unbeholfen die Schulter. »Entschuldige, Caro! Wie geht es dir?«

»Geht schon«, sagte Caroline betont fröhlich, lächelte quasi in die Breite und zeigte die Zähne, anstatt die Mundwinkel hochzuziehen wie bei einem echten Lächeln.

Am liebsten hätte Esther ihre Hand genommen, aber Mummy hielt nichts von Selbstmitleid, besonders nicht im Beisein von anderen. Stattdessen steckte Esther die Hände in die Taschen ihres Kleids und presste die Finger um die Daumen, bis sie wehtaten.

»Und jetzt, Mädels«, sagte Esthers Mummy mit ihrer Kinderfernsehmoderatorenstimme, die sie immer benutzte, wenn sie vor anderen Erwachsenen mit ihren Töchtern redete, »wollt ihr Laura nicht euer Zimmer zeigen? Ich sag Bescheid, wenn das Essen fertig ist.«

Voller Vorfreude, Laura all die Spielsachen zu präsentieren, die sie mit aufgestellt hatte, lief Sophie vorweg den Flur entlang, während Esther wartete, bis Laura sich ihnen anschloss. Nur deshalb hörte sie gerade noch, was Margie ihrer Mutter leise zuraunte.

»Die Nachrichten aus Falkland sind einfach schrecklich, Caro. Diese armen Männer auf der *Coventry!* Du musst ganz krank vor Sorge sein!«

Nachrichten durfte Esther sich nicht ansehen, nicht einmal *John Craven's Newsround.* Allerdings unterhielten sich die Jungen auf dem Spielplatz über Harrier-Kampfflugzeuge und »die Argies«, und ein paar ältere Mädchen setzten sich dafür ein, dass es in der Schulkantine kein Corned Beef mehr gab, weil das Rindfleisch aus Argentinien stammte und England sich im Krieg mit Argentinien befand. Esther wusste, dass auch ihr Vater in diesem Krieg war, aber darüber wurde zu Hause nicht gesprochen.

Ihre Mummy machte ein finsteres Gesicht und scheuchte die beiden aus dem Flur und außer Hörweite. »Na los, worauf wartet ihr?«

Esther nahm Laura mit ins Kinderzimmer. Die Aufregung, die sie gepackt hatte, als sie gerade erst vor ein paar Stunden ihre Spielsachen in Szene gesetzt hatte, war wie weggeblasen, und ihre Gedanken kreisten nur mehr darum, was Margie gesagt hatte. Was passierte denn mit diesen armen Männern? Und warum sollte Mummy krank vor Sorge sein?

Die Spielsachen kamen ihr erst wieder in den Sinn, als sie Sophie sah, die bereits auf sie wartete und aufgeregt von einem Bein aufs andere hüpfte. Allerdings marschierte Laura schnurstracks an ihr vorbei, ohne die Sachen auch nur eines Blickes zu würdigen, setzte sich stattdessen ans Fenster auf einen der Holzstühle mit den hohen Lehnen und schlug wie eine Erwachsene die Beine übereinander. Sie sah gelangweilt aus und gleichzeitig wachsam, wie jemand, der auf einen Zug wartete.

»Willst du mit unserer Eule spielen?«, fragte Sophie, nahm das ausgestopfte Tier hoch und hielt es Laura für den Fall hin, dass sie es übersehen hätte.

»Ist die echt?«, fragte Laura und wich ein Stück zurück.

»Ja, die ist ausgestopft«, erklärte Sophie stolz. »Die hat Granny gehört, als sie noch klein war, in Schottland, und dann unserer Mummy, und jetzt gehört sie uns. Aber wenn du willst, darfst du damit spielen.«

»Igitt«, sagte Laura. »Nein.«

»Nein *danke*«, wies Sophie sie beleidigt zurecht. Mitsamt der Eule zog sie sich in die Zimmerecke zurück und strich dem Tier über die Federn. Offensichtlich hatte Lauras ungehobelte Reaktion sie verletzt.

Esther war klar, dass sie jetzt schleunigst etwas sagen musste. Sie war schließlich die Älteste, und das bedeutete, dass sie die Gastgeberin war. Sie sollte sagen, wo es langging. Aber sie war nervös, das Gerede über ihren Vater hatte sie verunsichert. Und diese selbstsichere Laura war alles andere als das schüchterne Meerschweinchen, mit dem sie gerechnet hatte.

Alles, was sie sich zurechtgelegt hatte, um sie zu unterhalten – ihre Sindy-Puppen, die neuesten Malbücher –, schien mit einem Mal kindisch und musste albern auf jemanden wirken, der Ohrstecker und eine Handtasche hatte.

Laura machte sich an dem Snoopy auf ihrer Handtasche zu schaffen. Ein Teil von Snoopys Schwanz war bereits lose, wenn man genau hinsah, aber das tat Esthers Bewunderung nicht den geringsten Abbruch.

Die einzige Tasche, die sie selbst besaß, war der orangene Schulturnbeutel für ihren Badeanzug und das Handtuch. Auf der Rückseite stand ihr Name mit Edding geschrieben. Der Beutel war nicht annähernd so schön.

Esther schob sich an Laura vorbei und setzte sich auf den Stuhl neben ihr. »Bist du ein Snoopy-Fan?«

»Ich schätze schon«, antwortete Laura und zuckte mit den Schultern.

»Ich auf jeden Fall«, gab Esther in der Hoffnung zurück, die Tasche vielleicht kurz halten oder womöglich sogar eine Weile damit herumlaufen zu dürfen. Nur hier im Kinderzimmer, nicht draußen oder so. So etwas boten Freundinnen einander doch an. Aber Laura machte keinen Mucks, sondern sah sich lediglich um und nahm eine Sache nach der anderen in Augenschein, als würde sie gleich dieses Spiel spielen wollen, bei dem man die Augen schließen und dann all die Dinge aufzählen muss, an die man sich erinnert.

Für einen Moment betrachtete Esther ihr Zimmer mit Lauras Augen – und plötzlich war für sie der Zauber verflogen. Statt des Spielzeugkrankenhauses, das sie und Sophie unter dem Tisch gebaut hatten, sah sie nur noch einen Haufen alter, verschlissener Puppen, denen ein Arm oder ein Bein fehlte. Das Verbandszeug bestand grässlich augenfällig aus Klopapierfetzen und das Prinzessinnenschloss aus nichts weiter als ein paar Pappkartons, die sie mit Filzstiften bemalt hatten. Wenn man nicht wusste, dass es Efeu darstellen sollte, hätten die grünen Ranken auch das Gekritzel eines Kleinkinds sein können.

Irgendwann rutschte Laura von ihrem Stuhl, schlenderte doch noch auf den Spielzeughaufen zu und umkreiste ihn langsam.

In der Ecke neben dem Kaminsims tat Sophie, als wäre sie in eine Unterhaltung mit der Eule vertieft. Sie hielt sie leicht schräg neben ihren Kopf, sodass der Schnabel ihr Ohr berührte, und brach plötzlich in schallendes Gelächter aus, ohne dabei – genau wie Esther – Laura auch nur für eine Sekunde aus den Augen zu lassen.

»Ist das …? Soll das so was wie eine Barbie sein?«, fragte Laura und nahm eine Sindy in die Hand.

Sophie starrte erst Esther und dann wieder Laura an. Das hatte nicht so geklungen, als wäre Laura von dem Lieblingsspielzeug der beiden Schwestern so begeistert, wie sie es hätte sein sollen.

»Das ist eine Sindy«, erklärte Esther, trat neben Laura vor den Girl's-World-Schminkkopf und nahm die zweite Puppe in die Hand. »Das da ist Patricia, und das hier ist Pauline. Sie sind Schwestern.«

»Wie wir«, ergänzte Sophie. »Wir sind auch Schwestern. Ich bin fünf.« In diesem Moment fiel Esther wieder ein, dass Laura keine Geschwister hatte. Vielleicht war es ja unhöflich von ihnen, das Thema anzuschneiden.

»Ich hab eine Disco-Barbie«, sagte Laura und setzte Patricia wieder neben den Schminkkopf, als hätte sie keine Verwendung mehr für sie. »Wenn man da den Rock abnimmt, hat sie darunter einen Gymnastikanzug an. Zum Tanzen.«

»Oh«, sagte Esther.

»*Und* ich hab einen Ken«, fuhr Laura fort, zupfte sich die Handtasche von der Schulter und fing an, darin herumzuwühlen.

»Was ist denn ein Ken?«

Für einen Moment sah Laura auf und verdrehte die Augen. »Das ist Barbies *Freund.*«

»Oh«, kam es erneut von Esther. Patricia und Pauline hatten keine Freunde. Esther wusste nicht mal, dass sie Freunde haben *sollten.*

»Ihr könnt damit mal spielen, wenn ihr wollt«, sagte Laura. »Wenn die Umzugskartons da sind, meine ich. Ich hab sie noch nicht hier.«

Esther schaffte es kaum, dieses unerwartete Freundschaftsangebot zu verarbeiten, als schon das nächste erfolgte.

»Willst du?«

»Ist das Kaugummi?«

»*Bubblegum.*« Und schon hatte Laura sich einen in den Mund gesteckt. Sie hielt Esther das Päckchen hin.

»Wir dürfen keinen Kaugummi kauen«, warf Sophie aus der Ecke ein. Aus Gründen, die sich Esther nicht erschlossen, wickelte die kleine Schwester die verschmähte Eule in ein Tuch aus dem Verkleidungskorb, sodass nur noch das Gesicht herausguckte.

»Natürlich dürfen wir«, sagte Esther schnell und griff zu. »Sophie weiß nicht, was sie redet. Außerdem ist das hier *Bubblegum.*«

Als sie das Bubblegum aus dem Papierchen gewickelt hatte, entpuppte es sich als weiches, pinkfarbenes Minikissen, das seitlich aufquoll, wenn man es mit den Fingern zusammendrückte. Es roch nach Shampoo oder Badeschaum, kein bisschen nach etwas Essbarem.

Sobald sie darauf herumkaute, schoss ihr der Speichel in den Mund, und sie musste andauernd schlucken.

Laura schien dieses Problem nicht zu haben; stattdessen blies sie eine Kaugummiblase, die fast so groß war wie ihr Gesicht, und als die Blase platzte, grinste sie breit und stopfte sich die Fetzen einfach wieder in den Mund. Esther versuchte, es ihr nachzumachen, aber außer ein paar peinlichen Pupsgeräuschen brachte sie nichts Nennenswertes zustande.

Sie schob sich den Kaugummi hinter die Zähne, sodass sie Laura fragen konnte: »Ist das aus Amerika?«

Laura nickte. »Ein Hubba Bubba.«

»Hubba Bubba«, wiederholte Esther, als würde sie eine Fremdsprache lernen.

»Klingt witzig, wenn du das sagst.«

»Klingt witzig, wenn *du* das sagst«, entgegnete Esther schon nicht mehr ganz so scheu. »Du redest wie jemand aus einem Film.«

»Wie ein Star?«, fragte sie hoffnungsvoll und strahlte übers ganze Gesicht.

Esther nickte – nicht unbedingt, weil es wahr gewesen wäre, sondern weil sie Laura ansehen konnte, dass sie genau das hören wollte. Und weil Esther sich wünschte, dass Laura sie mochte.

»Mummy sagt immer, Kaugummi bleibt sieben Jahre lang in deinem Bauch.« Sophie war neben sie getreten und starrte das verbotene Päckchen an. »Sie sagt, das klebt einem die Innereien zusammen.«

»Wir schlucken es doch nicht runter«, sagte Laura und betrachtete über Sophies Schulter hinweg die eingewickelte Eule, die jetzt verlassen am Boden lag und die Füße mit den Klauen aus dem weißen Tuch streckte. »Hey, ist das E.T.?«

»Was?«, fragte Sophie empört, drehte sich um und starrte hinter sich.

Esther fing an zu lachen. Die Eule sah wirklich aus wie E.T. – genau wie in der Szene am Ende des Films, als er im Fahrradkorb saß. Mit dem kapuzenartigen Tuch über dem Kopf, sodass niemand die leuchtenden Augen oder den gelben Schnabel sehen konnte, hätte statt der Eule tatsächlich ebenso gut E.T. darin stecken können.

»Was ist daran so lustig?«, wollte Sophie wissen und stampfte mit dem Fuß auf.

»Kennt sie den Film gar nicht?«, fragte Laura.

»Sie durfte ihn nicht sehen«, erklärte Esther. »Dafür ist sie noch zu klein. Ich hab ihn mit Annabel und Louise gesehen, an meinem Geburtstag.«

»Ich wollte sowieso nicht mit«, wandte Sophie ein. »Kino ist bescheuert.«

»Jetzt weiß ich's!«, rief Esther, die plötzlich einen Geistesblitz hatte. »Wir spielen E.T.! Die Eule ist E.T., und ich bin …«

»Nein, das geht nicht«, fiel Sophie ihr ins Wort. »Das will sie nicht. Das findet sie bescheuert.«

»Und ich find *dich* bescheuert«, gab Esther zurück.

Sophie lief knallrot an, und Esther befürchtete schon, dass sie gleich losheulen würde. Stattdessen machte sie auf dem Absatz kehrt und marschierte einfach aus dem Kinderzimmer.

»Das erzähl ich Mummy«, rief sie noch über die Schulter.

»Hast du ein Glück, dass du keine Schwester hast«, sagte Esther, doch Laura schien nicht mal mehr zuzuhören. Sie war an den Verkleidungskorb getreten und musterte ihn, als hätte sie ihn gerade erst bemerkt. Esther konnte ein komisches Kratzen hören, als Laura darum herumlief. Es klang genau wie King Alfred, wenn er aus seinem Käfig ausbrechen wollte, und erst als Laura direkt an ihr vorbeiging, begriff Esther, dass sie mit dem Fingernagel über das Weidengeflecht des Korbes fuhr.

»Das da könnte das Raumschiff sein«, überlegte Laura, nachdem ihr Rundgang sie bis an die Rückwand des Zimmers geführt hatte. »Wenn wir alles rausnehmen …«

Esther eilte zu ihr hinüber. Sie war jetzt schon atemlos angesichts der Idee, in ihrem Kinderzimmer ein echtes Raumschiff zu bauen. »Und hier könnten wir mit einer Taschenlampe durchleuchten«, sagte sie und zeigte auf ein Loch, wo früher mal ein Griff befestigt gewesen war, als der Verkleidungskorb noch für Picknicks benutzt wurde. »Für das Weltraumlicht. In der Kommode unter der Treppe hat Mummy eine Taschenlampe.«

Sie schaufelte Arm um Arm voller Kostüme aus dem Tragekorb auf den Boden, damit sie beide Platz darin hatten.

»Cool!«, rief Laura und legte ihre Snoopy-Tasche beiseite, um dabei zu helfen, das Raumschiff startklar zu machen. »Du kannst Elliott sein, und ich bin die Schwester, dieses kleine Mädchen …«

Überrascht hielt Esther inne. Laura war immerhin der Gast, und natürlich genossen Gäste immer alle möglichen Sonderrechte, die sie selbst nicht hatte – die besten Spielsachen, ohne darum kämpfen zu müssen, Orangenlimo statt Leitungswasser, Nachtisch, auch wenn man die Hauptspeise nicht fertig gegessen hatte. Aber in

E.T. waren *alle* Jungs – es gab überhaupt nur ein einziges Mädchen, und E.T. zu spielen war Esthers Idee gewesen, deshalb sollte sie doch wohl das Mädchen sein dürfen, auch wenn Laura der Gast war.

»Gertie«, sagte sie. »Das Mädchen heißt Gertie.«

Nicht mal das hatte Laura noch gewusst. Es wäre einfach nicht fair gewesen, wenn sie das Mädchen hätte spielen dürfen, obwohl sie sich nicht einmal mehr an den Namen erinnern konnte.

»Genau«, sagte Laura, als wäre der Name kein bisschen wichtig. »Ich bin also Gertie.«

»Warum bist *du* nicht Elliott«, schlug Esther vor, häufte die Kostüme neben dem Tragekorb auf einen großen Stapel und versuchte, dabei so gleichgültig wie nur möglich auszusehen. »Du bist der Gast, also darfst du auch die Hauptfigur sein, und in E.T. ist Elliott die Hauptfigur.«

Laura ließ die Klamotten, die sie in der Hand gehalten hatte, einfach vor ihren Füßen auf den Boden fallen, anstatt sie auf den Haufen zu werfen, den sie angelegt hatten.

»Nein«, hielt sie dagegen und sah Esther mit einem Blick an, der verriet, dass sie sich nicht für dumm verkaufen ließ. »Das ist schon okay, spiel du Elliott. Es war immerhin deine Idee. Das kleine Mädchen ist echt süß, die spiel ich gern.«

»Aber deine Haare sind zu dunkel!« Esther konnte sich nicht länger zurückhalten. »Die sind schwarz, und Gerties Haare sind nicht schwarz!«

Mit einem solchen direkten Angriff hatte Laura nicht gerechnet. Ihr klappte die Kinnlade herunter, und sie kniff die Augen zusammen. »Deine Haare haben aber auch nicht die richtige Farbe. Deine sind einfach nur braun.« Und noch bevor Esther irgendetwas einwenden konnte, fuhr sie beinahe boshaft fort: »Elliotts Haare übrigens auch.«

Esther war an derlei Auseinandersetzungen nicht gewöhnt. An Diskussionen, die sie nicht im Handumdrehen für sich entschied. Wenn sie und Sophie miteinander stritten, ging es eher kurz und körperlich zur Sache – bis ihre Mummy ihnen ein Ende setzte. Und wenn jemand von ihnen etwas Schlaues von sich gab, dann war das Esther.

»Außerdem spielt die Haarfarbe doch keine Rolle, wenn wir schauspielern«, sagte Laura, die urplötzlich ihre Taktik geändert hatte. »Ich sollte Gertie spielen, weil ich aus Amerika komme, und sie ist auch aus Amerika.«

Das war ungerecht. Esther konnte schließlich nichts dafür, woher sie kam. Doch dann fiel ihr etwas ein. »Du bist doch gar nicht wirklich aus Amerika. Meine Mummy hat erzählt, dass du im selben Krankenhaus zur Welt gekommen bist wie ich.«

»Na und?«, sagte Laura – worauf man nicht allzu viel erwidern konnte. »Du redest nicht wie Gertie. Ich schon. Ich rede ganz genau wie sie.«

»Du redest auch genau wie Elliott«, gab Esther verzweifelt zurück.

Laura stemmte die Hände in die Hüften und sah sie fast schon furchteinflößend an, und das Schweigen und der finstere Blick waren schlimmer, als wenn sie irgendetwas gesagt hätte. Esthers Blick fiel auf die Eule, die hinter Laura auf dem Boden lag. Ohne E.T. würde es kein E.T. geben, ohne die Eule kein Spiel. Sie war im

Vorteil. Also stürzte sie nach vorne und griff nach dem Tücherbündel.

»Ich hab E.T.!«, rief sie. »Er gehört mir!«

»Das ist nicht E.T.«, entgegnete Laura. »Das ist nur eine blöde Eule.«

»Das *ist* E.T., und deshalb bin ich auch Gertie, weil ich nämlich E.T. habe. So!«

»Du musst mit mir teilen«, rief Laura und wollte sich die Eule schnappen, griff daneben, erwischte aber das Tuch und zog so fest daran, dass Esther aus dem Gleichgewicht geriet.

Am Ende hielt Esther die Eule und Laura das Tuch in der Hand. Sie warf es zu Boden und stürzte sich mit einem wütenden Gesichtsausdruck auf Esther.

»Ich! Bin! Gertie!«, fauchte sie durch die zusammengebissenen Zähne. »Gib mir die Eule! *Ich* bin Gertie!«

Esther wich ein Stück zurück, hatte aber kaum zwei Schritte getan, als der Verkleidungskorb ihr den Rückzug versperrte. Laura erkannte, dass Esther in der Falle saß, und streckte sich erneut nach der Eule aus. Diesmal erwischte sie den Kopf, und Esther musste ihre Finger tief in den gefiederten Körper krallen, um sie festzuhalten. Die Klauen verfingen sich in ihrem Pullover, als wollte die Eule ebenso wenig zu Laura – als hätte sie für Esther Partei ergriffen.

Sie stemmte sich gegen den Verkleidungskorb und zog, so fest sie konnte – und dann endlich hörte sie ein befriedigendes Ploppen und spürte, wie Laura nachgab. Beinahe wäre sie rückwärts in den Korb gefallen, fing sich aber gerade noch und gab sich alle Mühe, ihre Beute nicht mehr loszulassen – jetzt, da sie gewonnen hatte, wäre es schrecklich gewesen, die Eule fallen zu lassen. Als sie jedoch siegesgewiss zu Laura hinüberblickte, begriff sie nicht sofort, was sie da vor sich sah.

Laura hatte die Augen weit aufgerissen, der Mund stand offen, und mit Entsetzen blickte sie hinab auf ihre Hände. Wie konnte das sein? Esther hielt die Eule fest, sie konnte sie in ihrem Arm spüren, der ausgestopfte Eulenkörper ruhte an ihrer Brust … und trotzdem starrten die schimmernden Glasaugen sie aus Lauras Händen an.

»Du hast ihr den Kopf abgerissen!«, schrie sie.

»Nein, *du*«, entgegnete Laura, wirkte dabei aber alles andere als selbstsicher. Sie sah aus, als würde sie den Kopf am liebsten so weit wie möglich wegschleudern.

Und mit einem Mal spürte Esther all die Enttäuschungen des Tages regelrecht in sich hochsprudeln. Das Gerede von ihrem Daddy, der so weit weg war. Die neue Freundin, die kein bisschen Freundin war. Das Spiel, das nicht mal richtig angefangen hatte, als es auch schon wieder schiefgegangen war. Ihre Wangen glühten, als sie merkte, wie ihr die Tränen, die sie die ganze Zeit über zurückgehalten hatte, jetzt in die Augen stiegen – und diesmal würde sie sie nicht zurückhalten können.

Angesichts von Esthers Tränen schaute Laura noch schockierter drein als beim Anblick des Eulenkopfs. »Hier, nimm ihn«, sagte sie und hielt ihn Esther hin.

»Sie ist kaputt«, wimmerte Esther. Ihr Kinn zitterte so heftig, dass ihre Worte wacklig klangen. »Mummy wird stinksauer auf mich!«

Mit dem Ärmel wischte sie sich über die Nase.

Die Eule in ihrem Arm fühlte sich vor lauter Schuld bleischwer an. Als Laura versuchte, sie ihr abzunehmen, wehrte sie sich nicht.

»Guck mal«, sagte Laura, setzte sich auf den Boden und stellte die kopflose Eule zwischen ihren ausgestreckten Beinen ab, sodass die gekrümmten Klauen unter dem gefiederten Bauch fast nicht mehr zu sehen waren. »Guck, wir stecken den Kopf einfach wieder drauf, dann merkt das keiner.« Esther weigerte sich hinzusehen, doch Laura zupfte an ihrem Kleid. »Gib mir deinen Kaugummi.«

Erst da sah Esther, dass auf dem borstigen Pferdehaar im Eulenhals bereits ein kleines Häufchen pinkfarbenen Kaugummis klebte – exakt in der Mitte der Füllung. Das musste Lauras Hubba Bubba sein! Esther hätte ihr am liebsten gesagt, dass sie damit aufhören solle, sie mache es ja nur noch schlimmer. Aber ihr fiel einfach keine andere Lösung ein, um den Kopf wieder anzukleben, ohne dass Mummy es bemerken würde. Und nachdem sie keine andere Möglichkeit sah, zog auch sie sich den klebrigen Kaugummi aus dem Mund und drückte ihn gehorsam auf den von Laura.

Laura manövrierte den Kopf darauf und drehte ihn behutsam hin und her, um die richtige Position zu finden. Am Ende saß er leicht schief, sodass der Schnabel nicht wie zuvor exakt mittig saß. Esther ging neben ihr in die Hocke und rückte den Kopf noch ein Stückchen zurecht, sodass der Schnabel eine Linie mit dem blasseren Fleck auf der Eulenbrust bildete. Es sah fast wieder so aus wie vorher. Wenn man nicht wusste, dass um den Hals herum ein paar Federn fehlten und dass die drahtigen Füllhaare an einigen Stellen herauslugten, wo sie zuvor nicht herausgelugt hatten, bemerkte man die Veränderung nicht notwendigerweise.

»Wahrscheinlich wird ihr Kopf gleich abfallen«, sagte Esther, »wenn irgendjemand sie in die Hand nimmt …«

»Dann nimm sie halt nicht in die Hand«, entgegnete Laura, kam wieder auf die Füße und begutachtete ihr Werk. »So siehst du den Unterschied gar nicht. Sie sieht ganz genauso aus wie vorher.«

»Meine Mummy wird den Unterschied aber bemerken«, wandte Esther ein. »Die bemerkt immer alles.«

Laura seufzte. »Hast du E.T. nicht gesehen?«

Esther runzelte die Stirn. Wollte sie jetzt schon wieder davon anfangen, dass sie Gertie war? Ihr selbst konnte Gertie inzwischen gestohlen bleiben.

»Weißt du nicht mehr, wie E.T. im Haus war und die Mutter ihn nicht mal gesehen hat? Obwohl er direkt neben dem Kühlschrank stand?«

»Doch …«

»Erwachsene sehen solche Sachen nicht. Sie glauben, sie würden sie sehen, aber das stimmt überhaupt nicht. Solange sie nicht weiß, dass die Eule kaputtgegangen ist, wird sie sie doch nicht mal angucken.«

Esther dachte kurz darüber nach. Es stimmte wirklich, dass ihre Mutter manche Dinge nicht zur Kenntnis nahm. Wenn Sophie beispielsweise ein größeres Stück Kuchen bekam als sie, dann behauptete Mummy, dass sie beide exakt gleich große Stücke bekommen hätten. Oder wenn sie im Auto stritten, behauptete Mummy immer, es wäre ihr egal, wer damit angefangen hatte, auch wenn total klar war, dass Sophie es gewesen war. Vielleicht würden sie es tatsächlich vor ihr verheimlichen können. Zumindest lang genug, um dann behaupten zu können, sie hätten nichts damit zu tun.

»Die Eule sitzt normalerweise da oben«, sagte Esther und deutete zum Kaminsims hinauf, der ohne Hilfe für beide nicht zu erreichen war. »Vielleicht sieht sie es nicht, wenn sie nicht ganz nah rangeht.«

»Gut«, sagte Laura. Dann drehte sie sich zum Fenster um, griff nach dem Stuhl, auf dem sie anfangs gesessen hatte, zog ihn mit beiden Händen über den Teppich und stellte ihn vorsichtig ab, sodass alle vier Stuhlbeine, ohne zu wackeln, auf den alten Kaminkacheln standen. Dann kletterte sie auf die Sitzfläche und streckte die Hände aus. »Komm her, E.T.«, sagte sie. »Zeit, wieder ins Raumschiff zu steigen und heimzufliegen.«

Esther nahm die Eule hoch, stützte mit einer Hand den kaugummiverklebten Kopf ab und trug sie hinüber zu Laura. Gemeinsam hoben sie das Tier auf den Kaminsims und schoben es bis ganz nach hinten, sodass es nicht herunterfallen konnte. Der Kopf hatte ein bisschen gewackelt, als sie die Eule hochgehoben hatten, doch als er Esthers Einschätzung zufolge an die richtige Stelle gerückt war, presste Laura ihn noch mal fest an, damit er auch garantiert auf dem Körper kleben blieb.

Esther half Laura abzusteigen, und dann standen sie beide vor dem Kamin und blickten nach oben. Die Eule starrte mit ihren gläsernen Augen über ihre Köpfe hinweg, als würde sie in die Ferne blicken und sich fragen, wie es hierzu hatte kommen können – von den schottischen Wäldern hin zu einem mit Hubba Bubba angeklebten Kopf. Sie sah ganz genauso aus wie vorher, doch insgeheim war Esther übel bei der Vorstellung, dass es sich in Wahrheit anders verhielt.

»Was, wenn Mummy es doch herausfindet?«

»Wird sie nicht.«

»Aber was, wenn doch?«

Laura drehte sich zu ihr um und stemmte wieder die Hände in die Hüften. »Esther, außer uns hat niemand mitbekommen, was passiert ist. Ich erzähl es niemandem. Du vielleicht?«

Esther musste schwer schlucken. Natürlich würde sie es niemandem erzählen, aber was, wenn jemand sie beschuldigte – würde sie dann lügen können?

»Wir nehmen dieses Geheimnis mit ins Grab«, sagte Laura. »Hand aufs Herz.« Todernst und dramatisch wischte sie sich mit der Hand von einer Schulter zur anderen.

Esther ahnte, dass sie so was jetzt ebenfalls tun musste, also murmelte sie die gleichen Worte und vollführte die gleiche Geste und hoffte inständig, dass sie es richtig gemacht hatte. Freunde teilten nun einmal Geheimnisse, also würde sie das ebenfalls tun. Als Esthers Mummy kurze Zeit später kam, um sie zum Essen zu rufen, und sie anschließend unter dem Esstisch schuldbewusst einige Tritte austauschten, wussten sie, dass sie fürs Erste damit davongekommen waren.

Allerdings nahm Esther es nicht wirklich mit ins Grab.

Sie bewahrte das Geheimnis, bis sie zwölf war und ihre Mutter die Eule versehentlich vom Sims stieß, als sie Staub wischte. Da entdeckte sie nicht nur, dass der Kopf abgegangen war, sondern auch die verräterischen

Kaugummihäufchen, die bewiesen, dass die Enthauptung alles andere als ein Unfall gewesen war.

Esther legte ein umfassendes Geständnis ab. Dass auch Laura in die Sache verwickelt gewesen war, verschwieg sie jedoch – immerhin hatte sie ihr Ehrenwort gegeben. Niemals würde sie das jemandem erzählen.

3

Oktober 2013

Jetzt ist Laura an der Reihe, mich zu ignorieren. Ich habe ihr vier E-Mails geschickt, zwei pro Tag, seit Margie mir erzählt hat, dass ihre Tochter abgetaucht ist. Keine Reaktion. Auch nicht auf die Nachrichten, die ich auf ihrer Mailbox hinterlassen habe. Fünf Tage Abwesenheit von der Arbeit wären doch nun wirklich keine große Sache, behauptet mein Mann, aber da täuscht er sich. Es ist eine ganze Woche. Und eine Woche ist eine ziemlich lange Zeit – die Zeit, die man theoretisch tot in irgendeinem Graben liegen kann.

Natürlich hat Margie die Polizei in Napa alarmiert. Ich wusste, dass sie es tun würde, und war insgeheim froh, dass sie noch vor mir einknickte. Auf diese Weise war ich abgesichert, ohne mir selbst die Blöße zu geben. Allerdings konnten sie dort angeblich nichts tun: Laura ist nun mal erwachsen und darf überallhin verschwinden, ohne jemandem Bescheid zu sagen. Wenn es denn wirklich das ist, was sie getan hat.

Margie hat sogar Lauras Chef dazu gebracht, zu Lauras Wohnung zu fahren und dort nach Hinweisen zu suchen. Wie in einem Krimi. Angeblich war dort alles in bester Ordnung. Alles normal. Aber wie will dieser Typ denn wissen, was normal ist?, hat Margie gefragt, als sie mich angerufen hat, um zu erzählen, dass er entgegen ihren schlimmsten Befürchtungen keine verdächtigen Blutflecken am Boden und auch keine Einschusslöcher in den Wänden gefunden hat. Er kennt Laura nicht annähernd so gut wie wir, hat sie gesagt, und er würde doch gar nicht erkennen, was normal für sie ist und was nicht. Er würde nicht mal wissen, wonach er suchen soll.

Je länger Laura vermisst wird, umso überzeugter ist Margie: *Du* würdest wissen, wonach du suchen müsstest, sagt sie, und: *Ich* würde es wissen. *Eine Mutter weiß so was.* Ich bin mir da nicht ganz so sicher. Es gibt unter Garantie eine Menge Dinge, die sie als Mutter niemals mitbekommen hat – und nicht mal ich als Lauras Freundin –, aber ich bringe es nicht fertig, ihr zu widersprechen. Ich sehe Linus an, der gerade erst neun Monate auf der Welt ist und von dem ich alles weiß, was es zu wissen gibt, und ich frage mich, wie es sich wohl anfühlen würde, wenn er eines Tages weg wäre. Angeblich nimmt die leidenschaftliche Intensität der Liebe einer Mutter für ihr Kind mit der Zeit ab – man lernt, auf Abstand zu gehen, und lässt es irgendeines Tages ziehen. Doch das kann ich mir beim besten Willen nicht vorstellen. Ich weiß jetzt schon, dass es mich umbringen wird, ihn gehen zu lassen, und dieses Wissen hilft mir, Mitgefühl für Margie zu empfinden, selbst wenn sie komplett über die Stränge schlägt.

Und genau dieser Punkt war ziemlich schnell erreicht.

»Lass es«, sagte mein Mann, als er Margies Handynummer auf dem Display meines Handys sah. Es war einer jener seltenen Abende, an denen Linus schlief, wir hatten es sogar geschafft, gemeinsam zu Abend zu essen, und waren drauf und dran – ein Wunder! –, uns eine ganze Folge *Breaking Bad* anzusehen, ohne eine Pause einlegen zu müssen.

Dass Margie vom Handy aus anrief, war eigenartig. Laura hatte ihrer Mutter schon vor Jahren ein Handy gekauft, sogar die Rechnungen übernommen und mir für Notfälle die Nummer gegeben. Aber ich kann mich nicht daran erinnern, dass Margie mich je vom Handy aus angerufen hätte. Sie telefonierte immer vom Festnetz, von der Küche aus, und war dabei in aller Regel auch allein, mal abgesehen von dem gelegentlichen dreibeinigen Igel oder halb blinden Jungfuchs, der neben ihrer Heizung die letzten Atemzüge aushauchte. Jedes Mal hofft sie, dass sie sie retten kann; es klappt allerdings nur selten.

Es war schlichtweg zu beunruhigend, dass sie mich ausgerechnet jetzt, da Laura verschwunden war, vom Handy aus anrufen sollte. Ich musste einfach rangehen. Und dann war plötzlich nicht Margie am Telefon, sondern eine Männerstimme, die über die Hintergrundgeräusche hinweg kaum zu verstehen war. Es klang, als wäre er irgendwo, wo es wahnsinnig geschäftig und laut zuging. Als er sich vorstellte, wurde im Hintergrund irgendetwas über Lautsprecher durchgesagt, sodass ich im Grunde nur ein aufdringliches Ding-Dong wie das einer Türklingel und dann die Worte »Gatwick Airport« hören konnte.

Dann fragte die Stimme: »Spreche ich mit Esther Conley?« In diesem Moment wusste ich, dass mit Margie alles in Ordnung war. Sie musste ihm das Handy gegeben und ihm aufgetragen haben, mich anzurufen – sie hat sich nie merken können, wie ich seit meiner Hochzeit heiße. Selbst wenn ich eines Tages alt und grau sein sollte, wird sie in mir immer nur den Teenager sehen, der in ihrer Küche mit Laura Toast gefuttert hat. Ich sagte Ja – warum sollte ich ihn auch korrigieren? – und fragte, was passiert sei.

Seine Antwort war noch schwieriger zu verstehen, nachdem direkt an meinem Ohr die Lautstärke des Fernsehers hochgedreht wurde – ein nicht eben dezenter Hinweis darauf, dass ich das Telefonat beenden sollte. Stattdessen stand ich auf und marschierte hinaus in den Flur. Margie sei am Flughafen aufgehalten worden, erklärte mir der Mann, als sie versucht habe, mit einem seit zwölf Jahren abgelaufenen Reisepass einen Flieger nach San Francisco zu besteigen. Als man sie am Gate abgewiesen habe, sei sie zusammengebrochen, weigere sich aber zu sagen, wo sie lebe, weil man sie dann ja nur wieder heimschicken werde. Und dann sagte der Mann am anderen Ende: *Sie behauptet, es geht um Leben und Tod. Ist das wahr?*

Bis zu diesem Augenblick war mein Mitgefühl eher passiver Natur gewesen. Ich war die Stimme am anderen Ende der Leitung gewesen, die hilfsbereite beste Freundin. Aber getan hatte ich bislang rein gar nichts. Ich hatte Margie die Last der Angst und Sorge alleine tragen lassen und mich selbst einfach nur zurückgelehnt und gehofft, dass alles sich von selbst in Wohlgefallen auflösen würde, während ich vom Spielfeldrand aus aufmunternde Kommentare rief.

Währenddessen war Lauras Mutter – die Hampshire seit einem Jahrzehnt nicht mehr verlassen hatte, die sich kaum je aus ihrem Dorf hinaustraute, die weder Auto fahren noch ins Internet gehen noch sich beizeiten daran erinnern konnte, einen neuen Pass zu beantragen – verzweifelt genug gewesen, um sich auf den Weg in die USA zu machen und nach ihrer Tochter zu suchen.

Selbstverständlich fuhr ich auf der Stelle los, um sie zu holen. Um diese Uhrzeit dauerte es nur ein paar Stunden. Ich nahm sie mit zu uns nach Hause, bezog das Gästebett, und anschließend hatten mein Mann und ich einen veritablen Ehekrach, der von der ersten bis zur letzten Silbe im Weck-bloß-das-Baby-nicht-auf-Flüsterton geführt wurde. So hitzig es auch zuging, war unsere Auseinandersetzung immer noch so leise, dass wir beide darüber – wie ein Radio, das irgendwo im Hintergrund vor sich hin dudelte – Margies ersticktes Schluchzen aus dem Gästezimmer hören konnten.

Ich denke, genau das führte dazu, dass mein Mann am Ende einlenkte. Und genau das ist auch der Grund, weshalb ich jetzt allein nach San Francisco fliege, um nach Laura zu suchen.

Noch während des Boardings denke ich die ganze Zeit, ich habe irgendwas vergessen. Meine Hände fühlen sich leer an, und meine Schultertasche ist beunruhigend leicht. Ohne die übliche Ladung aus Fläschchen, Windeln und Reiswaffeln fühlt es sich an, als würde sie jemand anderem gehören. *Ich* fühle mich wie jemand anderes. Ich habe angenommen, dass ich mich ohne Linus irgendwie in mein Vor-Baby-Ich zurückverwandeln würde, einfach zurückschnellen wie ein Gummiband:

endlich wieder imstande, Zeitschriften im Flieger zu lesen, Filme zu gucken, ungestört zu essen. Aber so ist es nicht.

In meinem Geburtsvorbereitungskurs wurde herumgewitzelt, dass sie einem mitsamt dem neugeborenen Baby in seinem blauen Krankenhausdeckchen gleich auch ein riesiges Päckchen Schuldgefühle überreichen würden. »Ach, nein danke«, sagst du dann und lächelst das naive Lächeln der frisch gebackenen Mutter. »Für mich keine Schuldgefühle, nur das Baby, bitte.« Doch dann schüttelt die Krankenschwester den Kopf. Es handele sich um einen Zwei-zum-Preis-von-einem-Deal, aus dem man nicht mehr rauskommt. Seit Linus auf der Welt ist, habe ich angesichts der nichtigsten Dinge enorme, überwältigende Gewissensbisse verspürt: wegen der zu kratzigen Wolle seines Buggy-Deckchens an der zarten Wange; wegen des starken Kaffees, den ich nicht unmittelbar vor dem Stillen hätte trinken dürfen – ganz zu schweigen von den größeren Dingen. Aber nichts von alledem wiegt die Schuld auf, die ich empfinde, als das Flugzeug abhebt. Urplötzlich überkommt sie mich wie eine starke Übelkeit. Ich will von meinem Sitz aufspringen und fummle so hektisch an meinem Sicherheitsgurt, dass eine Flugbegleiterin kommen und mich zur Räson rufen muss.

Drei Tage, sage ich mir, während sie mir von ihrem Platz auf der anderen Seite des Mittelgangs aus böse Blicke zuwirft. Das war der Kompromiss. Ich habe Margie drei Tage und zwei Nächte für Laura versprochen und mir selbst eingeredet, dass Linus kaum die Zeit haben würde, mich zu vermissen. Wie sehr ich ihn vermissen würde, ist mir nicht klar gewesen.

Sobald wir in der Luft sind, schnalle ich mich ab und eile auf die Toilette. Ich setze mich auf den geschlossenen Klodeckel und spritze mir kaltes Wasser ins Gesicht. Es hilft nicht gerade, dass ich in einem fort an diese Geschichten denken muss, die man über gewisse Leute liest, die ihre Kinder mit zwei Tiefkühlpizzas und einer Flasche Fanta zu Hause zurücklassen, während sie selbst für eine Woche in den Urlaub fahren. Wenn man sein Baby in der Obhut des Vaters und der Großmutter lässt und nur Stunden nach der Abreise die nächste Lebensmittellieferung vom Supermarkt erwartet wird, zählt das doch nicht als Vernachlässigung? Es möge mir bitte jemand versichern, dass ich keine Rabenmutter bin.

Doch es hilft alles nichts – denn genauso fühle ich mich. Ich hätte das für niemanden sonst getan, nur für Laura. Immerhin hat sie in der Vergangenheit das Gleiche auch für mich getan.

Denn natürlich liegt unter der Schuld, die ich Linus gegenüber empfinde, noch eine tiefere, ältere Schicht einer Schuld gegenüber Laura. Sie mag zwar unter tausend jüngeren Mutterschuldgefühlen begraben sein, aber sie ist real und verbirgt sich dort schon seit so vielen Jahren, dass sie genauso sehr zu mir gehört wie meine Haarfarbe oder die Kontur meiner Nase. Man ist gewissermaßen verantwortlich für seine beste Freundin, selbst im Erwachsenenalter, und zwar erst recht, wenn sie niemand anderen hat.

Ich hätte wissen müssen, dass Laura niemals geradeheraus um Hilfe bitten würde. Das hat sie nur ein einziges Mal getan, als sie keine andere Wahl mehr hatte. Nein, bei Laura muss man zwischen den Zeilen lesen und die beiläufige, auf den ersten Blick unschuldige Bemerkung aufspüren, die verrät, dass sie Tausende von Meilen weit entfernt und ganz auf sich alleine gestellt mit irgendetwas hadert. Ich hätte bei der Erwähnung von Drew Barrymore auf der Stelle alarmiert sein müssen. Dann wieder waren Linus' Bedürfnisse so gegenwärtig und so fordernd, dass ich Lauras Bedürfnisse als solche nicht erkannt habe, ehe es zu spät war. Sie ist immer fest davon überzeugt gewesen, dass sie sich auf mich verlassen kann. Trotzdem hab ich sie im Stich gelassen.

Plötzlich hämmert es an der Toilettentür, und mir wird schlagartig klar, dass ich schon viel zu lange hiersitze. Ich tupfe mein Gesicht mit Papiertüchern trocken und drücke noch den Knopf für die Klospülung, damit mein Besuch hier drinnen zumindest den Anschein erweckt, gerechtfertigt gewesen zu sein. Als ich die Tür aufziehe, hat sich dort schon eine Schlange gebildet. Ich blicke verlegen zu Boden und murmele Entschuldigungen vor mich hin, während ich mich auf dem Weg zu meinem Sitzplatz an den Leuten vorbeidrücke. Ich habe Angst, dass ich ausraste, wenn ich auch nur in ein einziges wütendes Gesicht sehe. Das Einzige, was noch schlimmer wäre, wäre ein mitleidiger Blick. Kaum habe ich mich wieder hingesetzt, kommt auch schon die Flugbegleiterin und erkundigt sich, ob alles in Ordnung sei. Ihr Gesichtsausdruck straft ihre freundlichen Worte Lügen. Zwischen ihren Augenbrauen verläuft eine harte Falte, die besagt, dass sie mich als Unruhestifterin verbucht hat. In ihrem Verantwortungsbereich diejenige Person, die am wahrscheinlichsten Ärger machen wird.

Am liebsten würde ich ihr ins Gesicht lachen, als mir durch den Kopf schießt, dass statt meiner um ein Haar Margie hier hätte sitzen können. Dann wüsste sie, was Ärger wirklich bedeutet. Stattdessen stimme ich ihr zu, dass ein Glas Wasser bestimmt helfen würde, ja danke, und lasse sie in dem Glauben, dass sie etwas Nützliches getan hat, um mich zu beruhigen. Der Geschäftsmann in grauem Anzug auf dem Platz neben mir schielt herüber und lächelt schief, als wolle er mir sagen: »Bitte, drehen Sie jetzt bloß nicht durch.« Statt zurückzulächeln, presse ich die Lippen zusammen, um ihm zu signalisieren, dass wir das Ganze auf die britische Art regeln und einander bis zu unserer Ankunft in Kalifornien höflichst ignorieren sollten.

Eigentlich will ich ihm erzählen, dass ich die Vernünftige bin – dass ich das schon immer gewesen bin. Nicht ich brauche die Hilfe von anderen. Ich bin diejenige, die die Scherben aufsammelt, wenn für andere alles in die Brüche geht. Und ist nicht genau das auch jetzt gerade wieder meine Aufgabe?

Nur dass ich mir diesmal nicht sicher bin, wo ich die Scherben finden soll.

Little Girl Lost
Der Weg eines Kinderstars in die Sucht – und wieder heraus von Drew Barrymore und Todd Gold, 1990[2]

»Meinen ersten Drink hatte ich mit neun, meinen ersten Joint mit zehn, und mit zwölf fing ich an zu koksen.«
Drew Barrymore

4

Donnerstagnachmittags fuhr Esther nach der Schule nicht mit dem Bus nach Hause, sondern direkt zur Oboenstunde bei Miss Coombe und anschließend zu Laura, wo ihre Mum sie später abholte. Laura selbst sollte bis halb fünf vom Ballettunterricht zurück sein, um Esther hereinzulassen. Halb fünf hätte eigentlich gar kein Problem darstellen dürfen, weil die Ballettstunde um vier vorbei war und der Heimweg keine halbe Stunde dauerte.

Trotzdem saß Esther wie schon an den vergangenen drei Donnerstagen auch heute wieder um fünf Uhr auf den Stufen vor der Haustür und wartete. Das Haus der Thomas' lag an einer viel befahrenen Straße und auch nicht hinter einer längeren Auffahrt verborgen wie Esthers Elternhaus. Jeder Passant konnte sie dort alleine sitzen sehen, und auch wenn sie diesmal bereits damit gerechnet und sich für den Fall der Fälle ein Buch aus der Bibliothek mitgenommen hatte, war es mittlerweile zu dunkel, um zu lesen. Sie fühlte sich wie ein Hund, der daheim auf sein Herrchen wartete und auf jeden Schritt lauschte – es konnte schließlich Laura sein.

Ein paar ältere Leute bedachten sie mit einem mitleidigen Lächeln, als sie zur Haustür emporsahen, wo

Esther – für alle deutlich erkennbar – saß und wartete. Eine Frau mit einem Baby im Kinderwagen hielt sogar an und fragte, ob es ihr gut gehe. Peinlich berührt murmelte Esther, danke, es sei alles in Ordnung. Ein paar Mädchen in ihrem Alter, nur in den grünen Uniformen der Highschool am anderen Ende der Stadt, liefen kichernd an ihr vorbei, allerdings mochten sie genauso gut über irgendetwas anderes gekichert haben und nicht über Esther.

Wenn sie kleiner gewesen wäre, wie Laura, eine zartere, fast schon ätherischere Gestalt im Herbstlicht, dachte sie, hätte sie die Blicke der anderen nicht annähernd so leicht auf sich gezogen. Dann hätten die Passanten sie in der Dämmerung für einen schlankwüchsigen Setzling oder eine zierliche Gartenskulptur halten können.

Stattdessen war sie für jedermann deutlich erkennbar: erkennbar allein, erkennbar Esther. Selbst im Halbdunkel. Als sie eine Gruppe Jungen in Portsdown-Schulblazern näher schlendern sah – die gleiche Uniform, die auch sie selbst trug –, zog Esther den Kopf ein und schickte ein Stoßgebet zum Himmel, dass sie sie nicht entdecken würden. Vergebens.

»Hey, Fester, Fette Esther! Was machst du denn da?«

»Hat man dich ausgesperrt? Zu fett, um durch die Tür zu passen, was, Fester?«

Darren Brentwood hatte in der Mittelstufe damit angefangen. Ein paar größere Jungs hinten im Bioraum, wo auch ihr Platz gewesen war, hatten ihn gehänselt: »Bück dich, Bückwood! Hey, bist du'n Bückling?« Esther war stellvertretend für Darren vor Scham dunkelrot angelaufen – und vor Schuld, weil sie sich nicht getraut hatte einzugreifen. Sie hatte kurz darüber nachgedacht, den Lehrer dazuzurufen, aber Mr. McDonald war für alles außer den Sicherheitsanweisungen für den Einsatz des Bunsenbrenners, die er gerade mit Kreide an die Tafel schrieb, vollkommen unempfänglich gewesen.

Sie war schon in der Grundschule mit Darren in dieselbe Klasse gegangen und hatte ihn zu ihren Kindergeburtstagen eingeladen, seit sie sechs Jahre alt gewesen waren. Flüchtig warf sie ihm einen mitfühlenden Blick zu, um ihm zu signalisieren, dass er nicht allein dastand. Doch im Gegenzug grinste Darren, der ihre Schwäche messerscharf erkannt hatte, und sagte so laut, dass jeder es hören konnte: »Na ja, immerhin bin ich keine Fette Fester.«

Selbst Mr. McDonald drehte sich zu ihnen um. »Es reicht«, sagte er, aber da war es schon zu spät.

Sie war nicht einmal wirklich fett, also nicht *Guinness-Buch der Rekorde*-fett. Sie war einfach nur kräftiger als die anderen Mädchen, gerade mopsig genug, dass der Name an ihr haften blieb.

»Hey, Fettbombe. Willste Pommes?«

Sie kannte diese Jungen nicht einmal. Sie waren ein bisschen jünger als sie selbst, vielleicht zwölf oder dreizehn, aber die Jungen kannten sie. Der größte hielt ein Tütchen hoch und wedelte über seinem Kopf damit herum, als würde sie sonst sofort danach schnappen wie ein Hund.

»Klar willse, guck sie dir doch an, die lebt doch nur von Pommes, da wett ich was! Los, komm schon, Fester, komm, hol dir deine Pommes …«

Esther gab sich alle Mühe, sie zu ignorieren, aber aus nur ein paar Metern Entfernung so zu tun, als hörte man kein Wort, war nun mal nicht ganz einfach. Die Hintertür von Lauras Haus war abgeschlossen, das hatte sie bereits überprüft. Der einzige Ausweg aus dieser Situation führte an den Jungen vorbei, allerdings waren sie zu dritt. Esther konnte nichts weiter tun, als sich wegzudrehen und stoisch in die Ferne zu blicken wie eine Märtyrerin, die den Spott der heidnischen Horden erduldete und dafür alsbald heiliggesprochen werden würde. Da musst du drüberstehen, sagte ihre Mutter immer. Lass dich nicht auf ihr Niveau hinab. Wenn Laura da gewesen wäre, wie sie es eigentlich verabredet hatten, hätte Esther über rein gar nichts drüberstehen müssen.

Plötzlich spürte sie einen Windhauch an ihrem Ohr – wie ein leises Keuchen –, und dann klatschte etwas Weiches gegen ihre Schläfe. Das Geschoss glitt hinab und landete neben ihr im Kies. Nicht weil es wehgetan hätte, sondern eher verdutzt strich Esther sich über das Haar, und als sie die Hand zurückzog, waren ihre Finger fettig und rochen nach Essig. Noch ehe sie zu Boden schauen konnte, um sich zu vergewissern, dass sie von einer Pommes getroffen worden war, landete auch schon die nächste an ihrer Schulter, zermatschte, und dann traf eine dritte sie auf der Brust.

Sie stemmte sich hoch und hielt das Buch aus der Leihbibliothek wie einen Schutzschild gegen die auf sie einprasselnden Pommes hoch, doch sowie die Jungen sahen, dass sie kein unbewegtes Ziel mehr darstellte, johlten sie und nahmen die Beine in die Hand. Ihr Gelächter hallte die ganze Straße entlang und wurde allmählich leiser, bis Esther wieder alleine auf der stillen Straße war.

Sie wischte die Vorderseite ihres Schulpullovers ab, auf dem winzige Kartoffelkrümel wie Schneeflocken zurückgeblieben waren. Es funktionierte nicht. Statt einfach runterzufallen, verteilte sich die Masse in den Maschen. Bis zum Unterricht morgen früh wäre im Leben keine Zeit, ihn frisch zu waschen. Er würde also bis zum Wochenende nach Frittierfett und nach Demütigung stinken … und sie ebenfalls.

Esther setzte sich wieder vor die Haustür und schlang die Arme um die Knie. Allmählich wurde es kalt. In dem Haus gegenüber waren bereits Lichter angegangen, und hinter den Fenstern konnte man die Bewohner auf und ab laufen und den Fernseher blau flackern sehen. Gleich würde *Nachbarn* anfangen.

Als Laura – endlich! – die Straße entlanggeschlendert kam, hätte kaum jemand sie für ein Schulmädchen wie Esther gehalten. Sie sah mindestens aus wie eine Oberstufenschülerin, wenn nicht sogar wie eine Studentin. Wann immer sie das Schultor hinter sich ließ, tauschte sie die obere Hälfte ihrer Schuluniform gegen einen weiten schwarzen Pulli und einen langen Mantel, wie ihn Judd Nelson im *Breakfast Club* trug, und den grauen Faltenrock rollte sie über dem Bund auf, sodass er kürzer und fast schon schick wirkte. Ihre großen dunklen Augen sahen noch größer aus als sonst, weil sie Eyeliner aufgetragen hatte, und als sie näher kam, konnte Esther den unverkennbaren Geruch des Verrats wahrnehmen, der an ihr haftete, nachdem sie ihre Zeit mit cooleren Leuten vertrödelt hatte. Zigaretten.

»Verdammt, Est, tut mir leid!«, rief sie und keuchte, als wäre sie gerade schnell marschiert oder sogar gerannt.

»Ich hab echt nicht mitgekriegt, dass es schon so spät ist. Hast du lang gewartet?«

»Seit halb fünf«, antwortete Esther spitz, aber Laura schien es nicht mal zu bemerken. Sie sprang leichtfüßig die Treppe hinauf und schloss die Tür auf.

»Igitt, was ist das denn?« Sie hob den Fuß an und inspizierte die Sohle ihres Loafers. »Sind das Pommes? Und du hast mir keine übrig gelassen? Gott, bist du egoistisch!« Sie kratzte die Sohle an der Betonschwelle sauber.

»Da auf dem Kies liegt noch 'ne ganze Menge für dich rum«, entgegnete Esther und stand auf. »Bedien dich einfach.«

Laura lachte nur und ging hinein. Esther nahm ihre Schultasche und die Musiktasche und schob die andere Hand durch die Schlaufe der Plastiktüte, in der ihre Lunchbox steckte, um dann mit der freien Hand den Oboenkasten hochzunehmen. Voll beladen betrat sie das Haus, das sie ebenso gut kannte wie ihr eigenes Elternhaus.

Womöglich kannte sie dieses Haus sogar ein bisschen besser. Hier war sie schließlich die Beobachterin, sie war Gast und nicht Bewohnerin und nahm auf diese Weise Veränderungen leichter zur Kenntnis. Das Haus ihrer Eltern mit den Kaminsimsen und geblümten Bezügen war altmodisch eingerichtet und hätte gut und gerne irgendjemandes Großeltern gehören können. Ihre Eltern hörten sich immer noch verkratzte Schallplatten auf dem Plattenspieler an und bereiteten Mahlzeiten im Ofen statt in der Mikrowelle zu. Bei den Thomas' fühlte sie sich immer, als wäre sie in eine Folge von *Tomorrow's World* geraten: Jedes Mal gab es irgendetwas Neues zu bestaunen. Wenn es nicht der neue Computer war oder ein Videorekorder, der das alte Betamax-Teil ersetzt hatte, dann war es der Satellitenfernseher oder eine Fernbedienung, die allen Ernstes die Wohnzimmervorhänge steuerte. Lauras Dad hatte sogar ein Telefon im Auto.

Laura war in die Küche vorgegangen, während Esther die Taschen zu Boden gleiten ließ und ihren Schulblazer über das Treppengeländer hängte. Im Flurlicht waren die Pommesflecken auf ihrem Pullover kaum zu erkennen. Das Gewebe war vom Frittierfett ein bisschen dunkler geworden, und die weißlichen Kartoffelreste würde sie hoffentlich einfach ausschütteln können, wenn sie angetrocknet wären. Wenn Laura direkt vom Ballett heimgekommen wäre, so wie früher, hätte Esther ihr wahrscheinlich erzählt, was vorgefallen war. Andererseits wäre all das gar nicht erst passiert, wenn sie pünktlich zu Hause gewesen wäre, und Esther fühlte sich ohnehin schon wie ein Loser, auch ohne zu erzählen, dass sie von ein paar vorpubertären Jungs mit Pommes beworfen worden war, während Laura irgendwo anders Zigaretten geraucht hatte.

Laura hatte inzwischen den Toaster bestückt und stellte Teller bereit, damit sie wie immer essen und gleichzeitig *Nachbarn* gucken konnten. Als sie sich auf die Zehenspitzen stellte, um das Glas Marmite aus dem Schrank über der Mikrowelle zu angeln, entdeckte Esther, dass sie neue Freundschaftsbändchen ums Handgelenk trug, und zwar nicht diejenigen, die sie in den Sommerferien aus Mums Stickgarn füreinander gemacht hatten. Es waren andere, die aussahen, als stammten sie aus irgendeinem Laden.

»Warum warst du überhaupt so spät dran?«, fragte Esther beiläufig, nahm das Glas Marmite von Laura entgegen und drehte den Deckel auf, als wäre ihr die Antwort eigentlich gleichgültig.

»Hab ich doch gesagt«, erwiderte Laura und schob die Besteckschublade mit der Hüfte zu. »Ich hab die Zeit vergessen. Ich hab mich doch entschuldigt.«

Vollkommen unbefangen lief sie in der Küche auf und ab, machte den Kühlschrank auf, griff nach dem Toast, der aus dem Toaster sprang. Sie kümmerte sich kein bisschen darum, ob ihr der Pullover hochgerutscht oder der Reißverschluss am Rock aufgegangen war und mehrere Zentimeter unverhüllter Haut offenbarte. Mehr noch als den flachen Bauch und die vom Ballett geformten Oberschenkel neidete Esther ihr die vollkommene Unkenntnis all jener schrecklichen Gelegenheiten, bei denen der Körper einen der Lächerlichkeit preisgeben konnte.

»Warte«, sagte Esther, als Laura ein noch unangebrochenes Päckchen Butter auf der Anrichte bereitstellte. »Habt ihr nicht auch Diätmargarine?«

»Nach Diätmargarine zu fragen, nachdem du dir gerade eine Portion Pommes gegönnt hast, ist aber schon ein bisschen absurd, oder?«

Sie lachte, und Esther wand sich innerlich. Schlimm genug, wenn einem nach einer Portion Pommes vorgeworfen wurde, gefräßig zu sein – aber schlicht und ergreifend unfair, wenn man gar keine gegessen hatte.

»Jedenfalls ist das Margies neueste Marotte. Fast schon ironisch, aber sie hat jetzt wohl beschlossen, dass Margarine Krebs verursacht.«

»Krebs?«

»Ich weeeeiß! Na ja, die Berliner Mauer gibt's nicht mehr, jetzt muss Margie ihren Kalten Krieg eben gegen jemand anderen führen.«

»Gegen Flora? Sie hat die kommunistische Supermacht gegen Sonnenblumenmargarine eingetauscht?«

»Genau. Du weißt ja, wie sie ist.«

»Man sollte meinen, dass sie sich über andere krebserregende Dinge mehr Gedanken machen sollte …« Esther legte eine kleine Kunstpause ein. »Zigaretten beispielsweise.«

Laura rümpfte zwar die Nase, tappte aber nicht in die Falle. »Ja, möglich.«

Als der Toast fertig war, gingen sie hinüber ins Wohnzimmer. Laura ließ sich wie immer in den großen schwarzen Ledersessel mit der gepolsterten, hochklappbaren Fußstütze fallen, und Esther nahm auf der Couch Platz und zog die Beine unter, während sie ihren Teller auf dem Unterarm balancierte. Wie eine Dirigentin richtete Laura eine Fernbedienung nach der anderen auf diverse Empfänger aus, bis schließlich der Fernseher ansprang und die bodentiefen Vorhänge vor dem Erkerfenster mit einem elektrischen Surren zugingen.

Seit Kylie und Jason bei *Nachbarn* nicht mehr mitspielten, war die Serie nicht mehr dieselbe, was sie allerdings nicht davon abhielt, sie weiterzuverfolgen. Wenn Esther manchmal aus irgendeinem Grund von der Schule fernblieb, sah sie sich die jeweilige Folge um die Mittagszeit und abends dann noch mal die Wiederholung an. Die überschaubare *Nachbarn*-Welt vermittelte ihr ein Gefühl von Sicherheit: Die Figuren lebten alle in ein und derselben Sackgasse und entfernten sich von dort auch nie weiter als bis zum Lassiter's Lake. In der Ramsay Street, davon war Esther überzeugt, wäre ihr jemand zu Hilfe geeilt, als diese Jungs anfingen, sie mit Pommes zu bewerfen. Helen Daniels wäre aus dem Haus gerannt und hätte die Übeltäter zur Rede gestellt. Irgendwer hätte Laura beim Rauchen ertappt und am Ende der Folge ein moralisches Exempel an ihr statuiert.

»Ich hasse diese Blowjob-Zwillinge«, murmelte Laura mit vollem Mund, zeigte auf den Fernseher und schwang ein Bein über die Sessellehne. »Die sind echt noch langweiliger als Harold und Madge.«

»Blowjob-Zwillinge?«

»Sarah nennt sie so.«

»Sarah Maxwell?«

»Ja, sie meint, die beiden hätten echte Blowjob-Münder.« Sie schürzte obszön die Lippen und kicherte.

Statt an Blowjobs musste Esther an Sarah Maxwell denken, die als das coolste Mädchen der Schule galt, seit ihre Mutter ihr erlaubt hatte, sich eine Dauerwelle machen zu lassen, während alle anderen immer noch Zöpfe und Pferdeschwänze getragen hatten. Die Dauerwelle war irgendwann ausgewachsen, die Coolness aber war geblieben. Und was immer sie berührte, mit wem immer sie sich umgab, war ebenfalls schlagartig cool, als hätte sie es mit einer Art Glitzer überzogen. Jetzt war also auch Laura auserkoren worden.

»Warst du mit ihr beim Rauchen?«, fragte Esther.

Laura seufzte schwer, stellte ihren Teller neben dem Sessel auf den Boden und leckte ihre Finger ab, wo Marmite und Butter glänzende Flecken hinterlassen hatten. »Ich wusste, dass du blöd reagieren würdest«, sagte sie.

»Ich reagiere gar nicht blöd.«

Laura verdrehte bloß die Augen und lehnte sich in ihrem Sessel zurück, als wolle sie so viel Distanz wie möglich zwischen sie beide legen. »Hör mal, ich hätte dich gefragt, okay, aber das war so nicht geplant – das war eine spontane Idee, nach dem Ballett. Keine große Sache.«

»Warum hast du mir dann nicht einfach erzählt, wo ihr wart?«

»Weil … genau deshalb. Wegen dir. Weil ich wusste, dass du ein Riesentheater machen würdest.«

»Ich mache überhaupt kein Theater, ich mein doch nur, du hättest es mir einfach erzählen können.«

»Was willst du? Ein schriftliches Geständnis? Meine Güte, es waren doch nur ein paar Kippen. Ich hab schließlich nicht gekokst oder so.«

»Oh, verdammt!« Esther stemmte sich vom Sofa hoch. Erst jetzt war ihr wieder eingefallen, dass sie nicht alles vor der Haustür aufgesammelt hatte.

»Was? Was denn?«, rief Laura ihr nach, als Esther aus dem Wohnzimmer verschwand. »Oh, Entschuldigung, hast *du* dein Koks draußen liegen lassen?«

Als sie wieder hereinkam, knallte sie mit Nachdruck die Haustür hinter sich zu. Vielleicht war das ja ein ausreichender Hinweis.

»Ich hab dich gefragt, ob du dein Koks draußen liegen gelassen hast«, rief Laura ihr aus dem Sessel entgegen und grinste.

»War schon beim ersten Mal nicht witzig«, entgegnete Esther. »Abgesehen davon transportiere ich meine

Drogen im Oboenkasten. Ich hab das Buch aus der Bibliothek draußen liegen lassen.«

»Das Buch aus der Bibliothek? Das ist ja mal Rock'n'Roll!« Laura schüttelte den Kopf und machte den Fernseher lauter, dabei lief bereits der Abspann. Die Folge war zu Ende.

Esther schlug das Buch an der Stelle auf, die sie gelesen hatte, bis es draußen zu dunkel geworden war, und hielt es sich direkt vors Gesicht, sodass sie Laura nicht mehr sehen musste. Hinter den Taschenbuchseiten konnte sie hören, wie Laura durch die Sender zappte und dann bei Musik hängen blieb – vermutlich MTV. Seit die Thomas' Satellitenfernsehen hatten, sah sie andauernd MTV. Sie kannte sämtliche Songtexte und wusste, was Hitpotenzial hatte, noch bevor irgendein Lied in der *Chart Show* landete.

Auch Esther hätte gerne MTV geschaut, aber das wäre einer Niederlage gleichgekommen. Außerdem würde ihre Mum sie ohnehin um sieben abholen. Vielleicht sollte sie am kommenden Donnerstag ganz einfach in der Bibliothek bleiben, wenn Laura sich jetzt immer so verhielt. Vielleicht würden sie sich nie wieder annähern. Laura würde mit Sarah Maxwell und diesen gesichtslosen Jungs von der Highschool um die Häuser ziehen, während Esther bis zum Abi ihre Freizeit im Musikraum mit Miss Coombe verbringen und dabei zusehen würde, wie cool die anderen um sie herum ohne sie waren.

In der Küche klingelte das Telefon. Mit einem genervten Seufzer stand Laura auf, um den Anruf entgegenzunehmen. Kurz fragte Esther sich, ob der Anrufer womöglich Sarah war oder sogar irgendein Junge, aber nach wenigen Minuten war Laura wieder zurück.

»Okay, hör zu, es tut mir leid«, sagte sie und stellte sich direkt vor Esther, sodass die sie nicht länger ignorieren konnte.

Esther starrte weiter auf die Buchseiten. Noch war sie nicht bereit, die Entschuldigung zu akzeptieren.

Laura ließ sich neben sie aufs Sofa fallen. »Es tut mir leid, Est, ehrlich. Du weißt doch, wie es ist … Man rutscht da irgendwie mit rein. Ich hab einfach vergessen, dass ich direkt nach Hause gehen sollte.«

Nein, Esther hatte keine Ahnung, wie das war – sie war noch nie in irgendwelche aufregenden, geselligen Unternehmungen einfach reingerutscht. Sie schnaubte, was ebenso gut als Räuspern verstanden werden konnte wie als Kenntnisnahme; allerdings ließ sie ihr Buch ein Stückchen sinken.

»Esther«, sagte Laura, »Esther, jetzt komm schon!« Sie rutschte näher heran und stupste Esther mit dem Ellbogen an, bis diese ihr Buch in den Schoß legte. Da erst fiel ihr Blick auf den Umschlag. Sie riss Esther das Buch aus der Hand und trug wie ein Fernsehansager mit dramatischer Stimme vor: *»Little Girl Lost. Der Weg eines Kinderstars in die Sucht – und wieder heraus* … von Drew Barrymore. Was ist das denn für ein Scheiß?«

»Halt die Klappe! Nur weil du nie liest …« Esther versuchte, sich das Buch zurückzuholen, doch Laura hielt es von ihr weg.

»Ich hab *Forever* gelesen«, entgegnete Laura.

»Forever hat jeder gelesen. Embryos im Mutterleib haben *Forever* gelesen.«

»Ich weiß echt nicht, warum du so hochnäsig tust«, sagte Laura und blätterte durch die Seiten. »Das hier scheint mir nicht unbedingt ein Steinberg zu sein.«

»Stein*beck*.«

»Ist doch egal.«

Mittlerweile hatte Laura bis zum Bildteil geblättert und hielt das Buch so, dass sie beide es sehen konnten. Widerwillig sah Esther ihr über die Schulter dabei zu, wie sie eine neue Fotoseite nach der anderen aufschlug.

»Oh mein Gott, schau dir das an!«, kreischte Laura und starrte auf ein Bild von Drew bei der Oscarverleihung. »Corey Feldman! Die hatten doch wohl hoffentlich nichts miteinander, oder? Der ist ja gruselig!«

»Na ja, immerhin war sie drogensüchtig«, gab Esther zu bedenken.

»Anders wäre das auch kaum zu erklären ... Oh nein – *E.T.!* Gott, echt ... *E.T.!* Weißt du noch, wie wir diesen krassen Streit wegen der Eule hatten? Darüber, wer Gertie sein durfte?«

»*Ich* bin Gertie!«, prustete Esther bei der Erinnerung los.

»Nein, *ich* bin Gertie!« Laura stieß sie mit der Schulter an.

»Tja, und jetzt hast du sogar angefangen zu rauchen. Na dann, Drew, müsstest du meinen Berechnungen zufolge ja im Alter von – was? achtzehn? – im Entzug landen.«

»So schlimm ist es nun auch wieder nicht«, sagte Laura, verdrehte demonstrativ die Augen und legte das Buch beiseite. »Ich meine, wenn du schon nicht aufhören kannst zu meckern, warum rauchst du nicht selbst eine, und wir sind quitt?«

»Na klar, ich lauf nur schnell in meiner Schuluniform rüber zum Kiosk und kauf mir welche«, sagte Esther. »Nein, ich weiß was Besseres: Warum frag ich nicht einfach Corey Feldman, ob er mich in seiner Corvette hinfährt? Und anschließend vielleicht gleich weiter zu den Oscars?«

»Du bist *echt* öde«, entgegnete Laura, warf das Buch aufs Sofa und stand auf. »Warte kurz.«

Esther blieb sitzen und blätterte einmal mehr die Fotos durch – Drew Barrymore auf einer Bühne in einem New Yorker Nachtclub, ein Paar hohe Chucks an den Füßen, mit knapp elf. Was hatte sie selbst gemacht, als sie elf Jahre alt gewesen war? Sie hatte mit Lauras Barbie und Ken gespielt, sie hatten Erwachsensein gespielt, während Drew Barrymore längst erwachsen gewesen war. Dass sie noch irgendetwas mit dem kleinen Mädchen aus *E. T.* gemeinsam haben sollte, war kaum vorstellbar; aber wenn irgendjemand wie Drew war, dann Laura.

Aus dem Augenwinkel sah sie an der Tür eine Bewegung, und als sie aufblickte, lockten sie zwei Zigaretten aus dem Zimmer wie zwei Knochenfinger.

»Laura! Wo hast du die her?«

Laura steckte den Kopf zur Tür herein und winkte mit den Kippen. »Von Sarah. Willst du eine?«

»Kommt Margie nicht gleich nach Hause?«

»Nein, das am Telefon, das war sie. Dad fühlt sich nicht gut, sie fährt zum Hafen und holt ihn ab, damit er nicht den Zug nehmen muss. Die brauchen noch eine Weile. Los, komm schon!«

Esthers Mum hatte sie diverse Male davor gewarnt, dem Gruppendruck nachzugeben. Sie hatte regelrecht prophezeit, dass die Coolen irgendwann von ihr einfordern würden, dass sie rauchte – eines Tages würden sie ihr zu verstehen geben, dass man mit ihnen nicht befreundet sein könnte, wenn man nicht mitmachte. Sie drängten einen förmlich dazu, obwohl man gar nicht wollte. Esther hatte sich dann immer vorgestellt, wie irgendjemand Beliebtes – Sarah Maxwell oder Amelia Wentworth beispielsweise – sie zu Boden drücken und ihr eine Zigarette zwischen die Lippen schieben würde, während sie selbst verzweifelt das Gesicht abwandte wie eine Frau aus einem alten Spielfilm, die auf die Bahngleise gefesselt war – *nein! Nein! Nein!* Aber das hier fühlte sich anders an. Sie *wollte* mitmachen. Insgeheim war sie froh, dass Laura sie gefragt hatte.

Es war, als wäre Laura mit ihren neuen Freunden in ein Auto gestiegen – als würde sogar Drew Barrymore dabeisitzen –, und kurz bevor sie die Tür zuschlagen wollte, hätte sie sie noch mal aufgedrückt und Esther aufgefordert mitzufahren.

Und Esther stieg, ohne zu zögern und ohne sich überhaupt anzuschnallen, ein.

Laura hatte kein Feuerzeug, nur die beiden Silk-Cut-Zigaretten von Sarah Maxwell, also nahmen sie stattdessen die große, rasselnde Streichholzschachtel aus der Küche mit und gingen hinaus auf die Terrasse. Die Zigaretten anzuzünden dauerte deutlich länger als im Fernsehen. Erst gingen die Streichhölzer im Wind immer wieder aus. Dann redete Laura in einem fort auf Esther ein, sie solle ordentlich daran ziehen.

»Mach ich doch!«

»Nein, nicht so … Warte, lass mich zuerst, du musst genau in dem Moment einatmen, wenn die Flamme die Spitze berührt.«

Esther sah sich Lauras Technik genau an und war konzentrierter bei der Sache als vorher in Miss Coombes Oboenunterricht. Beim nächsten Versuch schaffte sie es, die Zigarette halb anzuzünden, inhalierte, und ein Mundvoll ätzender Rauch löste einen so heftigen Hustenanfall aus, dass sie sich nach Luft ringend vornüberbeugen musste.

»Du musst einfach immer weiter ziehen«, dozierte Laura in Esthers bebendem Rücken. »Sonst geht sie sofort wieder aus. Aber weißt du was? Amelia Wentworth hat gesagt, wenn deine Zigarette nur halb angeht, dann ist jemand in dich verliebt.«

Esther richtete sich wieder auf. Sie keuchte immer noch – vom Rauch und angesichts der vollkommen absurden Vorstellung, dass irgendjemand in die Fette Fester verliebt sein könnte. Allerdings fühlte sich das schwammige Gefühl im Kopf irgendwann sogar ganz angenehm an. Sie zog erneut an ihrer Zigarette, bis die Spitze endlich richtig brannte. Sie fühlte sich wie in einem John-Hughes-Film. Genau das hier war, was Teenager tun sollten – Zigaretten rauchen, während ihre Eltern weg waren. Und nicht daheimbleiben und jeden Abend zwei Stunden Oboe üben.

Inzwischen war es draußen stockfinster und kalt geworden. Ein paar Sterne leuchteten am Himmel, und während sie beide vor sich hin rauchten, formte sich ein geheimer Wunsch in ihr. Früher einmal hätte sie diesen Wunsch laut ausgesprochen, aber sie war sich nicht mehr sicher, ob Laura so etwas Kindisches nicht mittlerweile hinter sich gelassen hatte, ohne es ihr zu sagen. Jetzt, da sie sich an den Geschmack der Zigarette gewöhnt hatte, war es auch nicht mehr allzu schlimm. Dass ihr leicht schwindlig war, gefiel ihr eigentlich ganz gut. Sie fühlte sich, als hätte sich die Luft um sie herum in Wasser verwandelt und alles irgendwie entschleunigt.

»Mein Dad war letzte Woche schon krankgeschrieben«, sagte Laura unvermittelt.

Esther drehte sich zu ihr um, doch Laura starrte weiter geradeaus. »Wie, krankgeschrieben?«

Laura nahm noch einen tiefen Zug von ihrer Zigarette, ehe sie antwortete: »Ich weiß nicht, irgendwas mit dem Magen, glaube ich.«

»Hat er was Falsches gegessen?«

»Ja, vielleicht.« Laura drückte ihre Zigarette an dem Ziegelmäuerchen aus, das die Terrasse vom Rest des Gartens trennte. Rote Funken stoben auf wie Glühwürmchen. »Aber Margie ist natürlich felsenfest davon überzeugt, dass er stirbt.«

Esther drückte ihre Zigarette an derselben Stelle aus. Auf dem Ziegel blieb ein schwarzer Fleck zurück, den sie mit den Fingern zu verwischen versuchte, damit sie keinen Ärger bekamen. »Ich bin mir sicher, dass er bald wieder gesund wird«, sagte sie.

»Na klar«, erwiderte Laura hastig, als bereue sie es, überhaupt damit angefangen zu haben. »Egal, gib mir die Kippe, ich werf sie in den Müll.«

Esther ließ die zerdrückte Kippe in Lauras Handfläche fallen, setzte sich auf das Mäuerchen und baumelte mit den Beinen, kickte mit den Fersen gegen die Ziegel und wartete darauf, dass Laura von den Mülleimern wiederkam. Verstohlen schnüffelte sie an ihrem Ärmel nach Spuren von Zigarettenrauch. Obwohl der Geruch nicht gerade angenehm war, mochte sie ihn. Irgendwie fühlte es sich an, als hätte sie sich mit dem Duft einer coolen Jugend eingesprüht.

Als Laura von den Mülltonnen zurückkam, lächelte sie wieder. »Tja …«, sagte sie und hielt kurz inne, bevor sie wieder reingingen. Hinter den gläsernen Terrassentüren war die Küche hell erleuchtet. Dass sie draußen in der Dunkelheit standen, fühlte sich für Esther an, als würden sie an einem Bühneneingang auf ihren Auftritt warten. »Jetzt hast du also deine erste Zigarette geraucht.«

Die Gönnerhaftigkeit in Lauras Stimme gefiel Esther ganz und gar nicht. Doch um dem Vorwurf zu entgehen, schon wieder ein Theater zu machen, entschied sie sich stattdessen, es mit Humor zu nehmen. Immerhin hatte Laura ihr ein Friedensangebot aus Nikotin und Streichhölzern unterbreitet, und das als selbstverständlich zu erachten, wäre falsch gewesen.

Sie presste sich gekünstelt dankbar beide Hände vor die Brust. »Wow, ich weiß wirklich nicht, wie ich dir danken soll, Drew. Und wann legen wir mit den *Drogen* los?«

Laura kicherte in sich hinein, als sie die Glastüren zurückschob. Die Bühne war voll ausgeleuchtet, und Esther betrat sie Seite an Seite mit ihrer besten Freundin.

Aufmunternd hakte Laura sich bei ihr unter. »Das Beste ist doch, Drew, dass wir jetzt zusammen auf Entzug gehen können, wenn es so weit ist. Vielleicht erlauben sie uns ja sogar, dass wir uns ein Zimmer teilen.«

5

Oktober 2013

Ich bin hier, um die Lage zu retten. Ich bin eine starke, selbstständige Frau, ich bin achtunddreißig Jahre alt … und schaffe es nicht, den Leihwagen zu starten.

Mit diesem bescheuerten Schlüsselanhänger, den sie mir am Hertz-Schalter gegeben haben, habe ich alles probiert, was mir eingefallen ist. Die Leuchten sind an- und wieder ausgegangen, aus der Klimaanlage ist mir ein Tornado entgegengebraust, ich hab die Türen mittlerweile fünfmal zu- und wieder aufgesperrt, und es ist mir tatsächlich sogar gelungen, einen schrillen Alarm auszulösen, bei dem alle anderen auf dem Parkdeck quasi zeitgleich wie bei einem Flashmob vor Schreck in die Luft gesprungen sind.

Tief durchatmen. Ich kann das. Meine Laura-Rettungsmission wird dieser blöde Schlüsselanhänger nicht vereiteln.

Natürlich hängt an diesem Anhänger kein richtiger Schlüssel. Das wäre auch zu einfach gewesen.

Ich könnte wieder zum Schalter zurückgehen und fragen, aber der liegt meilenweit weg jenseits des Parkdecks auf der anderen Seite des Flughafens, und das Schlimmste ist, dass der Typ am Schalter darauf bestanden hat, mir zu erklären, wie der Schlüssel funktioniert. Ich weiß nur noch, dass ich nickte und nicht wirklich zuhörte. Ich dachte mir, meine Güte, sehe ich wirklich aus wie die Art von Idiotin, die nicht weiß, wie man ein Auto anlässt? Ich will weder wieder zurücklaufen noch mir die unvermeidliche Belehrung am Ende anhören müssen.

»Laura«, sage ich laut, packe das Lenkrad und sehe nach oben, »was tust du mir hier an?«

Mit dem Anhänger in der geballten Faust donnere ich ein paarmal frustriert die Stirn aufs Lenkrad, und unerklärlicherweise erweckt ausgerechnet das den Leihwagen zum Leben. Er hustet kurz, und ich gebe sofort Gas, damit der Motor nicht gleich wieder absäuft. Okay, ich habe wirklich keine Ahnung, wie ich das geschafft habe, aber jetzt läuft die Sache. Ich habe die Adresse des Motels ins Navi eingegeben und muss nur noch losfahren.

Rechts bleiben, rechts bleiben, rechts bleiben, rufe ich mir mit zusammengebissenen Zähnen in Erinnerung, als ich auf der Suche nach der Ausfahrt das Parkdeck überquere. *Rechts, rechts, rechts,* murmele ich mantraartig vor mich hin, während ich das Auto auf eine zweispurige Straße zusteuere, auf der der Verkehr nur so dahinbrettert. Los geht's, ich kann das!

Dass Margie nicht mehr Auto fährt, habe ich immer ein wenig belächelt, aber die Wahrheit ist, dass ich mittlerweile auch nur noch sehr selten hinterm Steuer sitze. Allein schon sie vom Flughafen abzuholen hat sich angefühlt, als hätte ich mich ziemlich weit aus meiner Komfortzone hinausgewagt. Wenn man ständig mit dem

Kinderwagen unterwegs ist und sämtliche Kindersachen dabeihaben muss, wo immer man auch hingeht, liegt es einfach sehr viel näher, im eigenen Viertel zu bleiben. Alles, was ich brauche, ist von daheim zu Fuß erreichbar – der Park, die Geschäfte, die ganzen Cafés, in die man Kinderwagen mit hineinnehmen darf. Und wenn Linus einmal einen seiner spektakulären Ganzkörper-Stramplervernichtungs-Kackanfälle hat und ich ihn bis zu den Socken komplett frisch anziehen muss, weiß ich, dass ich nie allzu weit weg von zu Hause bin.

An den Wochenenden (hör weg, Emmeline Pankhurst) sitze ich meistens mit Linus auf der Rückbank, oder – wenn mein Mann mal wieder meckert, weil er sich so wie ein Taxifahrer fühlt – ich verbringe die Fahrt quasi mit dem Rücken nach vorn auf dem Beifahrersitz, sodass ich hinten jederzeit eingreifen kann. Ich bin der Mummy-Automat, der sich verbiegt, um das Fläschchen nach hinten zu halten, oder sich hinkniet, um einen heruntergefallenen Plüschhasen unter dem Fahrersitz hervorzuangeln. Ich hab mir schon oft überlegt, wenn wir in genau so einem Moment einen Autounfall hätten, wäre dies die absolut demütigendste Art, um abzutreten: in ausgeleierten Jeans und mit dem Arsch vorneweg durch die Windschutzscheibe, in der Hand das stets gezückte Feuchttuch, mit dem ich dann zum Abschied winke.

Erst jetzt, da ich – mit dem Gesicht nach vorn – selber fahre und mit jeder Meile ein Stück Selbstvertrauen zurückgewinne – *seht her, ich im Rechtsverkehr in Amerika!* –, erinnere ich mich wieder daran, dass mir Autofahren früher Spaß gemacht hat. Nein, ich habe es sogar geliebt, vor allem das Radio aufzudrehen und mitzusingen, so laut ich wollte, ohne dabei Angst haben zu müssen, dass mich irgendjemand hörte. Natürlich ist in diesem Wagen der Radioknopf nicht dort, wo jeder vernünftige Mensch ihn erwarten würde, aber nach einer Weile entdecke ich ihn am Lenkrad und zappe durch die Sender, bis ich ein mir bekanntes Lied höre.

»Goodbye Yellow Brick Road«. Das reicht eigentlich schon, um wieder anzuhalten, aber ich hab zu viel Schiss, dass ich den Wagen dann nicht wieder anbekomme.

Laura und ich konnten jeden Song des *Very Best of Elton John*-Albums in- und auswendig. Jeden. Sogar »You Gotta Love Someone«. Jeden Tag auf dem Heimweg von der Schule in ihrem alten orangefarbenen Käfer haben wir das Album auf Endlosschleife hoch und runter gesungen. Ihr Vater hatte ihr ein Auto versprochen, wenn sie die Führerscheinprüfung bestehen würde, aber dass es ein gutes wäre, davon hatte er wohlweislich nichts gesagt. Der Käfer hatte sogar irgendwann einmal ein Radio gehabt. Aber als zum wiederholten Mal die Kleiderbügelantenne abfiel, ersetzte Laura das Radio durch einen Kassettenrekorder aus rotem Plastik und einer Handvoll Mix-Kassetten vom Flohmarkt, weil sie ihre richtige Musik längst auf CD hatte. Und von all den Kassetten war *The Very Best of Elton John* nun mal die beste. Während Laura wie eine Rallyefahrerin auf nur zwei Rädern um jede Kurve quietschte, versuchte ich, meinen bevorstehenden Unfalltod auszublenden, indem ich mich darauf konzentrierte, die klobigen Knöpfe auf dem Kassettenrekorder in meinem Schoß zu drücken, um zu unseren Lieblingsliedern vorzuspulen. Und »Goodbye Yellow Brick Road« war von allen Songs der beste. Laut Laura war er überhaupt der beste Song aller Zeiten zum Mitsingen beim Autofahren. Und ja, er bringt wirklich alles dafür mit, die hohe Hauptstimme, rauschende Harmonien und einen verwirrenden Text über Kurzhorn-Krötenechsen.

Nur eines bringt er nicht mit: Laura, die neben mir sitzt und ebenfalls singt. Sie hatte immer schon die stärkere Stimme; meine klingt dünn und irgendwie näselnd, wenn ich alleine singe, selbst wenn ich die Musik laut drehe. Wenn ich mir alle Mühe gebe, kann ich Laura fast vor mir sehen, wie sie damals war, mit Sonnenbrille auf der Nase, das schwarze Haar zu einem Louise-Brooks-Bob geschnitten, eine Zigarette zwischen den Fingern. Damals, mit siebzehn und den Führerschein frisch in der Tasche, schien sie ständig zu lachen. Oder vielleicht denke ich das ja auch nur, weil sie später ziemlich lange gar nicht mehr gelacht hat.

Es fühlt sich verkehrt an, hier in Kalifornien ohne sie unterwegs zu sein. Ich war natürlich auch früher schon mal in den USA, berufsbedingt. Kurztrips an die Ostküste, um Schriftsteller oder den einen oder anderen Promi zu interviewen, der ebenfalls ein Buch geschrieben hatte. Einmal sprang sogar ein langes Wochenende in Miami dabei raus, inklusive Spa-Behandlungen, während mein Mann einen Kongress besuchte. Vor der Westküste verlief allerdings immer die Grenze – das war Lauras Hoheitsgebiet. Ich dachte immer, wenn ich jemals hierherkäme, würde der Grund dafür ein Besuch bei Laura sein. Ich hätte nie vermutet, dass ich allein herkommen würde, um nach ihr zu suchen.

Vor mir taucht das erste Schild nach Napa auf, und ich sehe zu, dass ich auf der richtigen Abbiegerspur lande. Allein schon den Namen vor mir zu sehen – weiß auf grünem Grund –, lässt mein Herz für einen kurzen Moment schneller schlagen. Seit Laura hier draußen wohnt, habe ich immer sofort an sie denken müssen, sobald irgendwo etwas über Napa stand, was überraschend oft der Fall ist, genau wie man urplötzlich überall ein ganz bestimmtes Wort aufschnappt, sobald man es erstmals gehört hat und ein Ohr dafür entwickelt. Allein die Tatsache, dass Napa existiert, erinnert mich dann immer an meine beste Freundin in der Ferne. Und doch hab ich es nie geschafft, sie zu besuchen, nicht ein einziges Mal.

Dabei hat Laura uns Hunderte Male eingeladen. Ich dachte immer, sie wollte vielleicht mit ihrem Leben hier in Kalifornien angeben, mit den Weinbergen und dem Gebirge, den Skipisten im Winter und der brutalen Hitze im Sommer. Jetzt, da ich allein vom Flughafen hierher gefahren bin, so wie sie es ebenfalls unzählige Male getan haben muss, frage ich mich allerdings, ob sie nicht eigentlich nur einsam war und in dieser fremden Umgebung ein paar bekannte Gesichter um sich haben wollte. Mal abgesehen von ihrer Mutter bin ich Lauras einzige Familie, und doch habe ich sie Mal ums Mal damit vertröstet, ich sei zu beschäftigt. Ich hab es auf die Arbeit geschoben, auf die Schwangerschaft, auf das Baby. Der Flug sei zu lang, hab ich gesagt, im Augenblick passe es gerade nicht. Aber um ehrlich zu sein, muss ich zugeben, dass ein Teil von mir immer auch befürchtet hat, dass Laura womöglich anfangen würde, sich zu fragen, was wir überhaupt noch gemeinsam hätten, sobald sie mich hier sähe – die alte, älteste Freundin, die urplötzlich in dem neuen Leben auftaucht, das sie sich hier aufgebaut hat. Genau wie ich mich das auch selbst gefragt habe.

In ihren E-Mails berichtete sie immer von Partys und Festivals, Ausflügen an den Strand und von spontanen Wochenendtrips nach Las Vegas. Ich erzählte ihr fröhliche, beschwingte, leicht beschönigte Geschichten von meinem neuen Leben als Mutter. Denn abgesehen von anderen Müttern will von den unschönen Seiten doch ohnehin niemand etwas hören, oder? Sie war die schillernde Kosmopolitin, ich das farblose Heimchen. Um nichts auf der Welt hätte ich mit ihr tauschen oder gar in mein altes Vor-Linus-Leben zurückkehren wollen, aber um auf all die verpassten Gelegenheiten im Leben nicht zumindest mit einem Hauch von Bedauern zurückzublicken, muss man schon über mehr innere Größe verfügen, als ich es nun mal tue.

Es fühlte sich ganz einfach sicherer an, unsere Freundschaft in der Vergangenheit verkapselt zu wissen – sichere Weißt-du-nochs anstelle von potenziellen Auseinandersetzungen über neue, unbekannte Themen. Sollte Laura doch stattdessen wieder heimkommen, zu uns, nach Hause, wo alles für immer gleich bleiben würde und wir im Handumdrehen wieder in die Rollen schlüpfen konnten, die wir jahrzehntelang gespielt hatten. Ich, die Vernünftige, die sich ein Nest gebaut hatte, und Laura, der Freigeist. Ich hatte sie so sehr als unabhängige, unbekümmerte Frau abgespeichert, die begeistert ihr kalifornisches Ich entfaltete, dass ich sie kaum je fragte, wie es ihr überhaupt ging, ohne die Antwort gleich vorwegzunehmen, fällt mir jetzt auf. »Erzähl, wie war das Superwochenende in Tahoe?«, hab ich gefragt, oder: »Was ist das eigentlich für ein heißer Australier, mit dem du ständig ausgehst?« Ich habe ihr lediglich Fragen gestellt, die zu dem Bild passten, das ich mir von Laura gemacht hatte. Ich wollte so sehr glauben, dass es ihr hier gut ging, dass ich ihr gar nicht erst die Chance gab zu erzählen, dass das womöglich überhaupt nicht stimmte. Vielleicht war ihr Verschwinden ja ihre letzte Möglichkeit hinauszuschreien, dass irgendetwas ganz und gar nicht in Ordnung war.

Parallel zu meiner Spur führt noch eine weitere Straße hinauf in die Berge. Manchmal kann ich sie klar sehen, dann verschwimmt sie wieder, und gerade wenn ich denke, dass sie weg ist, taucht sie wieder auf. Irgendwie ist das doch wie mit der Vergangenheit – sie ist immerzu da. All diese vergangene Zeit läuft dauerhaft neben dir her, manchmal zum Greifen nah, dann wieder ein Stück weiter entfernt. Jedes Leben, das du hättest leben können, jede Entscheidung, die du nicht gefällt hast. Selbst wenn du geglaubt hast, dass alles längst vergessen wäre. Ich weiß noch genau, wie ich einmal eine Fernsehsendung gesehen habe, eine Doku über ein Pflegeheim für Demenzkranke. Die Bewohner hatten ihre Ehepartner vergessen und standen ihren eigenen Kindern gegenüber, ohne dass die ihnen auch nur entfernt bekannt vorgekommen wären. Sie wussten nicht mehr, wie man eine Mahlzeit zu sich nahm, konnten nicht einmal mehr einen Löffel halten. Aber wenn irgendein Lied aus ihrer Jugend gespielt wurde, dann strahlten sie plötzlich übers ganze Gesicht. Komplette Songs waren mit einem Mal wieder da – Wort für Wort –, und sie klatschten mit denselben Händen, die sie zuvor nicht hatten koordinieren können, präzise im Takt.

Die Vergangenheit ist immer da, dauerhaft, man muss nur einen Zugang dazu finden.

Poison Ivy, 1993[3]

SYLVIE COOPER: Es kam mir so vor, als würde ich immer auf der falschen Seite stehen.

6

Als Laura ihre Übernachtungsbesuche erstmals »Zwei Jungfrauen und ein Video« nannte, damals, als sie dreizehn waren, war dies das Lustigste, was Esther je gehört hatte. Es klang wie ein Bandname oder der Titel einer Fernsehsendung, wie *Drei Engel für Charlie*. Vor ihren Eltern sprachen sie nur von den zwei Js und einem V, und wenn sie gefragt wurden, was dahinterstecke, mussten sie so sehr kichern, dass am Ende niemand nachbohrte.

Als hätten sie vor ihren Eltern jemals das Wort »Jungfrau« in den Mund genommen! Oder vor irgendjemandem sonst. Das sprach man einfach nicht laut aus. An der Portsdown wusste jeder – ob Junge oder Mädchen –, dass die Frage »Bist du noch Jungfrau?« strikt verneint werden musste. Selbst im Alter von elf Jahren. Was das Ganze umso komischer machte.

Allerdings waren sie inzwischen achtzehn. Und »Zwei Jungfrauen und ein Video« war rein faktisch immer noch eine Tatsache, was Esther langsam, aber sicher nicht mehr witzig fand. Sobald Laura auch nur Anstalten machte, es laut auszusprechen, wenn sie den Video Palace ansteuerten, fuhr Esther sie panisch an, nur um im nächsten Augenblick möglichst lässig keine Miene mehr zu verziehen.

Den Video Palace als Palast zu bezeichnen war gelinde gesagt ein Euphemismus. In Wahrheit bestand der kleine Eckladen aus kaum mehr als einem verstaubten Drehregal, das überwiegend mit Sex- und Horrorfilmen bestückt war. »Pfuifilme«, hätte Esthers Mutter sie genannt, aber bei Laura daheim hatte Esther mehr davon gesehen, als ihre Mum sich in ihren schlimmsten Albträumen hätte vorstellen können. Sie hatten sich sämtliche *Nightmare*-Filme angeschaut, *9 ½ Wochen, Blue Velvet* und im Großen und Ganzen eigentlich auch alles andere.

Was sonst hätten zwei Jungfrauen auch machen sollen, nachdem Laura schon seit sechs langen Monaten nicht mehr ausgehen wollte? Esther war sich sicher, dass keine von ihnen mehr Jungfrau wäre, wenn sie zu all den Partys gegangen wären, zu denen Laura eingeladen gewesen war. Oder zumindest wäre Laura nicht mehr Jungfrau gewesen. Sie hatte auch vorher schon mit Jungs rumgeknutscht, und zwar mit einer ganzen Menge, und nach wie vor kam der eine oder andere vorbei, um zu fragen, ob sie nicht vielleicht mit ihm ausgehen wollte.

Sie standen einander an dem Drahtkarussell mit den Videos gegenüber und sahen sich die Titel an, als wüssten sie nicht längst, was dort stand. Sie hätten natürlich zu Blockbuster gehen können – mit all den Regalreihen voll Neuerscheinungen und dem Kühlschrank voller Häagen-Dazs-Eis –, aber dann wäre ihnen die Hauptattraktion des Video Palace durch die Lappen gegangen. Diese Attraktion stand allerdings nicht zum Verkauf.

»Sag mal, hast du eigentlich nur Stroh in deinem Kopf?«, fragte Esther und hielt sich die leere Videohülle neben das Gesicht wie gewisse Frauen aus der Werbung.

»Nicht schon wieder *Heathers*«, brummte Laura und drehte das Karussell ein Stückchen weiter, als könnte dort urplötzlich etwas Neues auftauchen.

»Aber ich liebe meinen toten schwulen Sohn«, jammerte Esther – und Laura liebte Filme mit Winona Ryder, seit irgendein Typ aus der Highschool auf einer Party im vergangenen Jahr zu ihr gesagt hatte, dass sie ihr ähnlich sehen würde. Mit ihren großen, dunklen Augen und der elfenhaften Tänzerinnenfigur war da tatsächlich etwas Wahres dran. Und – worauf der Highschooltyp überdies hingewiesen hatte, kurz bevor Laura ihm eine schallende Ohrfeige verpasste – mit ihren überraschend großen Brüsten.

Doch Laura wollte nicht mitspielen. *»Sag mal, hast du sie noch alle, Heather?* War fünf Mal nicht genug? Wie wär's mit *The Lost Boys*?«

»Echt? Ich glaub, wenn ich mir den noch mal ansehen muss, dann ramm ich mir einen Pfahl durchs Herz.«

»Gott, ist das alles öde! Wir haben einfach schon *alles* gesehen«, stellte Laura mit einem bühnenreif lauten Seufzer à la Scarlett O'Hara fest. Dieser Seufzer lechzte geradezu nach Publikum.

Sie lehnte sich gegen die Glasvitrine mit den Softdrinks und zuckte mit der Achsel, sodass der aufgeknöpfte Träger ihres geblümten Kleids nach unten rutschte und ihre nackte Schulter und den pinkfarbenen BH-Träger entblößte. Nachdem dieses Malheur perfekt geklappt hatte, sah sie sich in aller Ruhe in dem Laden um. Hatte irgendjemand es bemerkt?

»Mein Gott, Laura, warum zeigst du ihm nicht einfach deine Titten, fertig, aus?«

»Schnauze!«, fauchte Laura, rückte dann aber doch das Kleid wieder zurecht.

Hinter dem Video-Palace-Tresen saß Ricko Struthers, der die Semesterferien daheim verbrachte und den Sommer über seinen früheren Ferienjob wieder aufgenommen hatte. Er sah kurz von der Musikzeitschrift auf, in der er blätterte. Sein langes, dunkles Haar hatte jede Seite gestreift, die er mit faszinierend finsterem Blick umgeschlagen hatte. An der Portsdown hatten die Mädchen samt und sonders Trauer getragen, als er zwei Jahre zuvor die Schule verlassen hatte, um an die Uni zu gehen. Sein Spind war zu einer Art Altar geworden. Wann immer irgendjemand auf dem Weg zu den Laborräumen war, zollten ihm die Mädchen ihren sehnsüchtigen Respekt, indem sie mit den Fingerspitzen über seinen mit einem Schlüssel eingeritzten Namen strichen. Inzwischen machten das sogar die untersten Jahrgänge, obwohl sie unter Garantie nicht die geringste Ahnung hatten, wer Ricko überhaupt war. Esther argwöhnte, dass genau so womöglich Religionen entstanden: durch das geistlose Nachäffen eines Rituals, bis niemand sich mehr an die ursprüngliche Bedeutung erinnern konnte und nur mehr das Ritual an sich übrig war. Manchmal überlegte sie sogar, einen Aufsatz darüber zu schreiben. Das Ganze schien ihr doch tatsächlich ziemlich postmodern.

Laura stapfte zu dem Karussell zurück und wirbelte es wütend herum – zu heftig, wie sich herausstellte, denn die Drahthalterungen knirschten an der schütteren Aufhängung, und Videohüllen flogen aus den obersten Fächern und klatschten zu Boden. Eilig kniete Esther sich hin, um sie wieder aufzusammeln, ehe irgendjemand hereinkam und sie mit den schmuddeligsten aller Über-18-Videos erwischte, die der Palace im Angebot hatte.

»Laura! Hilf mir doch mal! Die sind überall …«

»Alles in Ordnung da drüben?«, rief Ricko herüber.

Wie aus einem Mund antworteten sie: »Ja«, ehe sie in schallendes Gelächter ausbrachen – zwei Mädchen auf dem Fußboden einer Videothek direkt neben den Instantsuppen, mit den Händen voller Softpornos.

Ricko hatte während seiner Abwesenheit nichts von seiner Faszination eingebüßt; wenn überhaupt, dann hatte sie die kollektive Besessenheit noch zusätzlich geschürt. In den Pausen versammelten sich die Oberstufenschülerinnen in einem Versteck hinter ein paar kümmerlichen Büschen hinter der Sporthalle und ließen heimlich eine Silk Cut herumgehen, um ihre Erinnerungen an ihn nachzubeten wie Ave-Marias. Einatmen – gebenedeit sind deine dichten, ausdrucksstarken Augenbrauen, die du einzeln hochziehst, wenn du Interesse, Belustigung oder – bitte, lass es mich nicht treffen! – Geringschätzung empfindest. Ausatmen – gebenedeit sind deine Stirnfalten, die aussehen wie bei Christian Slater.

»Nee, ich glaub's ja nicht! Das ist doch Gertie!«, rief Laura plötzlich und fischte eine Videokassette unter dem Kühlschrank mit dem Eis hervor. »In einem ›Erotikthriller‹!«

»Ach was, das ist sie nicht«, spottete Esther und nahm ihr die Kassette weg – aber es stimmte.

Auf der Videohülle war eine finster dreinblickende Drew Barrymore abgebildet, die eine Jacke mit grässlichen Achtzigerjahre-Schulterpolstern und einen rotschwarzen Stretchrock trug, der kaum über den Slip reichte. Der knallrote Lippenstift passte gar nicht zu ihrem rundlichen Gesicht, das immer noch eine frappante Ähnlichkeit mit dem süßen kleinen Mädchen aus *E.T.* hatte.

»Das ist ein Omen«, raunte Laura, und ihre Augen funkelten verschmitzt. »Das hier ist unser Video-Palace-Schicksal. Wir leihen uns *Poison Ivy* aus!«

Esther versuchte noch, ein Veto einzulegen, aber Laura hatte sich bereits entschieden. Sie verschränkte die Arme vor der Brust, schloss die Augen und schüttelte den Kopf, unwillig, sich auch nur weiter nach Alternativen umzusehen. Nicht einmal mit *The Lost Boys* war sie umzustimmen.

»Ich hab alles schon gesehen«, sagte sie. »Ich will endlich etwas anderes.«

Esther blieb standhaft – bis Laura sie mit dem Ellbogen in die Rippen knuffte und in Richtung Tresen schob.

»Oh, Verzeihung, ich hab Sie gar nicht gesehen.«

Esther erwiderte den Schubser. »Bitte entschuldigen Sie vielmals, das war mein Fehler.«

»Aber nein, bitte entschuldigen *Sie*!« Lachend schob Laura sie weiter in Rickos Richtung. »Es war nicht meine Absicht, Ihnen auf dem Weg zur *Kasse* im Weg zu stehen …«

»Bitte, tu mir das nicht an«, zischte Esther. »Du hast ihn dir ausgesucht, jetzt musst du ihn auch ausleihen.«

»Hab meinen Videotheksausweis nicht dabei«, sagte Laura und hielt entschuldigend die Hände hoch. »Sorry!«

»Dann nimm meinen.«

»Geht nicht. Ricko kennt mich.«

Sie hatte recht, das war das Schlimmste daran. Sämtliche Jungs kannten Laura, und das wusste Esther natürlich ganz genau. Laura schubste sie erneut nach vorne, und diesmal ließ Esther sich widerwillig in Richtung des Verkaufstresens manövrieren.

Laura hatte immer schon alle um den Finger gewickelt, aber in den letzten Wochen schwang dabei auch etwas Draufgängerisches mit, und ständig hatte man das Gefühl, als würde sie im nächsten Augenblick irgendwas Schockierendes unternehmen. Als ihr Dad krank geworden war, hatte sie dichtgemacht, war abgemagert, war kein einziges Mal mehr ausgegangen. Sie war nicht mal mehr ans Telefon gegangen, und hin und wieder hatte Esther sich gefragt, ob sie sich überhaupt nur noch verabredeten, weil ihre Eltern nun mal miteinander befreundet waren und Laura ihr nicht einfach aus dem Weg gehen konnte wie allen anderen. Inzwischen war die alte Laura beinahe wieder da; sie konnte sich ja auch nicht für alle Zeiten abkapseln. Gestern erst hatte sie ein paar knackigen Bauarbeitern aus dem Autofenster zugebrüllt, sie sollten ihre Ärsche auspacken. Und in der Woche zuvor war sie bei Esther mit einer halb vollen Flasche Wodka aufgetaucht, die sie Margie stibitzt hatte – an einem Dienstag! –, und hatte sich mächtig einen angezwitschert. Wenn sie das Video nicht für sie mitnähme, fürchtete Esther, würde Laura sie in irgendeiner Art bloßstellen. Die Frage war nur, wie.

Vielleicht, indem sie superlaut »Jungfrau« rief.

Allein schon bei der Vorstellung gab Esther sich einen Ruck. Genau das, dachte sie insgeheim, war der Unterschied zwischen ihnen beiden. Ihre Jungfräulichkeit ängstigte Esther zu Tode – es war der beschämende Beweis dafür, dass niemand mit ihr schlafen wollte. Bei Laura hingegen kam sie der Reinheit einer Prinzessin in einem Turmgemach gleich – unberührbar und doch von allen begehrt. Und deshalb hatte sie natürlich auch keinen Grund, beschämt zu sein.

Esther hatte *Der Mythos Schönheit* gelesen – zweimal, um genau zu sein – und wusste, wie sich das Patriarchat weiblicher Schönheitsideale bediente, um Frauen zu unterdrücken. Sie wusste es genau. Und trotzdem fiel es ihr mitunter schwer, sich nicht minderwertig zu fühlen, wenn Laura neben ihr stand.

Obwohl jedes Mädchen an der Schule sich eine so üppige Lockenpracht wie die von Amanda de Cadenet aus *The World* wünschte – Haare, die hoch über den Kopf frisiert und stolz zur Schau getragen wurden und so schwer waren, dass man sie schier mit dem Unterarm aus dem Gesicht schieben musste –, hatten an der Portsdown gleichzeitig auch alle insgeheim vor Neid geseufzt, als Laura mit ihrem unmodischen, schnurgeraden dunklen Bob angekommen war. Die anderen lockten ihre Ponys, schliefen mit geflochtenen Zöpfen, färbten und tönten und blondierten ihr Haar, aber Laura tat nie mehr, als sich zu kämmen. Und genau das, davon war Esther überzeugt, war die wahre Macht der Schönheit, egal was Naomi Wolf dazu zu sagen hatte – mit dieser Lässigkeit gesegnet zu sein, während die anderen sich bis zur Erschöpfung abmühten, zumindest nicht vollkommen abstoßend hässlich zu sein.

Und während die Mädchen Neid verspürten, verspürten die Jungs etwas gänzlich anderes.

Ricko blickte mit unbewegter Miene von seiner Zeitschrift auf, als Esther mit der Hand über dem Videocover auf den Tresen zumarschierte und insgeheim hoffte, dass ihr Bauch unter dem Wonder-Stuff-T-Shirt nicht allzu dick aussähe. Er spähte an ihr vorbei zu Laura, die vorgab, die Softdrink-Auslage in Augenschein zu nehmen.

Als sich diverse Jungs an der Schule damals auf dem Pausenhof teils auf Knien und mit ausgestreckten Armen um Laura versammelt und den Song aus *Top Gun* gesungen hatten – *you never close your eyes anymore when I kiss your liii-iiips* –, war Ricko nicht dabei gewesen. Aber er hatte zugesehen. Ricko war nie einem Mädchen nachgelaufen; das hatte er allerdings auch nie nötig gehabt. Er war immer genau auf so viel Abstand gegangen, dass er gerade noch eine gewisse Anziehungskraft auf sie hatte – wie eine Venusfliegenfalle in roten Chucks und Flanellhemd.

Esther schob die leere Videohülle zu Ricko hinüber, und sowie er den Titel gelesen hatte, wanderte eine seiner viel gerühmten Augenbrauen in die Höhe.

»Wie alt seid ihr beiden denn, bitte schön?«, fragte er. Esther hatte das untrügliche Gefühl, dass er sich das Lachen verkniff, und verfluchte Laura insgeheim ein weiteres Mal dafür. »Der ist ab achtzehn.«

»Wir *sind* achtzehn«, erwiderte sie beleidigt, weil er es ihnen offensichtlich nicht ansah.

Daran war garantiert ihr Mondgesicht schuld, das sie so kindlich wirken ließ, dass man sie und Laura im vergangenen Jahr nicht mal ins *Peggy Sue's* hatte einlassen wollen. Esthers Mutter sagte zwar immer: »Dafür wirst du eines Tages noch dankbar sein, wenn du jünger aussehen *willst*«, aber tatsächlich war es einfach nur nervtötend. Wen scherte es denn, was man mit vierzig denken könnte; da ging man schließlich auch nicht mehr in Clubs.

Ricko grinste, drehte die Videohülle um und studierte die Rückseite. »Ihr wart ein, zwei Klassen unter mir, oder? Ich kenn euch doch.«

Allerdings sah er schon wieder über ihre Schulter, und Esther wusste genau, dass er nicht mit ihr sprach.

»Äh, ja, aber wir sind abgegangen«, sagte Esther und ahnte im selben Moment, dass die Formulierung missverständlich war. »Ich meine, wir sind fertig und haben unseren Abschluss gemacht. Wir haben nicht die Schule abgebrochen oder so … oder sind weggezogen. Also, wir sind hier nur noch diesen Sommer, und dann gehen wir an die Uni. Wie du … Na ja, also, nicht wie du, wir gehen ja nicht nach Manchester, meine ich. Ich gehe nach Leeds und Laura nach Nottingham.«

Belustigung flackerte in seinen Augen auf, und er zog einen Mundwinkel zu einem süffisanten Grinsen hoch. »Das sind ganz sicher wertvolle Informationen, ja.«

Esther wäre am liebsten im Boden versunken – warum in aller Welt hatte sie das alles erzählt? Gott … als könnte sie ihre Klappe nicht halten. Neben ihr tauchte Laura am Tresen auf und stellte eine Zweiliterflasche Pepsi Max neben die Kasse. Dann schüttelte sie sich den Pony aus dem Gesicht. Bisher hatte sie Ricko nicht eines Blickes gewürdigt, aber als sie das Wort ergriff, war es an ihn gerichtet.

»Ich gehe nicht an die Uni«, sagte sie.

Überrascht drehte Esther sich zu ihr um. Laura wich ihrem Blick aus. Dachte sie allen Ernstes, dass *Lügen* Ricko Struthers beeindrucken würde?

»Äh, wie bitte? Natürlich gehst du an die Uni.«

»Ich nehm mir ein Jahr Auszeit«, sagte sie so beiläufig, als würde sie jemandem erzählen, dass sie einen Urlaubstag eingereicht hätte und nicht ein ganzes Jahr ihres derzeitigen Lebens. »Ich hab die Einschreibung aufgeschoben.«

Dann griff sie nach einem Päckchen Fußballkarten, die neben der Kasse standen, und fächerte sich damit zu, die Ellbogen auf dem Tresen, sodass Ricko ihr direkt in den Ausschnitt schauen konnte. Es war einfach nur peinlich; natürlich war es Sommer, aber nicht mal im Video Palace war es so warm.

»Aber du hast mir nie …«

»Du hast mich nie gefragt«, fiel Laura ihr ins Wort.

Andererseits hatten sie schon das ganze letzte Schuljahr darüber geredet, wie Laura in ihrem orangefarbenen Käfer nach Leeds zu Besuch kommen würde, wenn sie erst einmal an der Uni wären – so weit weg war Nottingham ja nun auch wieder nicht –, und dass sie sogar gleichzeitig fertig werden könnten. Anschließend wollten sie nach London ziehen und eine WG gründen. Natürlich hatte Esther nicht gefragt, es war doch alles klar gewesen.

»Cool«, sagte Ricko. »Machst du 'ne Reise?«

Laura zuckte mit den Schultern. »Vielleicht. Muss erst noch ein bisschen Geld verdienen – du weißt schon.«

Ricko lachte, und endlich sahen sie einander an. Esther hatte das Gefühl, dass sie das Knistern in der

Luft regelrecht hören konnte, wie Blitze in einem Comic. Ricko wandte den Blick zuerst ab.

»Dann hol ich den wohl mal«, sagte er und drehte ihnen den Rücken zu, um das Video aus dem Wandregal hinter ihm zu ziehen.

Esther schnitt eine Grimasse, und Laura konterte mit einem Schielen und streckte ihr die Zunge raus. Dann schnappte sie sich noch ein Tütchen Schokolinsen und legte es neben die Pepsi Max – was wirklich unfair war. Sie wusste doch, dass Esther auf Diät war. Mal wieder.

Als Ricko ihnen den Erotikthriller über den Tresen schob, steckte er dankenswerterweise in einer neutralen Video-Palace-Hülle. Esther zahlte, und während sie auf das Wechselgeld wartete, zwirbelte Laura eine dunkle Haarsträhne um den Finger und studierte demonstrativ die Rückseite der Schokolinsenpackung, als würden darauf irgendwelche mysteriösen, faszinierenden Hinweise auf ihre Zukunft stehen.

»Solltet ihr zwei euch von euren Erotikvideos trennen können – bei mir steigt morgen eine Party«, sagte Ricko und ließ das Wechselgeld in Esthers Hand fallen. Nachdem Laura ihn nicht ansah, fuhr er an Esther gewandt fort: »Meine Eltern sind verreist. Kommt doch auch.«

Esther warf Laura einen schnellen Blick zu. Ihr war klar, dass diese Einladung zwar an sie gerichtet, aber für jemand anderen bestimmt gewesen war. Laura stützte das Kinn auf die Handballen und sah Ricko verführerisch von unten herauf an. Esther hatte keine Ahnung, wo und wann sie diesen Blick eingeübt hatte.

»Und was für eine Party soll das sein?«, fragte sie, als hätten sie die Auswahl zwischen Hunderten anderer Veranstaltungen.

Rickos Grinsen war jetzt beinahe anzüglich. »Was immer du daraus machen willst, Laura Thomas.«

Sie lief rot an und trat vom Tresen zurück. »Wir überlegen es uns«, sagte sie und nickte in Richtung Ausgang. »Komm, Esther, wir gehen.«

Die Schokolinsen baumelten zwischen ihren Fingern, und das Kleid bauschte sich hinter ihr auf, als sie auf die Tür zumarschierte und hinaus auf die Straße trat.

»Bis dann«, rief Esther, und Ricko antwortete: »Ja«, während er zur Ladentür starrte, die hinter Laura – wie immer allen einen Schritt voraus – schon wieder zufiel.

7

Laura bestand darauf, Hand in Hand mit Esther zu Rickos Party zu gehen. Esther war dagegen; was, wenn die Leute glaubten, sie wären lesbisch oder so? Diese merkwürdigen Szenen aus *Poison Ivy* mit Drew Barrymore und dem Mädchen aus *Roseanne* waren ihr noch lebhaft in Erinnerung. Für Laura war das schon in Ordnung, ihr schwänzelten die Jungs so eifrig hinterher, dass sie gar nicht die Zeit hatten, sich über ihre sexuelle Orientierung Gedanken zu machen. Esther hingegen war nie auch nur geküsst worden. Sie konnte es nicht beweisen. Sie *fühlte* sich zwar nicht lesbisch, aber wenn man noch nie im Leben irgendjemanden geküsst hatte, wie konnte man sich da sicher sein?

Sie waren absichtlich spät losgegangen; Laura hatte nicht vor zehn Uhr dort ankommen wollen. Sowie sie in die Straße einbogen, konnten sie die Musik durch die offenen Fenster und Türen schallen hören, und wenn sie nicht ohnehin gewusst hätten, wo Ricko wohnte, hätten sie es anhand der Gäste im Vorgarten leicht feststellen können. Obwohl mehrmals nach Laura gerufen wurde, als sie das Haus betraten, ließ sie Esthers Hand nicht los, bis sie über den Flur zum Wohnzimmer gelangt waren. Sie hielt sie immer noch fest, als sie die Küche betraten, wo Ricko auf der Tischkante saß. Die losen Schnürsenkel seiner Chucks baumelten über dem braunen Linoleumboden. Wenn es nicht Ricko Struthers, sondern jemand anderes gewesen wäre, hätte irgendwer unter Garantie die Schnürsenkel zusammengebunden, sodass er gestolpert wäre, sobald er aufstand – die Szene lud geradezu dazu ein –, aber bei ihm traute sich niemand. Jamie Porter war ebenfalls da – Esther erinnerte sich noch daran, dass Sarah Maxwell ihm während einer Party auf Hayling Island angeblich einen Blowjob gegeben hatte; und Joey Collins und noch ein paar andere, deren Namen sie nicht kannte. Jeder Einzelne von ihnen schien zu rauchen. Die Luft war schwer von Cannabisgeruch, und Rickos Pupillen sahen winzig und seltsam aus, wie die eines Hamsters.

Esther hatte ein einziges Mal im Leben gekifft, vor sieben Monaten (sie hatte es in ihrem Tagebuch vermerkt), kurz bevor Laura aufgehört hatte auszugehen und ihr eigenes Sozialleben im selben Atemzug verdorrt war. Einer der Jungs aus der Highschool hatte ihr damals im Biergarten des *White Horse* den letzten Stummel eines Joints gegeben. Das *White Horse* – auch *Scheißhaus* genannt – war der einzige Pub in Southsea, in dem man nie nach einem Ausweis gefragt wurde. Sie war so froh darüber gewesen, dass sie endlich jemand wahrgenommen hatte, dass jemand sie für cool genug erachtet hatte, mehr zu rauchen als bloß langweilige legale Zigaretten, dass sie den Joint nach dem ersten zögerlichen Zug wohl ein bisschen zu lang festgehalten hatte – würde sie high davon werden? – und sich prompt die Finger versengt hatte. Nicht dass sie das je zugegeben hätte – nicht einmal als sich fast augenblicklich und ziemlich schmerzhaft zwei puffreisgroße Brandblasen zwischen ihren Fingern bildeten und Laura wiederholt fragte, ob alles in Ordnung sei, sodass alle sie plötzlich anstarrten, was das Ganze noch tausendmal schlimmer machte.

»Hey«, sagte Ricko, dessen Augen bei Lauras Anblick zu leuchten begannen. Er rutschte von der Tischkante und lächelte sie träge an. »Du bist ja doch gekommen.«

Esther spürte, wie Laura ihre Hand ein wenig fester drückte. Was sie verärgerte. Sie brauchte diese Art von Zuspruch nicht, sie war schließlich kein zahmer Affe, der gleich ausgewildert werden sollte und erst behutsam an eine neue, furchteinflößende Umgebung gewöhnt werden musste. Dass es möglicherweise Laura war, die in jener Nacht Zuspruch brauchte, kam ihr gar nicht in den Sinn.

»Tja, eine Frau kann eben nicht jeden Abend daheim sitzen und sich Videos ansehen«, erwiderte Laura kühl und wurde dabei nicht einmal rot.

Rickos träges Lächeln verwandelte sich in ein breites Grinsen. »Stimmt«, sagte er. »Wie war *Poison Ivy?* Erotisch genug für euch beide?«

Seine Freunde brachen in Gelächter aus, und Ricko stimmte mit ein. Es war kein einladendes Lachen; Esther hatte den Verdacht, dass er seinen Kumpels von dem Video erzählt hatte und sie sich jetzt auf ihre Kosten amüsierten.

»Er war grässlich«, gab Esther geringschätzig zurück, wobei sie versuchte, sich nichts anmerken zu lassen, »und alles andere als erotisch«, worauf die Typen nur noch mehr lachten, prusteten und sich die Schenkel klopften, als hätte sie etwas wahnsinnig Lustiges gesagt.

Der Film *war* alles andere als erotisch gewesen, dachte Esther wütend. Was war denn bitte schön daran so komisch? Tatsächlich hatte der Film unerwartet und unschön vom Tod der Mutter einer der beiden Hauptfiguren gehandelt. Bei gewissen Szenen hatte Esther Laura kaum ansehen können; immerhin lag deren Vater im Zimmer nebenan. Es hatte nie jemand laut ausgesprochen, dass Lauras Dad im Sterben lag. Allerdings war das auch nicht nötig. Er litt auch nicht an einer filmreifen Krankheit wie die Mutter aus dem Film, die trotz allem immer noch wunderschön und tragisch aussah. Er hatte eine echte Krankheit, die ihm eine Glatze beschert hatte, und durch die Steroidbehandlung war er ganz aufgeschwemmt. Manchmal stank er auch – nach den Ausscheidungen im Kolostomiebeutel –, merkte es dann aber nicht einmal. Es war einfach nur schrecklich. Er versuchte, so zu tun, als wäre alles in Ordnung, zog die Mädchen mit Kommentaren über die Schule und über Jungs auf, und Esther verabscheute sich selbst dafür, dass sie sich nicht imstande fühlte, normal darauf zu reagieren.

Laura hatte mittlerweile ihre Hand losgelassen und stimmte in das Gelächter der Jungs mit ein, warf den Kopf in den Nacken, als wäre auch sie der Meinung, dass Esther etwas irre Komisches gesagt hätte. Als das Lachen allmählich verebbte, senkte Laura die Stimme, und die Jungs um sie herum lehnten sich ein Stückchen vor, um sie besser zu verstehen.

»Also, *ich* fand ihn eigentlich ganz sexy.« Sie schlug die Augen nieder und knabberte an ihrer Unterlippe, als hätte sie gerade mehr verraten als beabsichtigt.

Dabei wusste Esther ganz genau, dass das alles Kalkül war. Es war einer Szene aus *Poison Ivy* nachempfunden – nur dass es in dem Film weder braunes Linoleum gegeben hatte noch einen Ricko Struthers. Fast hätte sie die Posse mit einem lauten Schnauben quittiert. Der Film war kein bisschen erotisch gewesen, und sie hatten sämtliche Szenen mit lautem Wiehern begleitet – mit Kissen vorm Gesicht und Zeigefingern, die hierhin und dorthin deuteten: auf die kitschig-bläuliche Beleuchtung, den Flügel und den faltigen Hintern des alten Mannes, mit dem Drew Sex hatte. Er hatte verdammt noch mal ein Toupet auf dem Kopf – wie konnte Laura da behauptet, der Film wäre sexy gewesen?

»Ach ja?« Rickos Stimme klang weich, als er sich von seinem Rudel los- und einen Schritt auf Laura zumachte.

»Vielleicht liegt es ja an mir«, sagte Laura, reckte das Kinn leicht vor und sah ihm direkt ins Gesicht. »Ich bin ziemlich leicht zu beeinflussen. Also, was gibt's zu trinken?«

Die Antwort konnte Esther nicht mehr hören, weil Ricko besitzergreifend seinen Arm um Laura legte, ihr etwas ins Ohr flüsterte und sie aus der Küche führte. Sie sah sich nicht einmal mehr um. Esther wartete noch eine Minute in der Hoffnung, dass irgendeiner der Jungen sie ansprechen würde, aber die wandten sich wieder einander zu und unterhielten sich weiter, als wäre sie überhaupt nicht da. Bevor sie hergekommen waren, hatten sie und Laura sich diverse Drinks genehmigt, ein bisschen was aus den unterschiedlichen Flaschen, die bei den Thomas' im Schrank standen, plus einen Schuss Orangensaft, um den jeweiligen Geschmack zu überdecken.

Gerade genug, um leicht angesäuselt zu sein, aber allmählich ließ die Wirkung wieder nach, und Esther ahnte, dass sie sich würde betrinken müssen, um den Abend allein durchzustehen.

Auf dem Abtropfbrett standen eine offene Flasche Wodka und ein paar verstaubte Flaschen Panda-Pop-Limonade, die sie neulich erst im Angebotsregal des Video Palace gesehen hatte. Als sie sich einen Plastikbecher Wodka einschenken wollte, war die Flasche beinahe leer. Sie hatte sich gerade den letzten Tropfen in den Becher gekippt, als jemand ihr die Flasche aus der Hand riss.

»Scheiße, sag jetzt nich', dass wir kein' Wodka mehr haben«, hörte sie eine überhebliche Stimme sagen.

Als Amelia Wentworth ihr vorwurfsvoll die Flasche hinhielt, zuckte Esther vor Schreck regelrecht zusammen. Amelia schwankte leicht, während sie auf der Suche nach einer vollen Wodkaflasche das übrige Arsenal in Augenschein nahm. Obwohl sie beide dieselbe öffentliche Schule besucht hatten, hatte Amelia sich einen Privatschulakzent antrainiert, der selbst an der Roedean fehl am Platz gewirkt hätte. Wenn sie nicht so bildhübsch gewesen wäre, hätte niemand ihr eine solche Affektiertheit durchgehen lassen.

»Und das hier nennt er eine Party, verdammt!« Mit einem viel zu lauten Lachen packte sie Esther am Arm. Sie war sturzbetrunken. »Kein Wodka mehr? Nur noch Panda Pops? Plastikbecher? Sind wir sieben, oder was? Ich mein, is' das 'ne Party? Warte mal, dich kenn ich doch.«

Während Amelia im Suff versuchte, Esther einzuordnen, rümpfte sie die schmale Nase und taumelte ein Stück zurück. Dann tippte sie sich mit dem lackierten

Fingernagel auf die Lippen, als würde sie hoch konzentriert nachdenken, und gackerte und quietschte plötzlich los.

»Hahaaaa, war nur 'n Scherz, Fester – du bis' halt unverkennbar! Hat Laura dich hierher geschleppt? Wo is' die Schlampe überhaupt? Ich hab sie schon 'ne verdammte Ewigkeit nicht mehr gesehen.«

Esther murmelte irgendetwas über Ricko vor sich hin. Amelia hatte sie vor der versammelten Mannschaft Fester genannt, vor all den Jungs ... Vielleicht hatte es ja niemand gehört – ganz sicher würde sie jetzt nicht mit einem Klemmbrett losziehen und eine Umfrage starten –, aber sie selbst hatte es gehört, und das war schlimm genug. In der Schule hatte Amelia sie wenigstens immer in Ruhe gelassen, und abgesehen davon, dass sie sie meistens schlichtweg ignoriert hatte, war sie in keiner Weise gemein zu Esther gewesen. Irgendwie fühlte es sich schlimmer an denn je, den verhassten Schimpfnamen von jemandem zu hören, von dem man es nicht erwartet hatte.

»Sie is' mit *Ricko* losgezogen?«, fragte Amelia und verzog angewidert das Gesicht. »Gott, hätt nich' gedacht, dass sie auf frisch durchgefickte Typen steht. Du etwa? Wenn man die ganzen Tussis, mit denen Ricko was hatte, in eine Reihe stellen würde, könnt man damit 'ne Brücke bis zur verschissenen Isle of Wight bauen.«

Esther starrte Amelia an, die sich eine Flasche Thunderbird geschnappt hatte und sie an die Lippen setzte, um zu trinken, und sich anschließend mit dem Handrücken den Mund abwischte. Hatte sie sie wirklich gerade Fester genannt – die schlimmste Beschimpfung aller

Zeiten – und wollte jetzt einfach so zu einer kumpelhaften Unterhaltung über Ricko Struthers übergehen? Esther zuckte zur Antwort lediglich mit den Schultern.

Amelia lehnte sich ein Stückchen vor und gackerte erneut. »Und ich würd mit dabeistehen, Fester – ich würd mit den ganzen Tussis in einer Reihe stehen. Aber immerhin kann ich sagen, dass ich zu jung war, um es besser zu wissen. Hab ich recht?«

»Ich heiße nicht Fester«, gab Esther tonlos zurück.

»Was?«, bellte Amelia und hielt sich wie eine alte Frau die Hand hinters Ohr.

»Ich heiße nicht Fester.«

Amelia runzelte die Stirn. »Nicht? Aber so nennt dich doch jeder – ist das nich' so 'ne Art Spitzname?«

»Nein. Ich heiße Esther.«

»Oh, okay …« Amelia zuckte mit den Schultern und sah sich unbeeindruckt in der Küche um. »Sorry, mit Namen hab ich's nich' so. Bin da 'n Vollidiot, ein *besoffener* Vollidiot. Esther. Esther, Esther, Esther. Hab's kapiert. Hier, das is' Thunderbird.«

Amelia goss einen Plastikbecher voll und drückte ihn Esther in die Hand. Doch Esther zögerte. Sie grübelte immer noch darüber nach, was Amelia gerade gesagt hatte. Konnte es tatsächlich sein, dass Leute wie Amelia und sogar Sarah sie gar nicht als *Fette* Esther bezeichneten? Vielleicht dachten sie ja wirklich, dass Fester einfach nur ein netter Spitzname unter Freunden war? Hatte Amelia sie gar nie als Witzfigur betrachtet, sondern einfach nur als Lauras Freundin – jemand, mit dem man sich auf einer Party unterhalten konnte? Mit dem man etwas trinken konnte?

»Wo waaaart ihr überhaupt?«, fragte Amelia jetzt, ließ sich schwer gegen die Spüle fallen und nahm erneut einen Schluck aus der Flasche. »Du und Laura. Ich hab sie seit den Abschlussklausuren eine Million Mal angerufen.«

Da, schon wieder – du und Laura. Und nicht bloß Laura.

»Ach, es gab da ein paar Familienangelegenheiten …« Esther wollte lieber vorsichtig sein mit allem, was sie sagte. Sie wusste schließlich nicht, wie viel Laura den anderen über ihren Dad erzählt hatte.

Amelia verzog das Gesicht. »Familie – was für ein Albtraum!« Dann goss sie noch mehr Thunderbird in Esthers Becher und stieß mit der Flasche mit ihr an. »Also dann, Esther, ESTHER, wie gut, dass ihr zwei Schlampen wieder da seid!«

Bis bei Amelia auf dem Ehebett der Struthers die Lichter ausgingen, hatten sie und Esther die ganze Flasche Thunderbird und eine halbe Flasche Lambrusco geleert. Und Esther fühlte sich zusehends wohl auf Rickos Party. Sie brauchte Laura nicht. Sie hatte sich in der Zwischenzeit mit einer Menge anderer Leute unterhalten, nicht nur mit Amelia, sondern auch mit Sarah Maxwell, mit Joey Collins und mit einigen von Rickos Unifreunden, die extra für die Party angereist waren.

Mittlerweile allerdings war ihr ein bisschen schlecht. Sie schob sich durch die Menge in der Küche und stolperte hinaus in den Garten, um frische Luft zu schnappen. Dort war sie nicht allein. Ineinander verschlungene Gliedmaßen auf der Gartenbank verhießen ein nicht näher identifizierbares knutschendes Pärchen, und dahinter spielten im schwachen Lichtschein aus dem Küchenfenster ein paar Jungs Fußball, wobei es eher danach aussah, als wollten sie einander betrunken in die Beete schubsen. Als die Tür aufging, blickten sie kurz auf, nahmen Esther flüchtig zur Kenntnis und setzten dann ihr Spiel fort.

Manchmal war sie regelrecht froh, dass sie für solche Typen unsichtbar zu sein schien. Wenn sie sich daran zurückerinnerte, wie sie vor noch gar nicht allzu langer Zeit mit Pommes beworfen worden war, war Unsichtbarkeit definitiv die bessere Alternative. Womöglich bedeutete genau das ja, erwachsen zu werden, dachte sie: derlei Eigenschaften anzuerkennen, statt zu hoffen, dass es je anders wäre. Sie würde niemals eine zweite Laura werden, das war ihr klar.

Unter einem Fenster standen zwei weiße Plastikstühle. Vorsichtig und ein wenig wacklig auf den Beinen nach all dem Thunderbird – oder vielleicht auch dem Lambrusco – ließ sie sich auf dem nächstbesten Stuhl nieder und hielt sich an den Lehnen fest. Kurz bevor Amelia eingeschlafen war, hatten sie sogar beides gemixt – Thunbrusco ... oder doch Lambird? Sie kicherte leise in sich hinein und musste dann vor Schreck laut hicksen, als neben ihr die Terrassentür aufging.

Ein Schatten drehte sich zu ihr um.

»Alles okay bei dir?«

Esther musste erneut hicksen und nickte bloß, weil sie ihrer Aussprache nicht traute.

Der Schatten löste sich aus dem erleuchteten Rechteck unter dem Türstock und bewegte sich auf sie zu. Er war groß, schlank und hatte längeres Haar als Esther und einen belustigten Ausdruck auf dem schmalen Gesicht.

»Sitzt hier schon jemand?«

Esther schüttelte den Kopf und machte wie ein Zirkusdirektor in der Manege eine einladende Geste. *Bitte schön.* Sie hielt den Atem an und schluckte. Vielleicht würde der Schluckauf ja so weggehen.

Der Junge setzte sich und streckte seine langen Beine aus. Esther hatte ihn noch nie gesehen – bei seiner Größe hätte sie sich sicherlich an ihn erinnert. Er war wirklich auffällig groß. Er hatte den Hauch eines Akzents – irgendwo aus dem Norden, dachte sie. Dann steckte er die Hand in eine Tasche seiner Cargohose und zog ein Päckchen Tabak und Zigarettenpapierchen daraus hervor.

»Hab noch nie jemanden getroffen, der stumm ist«, sagte er, und da war es um Esther geschehen. Unter Glucksen und Hicksen atmete sie alle Luft aus.

»Schluckauf«, erklärte sie und tippte sich aus irgendeinem idiotischen Grund mit dem Zeigefinger an die Kehle. Wie war sie denn darauf gekommen?

Aber er lächelte nur und baute seinen Joint fertig, riss ein Eckchen von dem Rizla-Päckchen ab und rollte es auf dem Oberschenkel zusammen. Als er fertig war und den Joint angezündet hatte, lehnte er sich zurück, ließ den Kopf an die Außenwand der Küche sinken und blies mit geschürzten Lippen, als wolle er den Nachthimmel küssen, eine Rauchwolke aus. Esther starrte ihn so lange von der Seite an, bis er sich zu ihr umdrehte und neugierig die Augenbrauen nach oben zog.

»Willst du auch?«, fragte er, und Esther nickte.

Sie war auf Ricko Struthers' Party. Sie hatte sich auf Augenhöhe mit Amelia und Sarah unterhalten. Und jetzt teilte sie sich auch noch einen Joint mit einem Jungen, der sie nicht höhnisch angegrinst und gleich die Flucht ergriffen hatte, sowie er sie dort draußen sitzen gesehen hatte. In dieser Nacht hatte sie nicht nur das Gefühl, dass sie jedes Recht der Welt hatte, hier zu sein, sondern dass es immer schon so gewesen war. Als hätte die Einladung schon die ganze Zeit in ihrer Tasche gesteckt und als hätte sie es bloß gerade erst bemerkt.

»Studierst du mit Ricko auf der Universität?«, fragte sie und gab ihm den Joint nach ein paar kurzen Zügen wieder zurück.

»Ich mag wohlerzogene Mädchen«, feixte er. »Zumindest hast du nicht gefragt, was ich so mache.«

Irgendwie fühlte Esther sich urplötzlich ausgetrickst. Sie hatte keine Ahnung, warum, aber aus irgendeinem Grund hatte sie offenbar das Falsche gesagt.

»Jetzt, guck nicht so!« Er lachte. »Ich hab doch nur einen Scherz gemacht. Ja, ich bin mit ihm an der Uni. Und du kennst ihn aus der Schule?«

»Ja, na ja, durch meine Freundin Laura.«

»Laura?« Interessiert sah er zu ihr hinüber. »Die da drinnen auf dem Tisch tanzt? Das ist eine Freundin von dir?«

Schlagartig war Esther kalt. Den ganzen Abend über hatte sie Laura aus dem Augenwinkel beobachtet – und jedes Mal hatte Ricko seinen Arm um sie gelegt und sie quasi im Schwitzkasten gehalten. Sie hatte einen Shot nach dem anderen hinuntergekippt und zu der Musik im Wohnzimmer lauthals mitgesungen. Esther hatte sie absichtlich links liegen lassen, weil sie insgeheim eine Entschuldigung erwartete, die niemals kommen würde. Doch in diesem Augenblick dämmerte es ihr, dass sie ihre Freundin schon seit geraumer Zeit nicht mehr gesehen hatte. Seit über einer Stunde.

»Auf dem Tisch?«

Statt zu antworten, pfiff der Typ durch die Zähne, in der Art, wie Bauarbeiter von ihren Lkw-Ladeflächen aus Mädchen wie Laura nachpfiffen; Mädchen wie Esther nicht. »Sieht ziemlich wild aus, deine Freundin Laura.«

»Warte – wahrscheinlich meinst du eine andere. Laura Chelwood ist auch hier, die hab ich auch gesehen. Vielleicht meinst du die. Wie sah sie aus?«

»Dunkle Haare, ziemlich kurz – so.« Mit der flachen Hand am Kinn deutete er an, wo Lauras Bob aufhörte. »Minirock, pinker BH.«

»Pinker BH?«, rief Esther entgeistert. »Ist ja klar, dass ihr Jungs so was sofort bemerkt.«

»War schwer zu übersehen«, gab er lakonisch zurück, »nachdem sie ihr Oberteil nicht mehr anhatte …«

Ach du Scheiße. *Scheiße!* Sie kam auf die Füße und schob den Stuhl nach hinten, sodass die Plastikbeine über den Beton schrammten wie Fingernägel über eine Tafel. Sie hätte wissen müssen, dass Laura so was tun würde. Laura hatte schon seit Tagen unter Strom gestanden, und Esther war nicht eingeschritten. Es war einfach nicht normal, sich monatelang vor der Außenwelt zu verkriechen – da war der Ärger am Ende vorprogrammiert. Laura war der tropfende Wasserhahn, den man monatelang ignorierte, bis plötzlich alles unter Wasser stand.

Esther kämpfte sich zurück ins Wohnzimmer, das inzwischen voller Partygäste war, die johlten und applaudierten und ihr den Rücken zukehrten, weil irgendetwas oder jemand in der Mitte ihre Blicke auf sich zog. Die Musik war so laut, dass sie durch ihren ganzen Körper vibrierte, und der Boden schien im Takt der aufstampfenden Füße zu beben. Sie konnte nur Männer sehen – mit einem Mal sah sie sie nicht länger als Jungen, sie wirkten älter, bedrohlich, und sie waren samt und sonders größer als sie, sodass sie nicht erkennen konnte, was sich vor deren Augen abspielte. Dann sah sie ein gemustertes Stück Stoff, das über ihren Köpfen herumgewirbelt wurde. Und dieses Muster kam ihr bekannt vor. Das Oberteil kam ihr bekannt vor. Sie war dabei gewesen, als Laura es gekauft hatte. Scheiße!

Die Menge johlte laut auf, als jemand das Top losließ und alle sich danach streckten, um es aufzufangen. Esther boxte sich jetzt rabiater durch die Reihen, ob unsichtbar oder cool oder was auch immer spielte keine Rolle mehr, sie musste zu Laura durch. Wütende Gesichter drehten sich zu ihr um, sie wurde nach hinten gedrückt, arbeitete sich wieder vorwärts. Mittlerweile war statt des Gesangs nur noch der Schlachtruf zu hören: »Ausziehen! Ausziehen! Ausziehen!«

Endlich hatte sie es geschafft. Mit halb geschlossenen Augen stand Laura vor ihr auf dem niedrigen Couchtisch in der Zimmermitte, das Haar vor Schweiß schon strähnig, der Eyeliner in Schlieren über beide Wangen verschmiert. Jamie Porter – anscheinend federführend, was den Schlachtgesang betraf – schnalzte ihr das Top um die Beine. Laura wankte auf dem Tisch hin und her, machte einen wackligen Schritt nach links, und die Jungs johlten, als sie sich wieder gerade aufrichtete. Mit frisch wiedererlangtem Gleichgewicht ging Laura leicht in die Knie und ließ einen BH-Träger von ihrer Schulter gleiten.

»Ausziehen! Ausziehen! Ausziehen!«, feuerte Jamie den Schlachtgesang an und stieß im selben Takt die Faust in die Luft.

»Laura!«, brüllte Esther.

Verwirrt hielt Laura inne und sah sich um. Dann fiel ihr Blick nach unten, und ein albernes Grinsen legte sich auf ihr Gesicht. »Esther!« Sie beugte sich nach vorne und schlang ihr die Arme um den Hals. Aus ihrem Haar stieg der Gestank von Erbrochenem auf. »Esther, wo warst du denn? Ich hab dich schon vermisst.«

»Zieh Leine, fette Kuh«, brüllte einer der Männer und zerrte Esther an den Schultern von Laura weg.

»Hey, dassis meine Freundin«, lallte Laura.

»Laura, komm da runter!«, schrie Esther. »Runter da! Wir gehen!«

Laura schüttelte so heftig den Kopf, dass sie fast zum zweiten Mal umgefallen wäre, doch ein Meer aus Händen brachte sie wieder in die Senkrechte. Sie lächelte erst ihren Helfern und dann Esther süßlich zu. »Ich will nich' heim«, sagte sie und verzog das Gesicht. »Sei doch nich' so langweilig.«

»Genau, Esther, sei nicht so scheißlangweilig!«, brüllte Jamie Porter. »Sie hat doch 'nen Riesenspaß, lass sie in Ruhe.«

Esther spürte, wie sich die Menge zusehends gegen sie verschwor, sie aggressiv zur Seite rempelte und versuchte, sie vom Couchtisch wegzudrängen. Verzweifelt sah sie sich nach jemandem um, der ihr helfen könnte – Amelia lag bewusstlos im ersten Stock, und auch Sarah war weit und breit nirgends zu sehen. Was war mit dem Jungen aus dem Garten? Oder Ricko? Er würde ihr bestimmt helfen, er würde Laura nicht in dieser Lage sehen wollen. Im selben Moment entdeckte sie ihn an der Stirnseite des Zimmers, an die Wand gelehnt und mit einem belustigten Grinsen im Gesicht – mit einem Grinsen! Genau so hatte er immer dagestanden, wenn die Jungs aus der Schule für Laura gesungen hatten – ein kleiner Spaß, nichts Ernstes, aber auch nichts, wozu er selbst sich herablassen würde. Esther fing seinen Blick auf, versuchte, ihn zu Hilfe zu rufen, doch das Grinsen blieb. Er schien regelrecht durch sie hindurchzublicken.

Esther drehte sich wieder zum Couchtisch um. Laura fummelte am Verschluss ihres BHs, und die Rufe wurden lauter. Dann drehte sie sich einmal fast komplett um die eigene Achse, die Finger immer noch am BH-Verschluss. Plötzlich hielt sie inne, wurde schlagartig kreideweiß im Gesicht und starrte konzentriert ins Leere, als wolle sie sich irgendetwas ins Gedächtnis rufen. Die Menge wich ein Stück zurück, rückte aber erneut vor, als Laura wieder lächelte und ihren unbeholfenen Tanz fortsetzte. Im selben Moment wusste Esther, was sie zu tun hatte.

»Ihr ist schlecht!«, kreischte sie.

»Gar nich'«, erwiderte Laura, taumelte wieder nach vorne, und diesmal fing Esther sie auf und umklammerte sie mit aller Kraft, als sie vom Tisch kippte.

»Ihr geht's gut«, brüllte Jamie und kämpfte sich zu ihnen vor, bis sein hochrotes Gesicht direkt vor ihnen auftauchte.

Laura keuchte schwer und fing dann an zu heulen. »Schrei mich nich' an, Jamie …«

»Sie kotzt gleich, ich seh's ihr an«, kreischte Esther, so laut sie konnte, damit jeder sie auch garantiert hörte. »Sie heult immer, bevor sie kotzt – das hat sie schon als kleines Kind gemacht. Weg da, *zur Seite*, bevor sie euch erwischt!«

Jamie kniff die Augen zusammen, als hätte er den Braten zwar gerochen, als wolle er trotz allem nicht riskieren, im Ernstfall doch vollgekotzt zu werden. Die Menge teilte sich wie das Rote Meer, und Esther führte Laura – wacklig und willenlos wie ein verschlafener Welpe – zur Haustür. Ihr fiel erst wieder ein, dass sie Lauras Oberteil liegen gelassen hatte, als die Tür hinter ihnen ins Schloss fiel.

»Muss nich' kotzen«, wimmerte Laura und ließ sich auf den Rasen plumpsen. Hinter ihr im Fenster konnte Esther die zahlreichen Gesichter derer sehen, die wissen wollten, was draußen passierte. »Muss nich' kotzen, Est. Hab schon gekotzt.«

»Ich weiß.« Sie knotete das Flanellhemd auf, das sie sich um die Hüfte gebunden hatte, und versuchte vorsichtig, es Laura anzuziehen, einen Arm nach dem anderen, als wäre sie ein kleines Kind.

»Hab auf Ricko gekotzt«, fuhr sie fort, und während Esther ihr das Hemd zuknöpfte, weinte sie immer heftiger. »In seinem *Schlafzimmer*.«

»Gut«, stellte Esther nüchtern fest.

Der Heimweg zog sich ein wenig länger hin. Als sie endlich aufgehört hatte zu weinen, unternahm Laura zwei vergebliche Versuche, zur Party zurückzukehren, wobei der zweite Anlauf mit beiden Beinen an der Begrenzungskette eines städtischen Blumenbeets endete. Von diesem Zeitpunkt an ließ sie sich kleinlaut von Esther stützen und hielt für den Rest des Wegs den Mund.

Sie hatten Lauras Elternhaus fast schon erreicht, als sie etwas in Esthers Schulter murmelte.

»Was?« Esther wappnete sich schon dafür, dass ihrer Freundin erneut schlecht werden könnte.

Laura reckte das Kinn nach vorn. »Keine Zwei-Js-und-ein-V-Abende mehr, Est.«

»Okay«, antwortete sie. »Dann gehen wir eben öfter aus. Wir haben sowieso lange genug daheim herumgehockt.«

»Nein.« Sie blieb abrupt stehen und schwankte leicht im orangegelben Licht der Straßenlaterne, die tiefe Schatten über ihre Augen warf. In dem betrunkenen Versuch, sich verständlich zu machen, legte sie die Stirn in Falten. »Nein … ich meine, wir haben's *getan,* Est. Bevor ich kotzen musste. Ich und Ricko Struthers.«

»Oh.«

»Ich *weiß*«, sagte sie, und urplötzlich grinste sie breit, als wäre sie jetzt, mit zerlaufenem Eyeliner im Gesicht und Erbrochenem im Haar, am Ende doch noch zu dem Schluss gekommen, dass der Abend alles in allem halbwegs erfolgreich verlaufen wäre. »Ich bin keine J mehr.«

War ja klar, dachte Esther und stapfte weiter, sodass Laura ohne Hilfe wieder zu ihr aufschließen musste. Du bist ja auch kaum mehr die alte Laura Thomas. Gertie ist erwachsen geworden und hat sich in Poison Ivy verwandelt.

8

Oktober 2013

Was ich denke, was du den ganzen Tag über so machst – Laura und ich haben dieses Spiel gespielt, als sie über Weihnachten nach Hause kam und ich gerade eine Woche lang im Mutterschutz war. Wir saßen auf dem Sofa, die nackten Füße auf dem Schemel vor dem Kamin, und ich versuchte, darüber hinwegzusehen, dass ihre Füße braun gebrannt und pedikürt waren, während meine einfach nur blass und geschwollen aussahen wie der Bauch eines Fischs. Natürlich waren wir beide nicht allein. Mein riesiger Babybauch ragte regelrecht vom Sofa auf, und Laura legte ihren Kopf vorsichtig darauf, um zu sehen, ob das Baby ihr gehorchen und sie einen Ellbogen oder ein Füßchen spüren lassen würde. Dabei wussten wir, was das Baby den ganzen Tag über so machte. Ziemlich wenig.

Ich hatte das Spiel auch schon zuvor mit Freunden gespielt, im Ferienhaus in Apulien, als wir alle empört aufgekreischt hatten, sobald wir hörten, was die anderen für Auffassungen und falsche Vorstellungen hatten. Offenbar dachte jeder, ich säße den ganzen Tag am

Schreibtisch und würde Bücher lesen und abends Partys besuchen, auf denen Männer mit Ziegenbärtchen sich übers Kinn strichen und über jambische Pentameter schwadronierten. Eine Mutter stürmte aus dem Zimmer und warf sich aufs Bett, weil ihr Mann öffentlich gemutmaßt hatte, sie würde die meiste Zeit des Tages Kuchen futtern und Beulen ins Auto fahren. Und niemand wusste wirklich, was Banker heutzutage machten, nicht mal einige der Banker selbst.

Ich hatte gedacht, dass so ein Spiel mir helfen würde zu verstehen, wie Lauras Leben in Kalifornien tatsächlich aussah, nachdem es sich so unendlich weit weg und fremd anfühlte. Heißt es nicht, dass du bist, was du tust? Die tagtäglichen Handgriffe und nicht die Jobbezeichnung – Winzer, Journalist, Banker –, die einzelnen Arbeitsschritte selbst zeichnen den Menschen aus. Wenn ich jetzt daran zurückdenke, glaube ich, dass ich mit all diesen Details in Wahrheit nur die Unterschiede zwischen uns beleuchten wollte.

Laura war sich sicher, dass ich jetzt, da ich nicht mehr zur Arbeit müsste, meine freie Zeit damit verbrächte, in unserem frisch gestrichenen Kinderzimmer winzige blütenweiße Babybodys zu falten, bis mein Mann mit einem Blumenstrauß für die Mutter seines ungeborenen Kindes in der Hand nach Hause käme, woraufhin ich erst mal losprustete und protestierte. Allerdings konnte ich es ihr nicht wirklich verübeln. Wir hatten uns nicht allzu oft über meine Schwangerschaft unterhalten. Ich glaube, das war uns beiden nicht geheuer. Ich war zu abergläubisch, um ernsthaft daran zu glauben, dass es endlich wahr würde, ehe ich das Baby tatsächlich im Arm hielt, und Laura ... Um ehrlich zu sein, weiß ich gar nicht, was sie dachte. Ich hatte Angst, dass sie sich irgendwie außen vor fühlen könnte, so wie ich mich früher außen vor gefühlt hatte, wenn es so aussah, als würden ihr unendlich viele Möglichkeiten offenstehen, die ich nicht hatte. Ich versuchte, nicht allzu oft darüber zu reden, damit sie nicht dachte, ich wollte damit angeben. Damit es uns nicht noch weiter auseinanderbrachte.

Dabei lag ich bei all meiner Empörung am Ende noch weiter daneben als sie. Schuld daran war sicherlich das Foto, das Laura mir von ihrer ersten Erntesaison in Napa geschickt hatte: sie in einer riesigen Metallwanne halb voll mit Trauben, in einer Art gelben Regenhose, die ihr bis zum Hals reicht. Sie lachte, war über und über mit Traubensaft bekleckert und hielt dic gespreizten, violett verfärbten Hände in die Kamera.

»Glaubst du allen Ernstes, dass ich aufs College gegangen bin und einen Abschluss gemacht habe, nur um auf *Trauben rumzutrampeln?*«, wiederholte sie Mal ums Mal und war aufrichtig empört. Und dann bombardierte sie mich mit irgendwelchem naturwissenschaftlichen Kram – Apfelsäure und Enzyme, Zuckergehalt, Hefen ... Sie sprach von Probenröhrchen, Pipetten und Testbedingungen. Aber wenn ich heute an Lauras Arbeit denke, sehe ich immer noch die Regenhose vor mir – ich kann einfach nicht anders –, darüber allerdings trägt sie in meiner Vorstellung inzwischen einen klinisch reinen weißen Laborkittel.

Das passiert eben, wenn man Tausende von Meilen entfernt voneinander lebt. Man kennt die Eckdaten – die aufschlussreichen Details gehen verloren. Und genau deshalb fällt es mir so schwer, mir vorzustellen, was Laura zugestoßen sein könnte. Wir haben dieses Spiel vor über einem Jahr gespielt, das letzte Mal, als wir zusammensaßen und uns in ein und demselben Zimmer miteinander unterhielten. Doch jetzt sind diese Details lebenswichtig geworden, und ich kann mich kaum noch daran erinnern, was sie mir erzählt hat.

Gerade kommt mir der Gedanke, dass sie fast nur von ihrer Arbeit erzählt hat, als ich sie nach ihrem Leben gefragt habe. Die Arbeit war ihr immer schon am wichtigsten. Ich weiß noch, dass sie damals irgendeine Beziehung erwähnte, nichts Ernstes (das war es nie), aber sie machte Schluss mit ihm, kurz nachdem sie wieder in Kalifornien angekommen war. An seinen Namen kann ich mich nicht mehr erinnern. Es würde mich nicht einmal wundern, wenn Laura ihn ebenfalls vergessen hätte.

In den Monaten, die auf das Spiel folgten, veränderte sich mein Leben so sehr, dass ich es selbst kaum glauben konnte. Vielleicht hat Lauras Leben sich ja auch verändert.

Über ihren Alltag weiß ich ehrlich gesagt rein gar nichts mehr. Ich kenne die Rückwand ihres Wohnzimmers vom Skypen, aber ich würde zum Beispiel ihr Haus nicht wiedererkennen, wenn es plötzlich in den Nachrichten käme. Kennt sie überhaupt ihre Nachbarn? Ich weiß nicht, mit welchem Auto sie zur Arbeit fährt. Ich weiß nicht, welche Kneipen sie besucht – hat sie vielleicht ein Stammlokal, wo jemand wissen könnte, was ihr zugestoßen ist? Was macht sie überhaupt nach Feierabend? Und mit wem? Wenn man die Details nicht länger kennt, weiß man auch nicht, welche Fragen man stellen muss. Man überhört die kleinen Hinweise, die einem sagen sollten, dass irgendetwas im Busch ist.

Die Landschaft draußen trägt zu dem mulmigen Gefühl in mir bei, dass die amerikanische Laura mir fremd geworden ist. Ich war mir sicher, dass ich Kalifornien gewissermaßen wiedererkennen würde – von Lauras Facebook-Bildern und aus all den Serien von *L. A. Story* bis *Baywatch*. Ich dachte, es würde mir irgendwie bekannt vorkommen. Aber das ist nicht der Fall. Nicht dass ich ernsthaft angenommen hätte, dass ich am Venice Beach rollerbladen würde oder so; mir war natürlich klar, dass ich ins Hinterland fahren würde, aber da hatte ich den Yosemite-Nationalpark und den Joshua Tree vor mir gesehen, Landschaften von überwältigender Schönheit. Dass die Bergausläufer hinter San Francisco von Windturbinen übersät sein würden, hat mir niemand gesagt. Oder dass vom Freeway aus betrachtet das Spektakulärste die gigantischen Niederlassungen diverser Handelsketten wie Staples und Trader Joe's wären. Außerdem ist es kalt. Nicht so kalt wie daheim in London, aber kälter, als ich es von Kalifornien erwartet hätte. Als ich die Heizung im Auto aufdrehe, frage ich mich unwillkürlich, in welcher Hinsicht ich sonst noch falschgelegen habe.

Als ich Laura eine E-Mail geschrieben und meinen Besuch in Kalifornien angekündigt habe, hatte ich noch nicht einmal die Flüge gebucht, so sicher war ich mir, dass einzig und allein die Drohung ausreichen würde, um ein Lebenszeichen von ihr zu erhalten. Ich war mir sicher, dass sie mir antworten würde, ich brauche nicht zu kommen, ich dürfe Linus ihretwegen doch nicht einfach so allein lassen. Aber sie antwortete nicht. Oder sie konnte nicht antworten. Ich will wirklich nicht zur zweiten Margie werden, die inzwischen felsenfest davon überzeugt ist, dass Laura im Keller irgendeines verrückten Irren festgekettet ist, aber es fällt mir schwer, mir nicht das Schlimmste auszumalen. Was, wenn Laura wirklich nicht antworten *konnte*? Wenn sie gewollt hätte, aber irgendjemand oder irgendwas sie davon abgehalten hat? Je länger wir nichts von ihr hören, umso mehr neige ich dazu, mich Margie und ihrer Kalten-Krieg-Paranoia anzuschließen.

Als die Automatenstimme aus dem Navi mich endlich ein letztes Mal auffordert, links abzubiegen, wird es bereits dunkel. Ich sehne mich nach einem Vollbad – und nach einem Bett. Ich will zu Hause anrufen, auch wenn ich weiß, dass das nicht geht. In London ist es mittlerweile weit nach Mitternacht.

Das Motel, das Lauras Chef, Stanley, mir empfohlen hat, liegt an einer dieser typisch amerikanischen Adressen, die uns Europäern quasi unverständlich sind: eine reine Ziffernfolge, die eher einer Gleichung als einer Anschrift ähnelt. In dieser Jahreszeit, hat er mir erklärt, sei so gut wie alles andere ausgebucht. Die einzige Alternative hätte vierhundert Dollar die Nacht gekostet.

Wenn ich gewollt hätte, hätte ich das durchaus zahlen können. Immerhin sind es nur zwei Nächte. Wenn das hier eine Urlaubsreise gewesen wäre, hätten wir unser Budget für eines dieser teuren Boutiquehotels auf den Kopf gehauen, die es in Napa im Überfluss gibt, ohne auch nur mit der Wimper zu zucken. Aber über eine hohe Fadendichte oder gratis Toilettenartikel nachzudenken hätte sich in der aktuellen Situation schlichtweg falsch angefühlt. Bei einem billigen Motel hingegen schwingt ein Hauch Buße mit – und Ansporn. Ich werde nicht in einem Schaumbad schwelgen und mir auch keine Hot-Stone-Massage gönnen. Meine Motivation besteht einzig und allein darin loszuziehen, meine Freundin aufzuspüren und dann so schnell wie möglich wieder zu meiner Familie zurückzukehren. Wenn all die alten spanischen Missionen hier nicht in Weingüter verwandelt worden wären, hätte ich mir für die wahrhafte Büßererfahrung glatt eine spartanische Mönchszelle suchen können. Aber für den Moment fühlt sich das Motel schon ausreichend nach Strafe an.

Das Sonoma Motel scheint seinen Hauptfokus auf den motorisierten Aspekt zu legen. Auf den ersten Blick besteht es weitenteils aus einem Parkplatz, der am Rand von einem zweistöckigen, U-förmigen Wohnkomplex gesäumt wird. Das Schild scheint aus den Sechzigern zu stammen – kantig, der Schriftzug in kontrastierenden Pastelltönen, wie aus einer Zeit, als Autofahren noch etwas Besonderes und Motels der letzte Schrei waren. Man sieht regelrecht vor sich, wie Rock Hudson und Doris Day unterwegs zu irgendeinem hirnverbrannten Abenteuer auf diesen Parkplatz einbiegen. Und man ahnt unwillkürlich, dass seit der Abreise der beiden nicht mehr renoviert wurde. Es ist nicht wirklich schrecklich, eher so offensichtlich heruntergekommen, dass man nicht mehr von Nostalgie sprechen kann, nur noch von Niedergang.

Ich stelle meinen Leihwagen am Rand der weitläufigen Asphaltfläche ab, in deren Mitte wie ein Fremdkörper ein kleiner nierenförmiger Swimmingpool eingelassen wurde – für den Fall, dass irgendjemand sich nach einer kleinen Erfrischung inmitten von Pick-ups und Abgaswolken sehnt.

Und noch eine weitere Vorstellung löst sich quasi in Luft auf, sowie ich an den Check-in-Schalter trete. Ich war der Überzeugung, dass sämtliche Amerikaner meinen britischen Akzent charmant und bemerkenswert finden würden, aber als ich Hallo sage, macht sich die müde Rezeptionistin kaum die Mühe, den Blick vom Fernseher abzuwenden, der ein Stück unter der Decke anmontiert ist und auf dem der Wetterbericht für die hiesige Gegend läuft.

Ich schiebe die Buchungsbestätigung zu ihr hinüber, und sie greift, ohne auch nur hinzusehen, nach hinten nach dem Schlüssel – eine automatisierte Bewegung, die sie schon zigtausendmal ausgeführt haben muss. Dann hält sie inne und runzelt die Stirn. Sie dreht sich um, will wissen, was ihrer Hand da im Weg ist, und als sie den Fächern wieder den Rücken kehrt und sich zu mir umdreht, hält sie neben dem Zimmerschlüssel auch einen braunen gefütterten Umschlag in der Hand.

»Sind Sie das?«, fragt sie misstrauisch und studiert erst meinen Namen auf dem Kuvert, sieht dann mich an, den Umschlag und am Ende wieder mich, als erwarte sie schon jetzt, später bei der Polizei eine Aussage machen zu müssen, nachdem die hier hereingestürmt ist und mich festgenommen hat.

»Ja«, antworte ich betont fröhlich und strecke meine Finger nach dem Umschlag aus. »Dankeschön.«

Sie starrt mich an, ohne den Umschlag aus der Hand zu geben.

So etwas bin ich nicht gewohnt. Normalerweise

verkehre ich in Hotels, wo ich namentlich begrüßt werde, Portiers mir das Gepäck abnehmen und wo sich, um ganz ehrlich zu sein, mein Mann um all diesen Mist kümmert. Er weiß genau, wie er eine muffelige Rezeptionistin um den Finger wickeln kann und wie viel Trinkgeld die Person bekommt, die einen zum Zimmer führt – nicht dass ich den Eindruck habe, dass so etwas hier vorgesehen wäre. Er weiß auch, wie man an Zimmerservice kommt, wenn die Küche eigentlich schon kalt ist. Allerdings kommt hier in Sachen Catering wahrscheinlich bloß der Getränkeautomat infrage, der draußen steht und sowohl heiße *als auch kalte* Getränke verspricht.

»Gibt es irgendein Problem?«, frage ich so eisig und britisch wie möglich, um so einschüchternd zu wirken, wie ich nur kann, aber in dieser Hinsicht bin ich noch nie gut gewesen. Ich habe mein Leben lang zu viel Energie darauf verschwendet, Leute davon zu überzeugen, mich zu mögen, als dass ich als Biest glaubwürdig wäre. Vielleicht muss man dazu auch geboren sein, wie meine Schwiegermutter.

»Zwei Nächte?«, fragt die Rezeptionistin, und ihre kleinen Augen werden noch kleiner, weil sie sie misstrauisch zusammenkneift. Unverhohlen tastet sie den Umschlag ab, um herauszufinden, was darin steckt, und ihre fleischigen Finger hinterlassen feuchte Abdrücke auf dem Papier.

Ich nicke. Am liebsten würde ich ihr das Päckchen aus der Hand reißen, aber ich will ihr nicht den Gefallen tun und darum betteln. Ich bin mir sicher, es ist von Laura. Es muss einfach so sein. Wer sonst würde an der

Rezeption eines Motels in Napa irgendetwas für mich hinterlegen? Ich habe ihr die Adresse mitgeteilt, ich habe ihr geschrieben, wann ich ankomme. Vielleicht hat sie es nicht übers Herz gebracht, mir eine E-Mail zu schreiben, und sich stattdessen für einen Brief entschieden.

Ich übe mich in Geduld, während die Rezeptionistin provozierend langsam meinen Reisepass und meinen Führerschein inspiziert. Ihren Sicherheitscheck zu überstehen dauert länger als die Zollkontrolle am Flughafen. Erst als sie der Ansicht ist, dass ihr jetzt abgesehen von einem Irisscan sämtliche relevanten Informationen vorliegen, überreicht sie mir den Umschlag und den Schlüssel zu meinem Zimmer.

Dann blickt sie noch mal auf das Päckchen hinab. Vielleicht vermutet sie darin ja Drogen oder so. Doch ich gönne ihr nicht die Genugtuung, indem ich den Umschlag vor ihren Augen aufreiße – neugierige Kuh! –, sondern klemme ihn mir einfach unter den Arm, als wäre es völlig egal, ob ich ihn jetzt gleich oder erst in ein paar Tagen aufmache.

Als ich die Lobby verlasse, ist mir zum Heulen zumute. Die Begegnung hat mich aus der Fassung gebracht. Es ist der Jetlag, ich weiß schon – und der Stress vermutlich, weil ich Linus daheim zurückgelassen habe und mir Sorgen mache. Aber es spielt auch eine gewisse Erleichterung mit rein, weil es Laura doch immerhin gut gehen muss, wenn sie mir hier etwas hinterlegt, oder nicht? Zum ersten Mal gestehe ich mir ein, dass meine größte Angst nicht war, dass irgendjemand, sondern dass sie sich selbst was angetan haben könnte. Natürlich habe ich das niemandem gegenüber erwähnt, als hätte es laut auszusprechen das Ganze irgendwie real gemacht. Und ohne Beweise hätte ich nie auch nur einen Ton zu Margie gesagt – sie hat auch so schon an genug Verschwörungstheorien zu knabbern. Aber Tote reden nicht, und sie hinterlassen erst recht keine gefütterten Umschläge in schäbigen Motels.

Im künstlichen Licht auf dem Parkplatz ist die Handschrift schwer zu entziffern. Lauras Schrift sieht anders aus, trotzdem halte ich an meiner Hoffnung fest – eine Handschrift ändert sich im Lauf des Lebens, oder etwa nicht? Vielleicht hat Laura sich ja neben ein paar amerikanischen Ausdrücken wie *washroom* oder *awesome* auch eine neue Handschrift angeeignet. Eine gewisse gesteigerte Gefühlslage kann sich auch in einer veränderten Handschrift niederschlagen. Allerdings weiß ich insgeheim, dass außer vielleicht durch eine Handtransplantation aus Lauras Sauklaue nie im Leben diese fein säuberlich gestochene Schrift geworden wäre, in der mein Name auf diesem Umschlag steht.

Als ich die Lasche aufreiße und hineingreife, schließen sich meine Finger um einen Schlüsselring.

Scream, 1996[4]

SIDNEY PRESCOTT: Das ist Leben, kein Film hier.
BILLY: Oh doch, Sid. Es ist alles ein Film, alles ein einziger, gewaltiger Film. [Pause] Nur das Genre können wir uns nicht auswählen.

9

Ricko Struthers kam in einem schwarzen Anzug und mit einer schmalen schwarzen Krawatte zur Beerdigung von Lauras Dad, als hätte er auf dem Weg zum Banküberfall in *Reservoir Dogs* eben schnell einen Abstecher gemacht. Was zum Teufel hatte er hier zu suchen?

Vielleicht war es aber auch gar nicht so merkwürdig, wie es den Anschein hatte, dachte Esther, als sie zwischen ihrer Schwester und ihrer Mum ganz vorne auf der harten Kirchenbank saß. Es waren erstaunlich viele Leute von der Schule da. Katie Long saß mit ihren Eltern drüben beim Taufbecken, und hinter ihr saßen die Mädchen aus Lauras früherer Korbballmannschaft. Amelia Wentworth und Sarah Maxwell waren zusammen gekommen, in ihren schwarzen Kostümen, High Heels und mit Sonnenbrillen heillos overdressed. Sarah hatte sich sogar ein schwarzes Samthalsband angelegt, als wäre sie auf dem Weg zu einer Party und nicht bei einer Beerdigung. Die beiden winkten ihr über den Mittelgang hinweg zu, und sie winkte zögerlich zurück, warf aber gleichzeitig ihrer Mutter einen verstohlenen Blick zu, wie um sich zu versichern, dass so etwas erlaubt war.

Merkwürdig war nicht so sehr, dass Ricko ebenfalls gekommen war, stellte Esther fest, als sie sich zum

Eingang umdrehte, sondern wie er sich verhielt. Er war bei Esthers Vater und ein paar anderen älteren Männern in Marineuniform an der Tür stehen geblieben, die Agenden ausgaben und die Trauergäste zu ihren Bankreihen führten. Er verhielt sich gerade so, als wäre er ein alter Freund oder als würde er sogar zur Familie gehören.

Er hatte vor Überraschung die Luft angehalten, als sie die Kirche betreten hatte, aber seit einiger Zeit war Esther derlei Reaktionen gewöhnt. Dann hatte er den Mund aufgeklappt, als wolle er irgendwas sagen, doch ihr Dad war sofort auf sie zugestürzt, als er sie entdeckte, und hatte sie zu ihren Plätzen geführt. Insofern hatte sie Ricko nicht fragen können, nicht einmal wenn es höflich gewesen wäre: Was in aller Welt hast du hier verloren?

In der Nacht, als Edward gestorben war, hatte sie gerade erst wieder mal an Laura denken müssen. Sie hatte mit Jane und Claire im Unikino *Scream* gesehen, und anschließend waren sie sitzen geblieben, um sich die Diskussion anzuhören, die ein engagierter Doktorand in einem gewebten Ethnojäckchen mit passender Kappe moderiert hatte. Jane neben ihr hatte sich Notizen gemacht – die Klausuren waren zwar vorbei, aber solche Angewohnheiten wurde man nun einmal nur schwer wieder los –, und Claire hatte interessiert den Kopf schräg gelegt, während Esther kaum zugehört hatte. Sie hatte an ihrem abblätternden blauen Nagellack geknibbelt und über Drew Barrymore nachgedacht und zu guter Letzt beschlossen, sobald sie wieder daheim wäre, Laura anzurufen und sie zu fragen, ob sie immer noch darauf bestehen würde, Gertie zu sein, selbst wenn das bedeutete, dass man in den ersten zehn Minuten des Films umgebracht würde.

Als sie allerdings wieder im Wohnheim eintrafen, hatte einer der Jungs eine Nachricht für sie mit Tesafilm ans Haustelefon geklebt, damit Esther sie nicht übersah.

ESTHER!!!!!!!

RUF DEINE MUTTER AN!!!!!!!! ED IST GESTORBEN (MEIN BEILEID).

Für einen kurzen Moment wusste sie nicht, wer mit Ed gemeint war, obwohl sie diese Nachricht in Wahrheit schon seit Jahren erwartet hatte. Für sie hatte er immer Edward geheißen. Sie fühlte sich, als würde sie sich selbst von außen sehen, sich dabei zugucken, wie sie die Nachricht aufnahm, während Jane ihr über die Schulter spähte, den Zettel las und sofort fragte, ob es ihr gut gehe.

Esther nickte, war aber insgeheim überrascht, dass sie derart geschockt war. Waren Edward nicht schon zu ihren Schulzeiten nur mehr zwölf Monate prophezeit worden? Niemand hatte damit gerechnet, dass er überhaupt so lange leben würde – fast weitere drei Jahre. Trotzdem war die Nachricht von seinem Tod, die sie jetzt in den Händen hielt, die grünen Filzstiftbuchstaben, und dass es nach so vielen falschen Alarmen jetzt doch geschehen war, fast ebenso erschütternd für sie, als wäre er ganz unvermittelt bei einem Autounfall ums Leben gekommen.

Fühlte Laura sich genauso? Hatte sie gewusst, dass es dieses Mal anders ausgehen würde? Hatten sie und Margie gespürt, dass es diesmal nicht nur eine seiner schlechten Phasen war, in denen Edward ins Krankenhaus gefahren werden musste und wie durch ein Wunder und fürchterlicherweise wieder nach Hause gebracht wurde, um dort weiterzusterben?

Nicht einmal jetzt in diesem Augenblick wusste sie, wie Laura sich fühlte, während sie dort vorne saß und darauf wartete, dass ihr Vater beerdigt wurde. Jedes Mal, wenn Esther von der Uni aus versucht hatte, sie zu erreichen, war das Telefon besetzt gewesen, und als sie heimgekommen war, hatte ihr Vater gesagt, sie solle lieber noch ein bisschen warten, Laura und Margie müssten sich derzeit um andere Dinge kümmern. Esthers Mutter hatte das Essen für die Trauerfeier organisiert, ihr Vater die Grabrede vorbereitet und würde auch Edwards Testamentsvollstrecker sein. Und angesichts des effizienten Pragmatismus ihrer Eltern war Esther wieder in die Rolle des kleinen Mädchens zurückgefallen, die abwartete, was die Erwachsenen sagten, und die im Auto ihrer Eltern auf der Rückbank saß und mit ihrer kleinen Schwester zankte, als wäre sie nie von zu Hause ausgezogen. Insgeheim war Esther klar gewesen, dass ihr Dad recht hatte: dass es egoistisch von ihr gewesen wäre zu erwarten, dass jemand, der gerade einen Elternteil verloren hatte, sich bei ihr zurückmeldete. Aber bei dem Gedanken, zur Beerdigung zu erscheinen, ohne erst mit ihrer besten Freundin gesprochen zu haben, fühlte sie sich nicht gerade besser.

Als Laura und Margie mit Edwards alten Eltern hinter dem Sarg die Kirche betraten, geleitete Ricko sie zur vordersten Kirchenbank und setzte sich anschließend einfach neben Laura. Esther hätte am liebsten lautstark protestiert. Sophie kniff sie ins Bein und blickte dann demonstrativ zu Laura und Ricko hinüber – *wusstest du das*?

Nein, sie hatte es nicht gewusst. All die hormonell bedingte Schwärmerei, die sie einstmals als unwissende Teenagerin für ihn empfunden hatte, war vor Jahren während jener Party bei ihm daheim in Antipathie umgeschlagen. Und als er in der darauffolgenden Zeit Laura nicht eines Blickes gewürdigt und ihr im *Scheißhaus* sogar demonstrativ den Rücken zugekehrt hatte, war aus der Antipathie Hass geworden. Sie war kein dummes, naives Schulmädchen mehr, das sich von einem gut aussehenden älteren Jungen leicht beeindrucken ließ. Esther war inzwischen einundzwanzig und erwachsen. Mittlerweile wusste sie über gewisse Dinge Bescheid – und sie wusste über Männer Bescheid. Was für sie bedeutete, dass sie keine Jungfrau mehr war.

Der Trauergottesdienst war im Handumdrehen vorbei. Esthers Vater hatte seine Rede mit fast schon militärischer Beherztheit vorgetragen, sodass zum Glück kollektives Geheule ausgeblieben war, und sie hatte ihm nur an den weißen Knöcheln seiner Finger ansehen können, mit denen er das Lesepult umklammert hielt, wie schwer es ihm gefallen war. Der Pfarrer sprach eine Weile über Gott, was Esther, die alles andere als gläubig war, irgendwann zu viel wurde. Margie starrte die ganze Zeit nur stumm geradeaus, als würde sie von alldem überhaupt nichts mitbekommen. *Beruhigungsmittel,* raunte Esthers Mutter ihren Töchtern zu, als sie deren Blick auffing. Erst beim letzten Lied fing Margie an zu weinen. Sie weinte, wie eine Statue weinen würde – mit versteinertem Gesicht, fast reglos, während die Tränen ihr über die Wangen strömten wie Regentropfen. Es war eine Seemannshymne, und als Esther versuchte mitzusingen, war ihre Kehle wie zugeschnürt, sodass sie keinen Ton herausbekam. *Wir bitten Dich, mit Gnade steh bei Menschen in Gefahr zur See.*

Sie hatte Edward fast genauso gut gekannt wie ihren eigenen Vater. Als sie noch jünger gewesen war, war es hin und wieder vorgekommen, dass sie versehentlich Daddy zu ihm gesagt hatte, wenn ihr eigener Vater auf See gewesen war. Er hatte vor diversen Gemeindezentren in seinem Astra gesessen und gewartet und sie und Laura von Partys abgeholt. Er hatte gewusst, dass er im Auto bleiben und sie nicht (wie ihr eigener Vater es tat) in eine peinliche Situation bringen durfte, indem er sie drinnen auflas. Er hatte jeden Morgen das Kreuzworträtsel aus dem *Telegraph* gelöst. Er hatte den Segelsport geliebt. Und jetzt war er für immer fort.

Ohne zu fragen, reichte ihre Mutter ihr ein Taschentuch. Esther hatte gar nicht bemerkt, dass sie angefangen hatte zu weinen. Sie hatte das Gefühl, nicht nur um Edward zu trauern – und um Laura –, sondern auch um die Illusion, die sie bis zu diesem Tag aufrechterhalten hatte: dass derlei Dinge nur anderen passierten. Sie hatte Edwards Tod für einen schlimmen Schicksalsschlag gehalten, eine fürchterliche Tragödie, die aus dem Blauen heraus über sie hereingebrochen war, aber erst in diesem Moment begriff sie, dass es schlimmer war – dass es unausweichlich war. Irgendeines Tages, dämmerte es ihr, würde dieses Lied auch bei der Beerdigung ihres eigenen Vaters gesungen werden. Dann würden sie und Sophie in der vordersten Reihe sitzen. Das war unausweichlich.

Und Laura war lediglich – wie immer – die Erste von ihnen, die es durchmachte.

Zurück bei den Thomas' lief Esthers Mutter in der Küche auf und ab, erledigte den Job eines ganzen Cateringteams und war zu hektisch, um zu weinen. Sie riss Frischhaltefolie von vorbereiteten Sandwichtabletts und leerte Chipstüten in Schüsseln, während Esther selbst sich eher wie eine Kellnerin fühlte denn wie ein Trauergast, als sie die Teller herumreichte, die ihre Mutter ihr am laufenden Band in die Hand drückte.

Ein paar Gäste nahmen sich Sandwiches, ohne sie dabei auch nur anzusehen, andere versuchten, sie in eine höfliche Unterhaltung über ihr Studium zu verwickeln, oder drückten ihre Anerkennung für die Trauerrede ihres Vaters aus. Esther hielt sich überwiegend in den hinteren Räumen auf, wo sich die Älteren versammelt hatten, und überließ Sophie die vorderen Zimmer, wo die jüngeren Freunde sich niedergelassen hatten. Als wäre die Feier zweigeteilt, stellte sie niedergeschlagen fest; und Esther mit ihrer immer noch frischen Erkenntnis von Sterblichkeit hatte sich für die Seite entschieden, die dem Ende näher war. Allerdings hätte sie das den anderen nie ins Gesicht gesagt. Wahrscheinlich wäre das nicht allzu freudig aufgenommen worden. *Ach, hallo, Commander Betts, dürfte ich Ihnen im Bewusstsein Ihres bevorstehenden TODES ein Gurkensandwich anbieten?*

Margie hatte wieder Tabletten eingenommen, die ihr Hausarzt ihr verschrieben hatte, und sich hingelegt und Laura die Rolle der Gastgeberin überlassen; die einzigen weiteren Familienmitglieder waren die Großeltern, die stumm nebeneinander auf dem Sofa kauerten. In einem fort wurde sie von jemandem angesprochen, bedankte sich bei irgendwelchen Gästen für ihr Kommen, verabschiedete irgendwen, hörte sich Geschichten über ihren Vater an, die irgendjemand spontan zum Besten geben musste, als würden sie nur durch ihre Ohren wahr werden.

Esther hatte noch immer kaum mehr als ein paar Worte mit ihr gewechselt, aber als sie Laura jetzt während des Leichenschmauses höflich hin- und hergehen sah, versetzte es ihr einen Stich, wie blass und kantig die Freundin in ihrem begräbnisschwarzen Outfit aussah. Die Trauer schien die Knochen unter ihrer Haut scharfgeschliffen zu haben. Sie hatte eine maskuline Kurzhaarfrisur, die ihre rot geränderten Augen noch größer wirken ließ. Laura schob sich durch die Gästeschar, als gehöre sie selbst gar nicht dazu, als schwebe sie in ihrer Trauer über allem. Unwillkürlich musste Esther an Jackie Kennedy nach JFKs Beerdigung denken – nur dass Jackie Kennedy nicht auf Schritt und Tritt von Ricko Struthers verfolgt worden war.

Er hatte sich direkt hinter sie gestellt und ihr die Hand auf den Rücken gelegt, und wenn er entschied, dass sie sich lange genug mit einer Person unterhalten hatte, ging er mit einer knappen Entschuldigung dazwischen und schob Laura weiter zum nächsten Gast. Esther hätte nicht sagen können, ob Laura ihn im Vorfeld darum gebeten hatte, um ihr die ungehemmte Trauer der anderen zu ersparen, oder ob er sich selbst dazu entschlossen hatte. Wie auch immer, er stand dauerhaft zwischen Laura und allem, was über jeden noch so kurzen Austausch mit ihren Gästen hinausgegangen wäre. Trotz der hinderlichen Sandwichplatten hatte Esther wiederholt versucht, an sie heranzukommen, um sich endlich mit ihr zu unterhalten, am Ende aber doch immer nur Rickos oder Lauras Kehrseite vor sich gesehen, wenn er sie mal wieder fürsorglich wegführte.

Als es ihr endlich gelang, an sie heranzukommen, und Laura sie gerade begrüßen wollte, schnitten ihr prompt Freundinnen ihrer Mutter den Weg ab, um ihre Figur zu kommentieren und mit den beringten Fingern nach den Lachs- und Gurkendreiecken zu greifen. Sie kam sich vor wie in einer höflichen, domestizierten Version der Fernsehshow *Gladiators*, in der sie verzweifelt versuchte, vor Ablauf der Zeit die Ziellinie zu erreichen, während um sie herum Leute mit Schaumstoffknüppeln versuchten, sie aufzuhalten.

Irgendwann kapitulierte sie und zog sich mit einem fast leeren Tablett in den Flur zurück. Doch nicht mal dort hatte sie Ruhe.

»Oh, gottverdammt!« Amelia Wentworth stürzte aus dem Wohnzimmer auf sie zu und schnappte sich ein Sandwich. »Das kann ich jetzt echt brauchen, ich bin am Verhungern! Esther, wann hast du so *abgenommen?«*

Amelia und Sarah sahen aus, als hätten sie die Wahl ihres Beerdigungsoutfits einzig und allein anhand von Hollywoodfilmen getroffen: kurze Röcke, die Sonnenbrillen in die Stirn geschoben, Amelia mit knallrotem Lippenstift.

»Meine Güte, ich hab dich in der Kirche ja kaum wiedererkannt«, sagte Sarah Maxwell. »Also, nicht falsch verstehen …«

Seit sie so sehr abgenommen hatte, hatte Esther sich oft vorgestellt, wie sie ihre alten Mitschülerinnen wiedersehen würde, nach den Abschlussklausuren, wenn sie alle über den Sommer nach Hause zurückkehrten. Ein Raunen würde durch den Raum gehen, während sich alle nach ihr umdrehten, und diverse Kinnladen würden herunterklappen. Die Erinnerung an die Fette Fester wäre schlagartig aus dem kollektiven Gedächtnis gelöscht. Sie hätte sich nie träumen lassen, dass es während der Beerdigung von Lauras Dad passieren würde. Irgendwie fühlte es sich falsch an, jetzt solche Kommentare auf sich zu ziehen, als wäre sie um ihren großen Moment gebracht worden.

»Was ist passiert?«, fragte Amelia, während sie immer noch auf ihrem Thunfisch-Mayo-Sandwich herumkaute. »Wie hast du das hingekriegt? Ich muss auch ums Verrecken zwei, drei Kilo loswerden!«

»Bei einer Beerdigung ist ›ums Verrecken‹ vielleicht nicht gerade die richtige Wortwahl«, raunte Sarah ihr zu und gab ihr einen Klaps auf den Arm. »Gott, was ist nur mit dir los? Aber mal ernsthaft, wie hast du das hingekriegt?«

Darüber hatte Esther schon lange vor der Heimreise nachgedacht. Weight Watchers klang einfach zu uncool. Außerdem hatte sie nicht einmal ihren Unifreundinnen erzählt, dass sie jeden Donnerstagabend zu den Treffen ging – die anderen nahmen an, sie säße in der Bibliothek. Nicht dass das cool gewesen wäre, aber immerhin nicht offen demütigend. Das Wichtigste war, ihre Zunge im Zaum zu halten, dachte sie. Wie genau sie ihr neues Gewicht erklärte, wäre entscheidend. Niemand wollte die Geschichte von Moppelchens Kampf gegen die Kilos hören. Sie hatte beschlossen, so zu tun, als wäre dies endlich ihre natürliche Figur, als wäre ihr altes, dickeres Ich nur eine Art Verkleidung gewesen.

»Irgendwie ist es einfach von mir abgefallen«, sagte sie und zuckte mit den Schultern, als hätte sie es nicht mal richtig mitbekommen. Als hätte sie nicht jeden Punkt in ihrem Weight-Watchers-Buch notiert, als hätte sie nicht manisch ihr Gewicht kontrolliert.

»Hast du Drogen genommen?«, fragte Sarah. »Am College hat mal so ein Mädchen superkrass abgenommen, als sie angefangen hat, Speed zu nehmen.«

In der Hoffnung auf eine stillschweigende Übereinkunft legte Esther ein Mona-Lisa-Lächeln auf. Im ganzen Leben hatte ihr noch niemand Speed angeboten.

»Igitt«, sagte Amelia und verzog den Mund. »Eine Drecksdroge! Ich nehm nur Pillen. Ihr?«

»Habt ihr Laura gesehen?«, fragte Sarah, ohne auf die Frage einzugehen. »Wir müssen langsam los, und ich hab mich noch gar nicht mit ihr unterhalten.«

»Ich auch nicht«, sagte Esther und warf einen Blick über die Schulter, um zu sehen, ob Laura vielleicht hinter ihr aufgetaucht war. »Ich nehme an, sie ist einfach sehr beschäftigt mit den Freunden ihres Vaters.«

»Und wieso schleicht Ricko Struthers ihr nach wie ein Bodyguard?«, fragte Amelia. »Ich meine, es ist eine Sache, sein erstes Mal mit ihm zu haben, aber seit wann sind die beiden bitte schön zusammen?«

Sarah lehnte sich ein Stückchen vor und senkte die Stimme. »Also, ich hab neulich erst mit ein paar Freunden von ihr von Oddbins gesprochen …«

»Oddbins?«, hakte Amelia nach.

»Gott, du hast ja wirklich ein Hirn wie ein Sieb! Behältst du eigentlich *irgendwas,* was ich dir erzähle? Dort jobbt sie schon seit einer Ewigkeit«, erklärte Sarah genervt. »Ursprünglich sollte es nur ein Ferienjob sein, aber dann war das mit ihrem Dad und überhaupt …«

»Scheiße, stimmt ja, tut mir leid.« Amelia schlug sich mit der flachen Hand an die Stirn. »Ich Volltrottel.«

»Angeblich ist er irgendwann einfach dort reinspaziert, Tag für Tag, und hat sich ausschließlich von Laura bedienen lassen.«

»Wie verlockend«, bemerkte Esther. »Regalmeter voll Alkohol …«

»Was macht er eigentlich?«, fragte Amelia. »Seit der Uni, meine ich? Er muss doch langsam fertig sein.«

»Weiß der Geier«, antwortete Sarah. »Ich hab gehört, er ist wieder bei seinen Eltern eingezogen und geht stempeln. Ist ja auch egal – meine Bekannte hat jedenfalls erzählt, Laura hätte die ganze Zeit nichts von ihm wissen wollen, aber dann ist er mit diesem *Erotikvideo* dort reinspaziert …«

»Bitte?« Amelia wich angewidert zurück. »Mit einem Porno? Mit einem echten Porno?«

»Was weiß denn ich? Eigentlich kann ich mir das nicht vorstellen. Aber zumindest war's Erotik, weil Wendy – das ist die Bekannte, die auch bei Oddbins arbeitet – behauptet, dass Ricko ausdrücklich betont hat, dass er ihr ein *Erotikvideo* mitgebracht hätte, das ihr ganz sicher gefallen würde. Und jeder hat's mitgekriegt.«

»Uh, meine Güte, Ricko Struthers war echt immer schon ein verdammter Perverser«, sagte Amelia.

Sarah zuckte mit den Schultern. »Du musst es ja wissen. Wendy hat jedenfalls erzählt, dass Laura nur einen einzigen Blick auf das Video geworfen hat, und bingo. Seitdem sind sie ein Paar.«

»Aber sie hat nicht gesagt, was für ein Video es war?«, hakte Esther nach.

»Kann schon sein, aber ich hab's vergessen.«

»War's … Weißt du zufällig noch, ob es *Poison Ivy* war?«

»Stimmt, das war's – woher wusstest du das?«, fragte Sarah und sah sie überrascht an.

Doch noch ehe Esther antworten konnte, tauchte ihre Mutter aus der Küche auf und wischte sich die Hände an der Küchenschürze trocken. Ihr langes Haar hatte sich genau wie bei Esther aus dem Knoten im Nacken gelöst und kräuselte sich jetzt um ihren Kopf wie der Heiligenschein eines Engels, der noch nie von den hilfreichen Eigenschaften von Studioline-Haargel gehört hatte.

»Esther! Hier steckst du! Los jetzt, ich brauch dich. Kannst du den Käse herumreichen?«

»Ich muss los …« Sie verzog das Gesicht.

Als sie sich voneinander verabschiedeten, indem sie sich unbeholfen um die Sandwichplatten herum umarmten, schoss Esther unwillkürlich durch den Kopf, dass ihr fünfzehn Jahre altes Ich bei ihrem jetzigen Anblick wie vom Donner gerührt gewesen wäre: den Uniabschluss in greifbarer Nähe und die zwei beliebtesten Mitschülerinnen von damals im Arm, als wären sie seit jeher eng befreundet. Und schlank … sogar schlanker als Amelia Wentworth.

Irgendwann hatte sich das Haus geleert. Nur ein paar Freunde von Esthers Dad waren übrig geblieben und erzählten einander am Esstisch kernige Geschichten aus ihrer Marinezeit, während Esther und ihre Mutter die Spülmaschine vollluden und die Reste vom Büfett für

Laura und Margie einpackten. Sophie war bereits geflüchtet, ihr Freund hatte sie schon eine Stunde zuvor abgeholt.

Esthers Mutter blickte auf, ließ die Mülltüten in ihrer Hand zu Boden fallen und eilte zur Küchentür, wo Laura und Ricko nebeneinanderstanden.

»Liebling«, sagte sie und zog Laura in die Küche. »Du warst wahnsinnig tapfer. Hast du überhaupt etwas gegessen? Soll ich dir einen Teller herrichten?«

Als Caro Laura in den Arm nahm, musste Ricko sie wohl oder übel loslassen.

»Schau mal«, fuhr sie fort, »der Kühlschrank ist zum Bersten voll. Du und Margie, ihr werdet in der nächsten Zeit ganz sicher nicht einkaufen gehen müssen. Aber wenn, dann sag Bescheid, ja? Ich weiß, dass deine Mutter im Augenblick nicht gerne fährt.«

Laura nickte, lehnte das Angebot zu essen aber ab. Esthers Mutter blickte von ihr zu Ricko und wieder zurück zu ihr.

»Ricko«, sagte sie dann. »Könntest du mir vielleicht mit dem Leergut helfen? Die Flaschen müssen raus in die Tonne und sind mir ein bisschen zu schwer. Esther, könntest du Laura vielleicht hochbringen? Mit diesen alten Seebären muss sie sich nun wirklich nicht mehr herumschlagen. Gönnt euch ein bisschen Ruhe, ihr beiden.«

Ricko schielte zu Laura hinüber. »Ich kann sie doch auch hoch …«

»Schon in Ordnung«, unterbrach ihn Laura bestimmt. »Hilf du bitte Caro, sie ist schon den ganzen Tag auf den Beinen.«

Für den Bruchteil einer Sekunde verdunkelte sich sein Blick – so flüchtig und schnell, dass Esther sich bereits fragte, ob sie es sich eingebildet hatte –, nahm dann aber den Arbeitsauftrag hin. Bereits einen Augenblick später umgarnte er auch schon ihre Mutter mit seinem eingeübten Charme und warf sich eine Plastiktüte voller leerer Flaschen über die Schulter.

»Mit Müttern kann er gut«, kommentierte Laura, als sie vor Esther die Treppe hochmarschierte. »Ich hab ihm schon einmal gesagt, dass er das in seinen Lebenslauf aufnehmen soll. Traum aller Schwiegermütter. Das kommt doch immer gut an, oder?«

Angesichts der unausgesprochenen Bestätigung ihres Verdachts verkrampfte sich Esther ein wenig. »Er … ist also dein Freund?«

Laura seufzte. »Lass gut sein, okay?«

»Lass was gut sein? Ich frag doch nur. Man sollte meinen, dass du ihn irgendwann einmal erwähnt hättest.«

Laura schob die Tür zu ihrem Zimmer auf, und als sie sich auf die Bettkante fallen ließ, standen ihr Tränen in den Augen. »Ich hatte viel um die Ohren«, sagte sie leise.

Esther setzte sich neben sie und legte den Arm um Lauras gebeugten Rücken. Sie konnte die einzelnen Wirbel spüren, jeder einzelne so scharfkantig, als hielte Esther ein Skelett im Arm. Laura ließ den Kopf auf ihre Schulter sinken, und Esther konnte spüren, wie ihr Brustkorb sich zitternd hob und senkte und sie versuchte, nicht in Tränen auszubrechen.

»Weine nur, Laura, ist schon in Ordnung. Weine, so viel du willst, es wird dir guttun.«

Mit dem Handrücken fuhr sie sich über die Augen und schüttelte den Kopf. »Ich bin es einfach nur so leid, Est. Wenn Weinen irgendetwas besser machen würde, wäre ich verdammt noch mal auf Wolke sieben. Und Margie wäre im Vollrausch.« Sie setzte sich gerade auf und schniefte. Dann fiel ihr Blick auf ihr Gesicht im Spiegel, und sie stand auf, um sich in Augenschein zu nehmen. Mit dem Zeigefinger strich sie sich über die Unterlider, um das Make-up wegzuwischen, das sich dort gesammelt hatte. Dann grinste sie über die Schulter Esther zu. »Bäh.«

»Du siehst gut aus.«

»Lüg doch nicht. Aber du, Est, du siehst fantastisch aus. Wollt ich dir vorhin schon sagen.«

»Weight Watchers«, gestand Esther unumwunden ein. Laura würde es nicht herumerzählen. Es sollte noch Jahre dauern, bis Esther nicht mehr jedes Kompliment auf ihr Gewicht bezog. »Und du hast eine neue Frisur.«

»Ja.« Laura setzte sich wieder zurück auf die Bettkante und fuhr sich mit der Hand über den kurz geschorenen Schädel. »Ich war letzte Woche beim Friseur. In der Arbeit haben sie immer behauptet, mit dem Bob würde ich wie die eine von den Spice Girls aussehen.«

»Wie bitte?« Esther musste lachen. »Die Mürrische? Du siehst kein bisschen aus wie sie!«

»Ich weiß«, sagte Laura und verzog den Mundwinkel zu einem schiefen Grinsen. »Ich bin Drew Barrymore, verdammt. Wie konnten sie nur?«

Esther wollte schon fragen, ob sie *Scream* gesehen hatte. Gerade noch rechtzeitig fiel ihr wieder ein, dass der gesamte Film – wenn man erst einmal über die Morde und Postmoderne-Anspielungen hinweg war – von den Folgen des Todes eines Elternteils handelte. Würde jetzt jeder Drew-Barrymore-Film Laura an ihren Dad erinnern? Aber wahrscheinlich hatte sie in letzter Zeit ohnehin zu viel zu tun gehabt, um ins Kino zu gehen. Die Frage wäre blödsinnig gewesen.

Stattdessen saßen sie eine Weile schweigend nebeneinander, wie nur alte Freunde miteinander schweigen können. In Lauras Zimmer hatte sich seit ihrer Schulzeit nicht das mindeste Detail verändert. Immer noch hingen Poster von Mark Gardener von Ride und von Johnny Depp an der Wand, auch wenn in der Zwischenzeit Leonardo di Caprio der beliebtere Schauspieler war. Oder Ewan McGregor, wenn man noch cooler war. Rund um den Schminkspiegel waren mit Klebepunkten Tanzurkunden befestigt, und über dem Bett auf dem Regal standen ihre *Ballettschuhe*- und *Sadler's Wells*-Bücher, als hätte sie seit damals nichts anderes mehr gelesen. Aber so wie sie Laura kannte, stimmte das sogar. Auf dem Nachttischchen aus Weidengeflecht lag ein transparenter Fotowürfel. Esther kannte die Fotos darin in- und auswendig; sie waren seit mehr als zehn Jahren nicht mehr ausgetauscht worden. Das Bild, das ihr im Augenblick entgegenblickte, war ihr Lieblingsfoto – Laura als Kleinkind, das auf der Brust ihres Vaters lag. Beide schliefen tief und fest.

»War es sehr schlimm, Laura?«

Es dauerte eine Weile, ehe Laura antwortete. »Ja.« Mehr sagte sie nicht.

Esther streckte sich nach dem Fotowürfel und drehte ihn herum. Da war Margies und Edwards Hochzeitsbild, dann ein körniges, leicht vergilbtes Babyfoto von Laura auf einer Schottenkarodecke. Dann das grässliche Bild von ihr selbst und Laura in Gymnastikanzügen und mit Stulpen, als sie mit elf das Jane-Fonda-Video von Esthers Mutter nachgestellt hatten. Noch ein Bild von Edward … und eins von Ricko. Um ein Haar hätte Esther den Würfel fallen gelassen.

Das Foto war verhältnismäßig aktuell, das konnte sie an seiner Frisur erkennen. Er trug die Haare inzwischen kürzer als zu Schulzeiten, wenn auch nicht ganz so kurz wie Laura. Träge grinste er in die Kamera und beugte sich zum Fotografen vor. Und ganz offenkundig war das Foto im Bett geschossen worden.

Laura lehnte sich zur Seite und nahm ihr den Fotowürfel aus der Hand. »Er war so super mit Dad, Est. Das kannst du dir überhaupt nicht vorstellen.«

»Oh.«

»Ich weiß, dass du ihn nicht ausstehen kannst«, sagte sie.

»Spielt doch keine Rolle, ob ich ihn ausstehen kann oder nicht – ich hatte bloß gedacht, dass *du* ihn nicht ausstehen könntest. Und einzig und allein darum geht es doch.«

Hatten sie sich denn nicht jahrelang das Maul über ihn zerrissen? Gekichert und auf dem Absatz kehrtgemacht, sobald sie ihn in einem Pub entdeckt hatten? So getan, als würden sie sich auf ihn erbrechen, weil er rückblickend nichts anderes verdient hatte?

»Es tut ihm leid, dass er damals so ein Arsch gewesen ist.«

»Ja, er war *wirklich* ein Arsch.«

»War er. Ist er nicht mehr. Am Anfang hab ich ihm kein Wort geglaubt, aber er hat sich wirklich toll um Margie und um mich gekümmert. Er hat sie überall hingefahren, nachdem sie diese Panikattacke auf dem Sainsbury's-Parkplatz hatte. Mich fährt er sogar zur Arbeit und holt mich wieder ab.«

»Aber du hast doch selbst ein Auto«, sagte Esther. Der Einwand klang selbst in ihren eigenen Ohren zickig.

Laura sah zu ihr hinüber. »Manchmal will ich einfach nicht alleine sein«, sagte sie. »Ich war einsam, Est. Ihr seid alle aufs College gegangen und habt mit eurem Leben weitergemacht, während ich daheim hängen geblieben bin.«

»Arbeitet er bei dir in der Nähe? Seid ihr euch so wieder begegnet?«

»Er arbeitet im Moment gar nicht«, erklärte Laura und wich Esthers Blick aus. »Er hätte alles Mögliche machen können, hatte eine Menge Jobangebote, nachdem er mit der Uni fertig war, aber er sagt, das hier ist wichtiger. Er hat für mich ziemlich viel aufgegeben, Esther. Er hat sich wirklich verändert.«

Du dich auch, schoss es Esther durch den Kopf. Aber was hatte sie eigentlich erwartet? Nach der Schule hatten sie sich alle verändert. Nur weil Laura nicht weggezogen und an die Uni gegangen war, bedeutete das nicht, dass sie sich nicht weiterentwickelt hatte. Hatte sie allen Ernstes angenommen, dass Laura für immer zu Hause gefangen sein und nur mehr zum Leben erweckt würde, wenn ihre alten Freunde heimkämen und sich mit ihr verabredeten?

»Er hat Dad sogar abends nach oben getragen«, fuhr Laura fort. »Du weißt, wie sehr Dad es gehasst hat, im Wohnzimmer zu schlafen, nachdem seine Beine nicht mehr mitgemacht haben. Nur konnten Margie und ich ihn ja nicht hochtragen. Ricko schon. Er kam jeden Abend vorbei und hat ihn in den ersten Stock geschleppt. Du hast keine Vorstellung davon, wie viel das Dad bedeutet hat. Bis zum bitteren Ende zumindest wieder ein bisschen Würde zu haben.«

Esther beugte sich zur Seite und griff nach Lauras Hand. Und inwiefern war sie ihr eine Hilfe gewesen? Von Leeds aus hatte sie Laura Briefe geschrieben und sie angerufen, sich aber im Großen und Ganzen auf die Abschlussklausuren konzentriert. Das konnte man wohl kaum vergleichen. Sosehr sie ihn immer noch für ein Arschloch hielt – Ricko Struthers hatte mit angepackt, hatte wahrhaft geholfen und nicht nur rumgeheuchelt: »Wenn ich irgendetwas für dich tun kann …«, und dann schleunigst die Flucht ergriffen.

»Ich bin wirklich froh, dass er hier war«, sagte sie. »Ich … ich hab versucht, dich anzurufen … Ich hab Nachrichten auf eurem Anrufbeantworter hinterlassen.«

»Schon in Ordnung«, sagte Laura und drückte Esthers Hand. »Ich weiß.«

Im Erdgeschoss ging eine Tür auf und schlug gegen die Außenwand, dann klirrten noch mehr Flaschen. Esthers Mutter hatte einen anderen Radiosender eingeschaltet. Das beruhigende Murmeln der BBC-Sprecher drang aus der Küche zu ihnen herauf.

»Und was machst du jetzt?«, fragte Esther.

Laura runzelte die Stirn. »Jetzt?«

»Ich meine – kannst du jetzt nicht an die Uni? Den Studienplatz wirst du allerdings womöglich noch einmal beantragen müssen.«

»Nein.«

»Und was ist mit diesem Nachrückverfahren? Oder ist es dafür schon zu spät? Vielleicht kriegst du ja so noch einen Platz für dieses Jahr – dann müsstest du nicht aussetzen.«

»Ich will nicht an die Uni.«

»Aber … warum denn nicht?«

»Der Zug ist abgefahren.« Laura seufzte, schüttelte den Kopf und zupfte an der Tagesdecke. »Ich wäre bei Weitem die Älteste und würde nie im Leben fertig werden, bis ich *fünfundzwanzig* oder so was bin … und das ist immerhin die halbe Strecke bis zur *Fünfzig.*«

»Von wegen zu spät«, wandte Esther ein. »Also, in meinen Kursen saßen immer jede Menge älterer Studenten. Sogar ein Siebzigjähriger.«

Laura schnaubte. »Seniorstudenten? Nein danke.«

»Hör mal, jetzt hab ich's«, sagte Esther. Sie wollte irgendetwas tun, sie wollte Laura zeigen, dass sie ebenfalls zupackend und hilfsbereit sein konnte. Sie würde eine ganz andere Art Gewicht stemmen können. »Jane und ich wollen uns eine Wohnung teilen, wenn wir mit der Uni fertig sind. Wir ziehen nach London, nach Islington vielleicht oder nach Stoke Newington, wenn Jane mit dem Referendariat anfängt. Wir könnten uns doch eine Dreizimmerwohnung suchen. Wir könnten zusammenziehen, Laura, genau wie wir es damals in der Schule geplant haben.«

Laura musterte sie von der Seite, als würde sie sie in diesem Augenblick zum allerersten Mal so richtig wahrnehmen. Sie lächelte, und irgendwie hatte Esther das mulmige Gefühl, dass sie im Moment Laura leidtat statt andersherum.

»Damals in der Schule … Das ist lange her.«

Auf der Treppe näherten sich schwere Schritte, die auf Lauras Zimmer zusteuerten.

»Aber was willst du denn stattdessen machen?«, fragte Esther. Sie spürte, dass sie nicht mehr viel Zeit hatte, dabei war sie nicht einmal die Hälfte der Fragen losgeworden, die sie ihrer Freundin hatte stellen wollen, und gleich würden sie unterbrochen werden.

Laura riss überrascht die Augen auf. »Na, hierbleiben«, sagte sie, als würde ihr altes Kinderzimmer alles bereithalten, was sie sich nur wünschen konnte. »Ich hab einen ordentlichen Job und ein Dach über dem Kopf. Margie kann noch nicht wieder alleine bleiben. Sie braucht mich. Sie weiß nicht einmal, wie die Hälfte der Fernbedienungen funktioniert, damit fängt es doch schon an. Wenn ich nicht hier wäre, würde sie im Dunkeln sitzen.«

Die Zimmertür ging auf, und Ricko steckte den Kopf herein, gut aussehend und immer noch im Anzug, umrahmt vom Türstock wie Ken in seiner Plastikverpackung. Als er auf sie zutrat, sah Laura ihn zärtlich an.

»Und ich hab Ricko«, sagte sie und streckte die Hand nach ihm aus.

»Na sicher hast du mich«, sagte er und nahm ihre Hand.

»Er zieht nächste Woche hier ein«, erklärte Laura. »Margie sagt, wir kommen ohne ihn nicht zurecht.«

Ricko setzte sich neben Laura ans Kopfende des Betts. Mit einem Mal fühlte es sich viel zu schmal an, und Esther war es peinlich, mir den beiden hier zu sitzen, wo sie es höchstwahrscheinlich miteinander trieben. Angesichts dieser Neuigkeit brannten ihr tausend Fragen auf der Zunge – nicht zuletzt wie die beiden in ein Einzelbett passen sollten ... Sie wusste intuitiv, dass Laura das Gespräch absichtlich so lange hinausgezögert hatte, bis Ricko zu ihnen gestoßen war, um es Esther unmöglich zu machen, sie von dieser bescheuerten Idee abzubringen.

»Willst du denn nicht mehr als das hier?«, platzte es aus ihr heraus.

Laura ließ sich nach hinten gegen Rickos Brust sinken und zog seine Arme wie einen Sicherheitsgurt um sich. Ihre verschränkten Hände lagen wie der Verschluss auf ihrer Hüfte. Sie lächelte Esther mit halb geschlossenen Lidern an, als wäre sie drauf und dran einzuschlafen. Unwillkürlich fragte Esther sich, ob auch Laura Beruhigungsmittel eingenommen hatte.

»Wenn du dich irgendeines Tages verliebst, dann wirst du mich verstehen«, sagte sie.

Ricko sah sie über Lauras Scheitel hinweg an. Offenbar wollte er sich nicht zu einem Schnauben herablassen oder seine Abneigung offen zur Schau stellen, aber das war auch gar nicht nötig. Seine Abscheu war regelrecht körperlich spürbar, wie eine Hand, die sie rückwärts aus dem Zimmer und für immer von den beiden wegstieß.

»Na gut«, sagte Esther, stand auf und strich sich über den billigen schwarzen Rock, den sie sich extra für die Beerdigung gekauft hatte. »Ich gehe dann wohl mal. Du bist ganz sicher müde.«

»Ja«, sagte Ricko, »ist sie. All diese Leute hier, die verstehen einfach nicht, dass ihr das alles zu viel ist.«

»Ich bin wirklich müde«, sagte Laura und unterdrückte ein Gähnen. »Entschuldigung, Est, wir reden ein andermal, okay?«

Sie streckte die Arme aus, und Esther beugte sich nach vorne, um sich von ihr zu verabschieden. Ricko ließ Laura nicht aus seinem Griff, sodass die Umarmung zu einem peinlichen Dreier-Durcheinander geriet, als würden er und sie um das Besitzrecht über Laura ringen. Und mit einem Mal kam Esther wieder die Eule in den Sinn, die bei ihrem Handgemenge zerstört worden war und den Kopf eingebüßt hatte. Sich Ricko zu widersetzen würde Laura bloß Ärger einbringen. Sie war zu zerbrechlich und würde nicht unbeschadet davonkommen, wenn die beiden jetzt noch weiter an ihr zerrten.

»Natürlich«, sagte Esther und richtete sich wieder auf. »Komm doch einfach in London vorbei, wenn wir eine Wohnung gefunden haben.«

Laura warf Ricko einen Blick zu. Kaum merklich schüttelte er den Kopf – eine winzige missbilligende Geste. »Ich kann London nicht ausstehen«, sagte er. »Voll mit arroganten Arschlöchern.«

Dass er Esther bereits dazuzählte, auch wenn sie noch gar nicht dort hingezogen war, musste er nicht erst dazusagen.

»Na ja, Laura kann ja auch allein kommen«, schlug Esther vor.

Statt einer Antwort drückte Ricko Laura fester an sich. Allmählich sah das Ganze eher aus wie ein Schwitzkasten, aber Laura schmiegte sich nur umso enger an ihn. Mit seinem schwarzen Anzug und ihrem schwarzen Kleid war kaum mehr zu erkennen, wo die Grenze zwischen den beiden verlief.

»Warum sollte sie das wollen?«, fragte er und zog eine Augenbraue nach oben.

»Na gut«, sagte Esther noch einmal und biss sich auf die Zunge. »Überleg es dir einfach.«

»Ich bringe dich und deine Mum noch zur Tür«, sagte Ricko. Es klang eher wie eine Drohung denn wie eine höfliche Geste. Als er aufstand, überragte er sie deutlich. Hinter ihm ließ Laura sich in die Kissen zurücksinken und schloss die Augen wie Dornröschen, das in diesen Sekunden das Bewusstsein verlor.

Auf der Treppe hatte Esther das Gefühl, dass Ricko viel zu dicht hinter ihr herlief. Einen schrecklichen Moment lang fürchtete sie, vor ihm fliehen zu müssen, aus diesem Haus flüchten zu müssen, in dem Edward fehlte, Margie mit Medikamenten zugedröhnt und Laura vor Trauer und Einsamkeit schier betäubt in eine Beziehung mit einem Mann hineingerutscht war, den sie früher abgrundtief gehasst hatte.

Kurz bevor sie die Küche erreichte, wo sie ihre Mutter immer noch herumwerkeln hören konnte, packte Ricko sie fest am Arm und hielt sie auf – nicht hart genug, um einen blauen Fleck auf ihrer Haut zu hinterlassen, aber doch fest genug, um ihr zu bedeuten, dass er es könnte, wenn er wollte. »Hör mir mal gut zu«, sagte er leise, »ich weiß, dass du eifersüchtig bist.«

Eifersüchtig?, dachte Esther. Die Vorstellung kam einer Ohrfeige gleich. War es das? Ging es hier gar nicht um Ricko? War sie nur ganz kindisch eifersüchtig, weil sie als Lauras beste Freundin ausgemustert wurde?

»Ich kann das verstehen«, fuhr Ricko fort, und langsam breitete sich ein Grinsen auf seinem Gesicht aus. »Laura hat mir erzählt, wie krass du früher in der Schule in mich verknallt warst.«

»*Was* hat sie?«

»Sie meinte, du hättest nonstop davon geredet, dass ich wie Christian Slater aussähe. Stimmt doch?« Er ließ ein kehliges Kichern hören, und Esther drehte sich der Magen um. »Hast sie zum Video Palace geschleift, wenn ich dort Schicht hatte, um mich zu sehen.«

Wie hatte Laura ihm so was erzählen können? Wie hatte sie es allen Ernstes so hindrehen können, dass es bloß die blöde Fette Fester gewesen wäre, die in ihn verknallt gewesen war – dass es nicht *alle* an der Schule gewesen waren, Laura eingeschlossen? Vor ihrem inneren Auge sah sie die beiden vor sich, wie sie im Bett lagen, beide wunderschön und cool wie aus der Calvin-Klein-Werbung, einander zugewandt auf einem Meer aus schneeweißen Kissen, und wie sie Tränen lachten über Esther und deren pubertäre Schwärmerei für einen Mann, der für alle Zeiten in einer anderen Liga spielen würde.

»Ich hab nicht …«, hob sie an, aber Ricko hatte bereits losgelassen.

»Hör endlich auf, so egoistisch zu sein«, sagte er. »Lass sie endlich glücklich sein. Lass sie in Ruhe.«

In diesem Moment kam Esthers Mum mit beiden Händen voller Tupperware-Boxen aus der Küche und erkundigte sich, ob alles in Ordnung sei. Esther war zwar knallrot angelaufen, nickte jedoch und verabschiedete sich kurz angebunden von Ricko.

Auf dem Heimweg starrte sie niedergeschlagen aus dem Fenster. Sie musste an den Freund aus *Scream* denken, der sich am Ende als der Mörder entpuppt hatte und der seine Freundin und jeden in ihrer Umgebung hatte vernichten wollen. Irgendwo in ihrem Hinterkopf hatte Ricko diese Rolle eingenommen, sowie sie ihn zusammen mit Laura gesehen hatte. Er war die Antwort auf all ihre Mutmaßungen – der Grund, warum Laura sich nicht mehr gemeldet hatte, warum sie auf Distanz zu ihr gegangen war, und der Grund, weshalb sie den ganzen Tag lang nicht an sie herangekommen war. Und Esther hatte nicht vollkommen falschgelegen, sie hatte einfach nur nicht das ganze Bild gesehen.

Ricko mochte eine Art Komplize gewesen sein, aber es war trotz allem nicht sein Verhalten, das sie verletzt hatte. Als der Bösewicht im Flur der Thomas' seine Maske heruntergerissen hatte, war es nicht Rickos Gesicht gewesen, das sie vor sich gesehen hatte, sondern das von Laura.

10

Oktober 2013

Nachdem ich in den kratzigen Bettlaken vor Unruhe stundenlang wach gelegen hatte, schlief ich im Morgengrauen ein und schreckte nach nicht allzu langer Zeit aus einem merkwürdigen Traum auf, in dem ich mir sicher war, Laura direkt vor meiner Moteltür laut lachen zu hören. Das Gefühl war so real, dass ich augenblicklich aufstehe und die Lamellen der Plastikjalousie auseinanderziehe, um auf den Parkplatz hinauszuspähen, aber natürlich ist dort keine Menschenseele zu sehen. Nur die ausgeschalteten Scheinwerfer der Wagen starren mir entgegen. Die Blechkarosserien stehen um den Swimmingpool herum wie Tiere um ein Wasserloch.

Ich weiß genau, dass ich jetzt nicht mehr einschlafen kann. Diese unmenschlich frühen Morgenstunden kenne ich inzwischen gut. Früher einmal hab ich den Jetlag verflucht, mir die Decke über den Kopf gezogen und versucht, mich zu einem klein bisschen erholsamen Schlaf zu zwingen. Mittlerweile bin ich es gewohnt, wach zu sein, während alle anderen schlafen. Wenn Linus wieder einschlummert, nachdem er sein Frühmorgenfläschchen bekommen hat, kümmere ich mich um die Wäsche, bügele, koche Gemüsebrei und friere ihn ein, mache Online-Einkäufe, sortiere den Recyclingmüll und räume die Spülmaschine aus, ehe ich einen Blick zur Küchenuhr werfe und feststelle, dass es noch immer gerade erst acht Uhr ist.

Mein Mann nennt das die Benny-Hill-Zeit. Er behauptet, dass er die quirlige Titelmusik der Comedyshow geradezu im Ohr hat, wenn ich anfange, wie eine Wahnsinnige auf und ab zu rennen; aber wenn er glaubt, dass ich all diese Erledigungen wie diese Hill's Angels in engen Oberteilen und Hotpants verrichte, dann hat er sich geschnitten. Und mal ehrlich: Normalerweise schläft er um diese Uhrzeit immer noch genauso tief und fest wie das Baby. Irgendwann kommt er nach unten, gähnt und kratzt sich, schnappt sich eine saubere Müslischüssel aus dem Schrank und macht sich garantiert keine Gedanken darüber, dass sie dort überhaupt nur dank meiner sogenannten Benny-Hill-Zeit steht. Ich frage mich, ob er es jetzt kapiert, da ich Tausende Meilen weit entfernt bin.

Während es hier in Kalifornien noch früh am Morgen ist, ist es daheim bereits Mittagszeit. Er wird bei der Arbeit sein oder beim Essen. Ich schicke ihm ein Lebenszeichen per SMS, und bei mir summt es postwendend, als wäre mein Handy verzaubert und hätte automatisch eine Antwort generiert. Ich schreibe eine weitere SMS an Laura, aber auch diesmal kommt natürlich keine Reaktion. Mum will ich später anrufen, wenn Linus schläft und ich sie auf dem Festnetz erreichen kann, da ein Anruf auf dem Handy sie selbst unter den entspanntesten Umständen nervös macht.

Daheim wach zu sein und eine Million Dinge erledigen zu müssen ist nicht dasselbe, wie in einem nichtssagenden Motelzimmer mitten in Kalifornien wach zu sein. Wenn ich jetzt zu Hause in England und ohne jegliche Verpflichtung alleine wäre, würde ich die Gelegenheit beim Schopf packen und ein bisschen spazieren gehen, aber die Straßen vor diesem Motel sind nicht für Fußgänger gemacht, sondern für Autofahrer. Ich glaube, ich kann mich nicht an einen einzigen Gehweg erinnern, seit ich den Freeway verlassen habe. Außerdem ist es noch nicht mal richtig hell. Auch wenn ich eine selbstbewusste Alleinreisende bin – ein Trottel bin ich nicht. Es wäre sicherlich riskant. Und die Ironie, dass mir etwas passieren könnte, während ich doch hier bin, um Laura zu retten, wäre nur schwer zu ertragen.

Ich frage mich, was sie gerade macht. Ich weiß, wo sie sein *sollte.* Wenn auf dem Weingut Lese ist, fangen sie dort in aller Herrgottsfrühe an zu arbeiten. Sie hat mir mal erzählt, dass sie die erste Pause gegen Sonnenaufgang einlegt, mit ihrem Kaffeebecher aufs Dach des Labors klettert und zusieht, wie sich über den Bergen der Nebel lichtet. Trotzdem hat Stanley sich für heute früh mit mir verabredet. In der hektischsten Zeit des Jahres nimmt er sich frei, um sich mit mir über die abtrünnige Angestellte zu unterhalten, die ihn von jetzt auf gleich alleingelassen hat. Dass er bereit ist, das zu tun, sagt einiges über Laura aus. Oder über Stanley.

Der Schlüssel von gestern Nacht liegt auf dem Nachttisch neben der Nachricht, die aus dem Umschlag gerutscht ist, als ich ihn über dem Bett ausgeschüttelt habe. Natürlich war sie nicht von Laura. Ich hätte es wissen müssen. Sie mag geheimnisvoll sein, aber sie ist nicht verrückt. Wenn sie gewollt hätte, dass ich sie finde, hätte sie mir einfach Bescheid gegeben, statt rund um Napa eine Schnitzeljagd mit ihr als Hauptpreis zu veranstalten. Nein, die Nachricht war von Stanley, der schrieb, dass ich auch direkt weiterfahren und in Lauras Wohnung übernachten könnte, wenn das Motel allzu schrecklich wäre. Er hatte mir den Wohnungsschlüssel hinterlegt.

Aber das hätte ich nicht übers Herz gebracht. Feige, ich weiß, aber ich hätte dort nicht einfach mitten in der Nacht aufkreuzen und ein fremdes, verwaistes Apartment betreten können, aus dem meine beste Freundin verschwunden ist. Ich hätte es in der vergangenen Nacht nicht über mich gebracht, und ich kann es jetzt immer noch nicht.

Ich weiß, ich sollte die Zeit nutzen und hinfahren, noch ehe alle anderen wach werden. Ich sollte sofort mit der Suche anfangen und keine Minute der knappen Zeit vergeuden, die ich hier Detektivin spiele. Mir bleibt ohnehin nur noch eine Nacht. Ich hätte mir Zutritt verschaffen und jeden Winkel nach Hinweisen durchsuchen sollen; Fotos vom Tatort schießen und dann beim Frühstück Stanley nüchterne Fragen stellen über all die Dinge, die ich dort womöglich herausgefunden hätte. Doch zum ersten Mal muss ich mir eingestehen, dass ich Angst habe. Nicht davor, dass ich irgendetwas Schreckliches gefunden hätte – Stanley hat uns schließlich erzählt, dass dort alles so aussieht wie immer –, sondern davor, dass ich nichts gefunden hätte; dass Laura mir hier in Kalifornien genauso fremd gewesen wäre, als wäre ich in London geblieben.

Ich habe Angst davor zu versagen. Davor, dass sich herausstellen könnte, dass wir uns schon immer fremd gewesen sind.

Stanley hat vorgeschlagen, dass wir uns in einem Café in der Nähe von Lauras Wohnung zum Frühstück treffen, um anschließend gemeinsam rüberzulaufen.

Obwohl es gerade erst neun Uhr ist, ist der Laden voll. Nach dem schlichten Motel, das Stanley mir empfohlen hat, hätte ich etwas Vergleichbares erwartet – etwas Günstiges, Funktionales. Aber das Café ist herrlich: An der Tür stehen Tische, auf denen sich Gebäckstücke, Cookies und feinste Brote stapeln. Über der Kasse hängt eine Tafel, auf der heute speziell Arme Ritter und fünf verschiedene Arten von Pancakes beworben werden. Der ganze Innenraum duftet nach frischem Brot und Kaffee. Erst jetzt merke ich, dass ich nichts mehr gegessen habe, seit ich aus dem Flieger gestiegen bin; mein Magen knurrt hörbar, und sofort lege ich die Hand darüber, als wolle ich ein Tier besänftigen.

Als die Frau am Empfangstresen mich zu dem Tisch führt, den Stanley reserviert hat, ist mein erster Gedanke, dass sie sich vertan hat. Auch wenn ich nie ein Foto von Stanley gesehen habe, hat Laura ihn mir doch beschrieben, aber offenbar hat meine Fantasie die Lücken gefüllt. Der Mann, mit dem ich gerechnet habe, ist ein Winzer mit einem freundlichen, väterlichen Interesse an seiner englischen Angestellten, was ihn in meiner Vorstellung definitiv zu einem älteren Herrn gemacht hat, wenn nicht sogar zu einem alten Mann. Der Stanley, den ich erwartet habe, trägt ein kariertes Hemd und einen Cowboyhut, und er hat buschige Augenbrauen im wettergegerbten Gesicht. Er hat von all den Jahren auf dem Pferderücken leichte O-Beine, und es ist mir zutiefst peinlich, als ich mir eingestehen muss, dass ich mir offenbar den Marlboro Man ausgemalt habe.

Stattdessen ist der Mann, der aufsteht, um mir zur Begrüßung die Hand zu schütteln, jung – nicht so jung, wie ich als Teenager »jung« definiert hätte, sondern meinem heutigen Begriff von »jung« entsprechend: bestimmt nicht mehr als fünfzehn Jahre älter als ich. Seine Schläfen sind leicht ergraut, und von den Augenwinkeln strahlen Fältchen aus. Trotzdem sieht Stanley dem Marlboro Man kein bisschen ähnlicher als ich selbst. Er trägt ein frisch gebügeltes blaues Hemd und sieht darin eher aus wie ein Geschäftsmann denn wie ein Cowboy, und die einzige Spur, die das Wetter auf seinem Gesicht hinterlassen hat, ist der gesunde Teint.

Obwohl er lächelt, als er mich begrüßt, sehe ich ihm an den dunklen Augen an, dass er sich Sorgen macht, und er greift so entschlossen nach meiner Hand, als wollten wir einen feierlichen Eid auf Laura ablegen.

»Hast du gut hergefunden?«, fragt er und setzt sich wieder.

»Absolut, es ging alles glatt. Danke, Stanley, tausend Dank, dass du dir Zeit für dieses Treffen nimmst.«

Der Unterschied zwischen dem Mann, den ich erwartet habe, und dem, der jetzt vor mir sitzt, macht mir immer noch zu schaffen. Laura hat über attraktive australische Praktikanten gesprochen und über kalifornische Surfer, aber dass Stanley so gut aussieht, hat sie mit keiner Silbe erwähnt.

Ich lasse mich auf meinen Stuhl fallen, und er reicht mir die Speisekarte.

»Toll, dass du kommen konntest«, sagt er. »Obwohl du deinen kleinen Jungen daheim lassen musstest!«

»Es ist ja nur für ein paar Nächte«, erwidere ich, aber der kehlige Wackler beim letzten Wort straft meine Gelassenheit Lügen.

Er lächelt mich mitfühlend an. »Hast du ein Bild von ihm dabei?«

Ich angle mein Handy hervor und scrolle durch die Fotos, bis ich ein schönes finde. Nett von Stanley, dass er danach fragt. Ich bin mir sicher, dass er nicht sonderlich an Babys interessiert ist, erst recht nicht an den Babys wildfremder Leute. Aber er sieht sich das Bild an, macht die richtigen anerkennenden Geräusche, vergrößert den Ausschnitt sogar und fragt, ob Linus auf dem Foto gerade zahnt – die roten Wangen könnten darauf hindeuten.

»Hast du auch Kinder?«, frage ich.

»Nein«, antwortet er nach kurzem Zögern.

Hastig gibt er mir das Handy zurück, und mir ist klar, dass er das Thema wechseln will, also frage ich ihn, was er zum Frühstück isst.

»Ich habe schon gefrühstückt«, erwidert er.

»Entschuldige! Wahrscheinlich bist du schon seit Stunden auf den Beinen.«

»Jepp.«

Schon am Telefon war er nicht gerade Mr. Plaudertasche, aber da habe ich ihn mit Fragen gelöchert, und er hat sie lediglich beantworten müssen. Jetzt gerade im persönlichen Gespräch entpuppt sich Stanley als geradezu einsilbig. Keine Ahnung, ob er von der Lese so erschöpft ist oder ob er sich in meiner Gegenwart unwohl fühlt.

»Warst du schon bei ihr zu Hause?«, fragt er, und zwei Furchen graben sich zwischen die Augenbrauen, als er seinen konzentrierten Blick auf den Kaffeebecher in seinen Händen richtet. Er hat die Hände eines Arbeiters: rau, schwielig und nicht wirklich passend zu dem ordentlichen Hemd und den gekämmten Haaren.

Ich schüttele den Kopf. »Ich dachte, ich warte besser, bis wir zusammen gehen«, sage ich. »Wenn das okay ist?«

Er sieht zu mir auf. »Aber den Schlüssel hast du bekommen?«

»Stanley …« Allmählich bin ich es leid, um den Grund meines Besuchs wie auf Zehenspitzen herumzuschleichen. »Was, glaubst du, ist Laura zugestoßen?«

Er atmet scharf ein. Ich dachte immer, dass die Amis für ihre unverblümte Direktheit berühmt wären, aber offenbar hat ihn meine Frage regelrecht schockiert.

»Ich schätze … ich hab gehofft, dass du gekommen wärst, um es mir zu erzählen. Dachte, sie hätte es vielleicht dir als ihrer besten Freundin anvertraut, wenn …« Er hält kurz inne. »Wenn sie Probleme gehabt hätte.«

Die Bedienung kommt mit einer Kaffeekanne in der Hand und einem Bleistift hinterm Ohr an unseren Tisch. Sie dreht einen leeren Becher auf dem Tisch um und füllt ihn bis zum Rand mit Kaffee, noch ehe ich ihr sagen kann, dass ich lieber einen Espresso trinken würde.

»Hallo, Stanleys neue Bekannte«, sagt sie und blickt abwechselnd von mir zu ihm. Sichtlich interessiert wandert eine ihrer Augenbrauen nach oben. »Was kann ich Ihnen bringen?« Sie zieht einen Block aus der Tasche ihrer Schürze und hält erwartungsvoll den Bleistift gezückt.

»Sie hat sich doch gerade erst gesetzt«, sagt Stanley missmutig. »Stress sie nicht, Kathy, okay?«

»Uh, sind wir ein bisschen gereizt heut Morgen, ja?« Sie wendet sich mir zu und verdreht die Augen. »Da braucht jemand noch mehr Kaffee. Hab ich recht?«

Stumm und mit leicht gequältem Gesichtsausdruck legt er die Hand über seinen halb vollen Kaffeebecher. Die Bedienung lacht und erwartet wohl, dass ich mit einstimme. Ich ahne, dass Stanley schon seit Stunden auf dem Weingut unterwegs gewesen ist. Und ich weiß, dass er genau in diesem Augenblick ebenfalls dort sein sollte und dass er mich in dieser hektischen Phase nur trifft, um nett zu Lauras Freundin zu sein. Ich will seine Zeit nicht unnötig strapazieren, indem ich jede einzelne der fünf verschiedenen Pancake-Variationen gründlich überdenke.

»Ich nehme bloß Toast, danke«, sage ich, schlage die Speisekarte wieder zu und gebe sie der Bedienung zurück.

»Oh, Sie sind aus *England*!«, ruft sie, nimmt die Speisekarte entgegen und klemmt sie sich an ihrem üppigen Busen vorbei unter den Arm. »Ich liebe diesen Akzent – Sie sprechen ganz genau wie Laura!«

Schlagartig stockt mir der Atem. Ich weiß auch nicht, warum ich so schockiert bin – Laura hat immerhin hier in der Nähe gewohnt, das hat Stanley doch erzählt. Natürlich ist sie auch hier eingekehrt. Trotzdem bringt es mich so sehr aus der Fassung, ihren Namen aus dem Mund einer komplett Fremden zu hören, dass ich es nicht erklären kann.

»Ich schätze mal, Sie kennen Laura«, fährt die Bedienung beschwingt fort, »wenn Sie auch Stanley kennen?«

Er scheint geradezu in sich zusammenzusinken, als bereite ihre Gegenwart ihm körperliche Schmerzen.

»Ja, ich kenne sie«, antworte ich neutral und sehe kurz zu ihm hinüber, dann wieder zu ihr. »Ziemlich gut sogar. Sie kennen sie also auch?«

»Na, sicher doch, Darling, das englische Muffin ist echt oft hier. Ist sie doch?«, wendet sie sich an Stanley.

»Wann haben Sie sie denn zuletzt gesehen?« Ich komme mir vor wie Margie, die sofort paranoide Fragen stellt. Als wolle ich mir den Block der Bedienung schnappen und im Lokal herumgehen, um den Leuten Antworten abzupressen. *Haben Sie diese Frau schon mal gesehen? Wann? Ich müsste bitte eine DNA-Probe von Ihnen nehmen.*

Die Bedienung tippt sich nachdenklich mit dem Bleistift an die Zähne und blickt zur Decke. »Tja, lassen Sie mich mal kurz nachdenken … Ich glaube, sie war schon ein, zwei Wochen nicht mehr hier. Definitiv nicht mehr, seit sie in den Urlaub gefahren ist.«

»Wie bitte?«, platzt es aus mir heraus.

»Ich sagte, seit sie in den Urlaub gefahren ist, hab ich sie hier nicht mehr gesehen.«

»In den Urlaub?«

»Na klar, Darling. In die Bay Area, war's nicht so?«, fragt sie in der Hoffnung, dass Stanley ihr beipflichtet.

»Wann hat sie Ihnen denn davon erzählt?«, erkundige ich mich fast schon ein bisschen zu aggressiv. Überrascht macht sie einen Schritt zurück und hält sich den Notizblock wie einen Schutzschild vor die Brust.

Sie sieht verwirrt aus, und als sie antwortet, blickt sie abwechselnd mich und Stanley an: »Das hat nicht sie erzählt …« Ich nehme durchaus zur Kenntnis, dass sie mich nicht mehr »Darling« nennt. »Stanley hat das erwähnt. Hast du doch?«

Ich starre Stanley an. Er ist sichtlich blass geworden, aber er hält meinem Blick stand, als er antwortet: »Urlaub, richtig … Sie hat Urlaub genommen.«

»Sehen Sie – da haben wir's doch. Urlaub. Ich wusste, dass ich mich richtig erinnert habe«, sagt die Bedienung mit einem Kichern, und ihre gute Laune ist prompt wiederhergestellt. »Und das während der Lese … Manche Mädels haben einfach unverschämtes Glück. Ich will auch mal wieder Urlaub machen, ehrlich wahr. Toast kommt sofort, Darling.«

Als sie gegangen ist, bleibt es zwischen uns eine Weile still. Ich warte darauf, dass Stanley etwas sagt. Er zupft an seinen Hemdsärmeln herum, zieht ein imaginäres Fädchen heraus, sagt aber kein Wort. Um uns herum werden fröhliche, heitere Gespräche geführt. Ich habe keine Ahnung, wie ich darauf gekommen bin, dass diese Leute mir irgendetwas über Laura erzählen könnten. Sieh sie sich doch einer an: Die stammen nicht von hier, das sind alles Touristen, die ihre Alltagssorgen weit hinter sich gelassen haben und hergekommen sind, um sich zu amüsieren. Pärchen schießen Fotos, und von den Nachbartischen dringt Gelächter zu uns herüber.

Daneben sehen Stanley und ich aus wie zwei Aasgeier, die inmitten eines Schwarms lebhafter Sittiche kauern.

»Warum hast du ihr erzählt, dass Laura in den Urlaub gefahren wäre?«

Seine Brauen rutschen geradezu über die Augen, als er auf die Tischplatte hinabstarrt. Ein Mundwinkel zuckt, als würde er sich in die Wange beißen.

»Warum?«, frage ich erneut. »Du hast es der Bedienung erzählt. Du hast sie angelogen.«

»Na ja«, sagt er langsam und dreht das Frühstücksmesser hin und her, sodass das Licht von oben sich darin spiegelt wie ein Leuchtsignal. »Laura hat gewisse Dinge immer schon gerne für sich behalten, nicht wahr?«

Ich nicke, damit er weiterspricht. Aber insgeheim denke ich: *Ich weiß es besser.*

Bis zum Zeitpunkt ihres Verschwindens war ich der festen Überzeugung, dass Laura nichts lange vor mir geheim halten könnte. Selbst wenn sie ein Geheimnis bewahren wollte, wusste ich immer, was los war, oder habe es zumindest irgendwann erraten. Ricko. Ihr Vater. Malcolm. Ich weiß auch noch, wie Amelia Wentworth in den Weihnachtsferien, nachdem wir die Schule abgeschlossen hatten, über die Straße auf mich zugerannt kam und mich fragte, ob es wahr sei, dass Lauras Vater im Sterben liege. Es ist mir wirklich unangenehm, aber tatsächlich hat es mir damals eine unschöne Befriedigung beschert, dass Laura zwar mit den beliebten Mädchen rumgehangen, ihnen aber nicht anvertraut hatte, was wirklich wichtig gewesen war. Es kam mir nicht mal in den Sinn zu fragen, ob sie mir von ihrem Vater erzählt hätte, wenn ich es nicht ohnehin gewusst hätte. Die Frage stelle ich mir erst jetzt in diesem Augenblick.

»Ich war mir einfach sicher«, fährt Stanley fort, »dass sie ruckzuck wieder da sein würde. Dass sie nicht weit weg fahren würde. Und bei ihrer Rückkehr hätte sie es garantiert nicht gutgeheißen, wenn die Leute sich über sie das Maul zerrissen hätten.«

»Dann glaubst du also, dass sie aus freien Stücken verschwunden ist?«, frage ich. »Du glaubst, dass es ihre eigene Entscheidung war?«

Als würde er sich fragen, ob er mir vertrauen kann, kneift Stanley leicht die Augen zusammen, als er mich ansieht. »Es ist nicht das erste Mal, dass sie mich während der Lese im Stich gelassen hat«, sagt er zögerlich, als wolle er erst sehen, ob ich den Köder schlucke, den er für mich ausgelegt hat.

Ich sage erst mal nichts. Schließlich weiß ich nicht, was Laura ihm von früher erzählt hat.

»Da handelte es sich um irgendeinen Notfall in der Familie«, sagt er. »Ich schätze mal, du weißt, worum es ging. Aber damals hat sie mich zumindest vorgewarnt, bevor sie abgehauen ist.«

»Okay«, sage ich neutral. Vermutlich hat Laura ihm den wahren Grund nicht genannt, insofern werde ich das auch nicht tun. Und es spielt auch keine Rolle. Wir sind hier, weil wir herausfinden wollen, wohin sie dieses Mal verschwunden ist. »Aber diesmal hat sie nichts gesagt? Ist das nicht irgendwie verdächtig?«

Er reibt sich übers Kinn, scheint sich unwohl zu fühlen. »Sie ist nicht der Typ, der zu einem Wildfremden ins Auto steigt oder irgendein verrücktes Risiko eingeht. Verdächtig ist da nicht das richtige Wort. Ich glaube eher, dass sie einfach ein bisschen Luft brauchte.«

»Aber *weshalb,* Stanley?«

Die Bedienung kommt mit einem Brotkorb voller Toastscheiben – vier verschiedene Sorten, die sie erst einmal ausführlich erläutert: Kürbis-Zimt, Mehrkorn, Roggen, glutenfrei. Stanley zuckt entschuldigend mit den Schultern, als sie endlich wieder geht. In Napa habe jedes Lokal inzwischen Gourmet-Ambitionen, erklärt er, selbst wenn es nur um Brot gehe. Ich greife nach der Butter und will ihn weitererzählen lassen.

Zwei Sorten Toast habe ich mir bereits einverleibt, als er sich endlich räuspert und weiterspricht.

»Ich dachte doch nur, dass es für sie bei ihrer Rückkehr eine gute Ausrede wäre«, sagt Stanley. »Wenn sie denn überhaupt eine Ausrede benötigt.«

Ich muss extrem skeptisch dreingeblickt haben. Er seufzt.

»So wie ich es sehe, hat sie sich eine Auszeit genommen. Vielleicht liegt sie gerade an irgendeinem Strand in Hawaii und schlürft Cocktails. Vielleicht auch nicht. Aber auf jeden Fall hat sie von sich aus die Reißleine gezogen, okay? Und womöglich sollten wir das einfach akzeptieren.«

»Dann glaubst du also auch, dass sie von alleine wiederkommt?«, frage ich.

»Du nicht?«

»Was, wenn das aus irgendeinem Grund nicht geht?«

»Gehen wir fürs Erste davon aus«, sagt er, als würde sein frommer Wunsch schon wahr werden. »Uns bleibt ohnehin nichts anderes übrig, Esther, und ich glaube von ganzem Herzen daran.«

Er legt sogar die Hand aufs Herz, als er das sagt, als wäre er Mitglied irgendeiner alternden Boyband, die zu den abgedroschenen Liedtexten über Herzen und Engel die entsprechenden Gesten vollführt. Ich weiß auch nicht, warum mich das so wütend macht – was bitte schön nutzen mir diese kalifornischen Plattitüden? Ich bin doch nicht Tausende von Meilen angereist, habe meine Familie zurückgelassen und mich in einem schäbigen Motel verkrochen, um mir jetzt von Stanley anzuhören – der immerhin doch bloß ihr Chef ist, nicht ihr Seelenverwandter –, dass er von ganzem *Herzen* daran *glaubt,* dass Laura wiederkommt. Ich will die kalten, harten Fakten. Ich will Nachweise über Telefonverbindungen, entlarvende Fotos und eine Spur, die mich ohne Umschweife zu meiner besten Freundin führt.

»Ich verstehe nur nicht, wie diese Lüge uns dabei helfen soll, sie wiederzufinden – sollen die Leute denn gar nicht die Augen nach ihr offen halten?«

Stanley zupft an einem rosafarbenen Tütchen Süßstoff herum. »Nicht, wenn es nicht das ist, was sie will.«

»Aber das wissen wir doch überhaupt nicht!«

»Das stimmt allerdings«, gibt er zu.

Von England aus am Telefon fand ich es halbwegs beruhigend, dass er so selbstverständlich davon ausgeht, dass es Laura gut geht. Aber hier und jetzt ist es einfach nur frustrierend. Er scheint sich einerseits sicher zu sein, dass sie aus freien Stücken abgehauen ist, und hat andererseits nicht den blassesten Schimmer, warum. Am liebsten würde ich ihn packen und durchschütteln.

»Hast du das auch den Leuten vom Weingut erzählt?«, will ich wissen. »Dass sie Urlaub macht?«

»Jepp.«

»Und das finden die nicht merkwürdig? Dass sie während der Lese einfach so verschwindet?«

»Womöglich.«

»Dann reden die Leute wahrscheinlich doch sowieso über sie.«

»Die Leute reden immer über Laura«, entgegnet Stanley und sieht mich mit zusammengekniffenen Augen an. »Und das weiß sie genauso gut wie jeder andere.«

Eine Hochzeit zum Verlieben, 1998[5]

JULIA: Wie ist das gekommen, das mit Linda und dir?

ROBBIE: Sie war nicht die Richtige, schätze ich.

JULIA: Und all die Jahre, die ihr beiden zusammen wart, ist dir das nicht aufgefallen?

ROBBIE: Das wär nicht schlecht gewesen … Irgendwann mal wollten wir uns den Grand Canyon anschauen. Wir sind hingeflogen, ich bin vorher noch nie da gewesen, Linda schon. Es war so … Ich dachte, sie würde mir den Fensterplatz überlassen, hat sie aber nicht, und … Ach, nicht dass das von Bedeutung war, aber da waren etliche solcher kleinen Dinge, die … Ich weiß, das klingt albern …

JULIA: Nein, gar nicht. Ich denke, es sind die kleinen Dinge, die zählen.

11

Esther musste sich für die Arbeit nicht in Schale werfen. Tony Simms, seit zwanzig Jahren Herausgeber der Zeitung, betrachtete sich selbst bereits als gut gekleidet, wenn er den Morgen ohne einen Senffleck auf der braunen Krawatte überstand. Colin, das Urgestein aus der Poststelle, trug jahraus, jahrein dieselben zwei Shorts, selbst wenn es draußen stürmte oder schneite. An beiden war der Saum so verschlissen, dass man glatt hätte meinen können, er würde einer Art Countrymode frönen, wenn er seinen quietschenden Postkarren durch die Gänge schob. Seit Esthers erstem Arbeitstag bei der *Gazette* hatte Bob aus der Anzeigenabteilung, sobald Colin sich näherte, an jedem einzelnen Tag aufgeblickt und gerufen: »Hey, Colin, da hängen ein paar Fäden aus deiner Shorts – nein, warte! Das sind deine Beine!« Und Colin hatte gezwungen durch die zusammengebissenen Zähne gelacht wie jemand, der sich nichts sehnlicher wünschte, als irgendeines Tages Bobs Schädel mit der Frankiermaschine einzuschlagen. Aber selbst die beiden waren im Vergleich zu Al Webster, ihrem Chef im hehren Feuilleton, herausgeputzt wie die Jungs von Boyzone.

Persönlich war Esther der Meinung, dass man mit einunddreißig bei Weitem zu alt war, um mit zwei gelblich blondierten und mit Haarspray fixierten Hörnchen zu beiden Seiten des Schädels herumzulaufen, von den dick kajalgeschminkten Augen ganz zu schweigen. Er war schließlich kein Stummfilmstar – aber Als Bekleidungswahn war reines Kalkül. Ohne die Frisur und das Make-up würde sich wohl kaum jemand an sein teigiges Gesicht erinnern. Er wäre lediglich einer von zahlreichen Musikjournalisten in einem gewissen Alter, der sein Pint auf einem zusehends umfänglichen Bierbauch abstellen konnte, während er darüber schwadronierte, wie er mit den Manics herumgehangen hatte, lange bevor die berühmt geworden waren. Er und Richey waren angeblich echt dicke miteinander – eine halbwegs unverfängliche Prahlerei, nachdem schon seit Jahren niemand mehr etwas von Richey Manic gehört oder gesehen hatte.

Was Al anging, stellten eine fadenscheinige Bondagehose in Schottenkaro und ein T-Shirt mit dem Logo derjenigen Band, die er gerade am liebsten mochte – normalerweise Black Flag oder die Ramones, nachdem moderne Musik total scheiße war –, ein völlig adäquates Arbeitsoutfit dar. Für Blur oder Oasis hatte er keine Zeit, und oftmals warnte er Esther mit dem erhobenen dicken Zeigefinger, ihn bitte erst gar nicht zu fragen, was er von Dancemusic halte, und sie fragte auch nicht.

Es hatte Esther schon vor geraumer Zeit gedämmert, dass sie ein anderes Verhältnis zu Musik hatte als die meisten anderen. Ihre Leidenschaft war Büchern vorbehalten. Nicht dass sie für Musik keinen Sinn gehabt hätte: Neben ihrem Bett türmte sich kopfhoch ein CD-Stapel, aber wenn jemand sie gefragt hätte, warum sie diesen oder jenen Künstler gut finde, oder sie fürs Feuilleton die

Chemical Brothers rezensieren sollte, gingen ihr nach fünf Minuten die Adjektive aus. Wenn es aber um ein Buch ging – *Morvern Callar* beispielsweise las sie gerade zum zweiten Mal und war von der unterkühlten Heldin schwer beeindruckt –, konnte sie kaum an sich halten. »Wie bei einem Kotzanfall«, hatte Al beim Vorstellungsgespräch geblökt – den Job hatte sie trotzdem bekommen.

Einen Job jedenfalls, für den sie sich nicht in Schale werfen musste. Und trotzdem tat sie es tagaus, tagein, soweit es ihr möglich war. Die erfolgreicheren unter ihren Freundinnen – Jane, die Rechtsanwältin, beispielsweise – trugen bei der Arbeit schicke Kostüme von Jigsaw und Schuhe von Hobbs, während Esthers unterbezahlte Version von Büro-Chic eher darin bestand, eine schwarze Stretchhose von French Connection mit einem bunten Oberteil und einem Cardigan zu kombinieren, am besten mit breiter Spitzenstickerei entlang des Dekolletés. So waren bei Verlagsfeiern fast alle angezogen – allerdings war Esther klar, dass deren Oberteile schweineteuer waren und aus Läden wie The Cross oder Voyage stammten, wo man an der Tür klingeln musste, um eingelassen zu werden, während sie selbst bei den Verkaufsständen rund um den Camden Market shoppen ging. Die Damen aus den Verlagen schlenderten in ihren Twinsets bei den Partys fröhlich auf und ab wie wertvolle, belesene Papageien, hauchten einander Küsschen auf die Wangen, und Esther kam sich zwischen ihnen wie eine Hochstaplerin vor, bei der die billige Farbe auf ihren BH abfärbte.

Sie hatte sich für David schick machen wollen. Er würde sie am Abend zu der Party im Penguin-Verlag begleiten, was eine aufregende und zugleich anstrengende Vorstellung war. Dass sie dort gemeinsam hinfahren würden, war mehr, als sie zu hoffen gewagt hätte: die Anfahrt, nur sie beide in der U-Bahn, die Vorstellungsrunden, die sie in den Gedächtnissen der Leute zu einem Paar machen würden – vielleicht sogar in Davids Gedächtnis: »Das sind David und Esther, Esther und David, David und Esther von der *Camden Gazette.*«

Für Esther kam es einem persönlichen Triumph gleich, überhaupt eine Einladung zum Penguin-Sommerfest bekommen zu haben, nachdem sie so lange darum gekämpft hatte, dort auch nur wahrgenommen zu werden. Jetzt als anerkannte Rezensentin würde sie womöglich sogar die Gelegenheit haben, sich mit Salman Rushdie und Sebastian Faulks zu unterhalten. Irgendjemand hatte erwähnt, dass sogar Nick Hornby kommen würde. Und auf der anderen Seite David, der bei der *Gazette* nicht einmal angestellt, sondern nur Praktikant war, aber zufälligerweise Fiona kannte, eine der PR-Assistentinnen, und deshalb ohne Weiteres eine Einladung zugeschickt bekommen hatte.

Als Esther in der Redaktion ankam, war sein Schreibtisch noch verwaist, genau wie der von Al, was allerdings nicht ungewöhnlich war. An den meisten Tagen war sie die Erste im Büro. Sie hängte das Kleid für die Party an die Garderobe neben ihrem Schreibtisch und hoffte, dass sich bis zum Abend die Knitterfalten ausgehängt hätten, die entstanden waren, weil sie das Kleid in der U-Bahn in einer Plastiktüte transportiert hatte. Sie hatte es sich von Jane geliehen: ein zinngraues, schräg geschnittenes Seidenkleid mit dünnen Trägern und mattgrauen Pailletten, das aussah wie ein eleganteres Negligé. Sie hoffte, dass David es bei seiner Ankunft entsprechend kommentieren würde oder es zumindest stillschweigend zur Kenntnis nähme und dann anfinge, sich auf den gemeinsamen Abend zu freuen. Auf die gemeinsame Nacht. Sie spürte, wie ihr die Hitze in die Wangen stieg. Nicht *so* natürlich – zumindest *noch* nicht so.

Als Al an diesem Morgen das Büro betrat, trieb eine Wolke aus McDonald's-Cheeseburger- und Pommesfettgeruch vor ihm her, was in der Regel die Folge einer langen Nacht, eines Katers und irgendeiner langweiligen Geschichte war, nach der sich Esther bitte nicht erkundigen möge, die er ihr dann aber doch unaufgefordert aufquatschte. Sie hoffte inständig, dass sich der Burgergeruch nicht in dem Stoff von Janes Kleid festsetzen würde, erst recht nachdem sie es am liebsten zurückgeben wollte, ohne es vorher zur Reinigung gebracht haben zu müssen.

Mit einem schweren Seufzer ließ er sich in seinen Schreibtischstuhl fallen und kramte dann demonstrativ in den Schubladen nach einer Schachtel Kopfschmerztabletten und dem Alka-Seltzer, das er dort aufbewahrte. Als er Esthers Blick auffing, kicherte er trocken und sagte nur: »Mein Kopf … Du willst es gar nicht wissen, ehrlich.« Sie fragte sich, ob er je merken würde, dass sie sich tatsächlich nie nach seinen Unternehmungen erkundigte.

Al verputzte sein restliches Frühstück, knüllte die Papiertüte zusammen und lief zu ihrem Papierkorb, um den Müll dort zu entsorgen. In seinem eigenen Papierkorb landeten nie Essensverpackungen; es war fast, als würde er mitsamt der Verpackung auch die Kalorien auf jemand anderen abwälzen wollen. Dann lehnte er sich schwerfällig gegen die Tischkante und leckte erst seine Finger ab, dann zwirbelte er seine Hörnchen wieder spitz. Schmierige Spitzen, schoss es ihr durch den Kopf, und unwillkürlich bekam sie bei dem Gedanken eine Gänsehaut, die er ihr hoffentlich nicht ansehen konnte.

»Esther, Esther, Esther …« In der Hand hielt er ein A4-Blatt, auf dem diverse Absätze mit Rotstift korrigiert worden waren – ihre Rezension des neuesten Ian-McEwan-Romans, erkannte sie, die am Freitag abgedruckt werden sollte.

Sie drehte sich auf ihrem Schreibtischstuhl zu Al um, schlug steif die Beine übereinander und klemmte einen Fuß hinter die Wade des anderen Beins. Tatsächlich brachte er das Bibliotheksmäuschen in ihr hervor, wofür sie sich selbst zutiefst verabscheute.

»Ich dachte, wir hätten über unsere Richtlinien gesprochen?«, fing er an.

»Ja, haben wir«, erwiderte Esther und hörte ihre eigene Stimme plötzlich, so wie Al sie bestimmt wahrnahm: mädchenhaft, zögerlich, von Leuten mit Autorität leicht ins Bockshorn zu jagen, selbst wenn deren Haar nach Cheeseburger stank. »Ich dachte nur, vielleicht funktionieren die ja für Buchrezensionen nicht ganz so gut wie für deine Musikkritiken … Ich meine, schau dir die Rezensionen im *Guardian* oder in der *Times* an – die sind alle in der Ich-Perspektive verfasst.«

Al seufzte und blickte demonstrativ zur Decke. »Die Sache mit Hausrichtlinien ist aber doch, Esther, dass sie aus einem ganz bestimmten Grund existieren. Und dieser Grund ist, Schätzchen, dass niemand einen Scheiß drauf gibt, was Miss Esther Conley, einundzwanzig Jahre alt …«

»Ich bin dreiundzwanzig.«

»Wie alt auch immer. Du bist kein Martin Amis, und es interessiert kein Schwein, was *du* denkst über …« Er hielt einen Moment inne, starrte auf das Blatt Papier in seiner Hand hinab und hob es sich dann direkt vors Gesicht. Al brauchte eine Brille, war aber der Meinung, dass eine Brille und all die anderen Dinge, die rund um seinen Kopf passierten, nicht zusammenpassen würden, und verzichtete deshalb darauf. »… über *Liebeswahn* oder welches Buch auch immer, okay? Die *Gazette* funktioniert anders. Die *Gazette* hat Gewicht, verstanden? Wenn die *Gazette* irgendwas sagt, dann hat das etwas zu bedeuten. Ich hab nicht zehn Jahre meines Lebens darauf verschwendet, mir ein Renommee als unabhängige Kritikerinstanz der britischen Kulturlandschaft zu erarbeiten, nur damit du hier reinlatschst und die Leser damit langweilst, was *du* über gewisse Sachen denkst.«

Esther hätte am liebsten laut gelacht. Die britische Kulturlandschaft? Renommee? Sie fragte sich, wie viele Einwohner von Camden es überhaupt bis zu den Seiten 40 und 41 schafften, um dort eine von Als prätentiösen Kritiken zu lesen, die immer mit dem Sätzchen endeten: »Die *Gazette* sagt …«

Die *Gazette* sagt: Lassen Sie sich von den Tempests in den wirbelnden Strudel ihres Sounds hineinziehen, und Sie werden in Genuss ertrinken. Vier Sterne.

Die *Gazette* sagt: Irgendwann wird kein Mensch mehr auch nur ein einziges Wort über Britpop verlieren, aber jeder wird sich daran erinnern, wo er war, als er zum ersten Mal das zutiefst gequälte Aufheulen von Asymmetric Pillow Machine gehört hat. Fünf Sterne.

In dem Versuch, für ihre Interessen einzustehen, so gut sie das in ihrer Position konnte, wählte sie ihre Worte mit Bedacht: »Aber Al, es ist doch ein und dieselbe Rezension, ob *ich* es nun sage oder die *Gazette.* Fünf Sterne sind fünf Sterne, oder? Es ist am Ende doch das Rating, das zählt?«

»Nein, ist es nicht, Schätzchen«, entgegnete Al und rutschte alarmierend auf seinem Hintern herum. Für einen schrecklichen Augenblick fragte Esther sich, ob er jetzt gleich furzen würde – es wäre nicht das erste Mal gewesen –, aber das Einzige, was sie hören konnte, war das Knarzen des Schreibtischs unter seinem Gewicht. »Es ist die Stimme. Nur diese verbindliche Stimme zählt. Erste Journalistenregel. Aber vielleicht haben sie ja vergessen, dir das *an der Uni* beizubringen.«

Für Al hatte das Wort »Universität« den gleichen Missklang wie für Ricko Struthers. An der Universität machte man sich nicht die Hände schmutzig. In einem muffigen Hörsaal hatte man keine Druckertinte an den Fingern, und sie sickerte einem erst recht nicht in die Adern. Ihren Spitzenabschluss in Englischer Literatur behielt Esther daher auch am liebsten für sich, genau wie sie niemandem gegenüber je erwähnte, dass sie ihre Augen ganz hübsch fand; so etwas fiel in die Kategorie Eigenlob. Allerdings hatte ihr Lebenslauf Al vorgelegen, und er erinnerte sie in regelmäßigen Abständen daran, dass gute Noten absolut nichts wert waren im Vergleich zu handfester Berufserfahrung. Der ganze intellektuelle Blödsinn stand seiner Meinung nach guter Textarbeit nur im Weg. Wenn er hätte entscheiden dürfen und nicht Tony Simms, hätte er für die Stelle nicht Esther, sondern jemanden mit mehr Rock'n'Roll ausgesucht – jemanden, der mit Irvine Welsh durch die Clubs zog, anstatt wohlformulierte Kritiken zu Anita Brookners manierlichen Heldinnen zu verfassen.

Sosehr Esther Al insgeheim für einen Trottel hielt, hatte sie die Uni doch noch nicht lange genug hinter sich gelassen, als dass sie gegen derlei Anfeindungen eines Vorgesetzten immun gewesen wäre. Einen Roman oder einen Film zu interpretieren war immer schon ihr Ding gewesen; sie liebte es, die einzelnen Erzählstränge freizulegen wie die Nuss aus der Nussschale. Unter Als Dauerkritik jedoch hatte sie langsam, aber sicher Zweifel entwickelt. Das Schlimmste war, dass ihm die Bücher selbst egal waren und immer schon egal gewesen waren. Für Esthers überflüssiges Literaturgeschwafel würde er im Leben keine einzige Musikseite freigeben. Nicht selten schlug sie freitags die Zeitung auf und musste feststellen, dass er ihren ordentlichen Zweispalter zu einem peinlich sinnentleerten kurzen Absatz zusammengestrichen hatte, über dem auch noch ihr Name stand.

Die *Gazette* sagt … Esther Conley, Ihre Artikel sind ein Witz!

Als David vor zwei Wochen angefangen hatte, hatte er sich eine ihrer noch unredigierten Rezensionen gegriffen und anschließend anerkennend durch die Zähne gepfiffen. »Das ist verdammt gut.«

Das war alles gewesen – aber ihr reichte es. Was Lob anging, war Esther in der Zwischenzeit derartig ausgedörrt, dass sie diese wenigen Worte genauso aufregend fand, als hätte irgendjemand sie in einer überregionalen Zeitung über den grünen Klee gelobt. David hatte in Oxford studiert – in *Oxford* –, insofern nahm sie sein Lob fast schon mit ehrfürchtigem Respekt entgegen.

Als er gegen zehn endlich auftauchte, tat er gerade so, als würde er zu einer aufregenden Party dazustoßen, und blieb angesichts der bevorstehenden Freuden dieses Tages mit einem Schmunzeln auf den Lippen in der Bürotür stehen.

Al sah von seinem Schreibblock auf, auf dem er gerade mit blauem Kugelschreiber ein vernichtendes Urteil über die Band fällte, die er am Vorabend gesehen hatte – oh ja, *vernichtend,* was für ein gutes Wort, das würde er gebrauchen –, und machte sich nicht mal die Mühe, den Hohn in seinem Gesicht zu verbergen. Er hatte wiederholt seinen Verdacht laut kundgetan, dass David Carrell nur deshalb bei der *Camden Gazette* arbeitete – nein: *spielte* –, weil er der Neffe von Jolyon Carrell von Carrell Media war. So einen Praktikanten in der Redaktion zu haben war Al zufolge echt das Allerschlimmste – eine Zumutung, ein derart verwöhntes, reiches Muttersöhnchen betreuen zu müssen, und dann auch noch das unausgesprochene Verbot, ihn mit den wahrhaft sinnvollen Tätigkeiten wie dem Kopieren oder dem Sortieren der Büroablage zu beschäftigen.

Esther hatte bereits mitbekommen, dass Al seine gesammelten Spesenquittungen in seiner Schreibtischschublade hortete, als hätte er den Verdacht, dass David nicht nur Carrells Neffe, sondern obendrein auch noch ein Spion sein könnte. Insgeheim fand sie die Vorstellung ganz amüsant, dass Jolyon Carrell, der Herausgeber einer ganzen Reihe überregionaler Zeitungen, nichts Besseres zu tun haben sollte, als herauszufinden, ob Al Webster aus der Kulturredaktion der *Camden Gazette* regelmäßig seine McDonald's-Kater-Rechnungen in der Buchhaltung einreichte.

David hatte rein gar nichts Prahlerisches an sich, auch wenn seine Kleidung von einem teuren Durcheinander sprach, das sich nur die wirklich Reichen leisten konnten. Seine Pulloverärmel mochten durchgescheuert sein, aber die Pullover selbst waren reines Kaschmir. David hatte nicht mal diese Wuschelfrisur à la Hugh Grant, die sonst jeden Privatschulabsolventen kennzeichnete. Sein Haar war kurz geschnitten und dunkel. Echt uncool, meinte Al und fragte sich wohl, welche Art Statement David damit abgeben wollte. Nein, seine privilegierte Herkunft konnte man ihm am Gang ansehen: wie er selbstsicher durch die Büros schlenderte, wie er Tony Simms kumpelhaft zuwinkte, als wären sie einander ebenbürtig, wie er sich in aller Seelenruhe mit Patience, der Putzfrau, über die bevorstehende Hochzeit von deren Tochter unterhielt. Dass er sich um eine halbe Stunde verspätet hatte, trieb ihn weder zur Eile an noch sah er sich zu einer Entschuldigung verpflichtet. Er kam einfach gemächlich über den Flur spaziert und hielt hier und dort auf eine kurze Begrüßung an wie ein junger Prinz, der seinen Rundgang machte. Er bewegte sich wie jemand, der den Winter über Ski fahren ging und regelmäßig segelte, Tennis und Cricket spielte.

Als David endlich bei seinem Schreibtisch angekommen war – um genau zu sein, hatte er ein Eckchen von Esthers Schreibtisch zugeteilt bekommen, von dem sie vorübergehend die Versandtaschen weggeräumt hatte –, legte er die Papiertüte einer Pret-A-Manger-Filiale darauf ab, die kürzlich erst an der U-Bahn-Station eröffnet hatte. Sie wusste, dass er morgens gerne einen Cappuccino trank, und interpretierte dies nicht nur als Zeichen seines ausgereiften Großstädtertums, sondern auch des gedankenlosen Reichtums. Mit ihrem bescheidenen Gehalt musste sie jeden Penny zweimal umdrehen – der tägliche Coffee-to-go war ein Luxus, den sie sich erst nach mindestens einer Gehaltserhöhung würde leisten können.

»Morgen, Esther«, sagte er, angelte einen zweiten Kaffeebecher aus der Tüte und schob ihn zu ihr hinüber. »Ich wusste nicht, welchen Kaffee du gern trinkst, deshalb hab ich dir auch einen Cappuccino mitgebracht. Ist das okay?«

Sie stammelte ein Dankeschön, als sie den Becher entgegennahm. Er hatte ihr das gleiche Getränk mitgebracht, das auch er selbst gern trank – war das ein Zeichen? Dass sie füreinander bestimmt waren? Doch noch ehe sie sich in aller Form bei ihm bedanken konnte, drehte er sich um und überreichte auch Al einen Becher.

»Und du, Alster, bist wahrscheinlich eher der Typ Latte, hab ich recht?«

Esther wusste zufällig, dass Al der Typ Starker-Schwarztee-mit-drei-Zucker war, aber bei aller Herablassung, die er sich zum Prinzip gemacht hatte, war er doch tatsächlich vorübergehend baff genug, um in einer hellen, überraschten Tonlage zu behaupten, es gebe für ihn gar nichts Besseres als einen kochend heißen Latte.

Als David zu seinem Schreibtischeck zurückschlenderte, murmelte Al fast schon angeekelt von sich selbst: »Kochend heiß!?« Dann rief er David nach: »Zum Wohl, Kumpel«, und schlug sofort wieder seinen männlich mürrischen Ton an: »Nette Wiedergutmachung dafür, dass du mal wieder zu spät kommst.«

David lachte nur gutmütig, und Esther konnte Al ansehen, wie irritiert er darüber war, dass seine Kritik nicht nur vollkommen an David abzuprallen schien, sondern ihn angesichts dessen Großzügigkeit obendrein auch noch kleinlich und verkniffen wirken ließ.

Der Tag zog sich unendlich langsam dahin. Sosehr Esther sich auch bemühte, sich zu beschäftigen, wanderten ihre Gedanken in einem fort zu der bevorstehenden Penguin-Party. Sie beglückwünschte sich dazu, sich rechtzeitig nach dem Mittagessen die Socken ausgezogen zu haben, sodass später keine roten Fesselringe über ihren Knöcheln sichtbar sein würden, und entschied sich in der Kantine gegen das aktuelle Mittagsangebot, um nicht Gefahr zu laufen, von dem Zwiebel-Käse-Teilchen Mundgeruch zu kriegen. Sie redete sich ein, der Grund dafür wäre natürlich, dass sie später mit einigen wichtigen Partygästen reden müsste. In Wahrheit aber sah sie vor sich, wie sie jemanden küsste.

In ihrem Kopf probte sie bereits die Unterhaltung mit David. Sie stellte sich vor, wie sie das Gespräch dezent in Richtung seines Liebeslebens lenken würde. Eine Freundin hatte er ihr gegenüber nie erwähnt, aber jemand wie David würde doch garantiert nicht Single sein? Heute

Abend würde sie es herausfinden. Wenn je irgendetwas zwischen ihnen laufen sollte, dann ganz bestimmt bei dieser Gelegenheit, sobald sie die *Gazette*-Ketten abgeworfen hätten.

Es kam Esther so vor, als wäre das vergangene Jahr im Feuilleton lediglich eine Serie kürzerer Trailer für den Spielfilm gewesen, der jetzt endlich beginnen sollte, indem sie in Janes silbrig schillerndes Kleid schlüpfte und zur Heldin wurde.

Weil ihr Telefon so selten klingelte, war der Anruf um fünf eine Überraschung. Sie hatte gerade ihr Outfit mit zur Toilette nehmen und sich umziehen und schminken wollen und dachte glatt darüber nach, es klingeln zu lassen, doch dann zog Al eine Augenbraue hoch, und obwohl er sein eigenes Telefon in aller Regel ignorierte, traute sie sich nicht, direkt vor seiner Nase das Gleiche zu tun.

Sie meldete sich mit »Kulturredaktion«, darauf bestand Al immer, als wären sie hier Hunderte Angestellte und nicht bloß ein Dreiergrüppchen. Esther war nur froh, dass er sie nicht auch noch dazu nötigte, in der dritten Person zu sprechen: »Die *Gazette* sagt, schicken Sie uns Ihre Pressemeldung so bald wie möglich. Die *Gazette* bedankt sich recht herzlich.«

Das Erste, was sie hörte, war ein schweres Keuchen, und sie fragte sich schon, welches kranke Hirn so gelangweilt oder pervers war, dass es sich einen Kick verschaffte, indem es bei einer Nordlondoner Zeitung anrief. Doch dann dämmerte es ihr, dass die Person am anderen Ende weinte.

»Hallo?«, fragte Esther.

Das Weinen ging weiter. Verstohlen blickte sie über die Schulter. Al tippte per Zwei-Finger-Suchsystem die Konzertkritik von gestern Abend, während David mit den Füßen auf dem Schreibtisch hinter ihr saß und durch ein fotokopiertes Manuskript blätterte, das Faber ihnen geschickt hatte, und vor sich hin blinzelte.

»Est?«

Esther hatte ihre Stimme schon seit Monaten nicht mehr gehört. Und sie hatte sie seit Weihnachten nicht mehr gesehen.

»Laura?«

Neuerliches Schluchzen. Esther hielt die Hand über den Hörer und drehte sich von den Kollegen weg.

»Ist etwas mit Ricko? Ist was passiert? Hat er dir wehgetan?«

Sie schluchzte. »Nein.« Es war kurz still in der Leitung. »Es ist aus, Est.«

»Was?«

»Ich hab Schluss gemacht.«

»Aber was ist denn passiert?«

Statt zu antworten, brach Laura erneut in Tränen aus.

»Wo bist du?«, fragte Esther. Im Hintergrund konnte sie Verkehrslärm hören, dann eine Polizeisirene.

»In ... in einer Telefonzelle«, antwortete Laura zögerlich, und Esther wusste im selben Moment, dass sie ihr nicht die ganze Geschichte erzählen würde. Lauras Stimme wurde erneut von Verkehrsgeräuschen und dem Martinshorn in der Ferne übertönt.

»Und wo steht diese Telefonzelle?«

»Am ... Es ist die am Eingang zum U-Bahnhof Camden.«

»Du bist hier in *London?*«

»Esther, ich war eine beschissene Freundin … Das weiß ich. Aber bitte, bitte, ich musste einfach abhauen … und ich wusste nicht, wohin ich sonst hätte gehen sollen.«

Esther sah erneut über die Schulter. David hatte ihr sein Profil zugewandt und runzelte beim Lesen die Stirn. Im Neonlicht der Redaktion sah Janes silbriges Kleid, das immer noch hinter ihm an der Garderobe hing, wie ein Gespenst aus. Der Geist nicht besuchter Partys. Der Geist ungeküsster Davids.

Sie ließ es hängen und schnappte sich stattdessen den Mantel von der Rückenlehne ihres Stuhls.

»Warte dort«, sagte sie. »Ich bin sofort bei dir.«

12

Laura sah verloren und hoffnungslos aus, wie sie draußen vor dem U-Bahn-Eingang auf und ab ging – doch selbst in diesem Moment der Verzweiflung wirkte sie noch unzweifelhaft cool. Sie hatte sich die Haare wachsen lassen, sie reichten ihr bis auf die Schultern, und über einem Minirock und einem Paar Bikerstiefel trug sie einen alten schwarzen Sweater. Esther hatte sie entdeckt, bevor Laura sie gesehen hatte, und hielt kurz an der Ecke an, um sie zu mustern, wie ein Fremder sie vielleicht gemustert hätte. Ja, Laura sah mitgenommen aus – aber eher wie Elizabeth Wurtzel auf dem Buchcover zu *Prozac Nation:* trotz allem hübsch verpackt, so wie alle es gernhatten. Wie es anerkennende Blicke auf sich zog, selbst wenn die Finger, die gerade die Zigarette von den spröden Lippen nahmen, gelb waren vom Nikotin und die früher so gepflegten Haare ungekämmt und glanzlos. Esther hatte Lauras grässlichen Exfreund nie gewollt, ebenso wenig wie den toten Vater und die hysterische, unberechenbare Mutter; doch diese zarten, zerbrechlichen, fast gläsern wirkenden Schlüsselbeine, die wie Kleiderbügel aussahen, und die riesigen überschatteten Augen … Esther hätte alles dafür gegeben. Nichts hätte sie lieber haben wollen. Diese Zerbrechlichkeit, nur ohne die Schwierigkeiten.

Bei dem Gedanken bekam sie ein schlechtes Gewissen, als würde sie gerade das Opfer einer Hungerkatastrophe um seine hervorstehenden Rippen beneiden. Aber sie kam einfach nicht dagegen an. Der ständige Vergleich ihrer selbst mit Laura war zu tief in ihr verwurzelt. Selbst als sie ihre Freundin zur Begrüßung umarmte, sie ins *World's End* auf der anderen Straßenseite führte und die Türen zu der Saloon-Bar aufschob, ertappte sie sich dabei, wie sie zur Kenntnis nahm, dass sich wie immer schon jeder einzelne Kopf nach Laura umdrehte.

In nur zehn Minuten hatte Laura zwei Flaschen Rolling Rock geleert und eine Packung Maisflips zugunsten diverser Zigaretten abgelehnt, die sie mit zitternden Händen jeweils an der Glut der fertig gerauchten angezündet hatte. Esther verzichtete darauf, ihr zu erzählen, dass sie seit ihrem letzten Treffen mit dem Rauchen aufgehört hatte, das spielte in diesem Moment keine Rolle mehr. Und als sie sich ebenfalls eine Zigarette anzündete, wurde ihr wieder genauso schwindlig wie damals als Teenager, als sie auf Margies Terrassenmauer gesessen hatten.

»Rote Marlboro?«, stellte sie fest und musste husten. »Gott, sind die stark! Wann hast du denn mit denen angefangen?«

Laura brachte ein fahles Lächeln zustande. »Als die Silk Cuts mir nicht mehr stark genug waren?«

»Jetzt erzähl schon! Was ist denn überhaupt passiert?«

Schniefend wischte Laura sich mit dem verschlissenen Ärmel über die Augen. »Wenn du jetzt sagst, ich hab's doch gleich gewusst, dann bin ich auf der Stelle wieder weg, nur dass du's weißt.«

»Laura, hab ich jemals so etwas gesagt?«

»Das musstest du gar nicht.«

Sie hatten sich nicht völlig voneinander entfremdet. Zuletzt hatten sie sich an Weihnachten gesehen, Laura hatte die eine oder andere Postkarte geschickt, alberne Touri-Karten von den Pearly Kings und Punklegenden. Und Esther hatte von ihrer Mutter hin und wieder Geschichten gehört, die allerdings zuvor durch Margies unzuverlässigen Kalten-Krieg-Filter gegangen waren. Es hatte irgendwelche Auseinandersetzungen gegeben. Ricko hatte wohl von zu Hause aus mit Drogen gedealt, auch wenn es dafür nie einen Beweis gegeben hatte. Die Schwierigkeit, wenn man Margies Erzählungen in die Wirklichkeit zu übersetzen versuchte, bestand darin, dass ihre Sorgen und Vorahnungen immer in ein und dieselbe Kategorie zu fallen schienen wie die jüngste Horrormeldung, die sie gerade in der Zeitung gelesen hatte. Nach Prinzessin Dianas Tod hatte Esthers Mutter berichtet, dass Margie sowohl Ricko als auch Laura wochenlang verboten habe, in ein Auto zu steigen, obwohl es in Portsdown nicht einen einzigen Paparazzo gab. Doch nachdem Laura von ihrem Leben mit Ricko nie auch nur eine Silbe erzählt hatte, konnte Esther nicht beurteilen, ob irgendetwas davon wahr war.

»Also«, hob sie an, »zwischen euch ist es aus?« Sie hoffte inständig, dass es nicht wertend klang, dass nicht das geringste Ich-hab's-doch-gewusst dabei mitschwang.

Laura holte einmal tief Luft durch die Nase. Der Atemzug schien sie aufzurichten, sie mit Entschlossenheit zu erfüllen. Sie war kurz davor, etwas zu sagen, als ein langhaariger Mann in schwarzer Lederhose sich über das Geländer beugte, das ihren Tisch vom Rest des Raums trennte, und ihr anbot, sie auf einen Drink einzuladen.

Laura schlug die Augen nieder und murmelte: »Nein, danke.«

Der Mann zuckte mit den Schultern und verzog sich wieder. Beim Gehen quietschte seine Hose leicht, wie ein Ledersofa, auf dem man sich zurechtsetzte.

»Was ist passiert?«, fragte Esther noch einmal. »Warum hast du mit ihm Schluss gemacht?«

Laura neigte den Kopf, sodass das Haar ihr ins Gesicht fiel und es verdeckte. »Es gab keinen bestimmten Auslöser«, antwortete sie so leise, dass Esther sich vorbeugen musste, um sie zu verstehen. »Es waren mehrere Dinge …«

»Zum Beispiel?«

Laura strich sich eine Haarsträhne hinters Ohr und sah hinauf zur Decke, als stünde dort eine Liste mit Rickos Fehltritten, die ihrer Erinnerung auf die Sprünge helfen sollte. »Er wollte einfach nie was unternehmen, verstehst du«, sagte sie und fuchtelte hilflos mit den Händen. »Weder wollte er sich einen Job suchen noch wollte er ausgehen. Er wollte einfach nur zu Hause bleiben, rauchen und Videospiele spielen.«

»Hey«, sagte ein zweiter langhaariger Mann und trat mit einem schiefen Lächeln auf das Geländer zu, als wären Laura und Esther Tiere in einem Streichelzoo, »Videospiele, ja? Klingt ja spannend.«

Laura lächelte höflich zurück. »Wir sind nur … Sorry, aber wir unterhalten uns hier gerade.«

Er hob entschuldigend die Hände und zog sich wieder zurück.

Laura stützte die Ellbogen auf und nahm die Bierflasche wie ein Mikrofon in beide Hände. »Dann hat Margie ein Tütchen Gras gefunden. Du kannst dir ja denken, was daraufhin los war. Sie war sich sicher, dass Ricko dealte und dass er drauf und dran war, mich zu seiner lebenslänglichen Crackhure zu machen. Ich hatte ihm noch gesagt, wir hätten niemals zulassen dürfen, dass sie sich *Trainspotting* ansieht. Mal ehrlich, Est, du weißt doch selber, wie sie ist. Ich schwöre, sie hat gedacht, der Film wäre eine Doku.«

So viel zu Gerücht Nummer eins, dachte Esther. Sie hätte es Ricko durchaus zugetraut, dass er eine Handvoll Pillen oder ein bisschen Gras an seine Kumpels vertickte, aber sie hatte ihre Zweifel, dass er in dieser Hinsicht größere Ambitionen hatte.

»Jedenfalls hat sie anschließend darauf bestanden, dass er wieder zu seinen Eltern zieht. Ich hab sie letzten Endes überredet, dass er bleiben durfte.« Laura warf Esther einen vielsagenden Blick zu. »Ich weiß – aber mal ehrlich, zu diesem Zeitpunkt war selbst mir klar, dass ich bescheuert war. Ich weiß auch nicht … Das ist nicht leicht zu erklären … Ich denke mal, die Tatsache, dass er bei mir gewohnt hat, dass er von der Stütze lebte und im Großen und Ganzen von mir abhängig war … Das hat mich glaub ich davon abgelenkt, dass ich mein eigenes Leben komplett ruiniert hatte.«

Esther wollte bereits Einspruch einlegen. Sie wollte Laura sagen, dass ihr Leben noch lange nicht vorbei war. Doch da war auch schon der nächste Mann an das Geländer getreten, um sie zu unterbrechen. Er war genauso langhaarig wie die ersten beiden und hielt Laura mit einem dämlichen Grinsen eine Art riesige Narrenkappe mit Glöckchen hin.

»Ich denke nicht«, sagte Laura. »Aber danke.«

Aus einer entlegeneren Ecke drang das Gelächter seiner Freunde zu ihnen herüber, als er sich von dem Geländer wegdrehte und die zurückgewiesene Kappe traurig an seiner Hand baumelte.

»Gott, jetzt weiß ich, was hier los ist«, sagte Esther.

Laura runzelte die Stirn.

»Na ja, warum diese Typen hierherkommen!«

»Was? Hast du mich in irgendeine Kuppelbar für verzweifelte Frauen geschleppt? Wo sie dem Anblick roter Augen und einer Rotznase nicht widerstehen können?«

»Laura, die denken, du bist eine von ihnen. Die denken, du bist auch ein Goth.«

Sie schnaubte durch die Nase, sah sich dann aber doch nervös um. »Verdammt«, stellte sie fest, »außer dir tragen hier ja wirklich alle Schwarz! Was bitte schön ist das denn für ein Laden? Ich komme mir gerade vor, als hätte es die Spice Girls nie gegeben.«

»Dafür bist du das neue Goth-Girl hier im Viertel«, sagte Esther.

»Mist. Obwohl … wenn ich mich vor Ricko verstecken wollte, wäre das hier wohl das perfekte Zeugenschutzprogramm. In der Gothic-Szene würde er nie im Leben nach mir suchen.«

»Allerdings müsstest du dir dafür wahrscheinlich die Nase piercen lassen«, stellte Esther mit einem Blick auf die paar anderen Frauen in der Kneipe fest. »Und dir gestreifte Strumpfhosen kaufen.«

Laura musste lachen.

»Hör bloß auf!« Mahnend hielt Esther den Zeigefinger in die Luft. »Sonst kommen die noch drauf, dass du ein Fake bist. Du musst todernst gucken – fast schon selbstmordverdächtig.«

»Erst recht, wenn ich nach Whitby ziehe, um dort schlechte Gedichte über Raben und Friedhöfe zu schreiben.«

»Dann erst recht.«

»Schlechte Gedichte?«, hörten sie plötzlich eine Männerstimme.

»Verpiss dich«, gab Laura mit aufgesetzter Liebenswürdigkeit zurück und lächelte zu dem Mann auf.

»David?«

»Kennst du den?«, fragte Laura und sah Esther verblüfft an. »Hab ich's mir doch gedacht, dass der nicht wie die anderen aussieht.«

»Meine Lederhose ist gerade in der Wäsche«, erwiderte er mit einem Grinsen.

»David«, sagte Esther und rückte mit dem Stuhl ein Stück zur Seite, damit er sich zu ihnen setzen konnte. »Du kriegst eine Million Pfund von mir, wenn du ernsthaft eine Lederhose besitzt. Zwei Millionen, wenn du sie zur Arbeit anziehst.«

Als David sich einen Stuhl heranzog, ging ein Raunen durch die Reihen der verschmähten Goths im *World's End*, und sie starrten herüber, um herauszufinden, was David hatte, was sie nicht hatten.

Er lachte nur, setzte sich und legte – in dieser typisch männlichen Pose – den Knöchel des einen Beins über das andere Knie. Esther fragte sich bei diesem Anblick jedes Mal, ob Männer sich eigentlich im Klaren darüber waren, dass sie auf diese Weise eine Art Dreieck bildeten, das auf ihr Gemächt hinzuweisen schien. Er hatte seinen mottenzerfressenen Pullover gegen einen Anzug über einem weißen Hemd mit dünnen blauen Streifen eingetauscht, die zu seiner Augenfarbe passten. In der Hand hielt er eine Krawatte. Er schien sich nicht sicher zu sein, ob er sie anlegen sollte oder nicht. Die Goths beäugten ihn abschätzig, während Esther der Meinung war, er hätte noch nie besser ausgesehen.

»David«, stellte er sich vor und streckte die Hand aus. »Esther und ich sind Kollegen.«

»Laura«, erwiderte sie und schüttelte ihm feierlich die Hand. »Aus Versehen Goth, angetrunken und kurz davor loszuheulen.«

»Ah ja.« In der Hoffnung, von ihr eine Erklärung zu bekommen, wandte er sich leicht verwirrt zu Esther um. »Du bist einfach so aus dem Büro gerannt … Ich dachte, wir gehen zusammen zur Penguin-Party?«

Laura schaute erst Esther an, dann David, dann wieder Esther. Dann schlug sie die Hand vor den Mund. »Ach du Scheiße … Ihr wolltet ausgehen, oder? Warum hast du denn kein Wort gesagt?«

Esther schüttelte den Kopf. »Schon in Ordnung. Es wäre nur eine geschäftliche Sache – das hier ist wichtiger, ganz ehrlich.« Entschuldigend drehte sie sich zu David um. »Sorry, ich fürchte, du musst alleine gehen … Das hier ist eine Art Notfall.«

»Erzähl mir jetzt nicht«, erwiderte David und spähte zu den Goths hinüber, »dass The Damned sich aufgelöst haben? Oder dass Latexkorsetts weltweit knapp werden?«

»Sehr witzig«, sagte Laura und verzog das Gesicht. »Der Notfall bin ich.«

Er sah sie mitfühlend an, und Laura errötete leicht – als würde sich eine Schwarz-Weiß-Fotografie urplötzlich einfärben.

Unweigerlich hielt Esther nach Anzeichen der gegenseitigen Anziehung zwischen den beiden Ausschau. Aber David drehte sich schon wieder zu ihr um.

»Sicher, dass du nicht mitkommen willst?«, fragte er. »Nicht mal für ein Stündchen – nur um dort dein Gesicht gezeigt zu haben?«

Neben der bleichen, spindeldürren Laura sah er vitaler und gesünder aus denn je, als würde er im nächsten Augenblick in die Takelage einer Jacht hinaufklettern, statt in die Bahn nach South Kensington zu steigen.

»Geh ruhig mit, Esther«, sagte Laura, schob tapfer das Kinn vor und drückte ihre Zigarette in dem überquellenden Aschenbecher aus. »Ich komm schon klar. Wir können uns ja später treffen … Ich komm schon irgendwo unter.«

»Laura, wann warst du bitte das letzte Mal in London?«

»Äh, warum?«

»Warst du wirklich jemals wieder hier, seit wir damals in der Grundschule Bros im Wembley-Stadion gesehen haben?«

Beschämt schüttelte Laura den Kopf.

»Genau. Du hast absolut keine Ahnung. Und ehe du dichs versiehst, wirst du von einer Horde notgeiler Goths verschleppt.«

»Eine Horde?«, warf David ein. »Glaubst du echt, das ist der richtige Sammelbegriff für notgeile Goths?«

»Na, was denkst du denn?«

Nachdenklich kratzte er sich am Kinn. »Schwarm vielleicht? Wie bei Fledermäusen?«

»Niemals«, entgegnete Laura im Brustton der Überzeugung. »Das wären New Romantics. Oder Möwen, versteht sich.«

»Meinetwegen, dann ist es eben eine Horde Goths.« Er seufzte und sah auf die Uhr. »Wenn ich dich wirklich nicht mehr überreden kann mitzukommen, dann muss ich die *Camden Gazette* jetzt wohl alleine repräsentieren gehen.«

Er stand auf, steckte die Hände in die Hosentaschen und sah dabei gleichzeitig niedergeschlagen und ganz furchtbar niedlich aus. Fast wäre Esther eingeknickt, und sie wusste genau, dass er es auch wusste. Ein Lächeln umspielte seine Lippen, als würde er sie jeden Moment doch noch umstimmen wollen. Sie musste an all die glamourösen Lektorinnen denken, die um ihn herumflattern würden, und stellte sich vor, wie Fiona von einer unschuldigen PR-Assistentin zum leidenschaftlichen Vamp mutierte und sich um seinen Brustkorb schlängelte wie eine Königsboa.

»Wenn ich nicht mitkomme, bleiben doppelt so viele Kanapees für dich übrig«, rechnete sie ihm aus. »Du kannst meinen Anteil haben.«

»Und doppelt so viele Drinks«, stimmte er ihr zu.

»Die *Gazette* sagt … Vergiss nicht, heute Abend in der dritten Person zu reden.«

Er grinste sie an und beugte sich dann völlig unvermittelt vor, um ihr ein Küsschen auf die Wange zu geben. Als er sich wieder aufrichtete, spürte Esther immer noch seine rauen Stoppeln an ihrem Kinn. »Die *Gazette* sagt … dass du einen Kollegen versetzt, wird dir so bald nicht verziehen werden, Esther Conley. Du schuldest mir einen Abend in deiner Gesellschaft – und zwar bald.«

Er winkte Laura zum Abschied zu und ging. Die Goth-Meute teilte sich, als pflüge er in einem Schnellboot durch sie hindurch.

Laura ließ den letzten Schluck in ihrer Bierflasche herumkreiseln und starrte darauf hinab. »Hast du mir nicht auch was zu erzählen?«

»Was meinst du?«, gab Esther unschuldig zurück.

Obwohl sie genau wusste, dass sie sich Davids Kuss für den gesamten Rest des Abends – wenn nicht für den Rest ihres Lebens – immer und immer wieder in Erinnerung rufen würde, war ihr dies alles noch zu frisch und unkonkret, um darüber zu reden, erst recht mit jemandem, der so lange so vieles vor ihr geheim gehalten hatte.

»Entschuldigung? Mr. Superhot läuft dir in diese Kneipe nach und fleht dich an, mit ihm auf eine Party zu gehen, und es gibt nichts zu sagen?«

»Wir sind Kollegen, Laura.«

»Komm schon, das kannst du mir doch nicht erzählen, Est. Dafür kenne ich dich zu gut.«

Esther sah sie an – zum ersten Mal seit Langem sah sie sie wirklich an, blickte hinter die Blässe und die zerfledderten Klamotten auf das Mädchen, das sie früher einmal gekannt hatte. Und urplötzlich schlug die Erleichterung darüber, dass Laura mit Ricko Schluss gemacht hatte, in Verbitterung um, weil ihre Freundin so viele Jahre ihres Lebens an diesen Kerl verschwendet hatte. Und jetzt pfuschte dieser Ricko oder vielmehr das, was er angerichtet hatte, auch noch in Esthers Leben herum.

»Tust du nicht«, sagte Esther, schob die halb leere Flasche Rolling Rock von sich weg und lehnte sich auf ihrem Stuhl zurück. »Wag es ja nicht zu behaupten, dass du mich nach all dieser Zeit noch kennst. Und ich bin mir ehrlich gesagt auch nicht mehr sicher, ob ich dich noch kenne.«

Angesichts des abrupten Tonfallwechsels blinzelte Laura sie verblüfft an. Sie hatte sich die Tasche auf den Schoß gezogen, als wolle sie gleich aus dem Pub stürmen, und zwirbelte den Schultergurt um die Finger.

»Ich weiß nicht mal, ob ich mich gerade selber kenne, Est«, sagte sie langsam, und ihre großen Augen füllten sich mit Tränen. »Die ganze Zeit denke ich nur darüber nach, was Dad sagen würde, wenn er wüsste, was ich seit seinem Tod mit meinem Leben angefangen habe – nichts. Der reinste Scherbenhaufen.« Tränen tropften auf Lauras Tasche. Wütend wischte sie sie weg, als wären sie unerwünschte Zeugen. »Es tut mir leid, dass ich so eine beschissene Freundin war.«

Esther wusste nicht, was sie darauf erwidern sollte.

»Siehst du?« Laura schniefte. »Du widersprichst mir nicht einmal.«

»Tja, du *warst* ja auch eine beschissene Freundin. Angefangen damit, dass du Ricko erzählt hast, ich wäre verrückt nach ihm gewesen.«

Laura machte große Augen. »Ich soll *was* erzählt haben?«

»Er hat es mir gesagt, Laura, also streite es nicht ab. Er hat gesagt, dass du ihm erzählt hast, ich wäre wie verrückt in ihn verknallt gewesen und total eifersüchtig, weil ihr zwei zusammen wart.«

Laura fiel regelrecht die Kinnlade herunter. »Das hat er behauptet? Wann?«

»Nach der Beerdigung.«

Sie ließ sich rückwärts gegen die Lehne sinken, als hätte jemand ihr die Luft herausgelassen. »Ich glaub es einfach nicht.«

Esther war sich nicht sicher, was genau Laura nicht glaubte – dass Ricko ihr die Wahrheit gesagt hatte oder dass es am Ende vielleicht gar nicht die Wahrheit gewesen war.

»Also? Hast du es ihm erzählt?«

Laura schnaubte verbittert. »Siehst du? Ich könnte dich ja doch nie an der Nase herumführen, Est. Genau das hab ich vermisst. Jeder andere frisst mir quasi aus der Hand, sogar Margie – aber du legst den Finger in die Wunde. Und genau deshalb habe ich die Vorstellung nicht ertragen, dich wiederzusehen. Ich wusste, dass du mir den Spiegel vorhalten würdest.«

»Du hast es erzählt«, schloss Esther. Sie hätte es wissen müssen.

Laura rutschte verlegen auf ihrem Stuhl hin und her und vermied es, Esthers vorwurfsvollem Blick zu begegnen. »So war es nicht … na ja, zumindest nicht ganz. Er dachte, du könntest ihn nicht ausstehen, Est, und ich wollte ihn vom Gegenteil überzeugen. Da hab ich ihm erzählt, dass wir alle in ihn verschossen gewesen wären. Sogar du.«

»Ich konnte ihn noch nie ausstehen.«

»Hab ich vorhin nicht gesagt, du darfst nicht ›Wusst ich's doch‹ sagen?« Sie schob störrisch das Kinn vor –

der gleiche Gesichtsausdruck, den sie damals bei ihrem Streit um die ausgestopfte Eule aufgelegt hatte.

Eine Weile starrten sie einander an, und Esther fragte sich, ob es das denn nun gewesen sei – ob der Riss in ihrer Freundschaft zu groß und weit geworden sei, um ihn noch flicken zu können. So etwas war ganz normal. Sie hatte mit allen möglichen Leuten von der Uni keinen Kontakt mehr, denen sie im ersten Semester noch die ewige Treue geschworen hatte. Jetzt war eben Laura an der Reihe.

Zwei Männer kamen selbstbewusst auf das Geländer zugeschlendert. Offenbar bescherte ihnen der gemeinsame Auftritt eine gewisse Sicherheit. Doch noch ehe sie auch nur den Mund aufmachen konnten, riefen Laura und Esther auch schon: »Verpisst euch!«, sahen einander an – und brachen dann in hysterisches Gelächter aus. Die Goths trollten sich betrübt.

Laura wischte sich über die Augen und sah mit einem entschuldigenden Lächeln zu Esther auf. »Est, kann ich dir was Schreckliches erzählen?«

Innerlich ging Esther in Deckung. »Was?«

»Warum ich ihn am Ende rausgeworfen habe?«

Um Mut zu schöpfen, nahm Esther noch einen Schluck Bier.

»Es lag an Drew Barrymore.«

Esther prustete quer über den Tisch. »Wie bitte? Jetzt hör aber auf!«

Laura rutschte quietschend mit dem Stuhl ein Stückchen rückwärts. Dann wischte sie die kleinen Bierperlchen von ihrem Pulli. »Ich weiß, es klingt absurd.«

Esther konnte sich immer noch nicht wieder beruhigen. »Was – ist sie dir im Traum erschienen, oder was?

Hattest du eine Vision von ihr? Hat Poison Ivy dir aus dem Jenseits einen Besuch abgestattet?«

Laura verschränkte die Arme vor der Brust. »Na, dann erzähl ich's eben nicht. Wenn du so reagierst.«

»Oh nein! Nein, nein, nein, du kannst nicht erst erzählen, dass *Drew Barrymore* dir befohlen hat, du sollst mit Ricko Schluss machen, und dann nicht sagen, warum.«

Sie seufzte und verdrehte die Augen. »Gott, meinetwegen. Es ist auch nicht halb so verrückt, wie es klingt, Est. Ehrenwort. Ich hab doch erwähnt, dass es diverse Gründe gab. Na ja, und Drew Barrymore war eben einer dieser Gründe.«

Esther nickte stumm, als wolle sie den Redefluss nicht unterbrechen, indem sie etwas Falsches sagte.

»Hast du *Eine Hochzeit zum Verlieben* gesehen?«, fragte sie.

»Nein«, antwortete Esther.

Sie wollte sich nicht die Blöße geben. Sich einen Drew-Barrymore-Film anzusehen, obwohl sie und Laura keinen Kontakt mehr gehabt hatten, hätte sich angefühlt, wie zu Margies Haus zu fahren und sich die Nase am Fenster platt zu drücken, um in Erfahrung zu bringen, was Laura ohne sie dort tat. Selbst wenn sie mit Jane oder Claire oder – in ihren Träumen – mit David Carrell ins Kino gegangen wäre, hätte die Aussicht, Lauras Lieblingsschauspielerin auf der Leinwand zu sehen, sie doch nur traurig gemacht. Sie hätte sich wieder wie eine Ausgestoßene gefühlt.

»Ich auch nicht«, sagte Laura. »Aber ich hab Ricko gefragt, ob er mit mir ins Kino gehen würde. Er wollte nicht.«

»Okay …«

»Ich wollt ihn einladen – ich hab ihn immer eingeladen. Aber er meinte, es ginge ihm nicht ums Geld. Drew Barrymore wäre einfach eine tragische Gestalt, die ihre besten Zeiten hinter sich hätte.«

»Na ja, womöglich hat ihn der Film einfach nur nicht interessiert«, wandte Esther ein und angelte einen Maisflip aus dem Tütchen. Für Ricko Partei zu ergreifen fühlte sich zwar eigenartig an, aber es überraschte sie kein bisschen, dass ein Mann mit fünfundzwanzig bei der Aussicht, sich eine romantische Komödie anzusehen, nicht gerade Luftsprünge machte vor Begeisterung.

»Blödsinn«, sagte Laura entschieden. »Kapierst du es echt nicht? Wir sind wegen eines Drew-Barrymore-Films überhaupt erst zusammengekommen. Wir haben immer unsere Witze über sie gemacht – dass sie uns quasi verkuppelt hätte. Es war einfach so, als würde er auf alles scheißen, was uns je verbunden hat.«

»Schöne Formulierung.«

»Danke«, sagte Laura und schmunzelte. »Ich hab dagegengehalten, dass sie wohl kaum ihre beste Zeit hinter sich haben kann, wenn sie gerade wieder in einem Hollywoodfilm die Hauptrolle spielt. Und was sagt er? ›Mit ein bisschen Glück wird sie in den ersten zehn Minuten abgemurkst wie in *Scream* – wenn du mir versprichst, dass das passiert, bin ich dabei.‹«

»Eine echte Kampfansage.« Sie hatte längst wieder Partei für Laura ergriffen. »So kann man doch nicht über Drew sprechen.«

»Genau! Aber er meinte nur, dass jeder in seinem Leben einen Zenit hätte und dass manche Menschen diesen

Zenit eben ein bisschen früher überschreiten würden als andere. Damit müsste man eben klarkommen und sich damit arrangieren.«

»Das hat er gesagt?«, hakte Esther nach und fragte sich, wann ihr Zenit bevorstand. Hoffentlich hatte sie ihn nicht längst überschritten, ohne es zu bemerken.

»Er meinte, wie peinlich für Drew Barrymore, dass sie immer noch versuchen würde, eine Schauspielkarriere hinzulegen – sie sollte einfach in Würde aufhören und akzeptieren, dass niemand sie mehr sehen will.«

»*Wir* wollen sie aber sehen«, empörte sich Esther.

Laura schüttete sich ein paar Maisflips auf die Hand und kaute nachdenklich auf einem herum. »Die Sache ist doch die, Est … In diesem Augenblick hab ich verstanden, dass er gar nicht über Drew Barrymore sprach. Er sprach von mir. Er wollte mir damit sagen, dass ich meine beste Zeit gehabt hatte und dass es von nun an mit mir bergab gehen würde. Mit einem Sozialhilfefreund und der Mutter im eigenen Elternhaus festzusitzen … Ich schwöre, es war wie eine Art Erleuchtung. Ich dachte einfach nur noch: Scheiße, Ricko, das hier ist immer noch meilenweit von meinem Zenit entfernt – und wag es ja nicht, das Gegenteil zu behaupten!«

»Recht so!« Esther nahm ihre Bierflasche in die Hand, um Laura damit zuzuprosten, und Laura knallte ihre so heftig dagegen, dass sie beinahe zu Bruch gegangen wäre.

»Und weißt du was, natürlich hätte Drew Barrymore ganz einfach aufgeben können.« Laura breitete die Arme aus, als spräche sie zu einem riesigen Publikum statt mit einer Freundin, die sie vor Urzeiten aus den Augen verloren hatte. »Sie hätte nicht in die Entzugsklinik gehen müssen, sie hätte mit dem ganzen Wahnsinn einfach weitermachen können. Oder sie hätte – ich weiß auch nicht – einfach weiter den früheren Kinderstar spielen können. Oder weiter beschissene Softpornos wie *Poison Ivy* drehen. Aber sie hat nicht aufgegeben, oder etwa doch?«

»Nein, hat sie nicht«, stimmte Esther ihr zu. »Oh nein.«

Fast hatte sie das Gefühl, in einem dieser amerikanischen Gospelchöre zu stehen, hinter einem Priester in einem violetten Talar, und spirituell erbauliche Parolen auszurufen, um die Wahrhaftigkeit der Heiligen Schrift zu unterstreichen. *Oh ja, Sister, du hast recht, das gelobe ich!*

»Sie hat einfach weitergemacht und sich gedacht: *Ich bin Gertie.* Ricko hat mich wohl für ziemlich abgewrackt gehalten – aber das lass ich mir nicht bieten. Ich bin verdammt noch mal Drew Barrymore, Esther. Mir steht noch Größeres bevor.«

Esther konnte sich noch gut daran erinnern, wie die erschöpfte, trauernde Laura nach Edwards Beerdigung in ihrem Kinderzimmer behauptet hatte, sie bräuchte zum Glück nichts weiter als »das hier«. Dagegen war sie im Augenblick regelrecht mitreißend und inspirierend. Esther hätte ihr am liebsten Respekt gezollt, indem sie wie die Schüler aus dem *Club der toten Dichter* auf den Kneipentisch stieg.

»Ja, du bist verdammt noch mal Drew Barrymore!« Sie lachte. »Und wie!«

»Von diesem heutigen Tag an«, verkündete Laura, schob ihren Stuhl zurück und drehte entschlossen ihr Gesicht ins gelbe Kneipenlicht, »will ich dem Evangelium nach Drew Barrymore folgen. Und ihre frohe Botschaft wird mich zu meinem persönlichen Zenit führen.«

»Mich hast du bekehrt«, warf Esther ein. »Ich könnte selbst mal wieder einen kleinen Zenit brauchen. Wo muss ich unterschreiben?«

Laura grinste sie breit an, und die letzten zwei Jahre fielen regelrecht von ihnen ab. Da war sie wieder, ihre alte Freundin. Sie war nie ganz weg gewesen. Ricko hatte sich bloß für eine Weile zwischen sie geschoben wie eine Nebelwand. Laura hatte sich kein bisschen verändert – sie war die ganze Zeit da gewesen.

»Du stehst doch schon längst auf der Liste, Est«, sagte sie und griff über den Tisch hinweg nach ihrer Hand. »Ein Evangelium ohne dich gibt es doch gar nicht. Könnte es gar nicht geben.«

Esther war drauf und dran, mit »Amen« zu antworten. Und machte es dann auch.

13

Oktober 2013

Als wir das Café verlassen, um zu Lauras Wohnung zu gehen, spaziert Stanley mit mir eine mit Bäumen gesäumte Nebenstraße entlang. Er glaubt, indem wir diesem altmodischen europäischen Brauch nachgehen, fühle ich mich mehr wie zu Hause. Auf meine Frage, was er denn damit meint, antwortet er, Lauras Kollegen hätten sich immer darüber amüsiert, dass sie darauf bestand, überallhin zu Fuß zu gehen. Sie hatte sich sogar absichtlich dieses Viertel ausgesucht, das am weitesten vom Weingut entfernt lag, weil es hier jede Menge Läden und Lokale gab, sodass sie nirgends mit dem Auto hinfahren musste.

»Das hat mir irgendwie gefallen«, sagt er, und aus seinen Worten spricht Bewunderung für Lauras Freigeistigkeit und Weigerung, mit anderen konform zu gehen. »Es ist so typisch britisch.«

Ich sage lieber nicht, dass Laura drei ziemlich teure Anläufe gebraucht hat, um die Führerscheinprüfung zu bestehen, oder dass ihr der Ruf vorauseilte, wildfremden Leuten ihren Autoschlüssel in die Hand zu drücken und sie um Hilfe anzuflehen, sobald sie irgendwo rückwärts einparken musste. Was ihr an Amerika mit am meisten gefalle, erzählte sie mir, nachdem sie frisch hierher gezogen war, seien die breiten Straßen und dass es hier so viele Parkplätze gebe. So falle es nicht so schnell auf, was für eine miserable Autofahrerin sie sei. Trotzdem muss sie, wohin auch immer es sie verschlagen hat, dorthin *gefahren* sein, denn auch ihr Auto ist verschwunden, hat Stanley berichtet.

Ich kann verstehen, warum diese Umgebung es Laura angetan hat. Die Straße ist von altmodischen, holzverkleideten, zwei- bis dreistöckigen Häusern gesäumt. Weiße Gartenzäune, amerikanische Flaggen, genau wie im Kino. Holztreppen führen zu Veranden hinauf, auf denen pünktlich zu Halloween ausgehöhlte Kürbisse die Zähne blecken. Kinderzeichnungen hängen in den Fenstern. Ein alter Mann, der mit gekrümmtem Rücken in seinem Garten Laub harkt, blickt auf, nickt uns zum Gruß zu und stützt dann zufrieden das Kinn auf den Rechen, um uns nachzusehen.

Die Gegend wirkt gemütlich – sogar freundlich. Keine Spur der aufdringlichen Großstadthektik jener amerikanischen Städte, die ich zuvor besucht habe und die von Freeways und Hochstraßen dominiert werden. Stattdessen herrscht hier viel mehr Ruhe und Gemächlichkeit. Dies hier ist ein Ort, an dem sogar ein Fremder aus einem anderen Land sich niederlassen und zu Hause fühlen kann. Je näher wir allerdings Lauras Wohnung kommen und je niedlicher die Nachbarschaft, desto unwohler fühle ich mich. Stanley sagt ebenfalls kein Wort mehr, dirigiert mich nur noch vorwärts – hier rechts, noch mal rechts, dort vorne um die Ecke –, bis wir schließlich da sind.

Das Haus, in dem Laura wohnt, sieht aus wie alle anderen an dieser Straße: weiß gestrichen, mit einem kleinen rechteckigen Vorgarten. Ihres ist möglicherweise ein kleines bisschen ungepflegter als die anderen, wie es bei Mietshäusern so oft der Fall ist. Farbe blättert von den Fensterrahmen, und die Hollywoodschaukel auf der Veranda hängt in einem gefährlichen Winkel im Gestell. Allerdings ist dieses Haus bei Weitem nicht das schäbigste in diesem Block. Man denkt beim ersten Blick nicht unwillkürlich, dass hinter diesen Türen ein schreckliches Geheimnis lauern muss. Es sieht einfach nur normal aus, und genau diese Normalität fühlt sich ernüchternd an. Ich dachte – und erst jetzt wird mir klar, welcher Illusion ich aufgesessen bin –, dass allein der Anblick von Lauras Zuhause ein entscheidender Hinweis sein könnte. Als handle es sich um das Spukhaus aus irgendeinem Film – man weiß allein vom Hinsehen, dass irgendetwas darin vor sich geht.

Vor einer Wohnungstür im Erdgeschoss schaukelt ein Traumfänger leicht in der Brise, doch Stanley läuft kurzerhand die Treppe zur Veranda und zum ersten Stock hinauf. Er schiebt die Tür auf, und als er in die Hocke geht, um die Werbung aufzuklauben, die sich auf der Fußmatte angesammelt hat, trete ich an ihm vorbei in Lauras Wohnung.

Ich habe keinen Schimmer, wonach ich suchen soll. Es fühlt sich komisch an, als wäre ich in eine Rolle geschlüpft und müsste jetzt die Detektivin spielen. Als wir jünger waren, haben Laura und ich immer Cagney und

Lacey gespielt und liehen uns die Handtaschen unserer Mütter aus, damit sie uns von den Schultern baumeln konnten, während wir selbstbewusst durchs Kinderzimmer marschierten und Verbrechen aufklärten. Die arme Sophie musste dann immer den schmierigen Ganoven aus Manhattan oder den ewig leidenden Ehemann Harv mimen. *Ich kann aber nicht Lacey sein, Laura, wenn du nicht Cagney bist,* schießt es mir durch den Kopf. *Ich weiß einfach nicht, wie ich das hier ohne dich machen soll.*

Ein dunkler Flur führt ins Wohnzimmer, das zur Vorderfront hinausgeht. Durch das riesige Fenster kann man die Straße überblicken. Das Zimmer ist in einem blassen Pilzbraun gestrichen, und an der rückwärtigen Wand hängen zwei gerahmte Bilder: eins von irgendeinem Gebirge, das andere von einem Wald. Derlei Bilder hängt nur ein Geizkragen von einem Vermieter auf, damit die Wohnung zumindest halbwegs heimelig wirkt, aber in Wirklichkeit haben sie den gegenteiligen Effekt. Mich zumindest erinnern sie unweigerlich an Kunstdrucke in irgendwelchen Wartezimmern. In Wohnräumen wirken sie völlig fehl am Platz, und ich werde das Gefühl nicht los, dass gleich irgendeine Geheimtür aufgeht und mich jemand zu einem Termin hereinruft – oder mir eine schlechte Nachricht überbringt. Zum Glück hat Laura ihre Wände nicht mit Filmplakaten und Postern ihrer Lieblingsbands zugepflastert – wir sind immerhin keine fünfzehn mehr. Aber ich bin doch überrascht, wie wenig von ihr zu sehen ist. Sie wohnt hier schon seit Jahren, und doch sieht es so aus, als wäre sie gerade erst eingezogen.

Stanley tritt hinter mir ein. Er sichtet die Post, während er direkt die kleine Küchenecke ansteuert. Er legt

Post und Schlüssel auf die Arbeitsinsel, die die Einbauküche vom Rest des Raums trennt, und macht dann eine Schranktür nach der anderen auf, als würde er etwas Bestimmtes suchen.

»Alles in Ordnung?«, frage ich.

Er sieht mich an, als hätte er gar nicht mit mir gerechnet. »Sicher ... Dachte nur, ich mach uns Tee. Ich weiß doch, dass ihr Britinnen Tee mögt. Schau dich in aller Ruhe um.«

Die Küche besteht aus nicht mehr als zwei Reihen heller Holzschränke, und auf der Arbeitsplatte stehen ein Mikrowellenofen und ein Wasserkocher. Nichts weiter, nicht einmal ein Toaster. Meine Gedanken wandern zu meiner eigenen Küchenablage daheim, zu der Edelstahl-Kaffeemaschine neben dem Sterilisator für die Fläschchen und der Saftpresse, die wir nie benutzen und die langsam, aber sicher Staub ansetzt. Aus unseren Haushaltsgeräten lässt sich der eine oder andere Schluss ziehen, und ich nehme an, das ist auch Sinn der Sache; sie sind quasi die Popstarposter der Erwachsenen. Die Gaggia und die Dualit wurden entwickelt, damit man gewisse Annahmen über uns treffen kann – Mittelschicht, wohlhabend, selbstzufrieden. Da weiß man, dass einen im Küchenschrank Biolebensmittel und teures Olivenöl erwarten. Lauras Küche ist das komplette Gegenteil. In ihrer Anonymität wirkt sie beinahe feindselig.

»Was dagegen, wenn ich dort einen kurzen Blick reinwerfe?«, frage ich.

Stanley tritt folgsam zur Seite, sodass ich den Kühlschrank aufmachen kann. Er ist makellos. Ganz hinten stehen ein paar Gläser, verschiedene Senf- und Marmeladensorten, aber davon abgesehen ist er leer. Die Oberschränke enthalten ein paar Packungen mit Nudeln, Reis, Dosentomaten und einige Baked-Beans-Dosen von Heinz sowie Bird's-Puddingpulver, die eher einer Kunstinstallation denn Vorräten gleichen – als stünden sie dort nur der sentimentalen Bestärkung halber und nicht zur Nahrungsaufnahme. Ich stelle mir vor, wie Laura die Schranktür aufzieht, wenn sie Heimweh verspürt, und diese Vorstellung macht mich traurig.

Stanley fängt meinen Blick auf, als ich die Schranktür wieder zuschiebe. »Sie war oft auswärts essen. Schätze ich.«

»Schätze ich«, wiederhole ich unwillentlich seine Worte, und aus meinem Mund fühlen sie sich fremd an, als wolle ich jemanden nachmachen, der ich gar nicht bin.

Ich lasse ihn in der Küche stehen und gehe zurück ins Wohnzimmer, sprich: Ich mache einen Schritt vom Fliesen- auf den Teppichboden, und schon bin ich da.

Das Merkwürdigste an Lauras Wohnung ist, dass sie so sauber ist. Nichts steht herum, und es riecht streng nach Putzmittel, fast wie in einem Hallenbad. Schlagartig wird mir klar, dass ich zum allerersten Mal eine Wohnung von Laura besuche, in der sie ganz alleine lebt. Bislang kannte ich nur die Häuser, die sie sich mit anderen teilte, mit Männern hauptsächlich – wo Sportsocken zum Trocknen über den Heizkörpern hingen und verkrustete Kochtöpfe im Spülbecken Schimmel ansetzten. Lauras Zimmer konnte man immer an den Lichterketten erkennen, die sie in dem Versuch aufhängte, dem ganzen Testosteron ein wenig Weiblichkeit entgegenzusetzen.

Der wahre Grund war allerdings vermutlich, dass normale Glühbirnen die Häufchen aus Unterhosen am Boden und die leeren Teller überall erbarmungsloser ausgeleuchtet hätten. Aber das alles ist schon lange her.

Hier liegen gestreifte Kissen auf dem Sofa, zwei an jedem Ende, und die Streifen sind samt und sonders horizontal ausgerichtet. Auf dem gläsernen Couchtisch liegt ein Fächer aus Zeitschriften, was die Wartezimmeratmosphäre noch verstärkt: zwei Ausgaben des *Decanter* aus England und eine *People* mit Catherine Zeta-Jones auf der Titelseite. Laura hat Promiklatsch immer geliebt – als sie in Frankreich lebte, kaufte sie sich Woche für Woche die *Voici,* obwohl sie keinen einzigen französischen Fernsehstar kannte –, aber als ich die *People* in die Hand nehme, entdecke ich, dass sie schon mehrere Wochen alt ist. Keine Ahnung, ob das bedeutsam ist. Es könnte darauf hinweisen, dass sie schon länger verschwunden ist, als wir annehmen, oder aber dass sie sich Klatschzeitschriften mittlerweile nicht mehr ganz so regelmäßig kauft.

Menschen verändern sich. Vielleicht hat das Alleinewohnen Laura häuslicher und ordentlicher gemacht. Oder aber sie hat irgendeine Zwangsstörung entwickelt und ist nicht mehr in der Lage, das Haus zu verlassen, sofern die Sofakissen nicht ganz präzise ausgerichtet sind. Ich weiß es nicht. Was erwarte ich eigentlich, über Lauras Aufenthaltsort zu erfahren, wo doch jeder Augenblick mich mehr daran gemahnt, dass ich in Wahrheit ziemlich wenig von ihr weiß?

Ein Tisch und Stühle stehen unter dem Fenster, um das einfallende Licht bestmöglich zu nutzen. Der Tisch ist bis vor das Fensterbrett gerückt, sodass nur drei Leute daran Platz finden. Ich male mir aus, wie Laura vor der Arbeit hier gesessen hat – hat sie in Richtung Straße dagesessen? Oder auf dem Stuhl daneben? Hat sie morgens allein gefrühstückt? Oder war noch jemand anderes da, der ihr Kaffee eingeschenkt und mit ihr Müsli gegessen hat? Sie hat schon eine Weile niemanden mehr erwähnt, aber das muss nichts heißen. Wenn Laura sich selbst als Single bezeichnet, bedeutet das lediglich, dass der Mann, mit dem sie aktuell ihr Bett teilt, den Titel »Partner« nicht verdient. Sie ist selten lange solo. Stanley meinte, sie sei zurückhaltend gewesen, was ihr Privatleben anging – vielleicht ist sie ja noch viel zurückhaltender, als ich angenommen habe.

Auf dem Weg zurück zum Flur fahre ich über die Tischplatte und spüre das raue Holz unter den Fingerspitzen, als stünde dort etwas in Brailleschrift geschrieben. Was dieser Tisch mir wohl erzählen würde, wenn er sprechen könnte?

Was, wenn es jemand Neuen, jemand Besonderen gibt? Jemanden, der mehr ist als bloß eine ihrer üblichen Liebschaften? Über Affären zu reden fällt Laura nicht besonders schwer, und so weiß ich dann auch immer, dass es nichts Ernstes sein kann: Ohne dass ich nachfragen muss, verrät sie mir sämtliche Details. Allerdings sähe es ihr ähnlich, nichts zu sagen, wenn sie sich mit einem Mann eingelassen hätte, der ihr tatsächlich etwas bedeutete. Ich muss wieder daran denken, wie sie sich bei Ricko verhalten hat, wie sie auch damals – bloß auf andere Art und Weise – von der Bildfläche verschwand. Er hatte sie nicht einmal von ihren Freunden wegsperren müssen – das tat sie schon von ganz alleine. Aber so fern von ihrer Familie und ihren alten Freunden ist Laura verletzlich, auch wenn sie es nicht so empfindet. Denn wer sollte hier die alten Hinweise deuten und sie davor warnen, sich wieder in irgendeine Sache hineinziehen zu lassen, aus der sie möglicherweise nur schwer wieder herauskommt?

Ich höre, wie Stanley hinter mir in der Küche herumkramt. Das leise Klirren von Porzellan, dann das Brodeln des Wasserkochers.

»Schau dich nur um«, sagt er, als er sieht, wie ich mich zu ihm umdrehe, und scheucht mich mit einer Geste aus dem Zimmer. »Ich mache in der Zwischenzeit den Tee fertig. Die Wohnung ist ja nicht besonders groß, du wirst nicht lange brauchen.«

An der Schwelle zögere ich trotzdem. Es fühlt sich einfach nicht richtig an, bei Freunden herumzuschnüffeln, wenn sie nicht da sind. Es ist, als würde ich in einem Tagebuch stöbern oder jemandes SMS lesen. Das Wohnzimmer und die Küchenecke sind Bereiche, die jeder unangemeldete Besuch zu Gesicht bekommt, aber der Rest der Wohnung ist ein anderes Paar Schuhe. Ich denke darüber nach, was ich empfinden würde, wenn ich einen Freund dabei ertappte, wie er ohne ausdrückliche Erlaubnis meine persönlichen Habseligkeiten durchstöbert, und ich werde das Gefühl nicht los, dass Laura plötzlich auftauchen könnte, dass sie den Schlüssel ins Schloss stecken und dann entsetzt ihre beste Freundin anstarren würde, die Tausende Meilen weit entfernt sein sollte, stattdessen aber den Inhalt ihres Badezimmermülleimers durchwühlt.

Apropos Badezimmer. Ein guter Ausgangspunkt, nehme ich an. Hat nicht irgendjemand mal gesagt, dass es für den Kammerdiener keinen Helden gibt? Und ebenso wahr ist, dass eine Frau keine Geheimnisse mehr hat, wenn man den Inhalt ihres Badezimmerschränkchens kennt. Damals, als wir frisch verheiratet waren und große Partys feierten, räumte ich immer peinlichst genau das Badezimmer auf, bevor die Gäste kamen. Enthaarungscreme, Warzentinktur, Nasenhaarschneider (von meinem Mann, sollte ich wohl sicherheitshalber anmerken) – all das wanderte vorübergehend in eine Kiste unterm Bett, sodass kein neugieriger Gast unter dem Waschbecken mehr als ein paar teure Gesichtscremes und Körperpeelings aus dem Bioladen entdecken konnte – Indizien für ein Leben in heiterer Perfektion, in dem nichts der Heilung oder der Entfernung bedurfte, sondern alles nur sanft aufpoliert wurde. Seit Linus' Geburt ist mir so etwas natürlich vollkommen egal. Wenn man sich erst einmal in einem Raum mit lauter Fremden, die einem auf die unteren Körperregionen starren, wie eine Kuh die Seele aus dem Leib gebrüllt hat, verschiebt sich der eigene Sittlichkeitsmaßstab um ein paar Grade. Ich habe meine Brustdrüsenentzündung mittlerweile mit so vielen Leuten besprochen, dass ich nicht mehr mit der Wimper zucke, wenn irgendjemand die Nippelsalbe mitten auf dem Küchentisch entdeckt.

Lauras Bad ist so klinisch rein wie das eines Hotelzimmers (was leider ausgerechnet nicht für mein schäbiges Motel am anderen Ende der Stadt gilt). Am Waschbeckenrand steht rein gar nichts, nicht einmal eine Zahnbürste. Und ich muss auch nicht befürchten, dass

Laura mich auf frischer Tat ertappt, während ich ihren Mülleimer durchwühle: Nicht mal ein Wattebausch liegt darin, als ich den Deckel hochklappe. Das Badezimmerschränkchen sieht genauso aus wie meins vor einer Party – als wäre fest damit gerechnet worden, dass jemand es aufmacht, und als hätte man penibel sicherstellen wollen, dass nichts preisgegeben würde.

Ich stoße auf eine Flasche mit einer grellpinken Flüssigkeit namens Pepto-Bismol, die gegen Beschwerden des Magen-Darm-Trakts helfen soll. Nicht dass Laura je über Sodbrennen oder dergleichen geklagt hätte. Schmerztabletten, eine Tube Jojoba-Handcreme, die genauso aussieht wie die Art von Geschenk, die Frauen in unserem Alter von Leuten bekommen, die uns nicht gut kennen – nichts, was Laura sich selbst kaufen würde. Und siehe da: Als ich die Tube in die Hand nehme, ist sie noch ungeöffnet. Ein Päckchen Wattestäbchen, ein paar Vorratsrollen Klopapier, eine Flasche Badreiniger. Das ist alles.

Interessanter ist, was ich *nicht* vorfinde: einen Kulturbeutel beispielsweise, gerade bei jemandem, der ständig unterwegs ist. Nirgends eine Zahnbürste oder Zahnpasta, Rasierer, Gesichts- oder Sonnencreme. Laura hat mir erzählt, dass sie hier in Kalifornien sklavisch Sonnencreme aufträgt, seit sie mit Schrecken in die wettergegerbten Gesichter der Erntehelfer auf dem Weingut geblickt hat. Nichts von alledem, was Frauen tagtäglich verwenden, liegt hier rum. Dieses Bad gehört jemandem, der alles mitnimmt, wenn er wohin auch immer verschwindet.

Ich habe Margies Stimme regelrecht im Ohr: *Was, wenn jemand dich genau das glauben machen will? Was, wenn sie Lauras Sachen eingepackt haben, damit du denkst, sie wäre vorsätzlich verschwunden?*

Am schlimmsten bei dieser ganzen Suche nach Laura ist, dass ich nicht weiß, wie ernst ich alles nehmen soll. Einerseits amüsiert mich der Gedanke, dass ich gerade gleichzeitig sowohl Cagney als auch Lacey spiele; doch im nächsten Moment verwandele ich mich in Margie und zerbreche mir den Kopf über die Logistik hinter einem Leichentransport nach England. Und ich sehe Laura vor mir, die auf dem Badewannenrand sitzt, mich unter ihrem stumpfen Pony hervor ansieht und kreischt vor Lachen, weil ich sie allen Ernstes anhand einer Flasche Pepto-Bismol und einer nicht vorhandenen Zahnbürste ausfindig machen will.

Je länger ich mich allerdings umsehe, umso sicherer bin ich mir, dass Laura verschwunden ist, weil sie es wollte. Diese Wohnung ist kein Geisterschiff, das überstürzt verlassen wurde, mit einer halb fertig gegessenen Mahlzeit auf dem Tisch oder einem aufgeschlagenen Tagebuch, das an der entscheidenden Stelle abbricht (*Liebes Tagebuch, Moment mal, was war das denn gerade für ein gruseliges Geräusch draußen? Ich gehe mal nachsehen*). Hier wurde niemand unter Protest rausgeschleift. Niemand hat mit den Fingernägeln einen Hilferuf in die Wand geritzt. Jemand hat den Müll runtergebracht, den Kühlschrank leer geräumt, den Boden gewischt und den Kulturbeutel gepackt. Jemand hat geplant, von hier fortzugehen. Und wer außer Laura sollte dieser Jemand gewesen sein?

Allerdings liegt mir doch schwer im Magen, dass ich mir aus irgendeinem verqueren Grund tatsächlich lieber ausgemalt habe, dass sie aus einem mysteriösen Grund verschwunden wäre – wegen eines geheimen Liebhabers, eines maskierten Fremden –, statt mich für das wahrscheinlichste Szenario zu entscheiden: dass sie ihr Leben und die Menschen darin einfach ohne jede Erklärung hinter sich gelassen hat. Empfindet Margie womöglich genauso? Stellt sie sich lieber vor, dass Laura entführt und eingekerkert worden sein könnte, statt anzuerkennen, dass wir für sie schlicht und ergreifend keine Rolle mehr spielen?

Meine erfolglose Durchsuchung endet in ihrem Schlafzimmer, das von einem hohen Doppelbett mit einer Reihe Kissen dominiert wird. Auf dem Bett liegt dieselbe Tagesdecke, die ich noch aus Lauras Kinderzimmer kenne: eine Kinderdecke, eigentlich zu schmal, und sie liegt einmal längs zusammengefaltet über dem Fußende, sodass man das blasse Seidenfutter auf der Rückseite sehen kann. Ich setze mich auf die Bettkante und streiche mit der Hand über den dünnen Stoff. An den Ecken ist er bereits fadenscheinig. Unter dieser Decke habe ich als kleines Mädchen Hunderte Male geschlafen, bis Laura und ich irgendwann zu groß waren, um uns ihr Kinderbett zu teilen, und ich auf eine Campingliege auf den Boden umgezogen bin. Sie muss die Decke mit hierher gebracht haben, oder vielleicht hat Margie sie ihr auch als Souvenir von daheim nachgeschickt. Die Decke ist jedenfalls das Allererste, was mir hier begegnet und den Schluss zulässt, dass Laura vor ihrer Ankunft hier in Kalifornien ein Leben hatte.

Der Rest der Wohnung ist so frei von Hinweisen auf eine Vergangenheit, dass ich fast den Verdacht habe, sie wollte nicht mehr an die Orte erinnert werden, die sie zurückgelassen hat. Schon eigenartig: Ich habe Laura bislang nie als eine Person betrachtet, die vor bestimmten Dingen davonrennt. Für mich war sie immer diejenige, die auf sonnige Zeiten zurannte: auf einen aufregenden neuen Job, neue Grenzen, ein neues Album mit beneidenswerten Fotos, die auf Facebook alle toll fanden. Wenn ich mir jetzt allerdings dieses Apartment ansehe, quasi ihren jüngsten Neustart, beginne ich zu ahnen, dass dies ein Ort ist, den man leicht wieder verlassen kann. Es fiele einem sicherlich nicht schwer, wenn man sich hier zuvor nicht wirklich häuslich eingerichtet hätte – oder auch sonst an keinem Ort.

Das Schlafzimmer hält nicht allzu viele weitere Geheimnisse bereit – abgesehen davon, dass nirgends ein Koffer zu sehen ist. Ihr roter Rollkoffer stand oft genug in meinem Flur, dass ich ihn wiedererkannt hätte, aber er ist nirgends zu finden. Ich sehe sogar unter dem Bett nach, wo es genauso sauber ist wie in der restlichen Wohnung. In einem Einbauschrank hängen ordentlich aufgereiht Klamotten, darunter stehen die Schuhe in Reih und Glied. Ich kenne Lauras Garderobe nicht gut genug, um sagen zu können, was fehlt, aber dass überhaupt Klamotten dageblieben sind, gibt mir ein wenig Hoffnung. Wenn sie nicht hätte wiederkommen wollen, hätte sie wahrscheinlich alles mitgenommen.

Ich will das Schlafzimmer schon wieder verlassen, als ich aus einem spontanen Impuls heraus einen Blick hinter die Zimmertür werfe, die von allein bis zur Wand aufgeschwungen ist. Ich mache vor Schreck fast einen Sprung zurück, als ich die Gestalt dahinter sehe. Dann entpuppt sich die Gestalt als meine eigene Reflexion in einem hohen Spiegel, den ich zuvor nur nicht bemerkt habe. Der Spiegel selbst ist nicht groß von Interesse, er ist ein ebenso billiges Wegwerfteil wie all die anderen Möbel in der Wohnung – aber rundherum stecken und kleben Fotos am Rahmen, so viele, dass ich es nicht überblicken kann. Mindestens fünfzig.

Als ich näher trete, erkenne ich darunter – und ich bin gerührt – diverse Bilder von Linus: Ausdrucke von E-Mail-Anhängen, die ich ihr geschickt habe. Ich strecke die Hand aus und streiche leicht über die kühle ausgedruckte Wange meines neugeborenen Sohnes in einer hellen Krankenhauswiege. Auch ein Foto von Margie hängt dort: Sie sieht von der Kamera weg, und ihr graues Haar steckt unter einem breiten Stoffband, fast wie im Porträt der Mutter des Künstlers von Whistler. Und es gibt Fotos von mir: mit Laura, in den späten Achtzigern in einem Passbildautomaten. Mit eingezogenen Wangen schmollen wir in Richtung Linse. Ich sehe aus wie das Schulmädchen, das ich nun mal war – rundes Gesicht, unauffällig –, während Laura aussieht wie ein Supermodel, das sich die Schuluniform angezogen hat, um sich einen Tag lang unters gemeine Volk zu mischen.

Und natürlich hängt dort auch ein Foto von Edward. Ganz oben, als würde er über sie wachen. Es ist ihr Lieblingsbild von ihm – das hier muss allerdings ein Abzug sein, weil ich genau weiß, dass das Original daheim in England in einem Silberrahmen auf Margies Klavier steht. Er trägt die Uniform des Lieutenant Commander, dürfte also gut vierzig gewesen sein, als das Foto aufgenommen wurde. Er sieht blendend aus und lächelt in die

Kamera. Unvorstellbar, dass er nur wenige Jahre später tot sein sollte.

Die Bilder stecken alle um die obere Hälfte des Spiegels, als wäre er eine Art Totempfahl mit ihrem Vater an der Spitze und uns anderen, die in absteigender Relevanz darunter angebracht wurden. Sofern es einen neuen Mann in ihrem Leben gibt, hat er seinen Platz am Fotospiegel noch nicht erobert, weil ich die meisten Gesichter aus Facebook wiedererkenne: diverse Copraktikanten aus Lauras erster Napa-Saison, dieser Australier, den sie kurz am Start hatte, wie immer der hieß ... Trent, glaube ich. Laura mit anderen Frauen in einer Bar, sie hält eine Flasche Wein in die Kamera und zeigt auf das Etikett, das zu unscharf ist, um es entziffern zu können – bestimmt ein Wein, den sie selbst gekeltert haben. Laura und Stanley, die konzentriert auf ein verwirrendes Arrangement aus Reagenzgläsern und Flaschen starren. Stanley in einem Restaurant, der unter Protest, aber lachend mit der Hand die Kamera abwehrt. Und wieder Laura und Stanley, beide in kurzen Hosen und schweren Wanderstiefeln auf einem Bergrücken, und um sie herum Weinstöcke, die sich Reihe um Reihe in die Ferne erstrecken. Sie schirmt sich mit der Hand die Augen ab und lächelt den Fotografen an. Stanley hat ihr den Arm um die Taille gelegt.

Laura und Stanley. Wie erstarrt stehe ich vor all den Fotos, und mir bleibt kurz die Luft weg.

Ich hab nie gefragt, warum er einen Schlüssel zur Wohnung seiner Angestellten hat. Ich hab mich nicht darüber gewundert, wie er so genau wissen konnte, wo in Lauras Küche der Tee oder die Becher stehen. Er hat die Schranktüren und Schubladen mit einer Selbstverständlichkeit aufgezogen, die nur ein häufiger Gast an den Tag legt. Ich habe mich auch nicht gefragt, warum Laura ihre Fotos dort verstecken sollte, wo niemand sie sehen kann – außer innerhalb des Schlafzimmers, bei geschlossener Tür. Es sei denn, sie hätte jemanden dort hineingebeten. Ich habe nicht nachgehakt, als Stanley erwähnte, Laura sei daran gewöhnt, dass Leute über sie reden. Natürlich würden sie über sie reden – wenn sie mit dem Chef ins Bett stieg. Wieder mal.

Laura und Stanley. Was bin ich doch für eine Spitzendetektivin.

Ungeküsst, September 1999[6]

JOSIE GELLER: Das gewisse Etwas, dieser Moment, wenn du jemanden küsst und alles um dich herum auf einmal ganz unscharf wird. Und das Einzige, was scharf ist, bist du und diese Person, und dir wird klar, dass diese Person die einzige Person ist, die du für den Rest deines Lebens küssen solltest. Und für einen Moment bekommst du dieses unglaubliche Geschenk. Du willst lachen, und du willst weinen. Du bist so glücklich, dass du es gefunden hast, und du hast solche Angst davor, dass es dir gleich wieder weggenommen wird.

14

Esther hatte ganz einfach gewusst, dass zwischen David Carrell und Fiona von Penguin irgendetwas lief. Sie hatte die knospende Romanze kommen sehen, noch ehe sie für die Beteiligten spürbar war – wie diese Hunde, über die sie einen Artikel gelesen hatte: die einen bösartigen Tumor erschnüffeln konnten, bevor er auf dem Röntgenbild sichtbar wurde. Fiona und David waren inzwischen offiziell seit sechs Monaten ein Paar, und wenn Esther nur noch ein einziges Mal eine dieser ekelhaften Geschichten hören müsste, die David von ihren Wochenenden in Jolyons Ferienhaus in den Cotswolds erzählte, von den gemeinsamen Abendessen im *River Café* oder davon, wie niedlich Fi (Fi!) nieste – wie ein kleines Mäuschen! –, würde sie ihn mit der typischen blickdichten schwarzen Strumpfhose einer PR-Frau strangulieren müssen. Wenn Al immer noch hier wäre, hätte er mit Freude mitgemacht, da war sie sich sicher. Die beiden hätten sich ein überaus befriedigendes Tauziehen liefern können.

Eigentlich hätte Esther froh sein müssen, dass Al endlich gegangen war. Er und seine Hörnchen hatten sich »neuen Herausforderungen gestellt«, was der allseits bekannte Euphemismus für »gefeuert« war, auch wenn ihm auf der Abschiedskarte der Form halber alle viel Glück gewünscht hatten. An seinem Schreibtisch saß inzwischen David. Er hatte Als Job übernommen, als Esthers Chef.

An diesem Morgen kam er ins Büro und schüttelte sich wie ein nasser Hund den Regen aus den Haaren. Er warf die Jacke über die Rückenlehne seines Schreibtischstuhls und den Regenschirm unter den Tisch neben einen Haufen aus normalen Schuhen, Fußballschuhen und einer Fitnessstudio-Tasche, die kaum je das Büro verließ. Für Esther kam es einem Mysterium gleich, wie David nach wie vor den Eindruck erwecken konnte, seinen sportlichen Aktivitäten nachzugehen, obwohl ein Taxi ranzuwinken, das ihn zu einer Mittagessensverabredung bringen sollte, unter Garantie das Anstrengendste war, was er sich derzeit vorstellen konnte.

»Na, alles in Butter, Esther?«, fragte er mit dem aufgesetzten Cockney-Akzent, den er seit einer Weile ausprobierte, auch wenn seine Ausbildung durch einen Treuhandfonds statt mit staatlicher Beihilfe finanziert worden war.

Jede Andeutung ihrer früheren Flirts war verflogen und seiner neuen resoluten Kumpelhaftigkeit zum Opfer gefallen. Bei jedem scherzhaften »Alles in Butter«, jedem freundschaftlichen Klaps auf die Schulter hätte Esther heulen können angesichts der verpassten Gelegenheit. Natürlich hätte sie nicht sicher sagen können, ob an Fionas Stelle heute sie selbst mit David liiert wäre, wenn sie damals zur Penguin-Party mitgegangen wäre. Aber wenn es damals wirklich keinen Hauch von Flirt zwischen ihnen gegeben hätte, wenn sie sich all das bloß eingebildet hätte, dann wäre er heute doch nicht derart bemüht darum, auch nur die geringste Andeutung von sich zu weisen. Das wusste sie genau.

Und es war auch nicht allein die Tatsache, dass er jetzt eine Freundin hatte. Das Gefühl von Kameradschaft hatte natürlich auch daher gerührt, dass sie beide auf der untersten Sprosse der *Camden Gazette*-Karriereleiter gestanden hatten, auch wenn immer schon klar gewesen war, dass David quasi als Thronanwärter für Höheres bestimmt gewesen war und die unterste Sprosse nur ganz leicht und beiläufig gestreift hatte. Er war gerade lange genug auf dieser Stufe stehen geblieben, um Schwung zu sammeln für die nächsthöheren Sprossen auf der Carrell-Media-Leiter, die eine Esther Conley niemals erklimmen würde.

Unwillkürlich musste Esther wieder an ihre Teenagerzeit denken. Früher hätte sie angesichts einer solchen Ungerechtigkeit aufgestampft, Vetternwirtschaft angeprangert, den nächsten Sieg des Patriarchats konstatiert und eine Untersuchung beantragt. Inzwischen war sie ruhiger, wenn auch nicht glücklicher geworden. Sie wusste natürlich, dass ein Aufstand ihrerseits sie lediglich zum nächsten Al Webster abstempeln würde: überflüssig und überaltert in der modernen Medienwelt aus Webseiten und E-Mails, in der die Druckertinte an den Fingern einem Schandmal statt einem Gütezeichen gleichkam. Und immerhin, redete sie sich ein, war David kein schlechter Chef. Gehörte das nicht zum Erwachsenwerden dazu? Zu lernen, mit der Welt, wie sie nun einmal war, klarzukommen? In der Welt, wie sie nun einmal war, würde David weder ihr Freund sein noch ihr kleiner Praktikantenschützling bleiben.

Die Ungerechtigkeit zu beschreien würde sie nur unglücklich machen.

»Kommst du nachher mit in den Pub, Fußball gucken?«, fragte er und verschwand unter seinem Schreibtisch, um seinen Computer einzuschalten. »Fi muss heute Abend arbeiten, und ich bin mit ein paar Kumpels verabredet.«

»Klingt super«, sagte Esther, zwirbelte sich das Haar im Nacken zu einem Knoten und steckte einen Kugelschreiber hinein, damit es ihr nicht ins Gesicht fiel. »Lass mich kurz nachdenken und mir die Eier kratzen … äh … Nein danke.«

Auch wenn sie ganz sicher nicht zur Sorte High-Heels-Girlie gehörte, die Cocktails schlürfte und darauf bestand, dass man ihr die Tür aufhielt, fasste Esther es doch als Beleidigung auf, dass David sie neuerdings anscheinend am liebsten zu einer Art biervernichtendem und fußballverrücktem Denise-van-Outen-Klon entsexualisieren wollte. Jede Wette, dass er Fiona nicht zu dem Kneipenbesuch mitgenommen hätte. Fiona bekam stattdessen das Cotswolds-Ferienhaus und die *Atlantic Bar*.

»Bitte?«, fragte er und streckte die Hände zu einer Bettelgeste vor.

»David, hab ich jemals – in all der Zeit, die wir jetzt schon miteinander arbeiten – auch nur das mindeste Interesse an Fußball geäußert?«

Er zuckte mit den Schultern und wischte sich die letzten Regentropfen mit dem Ärmel aus dem Gesicht. »Früher bist du mitgegangen. Im Übrigen«, fuhr er fort und richtete belehrend den Zeigefinger auf sie, weil ihm gerade der Gegenbeweis eingefallen war, »wenn nicht du es warst, die mithilfe einer Tüte Barbecue Beef McCoys diesem Bob aus der Anzeigenabteilung gezeigt hat, dass sie die Abseitsregeln verstanden hat, dann musst du eine Doppelgängerin haben. Eine die ebenfalls Esther Conley heißt.«

Das war im vergangenen Jahr im *Goose and Grapes* gewesen. Als David einen der Erklärungs-Chips aus Esthers Hand stibitzt und ihn mit einem Zwinkern aufgegessen hatte, war sie sich sicher gewesen, dass dies ein Zeichen gewesen war. Inzwischen hielt sie es allerdings eher für ein Zeichen, dass er auf Chips stand, nicht auf sie.

»Das heißt noch lange nicht, dass ich mich für Fußball interessiere«, gab sie zurück. Dass sie nur deshalb mitgegangen war, um Zeit mit David zu verbringen, würde sie nie zugeben. Stattdessen eröffnete sie ihm wenn schon nicht die ganze, dann doch zumindest einen Teil der Wahrheit: »Bob ist ein arroganter Arsch. Und Abseitsregeln gehören zum Allgemeinwissen, das ist längst kein Beweis für eine tiefer gehende Kenntnis dieses ach so wunderbaren Spiels.«

David rollte seinen Schreibtischstuhl näher heran und faltete abermals die Hände. Trotz Jacke, stellte Esther unwillentlich fest, war sein Hemd nass geworden, und der weiße Stoff klebte an seinen Schultern. Er sah aus wie Hugh Grant als Mr. Darcy, der sich aus dem Tümpel wieder aufrappelte, auch wenn dieser Tümpel hier aus schmutzabweisenden Büroteppichfliesen bestand.

»Komm schon, Est, wir unterhalten uns auch über Menstruation und über Handtaschen, wenn du willst. Wir müssen ja nicht über Fußball sprechen. Ich brauch nur eine Ausrede, um in den Pub zu gehen und mich in Gesellschaft zu betrinken. Das wird lustig.«

»Ich hab schon was vor, du sexistisches Schwein.«

»Und was?«

»Ich muss Andrea Dworkin lesen.«

»Andrea wen? Jetzt komm schon«, sagte er. »Was hast du wirklich vor?«

»Was anderes.«

Esther schnappte sich ihr Filofax, schlug es auf und wedelte damit in Davids Richtung, damit er all die wichtigen Termine sehen konnte, die sie hineingeschrieben hatte – allerdings schnell genug, dass er keinen davon tatsächlich entziffern konnte. Sie wollte ihm einfach nur einen Eindruck davon vermitteln, wie überaus beschäftigt sie war – nur dass dieser Eindruck mit einem Schlag zunichte gewesen wäre, wenn er die Worte »Step Aerobic« unter dem heutigen Datum gesehen hätte.

»Hast du ein Date?«, fragte er und verzog den Mund zu einem halben Grinsen. »Machst du mir gegenüber deshalb einen auf mysteriös?«

»Quatsch«, entgegnete sie, ohne nachzudenken – und begriff zu spät, dass sie stattdessen distanzierter hätte antworten und ihn im Glauben lassen müssen, dass sie womöglich ein heißes Liebesleben hatte, von dem er nichts ahnte.

»Wieder diese Laura, ja?«, sagte er geknickt. »Die dich mit ihren guten Weinen und teuren Restaurants vom rechten Weg abbringt. Für deine alten Freunde hast du keine Zeit mehr. Anzeigen-Bob hat gerade gestern erst erwähnt, dass er von dir auch gar keine Spezialnackenmassage mehr bekommt.«

»Ich hab Anzeigen-Bob noch nie den Nacken massiert!«

Demonstrativ zog David eine Augenbraue hoch. »Er behauptet da was anderes.«

Er rollte mit dem Stuhl wieder zurück und griff zum klingelnden Telefon, bevor Esther etwas darauf erwidern konnte. Sowie sie hörte, wie er »Hallo, Mausi« in den Hörer säuselte, und somit klar war, dass Fiona dran war, versuchte sie, das Gespräch auszublenden. Darin war sie in letzter Zeit echt gut geworden.

Dieser verdammte David mit seiner niesenden Nagetier-Freundin und dem viel zu durchsichtigen Hemd! Esther wünschte sich, Laura hätte bei der Arbeit einen E-Mail-Zugang, sodass sie einen schönen Wut-Zweispalter rausfeuern und ihrem Ärger Luft machen könnte. Doch ihr Büro in St. James hatte nur einen einzigen Computer mit einer Gemeinschafts-E-Mail-Adresse. Laura hatte sie einmal herumgeführt, als Esther sie von dort abgeholt hatte, und sie hatten beide schier hysterisch gekichert, als Laura die Tür zu einem altertümlichen Schränkchen aufgezogen hatte, als würden sich dahinter kompromittierende Fotos ihres Chefs verbergen statt des alten Amstrad. Der Computer wurde zweimal am Tag hochgefahren und für den Rest des Tages weggeschlossen wie ein peinlicher Verwandter, bei dem jeder so tat, als gäbe es ihn nicht.

Stattdessen angelte sie ihr Nokia heraus und schrieb Laura eine SMS. Mit einem Mal hatte sie nicht mehr die geringste Lust auf Step Aerobic.

Esther war die *Camden Gazette* schon altmodisch vorgekommen, aber im Vergleich zu Lauras Arbeitsplatz ging es dort geradezu wie in *The Matrix* zu. Nicht einmal die Fassade von Bewes Brothers Vintners hatte sich seit zweihundert Jahren verändert. Nach wie vor schirmten dicke georgianische Glasfenster jeden Blick von außen ab. Esther hätte sich kein bisschen gewundert, wenn sie dort hineinspaziert wäre und Gecken aus dem neunzehnten Jahrhundert in Kniehosen und Überziehern die Waren hätte inspizieren sehen. Leider war die Kundschaft in dem ebenerdigen Geschäft bedauerlich zeitgemäß gekleidet, als sie die Regale voller Weine entlangschlenderte, die mehr kosteten, als sie in einer Woche verdiente, und auf die Treppe zusteuerte, die zu den Büros im ersten Stock führte. Die Empfangsdame hatte sie gleich wiedererkannt und winkte sie mit dem Telefon am Ohr weiter dorthin, wo Laura saß.

Die Wände ihres Büros waren holzverkleidet und die Zimmerflucht nur deshalb nicht deprimierend finster, weil die Decken so hoch waren. Jeder einzelne der riesigen Schreibtische mit Löwentatzen wurde von einer grünen Glaslampe erhellt, sodass jeder der Handvoll Angestellten, die so spät noch bei der Arbeit waren, quasi in seiner eigenen Lichtpfütze saß. In der Ecke kratzte ein sehr, sehr alter Mann mit einem Füllfederhalter etwas in ein großes, ledergebundenes Wirtschaftsbuch. Esther musste zweimal hinsehen, um sicherzugehen, dass er tatsächlich keinen Federkiel verwendete.

Als Esther das Büro ganz am Ende erreichte, war Laura die Letzte, die noch in der PR-Abteilung saß und arbeitete. Als sie ihre Freundin kommen hörte, blickte Laura auf und schlug dann beherzt den Tischkalender zu, in den sie gerade noch etwas eingetragen hatte.

»Gott, ich dachte schon, du würdest nie kommen«, raunte sie ihr zu. »Dieser verdammte Malcolm kriecht hier schon seit einer halben Stunde rum und will mich zu einem Feierabenddrink überreden. Die anderen sind bei einer Weinprobe.«

Nervös warf Esther einen Blick über die Schulter, als könnte der mysteriöse Malcolm Bewes jeden Moment unter einem der Schreibtische hervorkrabbeln. »Tut mir leid, die U-Bahn ist stecken geblieben.« Dann fiel ihr Blick auf ein eindrucksvolles Gemälde eines Bewes aus der Zeit Edward des VII., das weit oben an der Wand hing. Er hatte einen Fuß auf einen Baumstamm gesetzt, während zwei Spaniels bewundernd zu ihm aufsahen. »Gruselst du dich gar nicht – so alleine hier im Dunkeln? Ich find's echt creepy.«

»Du solltest mal den Keller sehen«, entgegnete Laura, nahm einen Stapel Papier vom Schreibtisch und warf ihn in eine Ablagebox. »Dort unten liegen Flaschen, die stammen noch aus der Zeit von Waterloo.«

»Und wahrscheinlich auch die Skelette all der Frauen, denen diese Bewes im Laufe der Jahrhunderte an die Wäsche gegangen sind. Du solltest besser aufpassen!«

»Skelette?«, donnerte plötzlich eine Stimme in ihrem Rücken.

Sie fuhr herum und sah sich einem auffallend großen Mann gegenüber, der die Hände in die Hüften gestemmt hatte – die gleichen roten Wangen, das gleiche rötlichblonde Haar wie der Mann auf dem Ölgemälde über ihm. Eindeutig ein Nachfahre der Bewes. Seine Wimpern waren weiß wie die von Boris Becker. Sein Alter war schwer zu schätzen – er hätte alles sein können zwischen verbrauchten fünfunddreißig und gut erhaltenen sechzig. Nach allem, was Laura erzählt hatte, hätte Esther jemand Abstoßenderen erwartet. Wenn dieser Mann weniger grässliche Klamotten getragen hätte, hätte er fast schon als attraktiv durchgehen können. Neben einer senfgelben Kordhose trug er eine grüne Tweedweste, und nachdem er mit seinem gesunden Teint überdies wie ein Naturbursche wirkte, hätte Esther jeden Augenblick mit dem beherzten Halali eines Landjunkers gerechnet, der wie ein Pferd schnaubend um die Schreibtische galoppierte.

Was er jedoch nicht tat.

»Esther, darf ich dich mit meinem Chef bekannt machen – Malcolm Bewes«, sagte Laura spitz und kam hinter ihrem Schreibtisch hervor.

Malcolm brummelte erfreut in sich hinein, nahm zur Begrüßung Esthers Hand zwischen seine und drückte fest zu. »Grundgütiger, Laura, sind dort, wo Sie herkommen, alle so prächtig entwickelt? Was für eine Augenweide, alle zwei!«

Esther, die von Laura vorgewarnt worden war, war nichtsdestoweniger entsetzt. Sprach er gerade mit ihren *Brüsten?* Eilig ließ er ihre Hand los. Er musste es ihr angesehen haben.

»Sie beide sind wirklich ganz bezaubernd«, sagte er, und sein Lächeln wirkte für eine Sekunde unsicher. »Eine dunkel, eine blond – einfach hinreißend.«

»Jedenfalls«, verkündete Laura und schlüpfte in ihren Mantel, »mach ich jetzt Feierabend. Wir haben Kinokarten, Malcolm. Einen schönen Abend!«

Esther nickte höflich zum Abschied, hielt aber die Arme vor der Brust verschränkt, um seinem Blick und einem weiteren Händedruck zu entgehen. Allerdings hatte Malcolm sich zwischen sie und die Bürotür geschoben und stand jetzt da wie angewurzelt – und beinahe auch groß wie ein Baum.

»Kino, ja?«, hakte er nach, und seine roten Wangen leuchteten wie Äpfel im gedämpften Licht. »Sicher, dass ich Sie nicht zur Eröffnung von *Roland's Weinbar* überreden kann?«

»Malcolm, Sie wissen doch, wie gerne ich mitgegangen wäre«, antwortete Laura hastig. »Von Ihnen ausgeführt zu werden ist immer ein Vergnügen. Aber ich fürchte, Esther hat die Karten schon gekauft, stimmt doch, Est?«

Esther hatte natürlich nichts dergleichen getan, und sie hatten auch noch jede Menge Zeit, die Kinokarten zu besorgen. Trotzdem warf sie einen Blick auf die Uhr, als hätten sie es furchtbar eilig. »Ja, um halb acht im Odeon am Leicester Square – wir sollten langsam wirklich los.«

Ungeküsst lief erst um neun Uhr, doch davor würden sie sich noch im *Cork and Bottle* einen Drink genehmigen, damit sie bezüglich David und Fi Dampf ablassen konnte, ehe im Kino Ruhe angesagt war. Ein Glas Wein, eine Schimpftirade und ein bisschen Drew Barrymore, um den Abend abzurunden. Genau, was Doktor Laura ihr verschrieben hatte.

»Aber bevor der Film losgeht«, wandte er nachdenklich ein, »läuft doch immer erst eine halbe Stunde Werbung, oder? Dann geht es vor acht doch gar nicht los. Und das *Roland's* ist direkt dort um die Ecke – Ende Chinatown. Warum teilen wir uns nicht ein Taxi und gehen erst noch zusammen einen trinken?«

Laura und Esther wechselten einen Blick, ehe Laura für sie beide antwortete: »Es ist nur ... Sie glauben jetzt ganz sicher, das ist lächerlich, Malcolm, aber Esther mag gar keinen Wein. Ich fürchte, wir müssen Ihnen einen Korb geben.«

Als jemand, der die meisten Samstagabende mit Laura in den Pubs in Finsbury Park verbrachte und Pinot Grigio trank, war Esther überrascht, zuckte dann aber unter Malcolms verdutztem Blick lediglich mit den Schultern. »Sorry.«

»Aber nicht doch«, entgegnete Malcolm unbeeindruckt. »Roland bezieht seine Weine von mir, und ich weiß zufällig, dass er heute Abend einzig und allein Champagner ausschenkt. Und Champagner mag doch jeder!«

Dezent alarmiert sah Laura Esther an, die sofort konterte: »Ich leider nicht ... Champagner kann ich echt nicht ausstehen.«

Er runzelte die Stirn. »Sie können Champagner nicht ausstehen? Das ist bemerkenswert. Was in aller Welt trinken Sie denn dann?«

Laura kam Esther mit der Antwort zuvor: »Alcopops. Sie liebt dieses Gesöff – und Sea Breeze, solche Sachen.«

»Genau«, warf Esther mit Unschuldsmiene ein. »Für mich bitte alles, was pink ist und süß schmeckt. Was meinen Sie, gibt's bei Roland so was auch?«

Malcolm machte einen Schritt zurück. Sein Gesicht fiel regelrecht in sich zusammen. Esther war überrascht, wie viel schmaler er aussah, wenn er nicht lächelte und seine Wangen zur Kinnlinie hin leicht absackten. Für sein Alter sah er zweifelsohne gut aus – und in diesem

Moment konnte sie ihm dieses Alter durchaus ansehen. Fünfzig. Mindestens.

»Also wirklich«, sagte er und schüttelte betrübt den Kopf. »Ich bin zutiefst enttäuscht, dass Sie, Laura, Ihren Abend lieber mit *Alcopops* verbringen als bei einem unserer renommiertesten Kunden.«

»Ein andermal, Malcolm«, versprach sie.

Er bewegte sich immer noch nicht, stand nur da und versperrte ihnen den Weg, wenn auch inzwischen ohne Lächeln im Gesicht. Esther spürte geradezu, wie sein unterkühlter Blick zwischen ihr und Laura hin- und herwanderte. Mit einem Mal war jegliche Jovialität verpufft.

»Womöglich wird es kein Andermal geben«, sagte er.

»Oh, ich bin … also, da bin ich mir doch ziemlich sicher«, sagte Laura zaudernd mit einem Seitenblick auf Esther. »Sie werden zu so vielen Partys eingeladen.«

»Das ist wohl wahr«, sagte er. Seine Stimme war für einen so großen Mann sehr leise geworden. »Aber eines Tages wird es wohl keine Einladungen mehr geben für Damen, die in einem fort Körbe verteilen.«

Esther kam sich vor, als würde sie eine Schlange beobachten, die ihre Beute hypnotisiert. Er würdigte sie keines Blickes mehr, hatte seine gesamte Aufmerksamkeit nur mehr auf Laura gerichtet, die hilflos zu ihm aufblickte. Esther konnte ihr förmlich ansehen, wie die Entschlossenheit anfing zu bröseln. Seine Warnung war unmissverständlich, aber gerade subtil genug gewesen, dass er sie im Zweifel würde wegerklären können. Selbst wenn er nicht der Eigentümer des Unternehmens war, selbst wenn es immer noch jemanden gab, bei dem Laura sich über ihn hätte beschweren können, was würde sie denn vorbringen können? Malcolm wollte, dass ich mit ihm in eine Weinbar gehe, um gratis Champagner zu schlürfen? Wer würde darin mehr sehen als die nette Geste eines großzügigen, väterlichen älteren Vorgesetzten an seine unbedeutende Bürokraft?

»Das ist wirklich zu großzügig, Malcolm«, stieß Laura schließlich hervor. »Und ich weiß nicht, wie wir zu diesem Angebot noch Nein sagen können. Nur ein schneller Drink, bevor der Film anfängt, einverstanden, Est?«

Esther war sich nicht sicher, was sie antworten sollte. Was immer sie sagte, würde sie zur Mitschuldigen an Lauras Niederlage machen. Malcolm war als Sieger hervorgegangen. »Wenn du unbedingt willst …«

»Aber sicher will sie«, rief Malcolm überschwänglich, und augenblicklich war sein joviales Lächeln wieder da. »Gute Entscheidung! Arabella soll uns einen Wagen rufen.«

Als er sich endlich umdrehte, um in sein Büro zu verschwinden, ließ Laura mit hängenden Schultern ihre Tasche auf den Schreibtisch fallen.

»Was sollte das denn bitte?«, raunte Esther ihr zu. »Wie ist es denn jetzt dazu gekommen?«

»Es tut mir *leid*«, flüsterte Laura zurück. »Ich hab's doch probiert – aber ich kann ihn nicht so einfach vor den Kopf stoßen, das kann ich einfach nicht. Du kapierst das nicht.«

»Ich hab allerdings kapiert, dass er ein perverser alter Lustmolch ist«, entgegnete Esther.

»Er ist ein perverser alter Lustmolch und mein *Chef*.« Laura hielt sich die Hand an die Stirn, als wolle sie kontrollieren, ob sie Fieber hatte. »Wer hat wohl die letzte

PR-Frau ohne Vorwarnung und ohne Abfindung gefeuert? Ich *brauche* diesen Job, Est. Ich hab keinen Abschluss wie du. Alles, was ich habe, sind die Jahre bei Oddbins und die Tatsache, dass Malcolm Bewes hin und wieder eine kleine Streicheleinheit für sein Ego braucht.«

»Ich glaube nicht, dass es sein Ego ist, was er gerne gestreichelt haben will …«

»Halt die Klappe«, gab sie resigniert zurück. »Es kann nicht jeder so edel und gut sein wie du.«

15

Roland's Weinbar war voll mit Männern wie Malcolm: laut, selbstbewusst und reich. Sie warfen Esther und Laura abschätzige Blicke zu, als wären die beiden zur allgemeinen Unterhaltung herbestellt worden – treten Sie näher, treten Sie näher! Sehen Sie sich Frauen an, die Jahrzehnte jünger sind als Sie! Die wider besseres Wissen hergekommen sind! Es war nur eine Handvoll anderer Frauen anwesend – ein Grüppchen älterer, teuer frisierter Damen, die schmallippig lächelten, als sie flüchtig miteinander bekannt gemacht wurden. In ihren steinharten Blicken lag nicht das geringste Interesse, und nach der Störung nahmen sie sofort ihre Gespräche wieder auf. Malcolm gesellte sich zu seinen Bekannten, die ihm freundschaftlich auf die Schulter klopften. Betreten blieben die beiden jungen Frauen neben ihm stehen. Angesichts von Malcolms Körpergröße kam es Esther vor, als wären sie wieder Kinder, die sich in der Stunde vor dem Zubettgehen kurz auf der Party ihrer Eltern blicken lassen durften und die zwar für ihren jugendlichen Niedlichkeitsfaktor bewundert wurden, aber den Erwachsenen letztlich doch eher im Weg waren.

»Champagner?«, fragte ein dunkelhaariger Kellner und hielt ihnen ein Tablett entgegen. Er war etwa in ihrem Alter, und auch wenn er professionell desinteressiert dreinschaute, zuckten seine Augenbrauen leicht, als er zwischen Esther und Laura hin- und hersah und versuchte zu verstehen, was die beiden hergeführt hatte.

»Ist das ein *Kugelschreiber* in deinem Haarknoten?«, fragte Laura, als Esther sich vorbeugte, um sich ein Glas zu nehmen.

Sie zuckte zusammen, und ihre Hand schoss empor zum Nacken. *Verdammt, stimmt* … Sie hatte ihn dort stecken lassen.

»Du hast mir gerade fast ein Auge ausgestochen«, sagte Laura und nahm sich selbst ein Glas. Dann neigte sie den Kopf, steckte die Nase tief ins Glas, als wolle sie den Champagner inhalieren statt trinken, und schnupperte laut vernehmlich.

Esther starrte sie verblüfft an. »Entschuldigung …« Dann zuckte sie mit den Schultern. Warum benahm sich Laura so daneben? Allerdings schien niemand es mitzubekommen, und als sie sich umsah, stellte sie fest, dass viele andere das Gleiche taten, den Champagner lobten und den Kopf in den Nacken legten, um den vollen Geschmack zu genießen. Was für Idioten. Sie drehte sich nach dem Kellner um, aber der war bereits von der Gästeschar verschluckt worden, sodass sie durstig zurückblieb.

»Ein Kugelschreiber im Haar! Nur weil Dreamy David mit einer anderen zusammen ist, solltest du nicht gleich so nachlässig werden, weißt du?«

Esther ließ den Kellner Kellner sein und bedachte Laura mit einem eisigen Blick. »Nachlässig werden? Entschuldige bitte, Miss Cindy Crawford *House of Style.*«

Laura lachte unbeschwert und warf sich den Pony aus dem Gesicht, und Esther musste unwillkürlich zurück an Ricko Struthers' Party denken, damals als sie gerade mit der Schule fertig gewesen waren. Lauras Lachen war für ein Publikum bestimmt, es galt nicht ihr. Während der Taxifahrt hatte sie beobachtet, wie Lauras Verhalten sich verändert hatte, als wäre sie seit dem Augenblick, da sie die Einladung angenommen und ihre Abendgestaltung Malcolms Plan geopfert hatte, eine andere Person geworden. Eine härtere, spitzzüngigere Person.

Wenn Laura so lachte, wurde sie gefährlich. Diese waghalsige Fröhlichkeit ging nie gut aus.

»Oh, komm schon, Darling«, sagte sie. »Ich verstehe einfach nur nicht, warum du nicht um David kämpfst, wenn du ihn doch so gerne magst. Zieh dir ein enges Kleid an, schmieg dich am Kopierer an ihn, zeig ihm, was ihm durch die Lappen geht.«

»Seit wann nennst du mich Darling?« Auf Lauras beleidigende Vorschläge ging sie mit keiner Silbe ein.

Selbst wenn sie sich dazu herablassen würde, David einen Blick auf die Poison Ivy in ihr zu erlauben und ihn von Fi wegzulocken – er würde in ihren Augen doch nur unendlich tief sinken, wenn er sich auf so etwas einließe. Laura hatte es ganz einfach nicht begriffen: Esther war nicht edel und gut, sie wollte bloß glauben, dass David es war. Lieber blieb sie für alle Zeiten ohne ihn, als ihn auf eine Art an sich zu binden, die sie enttäuschen würde.

Laura zog die Augenbraue hoch. »Ich nenne *jeden* Darling, Darling. Ich bin verdammt noch mal PR-Tussi.«

»Natürlich, Darling«, gab Esther mit einem Seufzer zurück. Wenn Laura derart aufgedreht war, konnte man mit ihr kein vernünftiges Wort wechseln. Esther fühlte sich fast wie eine Kundin, nicht wie eine Freundin, und statt auf Augenhöhe eher wie ein Teil des Publikums.

»Ach bitte, jetzt komm schon. Ich will dir doch nur helfen.«

»Weil du selbst in dieser Hinsicht ja auch alles im Griff hast.«

»Ich bin *gerne* Single«, fauchte Laura zurück. »Ich arbeite an meiner *Karriere,* Esther. Liebe ist was für Loser, wusstest du das nicht?«

Urplötzlich legte sich ein breites Lächeln auf ihr Gesicht, sodass es fast nur mehr aus Lippen und Zähnen zu bestehen schien. Bis zu den Augen reichte es zwar nicht, aber das konnte man nur sehen, wenn man ganz nah an sie herantrat. Als Esther sich umdrehte, bahnte sich Malcolm gerade mit den Ellbogen einen Weg zu ihnen, in jeder Hand eine Flasche Champagner.

»Mädels, Mädels!«, rief er über das Getöse der Gäste hinweg. »Roland organisiert uns einen Tisch, dieses Gedränge hier ist ja nicht auszuhalten. Hier geht es zu wie auf einem Bauernmarkt ... nein, Marta, Darling, nicht du, entschuldige bitte. Freut mich außerordentlich, dich zu sehen! Ich muss nur schnell diesen Ballast loswerden ...«

Eine große Frau legte den Kopf schief und hielt Malcolm die Wange für ein Küsschen hin, bevor er sich auch schon wieder vorwärtsarbeitete.

Esther nahm das »Darling« nachdenklich zur Kenntnis. Sie wusste noch genau, wie schnell Laura als kleines Mädchen ihren amerikanischen Akzent abgelegt hatte. Nachdem sie irgendwann nicht mehr die Neue in der

Klasse mit der spannenden Vergangenheit im Ausland gewesen war, hatte sie die Jahre in Kalifornien ganz einfach über Bord geworfen und sich binnen weniger Tage die Ausdrucksweise englischer Grundschüler im Pausenhof angewöhnt. Sie hatte immer schon eine hervorragende Beobachtungsgabe gehabt, aber noch herausragender war ihr Talent gewesen, Leute zu imitieren, wenn es zu ihrem Vorteil war.

Wie selbstverständlich nahm Laura ihrem Chef die Flaschen ab und betonte sogar, dass sie schließlich dafür bezahlt werde, auf Partys auszuhelfen. Dann ging sie vorweg auf eine Nische zu, aus der Roland sie zu sich winkte, um ihnen einen reservierten Tisch zuzuweisen. Ohne die Flaschen hatte Malcolm endlich beide Hände frei und gab ihr einen spielerischen Klaps auf den Hintern. Esther war wie vom Donner gerührt, als sie sah, dass Laura daraufhin nichts weiter tat, als ihm über die Schulter hinweg zuzulachen.

Er schob sich hinter Laura in die Nische und setzte sich so dicht neben sie, als würde sich gleich jemand anderes an seiner freien Seite niederlassen. Esther ließ sich ihnen gegenüber auf die Mitte der Bank nieder. Der dunkelhaarige Kellner kam mit Eiskübeln und frischen Gläsern und fing an, die erste Flasche vom Drahtbügel zu befreien. Endlich, dachte Esther, allmählich brauch ich einen Drink.

»Ich hab Roland ein paar von den guten Flaschen abgeschwatzt«, verkündete Malcolm. »Die wären an die Massen ohnehin vergeudet, nicht wahr?«

Der Kellner überreichte Esther ein volles Glas, und sie hob es an die Nase, wie sie es zuvor bei Laura beobachtet hatte. Der Champagner roch trocken und leicht hefig, und kleine Bläschen zerplatzten unter ihrer Nase. Ein teurer, feiner Duft. Als sie gerade einen Schluck nehmen wollte, drückte Malcolm ihre Hand nach unten und nahm ihr das Glas ab.

»Machen Sie sich nicht die Mühe, junge Dame, machen Sie sich nicht die Mühe. Ich muss Sie dafür bewundern, dass Sie es zumindest probieren wollen, aber warten Sie – ah, da ist er ja!«

Als Esther aufblickte, bahnte sich ein zweiter junger Kellner seinen Weg durch das Gedränge. In einer Hand hielt er einen Krug mit einer grellpinken Flüssigkeit und in der anderen ein Martiniglas.

»Einen Sea Breeze für Madame?«, fragte er mit einem kaum merklichen höhnischen Zug um die Lippen. »Mr. Bewes, leider haben wir für heute Abend keine Alcopops gelagert.«

Der Kellner mit den dunklen Haaren zwinkerte ihr zu, während Malcolm sein Wiehern mit dem Handrücken zu dämpfen versuchte und dann sein Glas hob, um Laura zuzuprosten, die zustimmend kicherte.

Fantastisch!, dachte Esther. Einfach nur fantastisch! Nicht nur muss ich hier in einem Raum voller Leute sitzen, die so alt sind wie meine Eltern, sondern ich muss auch noch meiner besten Freundin dabei zusehen, wie sie sich von einem alten Drecksack betatschen lässt, und krieg dafür nicht mal das gute Zeug zu trinken.

Sie nahm einen Schluck von ihrem Cocktail und versuchte, nicht das Gesicht zu verziehen, während Laura ihr über den Tisch hinweg tonlos zu verstehen gab: »Ich schulde dir was.«

Esther nickte bloß finster. Wenigstens würden sie sich bald verabschieden und ins Kino gehen können.

Sie war sich sicher, dass der herablassende Kellner ihr den weißen Strohhalm extra in den Drink gesteckt hatte, damit sie sich noch mehr wie ein albernes kleines Mädchen fühlte. Sie rührte damit in ihrem Glas herum und sah den Eiswürfeln beim Schmelzen zu, während Malcolm von Champagnerproduzenten aus seinem Bekanntenkreis und anderen faszinierenden Themen redete. Am liebsten hätte Esther sich heillos betrunken, aber mit all dem Fruchtsaft in ihrem Drink war sie bis obenhin voll, noch ehe die Wirkung des Alkohols überhaupt einsetzen konnte.

Dieses Problem schien Laura nicht zu haben. Ihr Gesicht glühte bereits, wenn auch nicht ganz so sehr wie das von Malcolm, über dessen jüngsten Witz sie jetzt hysterisch lachte. Die erste Flasche Champagner stand bereits leer und mit dem Hals nach unten im Eiskübel, als Esthers Strohhalm ihr versehentlich aus den Fingern schwirrte, ihr über den Rock spritzte und dann unter dem Tisch landete. Sie beugte sich hinunter – nicht so sehr, um ihn mit all dem Dreck vom Fußboden zurück ins Glas zu stecken, sondern einfach nur, um endlich etwas anderes zu sehen als Laura, die förmlich an Malcolms Lippen hing. Kapierte er denn nicht, dass dies alles geschauspielert war? Wie konnte er allen Ernstes glauben, sie wäre an einem alten Mann wie ihm interessiert?

Unter dem Tisch waren die Hintergrundgeräusche gedämpft, und es war so finster, dass Esther die Augen zusammenkneifen musste, um etwas zu sehen. Als sie sich an die Dunkelheit gewöhnt hatte, leuchtete der weiße Strohhalm ihr entgegen wie eine Neonröhre. Wie ein Pfeil. Mit dem Blick folgte sie ihm zur gegenüberliegenden Seite des Tischs, wo Laura die Beine vor der Lederbank übereinandergeschlagen hatte. Zuoberst auf ihrem Knie lag Malcolms riesige Pranke wie ein Tintenfisch auf einem Felsen. Wie lange lag sie schon dort? Warum hatte Laura sie nicht weggeschoben? Warum konnte sie Laura nach alledem immer noch kichern hören, als wäre nichts passiert?

Als Esther mit dem Strohhalm in der Hand wieder auftauchte, glühte ihr Gesicht.

»Was ist denn los?«, fragte Laura. Ihre Augen waren vom Champagner bereits glasig. »Du bist ganz rot.«

»Wir sollten allmählich los«, stellte Esther fest.

»Ihr habt noch jede Menge Zeit«, ging Malcolm laut dazwischen. »Bis dahin geht noch eine ganze Flasche – müssen nur noch auf den Kellner warten, damit er dir noch ein paar Cocktails mixt.«

»Nein danke«, sagte Esther spröde. »Laura, *Ungeküsst* fängt gleich an.«

»Ungeküsst?« Malcolm brach in schallendes Gelächter aus und schlug sich mit der freien Hand auf den eigenen Schenkel. »Das nehm ich keiner von euch ab. Und ich wette, dass ihr beide im Lauf der Zeit auch viel, viel weiter gegangen seid, als nur zu küssen. Ihr unartigen kleinen Stuten!«

»Also, Malcolm«, rief Laura, legte ihm die Hände auf die Brust und schob ihn spielerisch von sich weg. Esther wollte ihren Augen kaum trauen. Es war keine Stunde her, als Laura sich über seine schmierigen Annäherungsversuche beklagt hatte, dabei forderte sie diese im Augenblick regelrecht heraus.

»Kleinen Moment mal«, sagte er und spähte in die Menge. »Da ist Roland – wartet hier, umso mehr Grund hierzubleiben, ich hol ihn rüber, damit ihr ihn mal kennenlernt. Ich bin mir sicher, dass er euch Hallo sagen will.«

Er rutschte von der Sitzbank und verschwand in der Menge, wo er lautstark seinem Freund nachrief.

»Was *soll das*?«, raunte Esther Laura zu, sowie er außer Hörweite war.

»Was?«

»Seine Hand auf deinem Knie.«

»Ach.« Statt zu antworten, lehnte Laura sich vor, um die neue Flasche aus dem Eiskübel zu angeln, und entfernte dann routiniert Folie und Korken.

»Laura! Wir sollten wirklich *gehen*.«

Laura goss ihr Glas voll, trank es in einem langen Zug halb aus und donnerte es zurück auf die Tischplatte, als hätte sie den Tisch einige Zentimeter tiefer in Erinnerung gehabt.

»Urteile nicht über mich, Esther.«

»Ich urteile gar nicht, es ist nur Zeit, von hier zu verschwinden. Komm, wir gehen.«

Als sie antwortete, wich sie Esthers Blick aus. »Geh du. Ich bleibe.«

Fassungslos starrte sie Laura an. »Du lässt mich allein ins Kino gehen?«

»Du kannst ja bleiben, wenn du willst. Liegt ganz bei dir.«

»Ist *das hier* dein *Zenit,* Laura?«, platzte es aus ihr heraus. »Ist das hier dein Drew-Barrymore-Auftritt? Dich unterm Tisch von einem perversen alten Geldsack befummeln zu lassen?«

»Ich weiß genau, worauf du hinauswillst«, höhnte sie. »Dabei willst du doch nur, dass *dein Boss* dich genauso befummelt. Das wünschst du dir, aber bei mir kotzt du dich aus. Du bist kein bisschen anders als ich, Esther.«

»Das hier hat *nichts* mit David zu tun«, keuchte sie.

»Ach, wirklich nicht?« Laura verschränkte die Arme vor der Brust und starrte finster zurück. »Loverboy schnappt sich den Job, den du gewollt hast? Und du kriechst einfach nur zur Seite und überlässt ihm das Feld? Hast ihm nie auch nur erzählt, was du davon hieltst – oder von ihm. Wir beide sind eben nur Fußvolk, Darling, aber zumindest mir ist das bewusst.«

»Nenn mich *nicht Darling*!«

Sie waren beide derart aufeinander konzentriert gewesen, dass sie gar nicht bemerkt hatten, dass Malcolm mit Roland wieder aufgetaucht war.

»Aber, aber, Mädels!« Malcolm kicherte und legte mit Schwung einen Arm um Rolands Schulter. »Werden wir hier gerade ein bisschen stutenbissig? Brrrrrh!« Er warf den Kopf in den Nacken, um ein schnaubendes Pferd nachzuahmen.

Als Laura kicherte, riss Esther der Geduldsfaden, und sie sprang auf.

»Danke für die Drinks, Malcolm. Und schön, Sie kennenzulernen, Roland. Ich fürchte, ich muss jetzt wirklich gehen.«

»Ach.« Malcolm sah allen Ernstes geknickt aus. »Mädels, seid doch nicht albern, nehmt euch in die Arme und vertragt euch wieder. Und Roland und ich gucken euch dabei zu.«

Sie brachen beide in Gelächter aus, und wie Esther

mit Genugtuung feststellte, stimmte Laura ausnahmsweise nicht mit ein.

»Ich muss los«, sagte Esther erneut und schob sich an ihnen vorbei, bahnte sich den Weg durch die Menge, bis sie zu guter Letzt draußen auf der Straße stand und sich beherrschen musste, um nicht loszuheulen.

Sie wusste nicht mal genau, wo sie war, sie hatte während der Taxifahrt nicht aufgepasst und brauchte eine Weile, bis ihr klar wurde, dass sie sich in einer der schmalen Seitenstraßen nördlich des Leicester Square befand. Zumindest diesbezüglich hatte Malcolm nicht gelogen. Sie würde immer noch ins Kino gehen können, wenn sie wollte, aber darauf war ihr die Lust vergangen. Als sie sich gerade auf den Weg zur U-Bahn machen wollte, trat ein Mann mit einer brennenden Zigarette in der Hand aus dem Schatten auf sie zu. Es war der Kellner von vorhin, der dunkelhaarige mit dem Champagner.

»Hey, Sea Breeze«, sagte er, ließ die Kippe aufs Pflaster fallen und trat sie mit dem Absatz aus. »Gehst du schon?«

Jetzt da sie ihn in Ruhe betrachten konnte, sah er tatsächlich ziemlich gut aus. Vielleicht kam es ihr aber auch nur so vor, weil sie ihn mit Malcolm verglich und der das jugendliche Strahlen des Kellners längst hinter sich gelassen hatte.

»Ich mag Sea Breeze überhaupt nicht«, gab sie schnippisch zurück. »Nicht dass ich mich dir gegenüber rechtfertigen müsste.«

Statt zu antworten, lachte er nur. »Schon gut. Und du lässt deine Freundin wirklich da drin allein?«

»Was geht dich das an?«

Er warf einen Blick zurück über die Schulter zur Bar, als könnte er durch die Außenmauer hindurch die Leute drinnen sehen. »Ich hab diesen langen Kerl hier schon öfter gesehen – mit anderen Mädchen. Ein echter Widerling. Deine Freundin macht den Eindruck, als wär sie ziemlich angetrunken. Kommt sie klar?«

Esther wandte sich frontal dem Kellner zu und stellte sich mit beiden Füßen fest auf den Boden, als wolle sie sich für einen Schlagabtausch wappnen. Ihr Ärger über Laura drohte sich gegenüber einem unschuldigen Fremden Bahn zu brechen. »Ich bin nicht ihre Aufpasserin, okay? Hast du das kapiert? Sie ist erwachsen und trifft ihre eigenen Entscheidungen, und dafür trage ich nicht die Verantwortung. Zum Glück!«

Der Kellner machte einen Schritt zurück. Ein unsicheres Lächeln schlich sich auf sein Gesicht. Dann zuckte er mit den Schultern und schob entschlossen die weißen Hemdsärmel nach oben. »Meinetwegen, mir egal. Geht mich ja auch nichts an.«

»Nein, tut es nicht.«

»Dann schönen Abend noch.« Und mit diesen Worten machte er sich auf den Weg zurück zur Arbeit.

Sie hatte schon die nächste Kreuzung erreicht, als sie plötzlich hörte, wie jemand hinter ihr herrannte. »He, Sea Breeze! Ich finde, du solltest mir deine Nummer geben.«

»Ach, findest du?«, blaffte sie ihn an.

»Ja.« Er grinste schelmisch, und Lachfältchen umrahmten seine Augen. »Ich kann ja deine Freundin im Auge behalten. Und dich anrufen, wenn's Schwierigkeiten gibt.«

Esther hielt kurz inne und fummelte am Schulterriemen ihrer Handtasche herum. »Unter einer Bedingung«, sagte sie und reckte das Kinn. Mit einem Mal fühlte sie sich stark. Was hatte sie auch zu verlieren?

»Was immer du willst.«

»Du versprichst mir hoch und heilig, dass du mich nicht wegen meiner Freundin anrufst.«

»Nicht?«

»Nein. Sie kommt schon klar. Ist schon immer auf die Füße gefallen. Ruf mich meinetwegen an.«

16

Oktober 2013

Als ich ins Wohnzimmer zurückkomme, steht Stanley am Fenster und starrt hinaus auf die Straße. Er dreht sich um, als er mich hört, und nickt reumütig in Richtung der beiden Becher auf dem Tisch zwischen uns.

»Keine Milch«, sagt er und blickt auf die unappetitlich schwarze Brühe hinab. »Daran habe ich nicht gedacht. Bist du fertig?«

»Ja, ich denke schon, Stanley«, gebe ich kühl zurück.

Er zieht den nächstbesten Stuhl unter dem Tisch hervor, dann hält er mit den Händen auf der Lehne inne und scheint warten zu wollen, bis ich das Gleiche mache, bevor er sich hinsetzt. Er ist also umsichtig genug, mir den Vortritt zu lassen, aber dass er mir die Wahrheit über ihn und Laura erzählen würde, ist ihm offenbar nicht in den Sinn gekommen. Tolle Prioritäten.

»Willst du nicht …?« Er deutet zu den anderen Stühlen hinüber, verstummt aber, als er mir in die Augen sieht. Ich weiß nicht, was er zu erkennen glaubt, doch es reicht aus, um ihn zum Schweigen zu bringen.

Ich starre ihn einfach nur an, ohne ein Wort zu sagen.

Sein Gesichtsausdruck ist reglos, gibt nichts preis, aber seine Hände zucken ganz leicht, und er hält sich an der Stuhllehne fest, als hätte irgendjemand ihm einen Stromschlag verpasst.

»Ist alles in Ordnung? Hast du was gefunden?«, fragt er, und ich sehe, wie er schlucken muss, sein Adamsapfel hebt sich und sackt wieder nach unten.

»Nein«, antworte ich. »Oder doch.«

Auch wenn er sich nicht rührt, kommt es mir so vor, als würde die Elektrizität mit einem Mal durch seinen ganzen Körper jagen. Das ist kein Schlag mehr, sondern Dauerstrom. Er steht unter Hochspannung, sirrt beinahe schon erwartungsvoll, als würde er im nächsten Moment losrennen und jedweder Spur folgen, die ich ihm nenne.

»Was? Weißt du, wo sie ist?«

»Sag du es mir. Oder hütest du gerne Geheimnisse, Stanley?«

»Was willst du …?« Er bemerkt die Provokation in meinem Blick und macht sofort den Mund zu, als hätte er Angst davor, was ihm entschlüpfen könnte.

»Du und Laura«, sage ich, und in seinen blauen Augen flackert etwas auf, was ich nicht deuten kann, ehe er auch schon den Blick abwendet. War das Wut? Ein schlechtes Gewissen? »Ich hab recht, oder? Du bist mit ihr zusammen.«

Stanley sieht wieder zu mir herüber und nickt, ein einziges Mal, fast widerwillig, als hätte jemand seinen Kopf von hinten gepackt und nach vorne und unten gedrückt. Für einen kurzen Augenblick kann ich den lichter werdenden Scheitel sehen, und ich bin überrascht, dass ihn das irgendwie verletzlich macht. Ich will kein Mitleid mit ihm haben, dafür bin ich zu wütend.

»Wie lange schon?«

Er reibt sich mit beiden Händen übers Gesicht, schiebt die Augenbrauen zusammen und erstickt die Antwort beinahe in seinen Handflächen. »Noch nicht lange.«

»Was soll das heißen?«

Er lässt die Hände wieder sinken. »Drei Monate«, sagt er. »Knapp vier.«

»War es was Ernstes?«

Er lacht harsch auf. »Was Ernstes? Das solltest du wohl besser Laura fragen.«

»Wenn ich sie fragen könnte, wäre keiner von uns beiden hier, Stanley. Verarsch mich nicht. Warum hast du mir nicht erzählt, dass ihr ein Paar wart?«

»Hat *sie* es dir denn erzählt?«, gibt er bitter zurück.

Kurz starren wir einander über den Tisch hinweg anklagend an. Er gibt zuerst nach, dreht sich wieder um zum Fenster, obwohl dort draußen nichts weiter zu sehen ist als die verwaiste Straße.

»Ich wusste doch, dass sie dir nichts gesagt hat«, sagt er zu guter Letzt – eher zum Fenster als an mich gewandt. »Und dafür hatte sie wohl ihre Gründe. Wenn sie dir nichts erzählt hat, dann …«

»Und du fandest nicht, dass *du* mir eventuell davon erzählen solltest?«, hake ich nach und höre selbst, wie meine Stimme viel zu hoch und hysterisch klingt. »Laura ist verschwunden … Ist das nicht wichtiger, als eure bescheuerte Affäre geheim zu halten? Verstehst du eigentlich, welchen Eindruck das von dir erweckt?«

Er dreht sich wieder vom Fenster weg. Sein Gesichtsausdruck ist hart, zornig. »Solche Vermutungen über Leute anzustellen ist nicht angebracht.«

»Verdammt noch mal, Stanley, Laura ist verschwunden, und du hältst irgendwas vor mir geheim. Natürlich stelle ich Vermutungen an! Was hast du mir noch alles verschwiegen?«

Sein Blick verdüstert sich vor Wut, und als er antwortet, ist sein Kiefer derart angespannt, dass er im wahrsten Sinne des Wortes durch die zusammengebissenen Zähne spricht. »Wenn ich nicht gewesen wäre, wüsstest du nicht einmal, dass sie verschwunden ist.«

Ohne es zu wollen, bin ich in Richtung Flur zurückgewichen, der blutrot gestrichen ist. Natürlich hat er recht. Er hat Margie angerufen und Alarm geschlagen.

»Glaubst du ernsthaft, sie hätte mir nicht erzählt, dass du nie zu Besuch gekommen bist, sooft sie dich auch eingeladen hat?«, fährt er fort und folgt mir langsam, fast schon bedrohlich auf den Flur, wo ich inzwischen mit dem Rücken zur Wand dastehe. »Dass du sie nie angerufen hast? Zu beschäftigt, um auch nur ein einziges Mal zu fragen, wie es bei ihr läuft, bis es zu spät ist?«

Ich spüre, wie mir das Herz gegen die Rippen hämmert, als wolle es aus mir herausspringen. »Wie meinst du das? Was ist zu spät?«

»Ich dachte, soll sie doch kommen, diese sogenannte beste Freundin, vielleicht hat Laura ihr ja doch mehr anvertraut, als sie gesagt hat. Vielleicht weiß sie ja doch mehr, als du denkst. Aber du weißt nichts. Du weißt rein gar nichts, hab ich recht?« Mit drei langen Schritten ist Stanley bei mir, und als ich bereits damit rechne, dass er mich an den Schultern packt, stampft er an mir vorbei und reißt die Eingangstür auf. Im grellen Sonnenlicht sehe ich nur noch einen Schattenriss vor mir, der das helle Rechteck ausfüllt.

»Warum ist es zu spät?«, schreie ich ihm nach. So kann er mich nicht einfach stehen lassen.

»Ich muss mich dir gegenüber nicht rechtfertigen«, gibt er zurück und schlägt mir die Tür vor der Nase zu.

Ich rutsche an der Wand hinab auf den Flurboden und fange an zu heulen, höre jedoch abrupt wieder auf, als mir klar wird, dass ich keine Ahnung habe, wie ich ohne Stanley von hier zurück zu dem Café kommen soll. Als ich mich aufgerappelt habe, aus der Wohnungstür und die Treppe hinuntergerannt bin, ist er bereits verschwunden. Nur – in welche Richtung?

Bevor ich irgendwo hinlaufen kann, geht hinter mir eine Tür auf, und jemand schreit: »Hey, Lara, was hab ich dir gesagt in Sachen Lärm, verdammt?«

Die Klägerin steht in der offenen Tür zur Erdgeschosswohnung, unter dem wehenden Traumfänger, den ich schon bei unserer Ankunft gesehen habe. Sie hat ihr graues Haar zu einem langen Zopf geflochten, der über der Schulter schütter wird. Ein Batikkleid flattert ihr um die violetten Leggins. Dass sie keinen BH trägt, kann man von Weitem erkennen. Sie sieht aus wie jemand, der in Woodstock dabei war und nie ganz von dort zurückgekehrt ist.

»Lara?«, frage ich.

»Oh, Sie sind es ja gar nicht«, sagt sie und sieht mich misstrauisch an. »Sind Sie gerade eingezogen?«

»Nein«, antworte ich. Dass sie das annimmt, überrascht mich sehr. »Ich bin eine Freundin von ihr.«

Sie reagiert mit einem nach wie vor misstrauischen Schnauben. »Wenn Sie länger bleiben, wäre ich Ihnen dankbar, wenn Sie drinnen die Schuhe ausziehen würden. Von unten ist der Holzboden wahnsinnig laut. Außerdem schleppen Sie mit Ihren Schuhen sowieso nur Giftstoffe ins Haus. Lassen Sie sie besser draußen.«

Sie zeigt auf ihre nackten, knorrigen Füße, um mir zu zeigen, dass sie mit gutem Beispiel vorangeht – einem Musterbeispiel dafür, wie Füße aussehen können, wenn man sie zwanzig Jahre lang nicht wäscht. An ihrer Ferse kann ich eine regelrechte Gezeitenmarke erkennen.

»Darf ich Sie fragen ... Entschuldigung, aber kennen Sie Laura gut?«

Sie lehnt sich an die Wand und verschränkt die Arme vor der gebatikten Brust. Mit geübtem Blick mustert sie mich von Kopf bis Fuß. »Sie sehen nervös aus«, stellt sie fest. »Essen Sie Zucker?«

»Zucker?«

»Mhm. Schlägt auf die Nebennieren. Führt zu immer größeren emotionalen Schwankungen. Macht Sie nervös.«

»Es ist nicht der *Zucker*«, blaffe ich sie an. Wie lächerlich ist das denn bitte – meine beste Freundin ist verschwunden, ich hab mein Kind in einem anderen Land zurückgelassen, und der ach so hilfsbereite Stanley entpuppt sich als verlogenes Arschloch, das Laura nebenbei gevögelt hat, aber der Grund für meine Nervosität ist *ganz bestimmt*, dass ich zum Frühstück heute Morgen Marmelade auf den Toast geschmiert habe.

Die Frau sieht mich skeptisch, fast schon ein wenig angewidert an, als hätte sie mich auf einen ekligen

Essensrest an meinem Mund hingewiesen und als würde ich es bewusst ignorieren.

»Ich kenne Lara so gut wie nötig«, sagt sie. Nicht gut genug, um ihren Namen richtig auszusprechen, schießt es mir durch den Kopf. »Aber ich weiß *alles* über sie. Ja, man hört so einiges.«

»Und was genau?«, frage ich und zwinge mich dazu, höflich zu sein, weil ich sie mit der Zuckerabsage offenbar beleidigt habe.

Sie grinst höhnisch und zwirbelt das Ende ihres Zopfs um einen Finger. »Ihre Freundin Lara ist *ziemlich* beliebt.« Sie zieht die Augenbraue hoch, damit ich sie auch ganz bestimmt nicht missverstehe.

Ich muss mich zusammenreißen. Alleinstehende Frau mit Liebesleben. Wohl kaum eine erschütternde Erkenntnis, oder? Und gehört Lauras Nachbarin nicht ohnehin der Freien-Liebe-Generation an? Wer ist sie überhaupt, dass sie sich ein Urteil erlaubt?

»War sie schon immer«, entgegne ich defensiv. »Laura hatte immer schon eine Menge … Freunde.«

»Komisch aber auch«, sagt sie und stößt sich von der Wand ab, als hätte sie die Nase voll von dieser Unterhaltung und wollte sich in ihre Wohnung zurückziehen. Dann seufzt sie und wirft sich den grauen Zopf über die Schulter, sodass er ihr über den Rücken fällt. »All die Zuneigung, und das bei einem Mädchen, dessen Herzchakra derart blockiert ist.«

»Was soll das denn heißen?«

Sie hebt abwehrend die Hand, wie um zu sagen: Ist nicht meine Schuld. »Ich hab ihr eine Chakrenreinigung angeboten. Man konnte ihr ja ansehen, dass sie falsch ausgerichtet waren. Ich hab ihr sogar einen Sonderpreis gemacht, als Nachbarin … Sie hatte wirklich keinen Grund, derart unfreundlich zu reagieren.«

Ich sehe Lauras Reaktion regelrecht vor mir. Nach nur fünf Minuten in Gesellschaft dieser Frau würde ich sie am liebsten mit ihrem eigenen Zopf erdrosseln. Tür an Tür mit ihr zu leben würde jeden wahnsinnig machen.

»Dieses ständige Geheul hat mich jedenfalls nicht überrascht …«

Auf mich macht sie den Anschein einer gekränkten Märtyrerin, die nach außen hin bedauert, dass ihre schlimmen Prophezeiungen wahr geworden sind, insgeheim aber hochzufrieden darüber ist.

»Die Leute denken immer, wenn sie ihre Herzen verschließen, würden sie sich schützen, aber das stimmt nicht«, fährt sie fort. »Ein verhärtetes Herz« – sie hebt beide Hände an die Brust, verschränkt die Finger und pocht nachdrücklich auf ihren Busen – »bricht umso leichter.« Sie spreizt die Finger in der Luft, als wären sie gerade an ihrer Brust explodiert, und lässt sie dann mit einem Trillern wieder sinken wie ein äußerst abgeschmacktes menschliches Feuerwerk.

Am Ende ihrer Moralpredigt schiebt sie die Fliegengittertür zu ihrer Wohnung auf, und mir steigt Räucherstäbchenduft in die Nase.

»Warten Sie«, rufe ich, mache ein paar Schritte auf sie zu und lege die Hand an ihren Türknauf, sodass sie mich nicht aussperren kann. »Das ständige Geheul? Was meinten Sie damit?«

Sie sieht mich an, zieht misslaunig an ihrer Tür, damit ich loslasse, aber ich habe schon den Fuß davorgestellt.

Barfuß hat sie gegen meine Lederstiefel und all die Giftstoffe, die daran kleben, keine Chance. Als sie einsieht, dass ich nicht nachgeben werde, hebt sie widerwillig zu einer Erklärung an.

»Das ging *Tage!* Sie hat so viel geheult, dass sie sich davon sogar übergeben musste. Und nicht nur einmal. Ich hab's genau gehört. Diese Wohnungen sind einfach viel zu hellhörig. Hätte sie mir, was ihre Chakren angeht, mal geglaubt! Ich hätte ihr helfen können.«

Ich lasse die Tür los, und sie schlüpft wieder in ihre verdunkelte Wohnung, schlägt die Tür hinter sich zu, und unwillkürlich sehe ich das Fliegengitter, hinter dem sie noch unscharf zu erkennen ist, als Spinnennetz, auf dem sich eine Spinne mit Zopf einen Spaß daraus macht, Strippen zu ziehen und lose Fäden auszulegen, um ein kleines Spielchen mit mir zu spielen.

»Warten Sie – Sie haben gesagt, sie wäre ausgezogen?«, rufe ich ihr nach, während die Gestalt sich immer tiefer in die Wohnung zurückzieht. »Wie kommen Sie darauf?«

Sie kehrt wieder zur Tür zurück, macht sie allerdings nicht auf, sondern drückt nur die gebatikte Brust gegen das Fliegengitter.

»Die Sache ist nämlich die«, erkläre ich ihr, so schnell ich kann, ehe sie sich wieder zurückzieht, »Laura ist verschwunden, und niemand weiß, wo sie steckt. Wenn Sie irgendetwas wissen – irgendwas –, würde mir das vielleicht helfen, sie zu finden und sicherzustellen, dass es ihr gut geht.«

Die Frau hinter dem Fliegengitter holt tief Luft und blinzelt mich an. Sie denkt offenbar darüber nach, ob sie dieser Freundin von Lara helfen soll. »Sie hat mich *aufgeweckt*«, sagt sie schließlich beleidigt, als wäre dies ein sachdienlicher Hinweis. »Mitten in der Nacht hat sie ihr Auto vollgeladen und ist abgerauscht. Mit diesem Koffer von ihr ist sie auf jede einzelne Treppenstufe gekracht – bumm, bumm, bumm. Sie hätte ihn doch einfach hochheben können. So was Rücksichtsloses.«

»Wann war das?«, will ich wissen.

Sie verzieht das Gesicht in dem Versuch, sich zu erinnern. »Rund um Vollmond?«, argwöhnt sie. »Ja, da muss es gewesen sein. Deshalb hab ich sie ja auch so klar gesehen – weil es draußen so hell war.«

»Bei Vollmond?«, wiederhole ich ungläubig. »Könnten Sie vielleicht ein klein bisschen genauer sein?«

»Nein«, antwortet sie vergnügt und verschwindet wieder außer Sicht.

»Moment«, rufe ich ihr in diese schwarze Höhle nach, »war sie traurig? War sie einsam? Ich muss Ihnen noch ein paar Fragen stellen!«

Keine Antwort.

Ihre Tür knarzt erst wieder, als ich schon fast den Bürgersteig erreicht habe.

»Da war noch eine Sache …«

Ich drehe ihr den Kopf zu. Sie lächelt. Ganz offenkundig gefällt ihr die Situation. Die Macht, die Aufmerksamkeit. Das abhängige Publikum, auf das sie endlich ihren ganzen Ärger über den Lärm von oben abwälzen kann.

»Dieser Typ war hier und hat alles ausgeräumt. Deshalb dachte ich auch, sie wär ausgezogen. Weil er den ganzen Müll rausgebracht hat.«

»Den Müll?« Jetzt drehe ich mich komplett zu ihr um. »Und welcher Typ?«

Ihr Lächeln wird breiter, als sie sieht, dass sie mich von Neuem am Haken hat. »Der Typ, der gerade eben abgerauscht ist, kurz vor Ihnen, der mit dem blauen Hemd. Er war oft hier. Nach einer Weile erkennt man die Leute an den Geräuschen, die sie machen.«

»Was genau hat er weggeworfen?«

Sie zuckt mit den Schultern. Der kurze Augenblick der Hilfsbereitschaft ist verflogen, als könnte sie nur für eine begrenzte Zeit freundlich sein, und die ist mittlerweile abgelaufen. »Na ja, ich wollte ihren Müll ja nicht durchwühlen … Ich bin keine Schnüfflerin, egal was Miss Hochnäsig behauptet.«

Ich nehme an, damit ist Laura gemeint.

»Ich weiß nur, dass er eine Ewigkeit da war, dass er gestaubsaugt und die Möbel hin- und hergeschoben hat. Dann immer wieder die Treppen hoch und runter mit säckeweise Müll. Das war Lärmbelästigung!«

Sie sieht mich mitleidheischend an, aber den Gefallen tue ich ihr nicht. Ich fühle mich, als würde jemand mir sämtliche Luft aus der Lunge pressen. Meine Brust ist ganz verkrampft, und ich kann kaum mehr atmen. Hab ich's nicht von Anfang an gewusst? Dass dort drinnen alles viel zu ordentlich und sauber war?

»Und das alles … war ebenfalls rund um Vollmond?«, frage ich mit brüchiger, nervöser Stimme.

»Nein.« Sie schüttelt entschieden den Kopf. »Das ist gerade erst zwei, drei Tage her.«

»Zwei Tage?«, hake ich nach, um ihr eine genaue Aussage zu entlocken. »Oder drei?«

»Es war an dem Abend, als ich von meinem Kristallheilungsworkshop in Sedona wiederkam«, erklärt sie und ist schon wieder halb an ihrem Traumfänger vorbei.

»Bitte!«, schreie ich ihren Rücken an. »Wo hat er die Müllsäcke hingebracht? Wo ist dieser Müll jetzt?«

Mit der Hand schon an der Tür hält sie kurz inne, blickt stirnrunzelnd über die Schulter, auf der ihr Zopf ruht wie irgendeine Kreatur. »Die Müllabfuhr war gestern da. Das ist alles weggeschafft worden.«

Ich schreie vor Frust auf und schlage beide Hände vors Gesicht.

»Mal ernsthaft, junge Dame«, tadelt mich Lauras Nachbarin, »Sie müssen wirklich mit dem Zucker aufhören.«

Dann ist sie weg.

Donnie Darko, Mai 2001[7]

[MISS POMEROY (Drew Barrymore) wird vom Direktor gefeuert. Sie verlässt die Schule durch einen Seitenausgang. Sie hat Tränen in den Augen.]

MISS POMEROY: FUUUUUUUCKKKKKK!!!!!

17

Es wäre Esther lieber gewesen, wenn Charlie zum Abendessen mit Laura geblieben wäre. Es war das erste Mal, dass sie die beiden in ihrer neuen gemeinsamen Wohnung besuchte. Esther hatte das Treffen geplant, noch ehe sie überhaupt eingezogen waren. Arm in Arm würden sie und Charlie Laura an der Eingangstür willkommen heißen, barfuß auf dem makellosen viktorianischen Fliesenboden im Flur, während der verführerische Duft des selbst gekochten Essens aus der Küche herüberwehte. Eine einzelne weiße Orchidee würde hinter ihnen im Flurfenster stehen, und Laura würde von Zimmer zu Zimmer schlendern wie Kevin McCloud am Ende einer Folge von *Grand Designs* und ihre Begeisterung über die perfekt platzierten Details äußern, die diese Mietwohnung zu ihrem Zuhause machten.

Gut, der Flur war nicht wirklich gefliest. Und sie hätte den ausgetretenen, verschlissenen Teppich, der hinter dem Gemeinschaftseingang lag, ohne Schuhe an den Füßen nie betreten. Eine Orchidee gab es auch nicht, und okay, auch kein Fenster im Flur, wenn man genau sein wollte. Aber es war ihre erste gemeinsame Wohnung. Sie hatten ein gemeinsames Haushaltskonto, und ihrer beider Namen standen auf den Rechnungen. Esther konnte

Leute einladen und sie »bei ihnen zu Hause« herumführen, und es gab jemanden, zu dem sie abends heimkehrte: Mit sechsundzwanzig war sie endlich offiziell Teil eines »Wir«.

In ihrem Portemonnaie steckte ein Foto von Charlie, das sie an jenem gloriosen Sonntag im vergangenen Sommer in dem Passbildautomaten am Bahnhof gemacht hatten, als sie in Whitstable gewesen waren. Ihre Schultern waren sonnenverbrannt gewesen, er hatte einen Ketchupfleck auf seinem Shirt gehabt, und ihr Lächeln war so breit gewesen wie der Horizont am Meer, von dem sie gerade erst zurückgekehrt waren. Manchmal wollte sie einfach nur ihr Portemonnaie öffnen und es den Leuten wie eine Art Pärchenausweis hinhalten – schaut her! Es ist hochoffiziell! Das Zeugnis, dass ich geliebt werde! Charlie Meynell war der lebende Beweis dafür, das spürte sie, dass sie die Fette Fester ein für alle Mal hinter sich gelassen hatte.

Laura alleine und ohne Charlie an ihrer Seite durch die Wohnung zu führen war also bloß die halbe Miete. Noch weniger als das. Es war, als würde sie jemanden durch das Schloss von Versailles führen, ohne ihm den Spiegelsaal zu zeigen.

Aber der Spiegelsaal hatte nun mal andere Pläne.

»Komm schon, Sea Breeze«, sagte er und kniff sie zärtlich ins Kinn, damit sie für einen Kuss stillhielt, »erzähl ihr einfach, dass ich arbeiten muss.«

»Aber du *musst* nicht arbeiten«, entgegnete Esther. »Ich hab extra Mittwochabend vorgeschlagen, damit du hier sein kannst.«

»Laura kennt doch Rolands Schichtplan überhaupt nicht«, lachte er und schulterte seine Sporttasche. »Außerdem ist ihr das bestimmt egal. Ihr beiden habt doch sowieso mehr Spaß, wenn ich euch nicht dazwischenfunke.«

»Kannst du nicht zumindest hierbleiben, bis sie kommt, und Hallo sagen?«, fragte sie, zupfte an seinem Ärmel und klimperte mit den Wimpern zu ihm auf. »Andy macht das doch nichts aus, wenn du ein paar Minuten zu spät kommst.«

Er gab ihr noch einen Kuss und zog die Tür zum Flur auf. »Aber *mir* macht es was aus, wenn er ohne mich anfängt«, gab er zurück. »Vielleicht seh ich euch ja später noch, wenn sie noch da sein sollte. Viel Spaß!«

Esther seufzte, als er ging, allerdings eher aus Resignation denn aus echter Enttäuschung.

Bis sie mit Charlie zusammengezogen war, hatte Esther nicht die geringste Vorstellung davon gehabt, wie zutiefst ungesellig Männer waren. Er hatte jede Menge Freunde, aber ohne konkreten Anlass wäre es ihm nie eingefallen, sie zu treffen – ein Konzert, ein Fußballspiel, ein Film mit schnellen Autos und Typen mit albernen Namen wie Vin Diesel. Als bräuchte es einen Fokus, der größer war als sie alle zusammen, andernfalls müssten sie sich unterhalten, und das war offenbar ein Ding der Unmöglichkeit. Selbst solche Treffen zu planen – übers Telefon – schien nur zu funktionieren unter einer ganzen Reihe von Beleidigungen und Grunzern, die maximal fünf Minuten anhalten durften. »Was gibt's, Wichser? Yeah? Was? Sieben? Alter, du mich auch. Cool.«

Vielleicht hatte er aber auch recht; womöglich würden sie ohne ihn tatsächlich mehr Spaß haben. Er und Laura waren von Anfang an nicht richtig miteinander warm geworden. Und das war einzig und allein die Schuld dieses vermaledeiten Malcolm.

In der Küche schlug Esther ihr Jamie-Oliver-Kochbuch auf – Laura hatte es ihr zum Einzug geschenkt, und dass sie heute ein Rezept daraus zubereiten würde, war Premiere. Dem Rezept zufolge sollten der Lachs und das Gemüse mit einem ordentlichen Schuss Olivenöl besprenkelt werden, bevor sie in den Ofen wanderten. Sie hatte allerdings erst eine halbe Stunde zuvor festgestellt, dass kein Backblech in der Küche vorhanden war. Stattdessen ruhte der Lachs jetzt windschief in dem viel zu kleinen Aluschälchen eines Lieferservices, das sie schnell ausgespült hatte. Die Kirschtomaten schienen samt und sonders an den Rand des Behältnisses gekullert zu sein, auch wenn Esther ihr Bestes gegeben hatte, ihnen den Weg mit grünen Bohnen zu versperren. Vermutlich würde das letztlich aber keine Rolle spielen, sobald das Essen gar wäre. Mit der Olivenölflasche in der Hand hielt Esther unsicher inne und hielt sie ins Licht, um zu sehen, wie viel in der dunkelgrünen Flasche noch übrig war. Was bitte war ein ordentlicher Schuss? Vielleicht würde Laura es ja wissen.

Moment – war das ihr Telefon? Wo hatte sie ihre Handtasche hingestellt? Sie konnte das gedämpfte Handyklingeln hören und rannte ins Wohnzimmer – und rammte erst mal eins der Ikea-Pakete mit den noch immer unausgepackten Billy-Regalen.

»Au verdammt!« Auf einem Fuß hüpfte sie weiter durch das Zimmer und ließ sich auf das Sofa fallen, wo die Tasche lag, genau dort, wo sie sie nach der Arbeit hingeworfen hatte, um sofort weiter in die Küche zu hetzen und Hausfrau zu spielen. Der kleine Briefumschlag, der eine eingegangene SMS symbolisierte, blinkte kurz auf, bevor sie mit dem Daumen den Anruf entgegennahm.

»Est, hast du meine SMS nicht gekriegt? Wo bist du denn? Mach die Tür auf!«, hörte sie Laura keuchen. Es klang, als würde sie rennen.

»Was ist denn passiert?« Esther sprintete sofort los und riss die Haustür auf, aber dort war niemand. Sie spähte die Straße entlang in Richtung U-Bahn-Station – keine Menschenseele. »Wo steckst du?«

»Beeil dich einfach – bin gleich da. Scheiße, ich hätt nicht gedacht, dass sie mir bis hierher nachläuft …«

»Wer denn?«

»Ist die Tür auf?«

»Ja, aber ich seh dich nicht …« Esther trat hinaus auf den Bürgersteig, um die Straße besser zu überblicken. Dort wo sie hügelaufwärts eine Kurve beschrieb, konnte sie in der Ferne zwei Gestalten erkennen, die im Laufschritt näher kamen. Die eine schien zur anderen aufzuschließen.

Die vordere Gestalt wedelte mit dem Arm, augenscheinlich aber nicht, um ihr fröhlich zuzuwinken, sondern eher wie jemand, der in einem brennenden Gebäude eingeschlossen war – Laura, die sich mit der anderen Hand das Handy ans Ohr hielt und sich irgendetwas unter den Arm geklemmt zu haben schien … eine Pflanze? Sie war wahnsinnig schnell unterwegs und schlenkerte mit dem freien Arm an ihrer Seite wie einer dieser Geher, die man manchmal bei Leichtathletikwettkämpfen sah. Sie warf einen Blick über die Schulter, schleuderte dann ohne Vorwarnung die Pflanze beiseite und rannte weiter, so schnell sie konnte. Auch die Verfolgerin wurde schneller. Sie trug einen pastellfarbenen, schmal geschnittenen Rock und hohe Absätze, und obwohl es erst so aussah, als würde sie die Topfpflanze mit einem beherzten Sprung hinter sich lassen, blieb sie mit dem Absatz an dem Hindernis hängen, strauchelte und griff nach einem schmiedeeisernen Gartenzaun, um nicht der Länge nach hinzufallen. Laura nutzte die Gelegenheit, legte einen Endspurt ein, stürzte in den Vorgarten und schmetterte das Gartentor hinter sich zu.

»Rein!«, brüllte sie und stürmte panisch an Esther vorbei.

Sowie die Haustür hinter ihnen zugeschlagen und der Riegel an der Wohnungstür vorgeschoben war, quetschte Laura sich zum Erkerfenster vor, das hinaus zum Bürgersteig ging. Eine üppig grüne Ligusterhecke verstellte ihr größtenteils den Blick, doch dann kam über der Krone ein aschblonder Scheitel zum Vorschein, der auf und ab fegte, offenbar unsicher, in welches Haus die Beute verschwunden war.

»Was läuft hier, Laura?«, wollte Esther wissen.

»Psst! Sag bloß nicht laut meinen Namen!« Laura ging hinter dem Vorhang in Deckung, umklammerte den Saum und wickelte sich darin ein, bevor sie erneut vorsichtig durchs Fenster spähte.

»Sie hat dich hier reinlaufen sehen. Wer ist die Frau?«

Laura hielt weiter das Gesicht zur Straße gerichtet, schielte aber zu Esther hinüber. »Das ist Alice Bewes«, wisperte sie. »Malcolms Frau.«

Und das war's. Esther hatte ein für alle Mal die Nase voll. Sie marschierte gerade noch rechtzeitig auf das

Fenster zu, um zu sehen, wie ein Paar blauer Augen durch eine lichte Stelle im Liguster spähte. Die Augen wurden vor Überraschung weit aufgerissen, dann bewegten sie sich in Windeseile in Richtung des Gartenwegs. Esther entriss Laura den Vorhang und zog ihn vor das Fenster, sodass sie urplötzlich im Dunkeln standen.

Sekunden später hämmerte es an der Eingangstür. Das Hämmern verstummte für einen Moment, dann konnten sie das metallische Knirschen des Briefschlitzes hören, der bis zum Anschlag aufgedrückt wurde, und eine schrille, vornehme Stimme: »Ich weiß, dass du da drinnen bist, du kleine Schlampe!«

Esther zerrte Laura am Ärmel aufs Sofa. »Du hast gesagt, du hast nichts mehr mit Malcolm«, fauchte sie Laura wütend an.

»Hab ich auch nicht«, gab sie durch die zusammengebissenen Zähne zurück. »Es war doch sowieso nur ein paarmal, Est, ich war nicht seine *Geliebte* oder so. Mach jetzt bitte kein Drama daraus.«

Esther funkelte ihre Freundin durch die künstliche Dunkelheit böse an. »Nicht *ich* mache ein Drama daraus – seine Frau versucht gerade, sich bei mir Zugang zu verschaffen, Laura. Warum ist sie dir überhaupt hierher gefolgt?«

»Was weiß denn ich?« Laura blinzelte nervös zur Wohnungstür hinüber und duckte sich instinktiv in die Gegenrichtung weg.

Plötzlich wurde das Hämmern lauter – und blieb kurz darauf abrupt aus.

Esther und Laura starrten einander mit großen Augen

an, als sie hörten, wie Absätze über die Eingangsstufe davonklapperten.

»Sie ist weg, glaube ich«, flüsterte Laura und beugte sich leicht vor, um besser hören zu können. Und auch Esther lehnte sich ein Stückchen vor. Nichts.

Dann erzitterte das Erkerfenster, als von draußen jemand dagegen schlug. Wie auf Kommando warf Laura sich flach auf den Wohnzimmerboden, als würde sie damit rechnen, dass Malcolms Ehefrau jede Sekunde durchs Fenster klettern könnte, doch die Scheibe hielt.

»Ich schlag das Fenster ein!«, kreischte die Frau erzürnt. »Glaub ja nicht, dass ich es nicht mache!«

»Verdammt«, flüsterte Laura, klammerte sich an Esthers Knöchel und versuchte, sie neben sich auf den Boden zu ziehen. »Verdammt, die ist doch total durchgeknallt! Runter!«

Esther wand sich aus ihrem Griff. Dass sie sich nicht dort hinlegen wollte, lag nicht allein an ihrem Stolz. Charlie hatte am Vorabend sein halbes chinesisches Essen vom Lieferservice auf dem Teppich verteilt. Am Stolz lag es allerdings überwiegend. In ihren eigenen vier Wänden würde sie sich nicht einschüchtern lassen.

»Okay, jetzt reicht's«, sagte sie. »Wenn sie das Fenster einschlägt, dann kann ich die Kaution abschreiben – und wegen deiner dämlichen Affäre riskiere ich nicht so viel Geld.«

»Aber es war keine Affäre!« Hektisch griff Laura erneut nach Esthers Knöchel, doch Esther war schneller. Hinter dem zugezogenen Vorhang ratterte unheilvoll das Fenster.

Esther blieb kurz vor dem Vorhang stehen, atmete tief ein, riss ihn abrupt auf und stand dann Auge in Auge

Malcolms Frau gegenüber, die beide Arme hochgerissen hatte, um gleich erneut auf die Fensterscheibe einzudreschen. Ihr wutverzerrtes Gesicht sah aus wie die Fratze eines Wasserspeiers.

»Hören Sie auf der Stelle damit auf!«, schrie Esther in ihrem besten Befehlston.

So hatte sie noch nie mit einer älteren Person gesprochen, und sie war sich nicht sicher, was gleich passieren würde, aber irgendetwas hatte sie letztendlich sagen müssen. Mit hoch über dem Kopf erstarrten Armen stand Alice Bewes wie angewurzelt vor ihr, als hätte Esther ein Gewehr auf sie gerichtet und wäre jederzeit bereit zu feuern, während die Hände fest zu Fäusten geballt waren, um im nächsten Moment wieder auf die Scheibe einzutrommeln.

»Hauen Sie ab, bevor ich die Polizei rufe«, schrie Esther durchs Fenster.

Alice ließ die Arme sinken und zupfte ihren marineblauen Blazer vorn zurecht, als wäre ihr schlagartig klar geworden, wie sie gerade aussah. Sie kniff die Lippen zusammen und schüttelte den Kopf, ohne dass ihr auftoupiertes und haarsprayfixiertes blondes Haar unter dem gefütterten Samthaarband in Unordnung geraten wäre. Diesseits des Fensters kam Esther sich vor, als würde sie einer Stummfilmschauspielerin dabei zusehen, wie sie eine Reihe von Emotionen zur Schau stellte: Zorn, Resignation, Scham.

»*Ich* sollte die Polizei rufen«, schrie sie und reckte dabei trotzig das Kinn vor, damit ihre Stimme besser trug. Dennoch klang es so, als würde sie allmählich aufgeben. Sie sah nicht wesentlich jünger aus als Esthers Mutter, zu alt, um hinter einer jungen Frau her eine Straße entlangzurennen.

»Warum denn das?«, murmelte Laura immer noch auf dem Fußboden in sich hinein. »Als wäre Sex mit dem Chef illegal.«

»Halt die Klappe, Laura«, blaffte Esther sie an und wandte sich wieder Alice zu. »Niemand muss die Polizei rufen, wenn Sie jetzt einfach wieder heimgehen, Mrs. Bewes«, rief sie so freundlich, wie sie konnte, und doch laut genug, damit sie auch wirklich gehört wurde.

Alice' Kinn fing an zu zittern. Sie drückte sich die manikürten Finger unter die Augen und blinzelte heftig, als könnte sie so die Tränen zurückpressen. »Ich ... Sie könnten mir nicht vielleicht zufällig ein Taxi rufen?«, fragte sie.

So hatte Esther sich den Abend nicht vorgestellt. Sie verbrachte noch eine halbe Stunde mit Alice Bewes draußen auf der Schwelle und telefonierte dem Taxiunternehmen nach, um sich zu erkundigen, wo der versprochene Wagen blieb. Alice nahm das Angebot an, ein Glas Chardonnay zu trinken, dann noch eins, und schließlich bat sie um ein drittes, weigerte sich aber, die Wohnung zu betreten, in der sich die Schlampe versteckte, und die Schlampe wollte auch nicht zu ihnen nach draußen kommen. Esther huschte zwischen den beiden hin und her, verteilte Mitgefühl, Alkohol und liebevolle Strenge und fragte sich, wie sie nur in diese Situation hatte hineingeraten können.

Als der braune Kombi der Taxigesellschaft endlich vorfuhr, baumelte ein ganzer Wald aus Wunderbäumen über dem Armaturenbrett. Alice' Zorn hatte sich in Weinerlichkeit verwandelt. Esther setzte sie mit dem Versprechen auf die Rückbank, dass niemand von ihrem

Ausflug nach Finsbury Park erfahren müsse. Dann ging sie rein, um sich Laura vorzuknöpfen.

Doch noch bevor sie die Küche überhaupt erreicht hatte, war klar, dass sie sich um einen noch dringenderen Notfall würde kümmern müssen.

»Was stinkt hier so, verdammt?«, rief sie und wedelte mit der Hand vor dem Gesicht herum.

Laura kreischte auf, warf das Handy beiseite, sprang auf die Füße und rannte in Richtung Ofen. Hinter der Ofenklappe war zweimal hintereinander ein gedämpftes Platzen zu hören, als wären dort drinnen Minibömbchen explodiert.

»Scheiße, Scheiße, Scheiße!« Laura riss die Klappe auf. Schwarzer Rauch waberte heraus und blieb wie ein böser Geist über ihnen in der Luft hängen. Beide wichen erschrocken zurück, als eine weitere Explosion ertönte, und dann schlugen ihnen orangerote Flammen vom Gitterrost entgegen, der zuoberst hineingeschoben worden war und auf dem das Lieferservice-Aluschälchen lag.

Esther sah sich hektisch nach einem Ofenhandschuh um, musste sich dann aber selbst daran erinnern, dass sie keinen besaß. Sie schnappte sich das nächstbeste Stück Stoff, das über der Rückenlehne eines Küchenstuhls hing, wickelte sich ihn um die Hand und zog die Aluschale aus dem Ofen.

»Das ist mein Cardigan!«, kreischte Laura, sprang nach vorne und hüpfte dann panisch zurück, als der verbrannte Lachs aus der Schale rutschte und direkt vor ihren Füßen auf dem Boden landete.

»Scheiß auf den Cardigan – willst du meine Wohnung abfackeln, oder was? Wieso hast du denn den Fisch direkt unter den Grill gepackt?« Esther bugsierte den Alubehälter ins Spülbecken, wo er zischte und knisterte. Von den explodierten Tomaten war nur noch ein Scheiterhaufen aus verkohlten Schalen übrig, und die grünen Bohnen sahen aus wie ein Häuflein abgebrannter Streichhölzer.

Laura riss die Augen auf. »Grill? Ich dachte, das wär der Ofen … Ich wollte doch nur helfen.«

»Kannst du mal das Fenster aufreißen?«, fauchte Esther sie an und warf Lauras Cardigan hinter sich auf den Küchentisch, um den Schaden im Spülbecken zu inspizieren. »Gott …«

Laura schob das Fenster hoch, so weit es ging, und wedelte mit beiden Händen, um den Rauch zu vertreiben. Dann schnappte sie sich ihren Cardigan und schüttelte ihn vor dem Fenster aus. »Tut mir leid, okay? Ich dachte, so wäre es in Ordnung.«

»Wetten, du hast auch keinen Schuss Olivenöl drübergegeben?«, murmelte Esther und stocherte mit dem Fischvorlegemesser in den verkohlten Resten des perfekten Jamie-Oliver-Rezepts herum.

»Was für ein Schuss?«

»Spielt keine Rolle. Das hier ist komplett im Eimer. Der ganze *Abend* ist im Eimer.« Sie warf das Fischmesser mit einem lauten Scheppern ins Spülbecken und marschierte hinüber zum Kühlschrank, um nachzusehen, was sie sonst noch essen konnten.

»Hör mal, ich wollte doch nur nicht blöd rumsitzen, während du draußen warst«, versuchte Laura, sich zu verteidigen, und knetete den Cardigan in ihren Händen. »Ich wollte einfach nur was *tun*.«

»Tja, ich denke, du hast schon genug getan«, grummelte Esther ins Gemüsefach.

Erst war sie sich nicht sicher, ob Laura sie gehört hatte. Sie war sich nicht mal sicher, ob sie gewollt hatte, dass Laura sie hörte – es war ihr einfach so herausgerutscht, ohne dass sie es hätte verhindern können. Doch das Schweigen hinter der Kühlschranktür verriet ihr, dass sie einen Treffer gelandet hatte. Als sie den Kühlschrank wieder zudrückte, hatte Laura sich bereits den Cardigan angezogen und hielt abmarschbereit ihre Handtasche in den verschränkten Armen.

Ihre Wangen waren gerötet, und ihre Stimme klang schrill, als sie sagte: »Es tut mir leid, okay? Ich glaub, ich geh wohl besser.«

Esther stellte sich ihr in den Weg. »So einfach kommst du aus dieser Nummer nicht raus.«

Laura blinzelte angestrengt in Richtung Zimmerdecke. Dann presste sie erst fest die Lippen zusammen, bevor sie sagte: »Du hast recht. Ich hab den Abend ruiniert. Wir sollten das Ganze hier verschieben. Komm du zu mir und fackel meine Vorhänge ab oder so. Als Wiedergutmachung.«

Doch Esther blieb stur. »Ich weiß genau, dass du jetzt einfach abhauen willst, Laura, aber so läuft das nicht.«

Eine Weile starrten sie einander schweigend an – und fast hätte beredte Stille geherrscht, wenn nicht der ruinierte Fisch im Spülbecken immer noch leise vor sich hin gezischt hätte.

Laura täuschte einen Schritt nach links an, wich dann aber nach rechts aus, doch Esther erwischte sie an der Schulter. So leicht wollte sie sie nicht davonkommen lassen. Ein paar Sekunden lang rangen sie vor dem Kühlschrank miteinander wie zwei hoffnungslos unfähige Wrestler.

»Laura!« Wider Willen musste Esther lachen. »Hör auf mit mir Scheiß-Kabaddi zu spielen!«

»Oh Gott«, prustete Laura los und taumelte rückwärts aus Esthers Reichweite. »Kabaddi? Weißt du noch, wie Katie Long umgekippt ist, weil sie zu lange die Luft angehalten hat, als wir das damals in der Oberstufe gespielt haben?«

Esther schlug bei der Erinnerung an Katie, die ohnmächtig auf dem Boden lag, und an Mr. McDonald, der panisch und mit wehenden Hosenbeinen quer über den asphaltierten Pausenhof auf sie zurannte, beide Hände vor den Mund. »Und wie Mr. McDonald glaubte, wir hätten Drogen genommen, als wir ihm erklärten, dass das nur wegen des Kabaddis war?«

»*Wer hat ihr das Kabaddi gegeben?*«, äffte Laura ihn mit tiefer Stimme nach, und Esther hob drohend den Zeigefinger.

»*Und wie viel hat sie genommen? Raus mit der Sprache!*«

Laura fing so heftig an zu lachen, dass sie sich setzen musste. Sie hatten dafür eine ganze Woche Nachsitzen aufgebrummt bekommen, und die gesamte Klasse hatte sich einen Vortrag über die Gefahren unbeaufsichtigter sportlicher Aktivitäten auf dem Schulhof anhören müssen.

»Gott, Katie Long …«, sagte Laura und wischte sich die Lachtränen aus dem Gesicht. »Hast du seither noch mal was von ihr gehört?«

Esther konnte Laura ansehen, dass sie hoffte, damit wäre die Sache gegessen – dass sie erfolgreich von sich selbst abgelenkt hätte und sie beide für den Rest des Abends in vergnüglichen Erinnerungen an Portsdown schwelgen könnten.

»Bitte, Laura«, sagte sie und setzte sich ihr gegenüber. »Wir müssen uns mal ernsthaft unterhalten.«

Laura hängte ihre Handtasche über die Stuhllehne, zupfte erst an einem Ärmel ihres Cardigans herum, dann am anderen, und zog sie sich über die Hände, um Zeit zu schinden.

Überrascht entdeckte Esther eine Schüssel mit Doritos auf dem Tisch. Sie hatte sie dort bereits vor Stunden hingestellt, als kleinen Vorspeisensnack im Anschluss an die Wohnungsbesichtigung, die nie stattgefunden hatte. Na wenn schon. Sie nahm sich einen Dorito und nickte zu der Schüssel hinüber, damit Laura sich ebenfalls bediente.

»Da haben wir's doch – unser Abendessen«, sagte sie mit vollem Mund. »Aber wenn du auch nur einen Ton über ungesunde Ernährung sagst, dann zwinge ich dich, den Fisch zu essen, ich schwöre es dir. Und zwar den ganzen.«

»Ich wollte gar nichts sagen«, protestierte Laura.

»Ich weiß. Und genau deshalb wollte ich dich auch nicht gehen lassen.«

Laura hielt mit der Hand über der Schüssel inne.

»Was soll das denn jetzt heißen?«

»Jetzt komm schon, Laura. Könntest du bitte aufhören, so zu tun, als wäre nichts passiert? Du hast mir erzählt, du würdest nicht mehr mit Malcolm schlafen.«

»Tu ich ja auch gar nicht!« Sie ließ sich gegen die Lehne fallen wie ein beleidigter Teenager.

»Da ist seine Frau wohl anderer Ansicht.«

»Es ist doch keine große Sache«, murmelte Laura, und Esther seufzte und fühlte sich schlagartig erschöpft.

»Entschuldige mal, aber hast du seine Frau *gesehen*?«

»Natürlich«, blaffte Laura zurück. »Diese Hexe hat mich vom Büro den ganzen Weg hierher verfolgt. Ich bin sogar in eine andere U-Bahn eingestiegen, um sie abzuschütteln. Aber sie war mir sofort wieder auf den Fersen – wie so ein durchgeknallter Schwarzenegger mit Alice-Haarband auf dem Kopf, der die Rolltreppe hochstürmt. Wenn es nicht so voll gewesen wäre, hätte sie mich unter Garantie eingeholt.« Laura lächelte Esther zaghaft an, um zu sehen, ob sie schon wieder dazu imstande war, über das Ganze zu lachen.

War sie nicht.

»Laura, sie war am Boden zerstört.«

Laura griff nach ihrem Weinglas und leerte es in einem Zug.

»Hättest du es mir erzählt, wenn ich es nicht auf diese Weise herausgefunden hätte?«, fragte Esther.

Über den Rand ihres leeren Glases hinweg sah Laura sie an. »Ich hab's dir doch erzählt«, erwiderte sie vorsichtig.

»Du hast es mir nur deshalb erzählt, weil Charlie dich damals beim ersten Mal gesehen hat, wie du mit Malcolm in ein Taxi gestiegen bist. Kannst du dir vielleicht vorstellen, wie sich das anfühlt, Laura? Mein erstes Date mit Charlie, mit einem komplett Fremden, und er weiß mehr über dich, als ich ansonsten je erfahren hätte.«

»Ich *hab* es dir erzählt«, beharrte Laura stur. Dann schenkte sie sich ein weiteres Glas Wein ein und ließ die Flasche gleich daneben stehen, als wäre mit dem nächsten Glas in Kürze zu rechnen.

»Du hast es mir erzählt, weil ich dich darauf angesprochen habe. Ich will nur wissen: Hättest du mir überhaupt von Malcolm erzählt, wenn ich dich nicht direkt danach gefragt hätte? Wenn Charlie mir nicht Bericht erstattet hätte – hättest du?«

»Natürlich hätte ich«, murmelte Laura fast tonlos.

»Wirklich?«

Aufgebracht warf sie sich den Pony aus dem Gesicht. »Es ist wirklich nicht so, als wäre ich stolz darauf, Est. Es ist aber nun mal passiert. Und ... wenn es erst einmal passiert ist, dann wird es umso schwerer, beim nächsten Mal Nein zu sagen.« Laura griff nach einem Dorito, schien es sich dann aber anders zu überlegen und drehte ihn in einer Tour mit beiden Händen um, als wäre es ein Poker-Chip.

»Wenn du nicht mehr mit ihm ins Bett gehst, warum war Alice Bewes dann hinter dir her?«

Jetzt ragte der Dorito wie eine orangefarbene Haifischflosse zwischen ihren Fingern auf.

»Es war nach dem Cricketspiel letzte Woche im *Lord's*«, antwortete Laura leise. »Wir hatten jede Menge Kunden dorthin eingeladen, und anschließend hat er mich nach Hause gefahren. Es war das erste Mal seit einer Ewigkeit, ich schwöre es dir. Und das passiert mir nicht noch einmal.«

Esther merkte, dass Laura ihr nicht in die Augen sehen konnte. Oder wollte. »Und wie hat sie es herausgefunden?«

Laura schnaubte nachdenklich durch die Nase, dann endlich schob sie sich den Chip in den Mund. »Keinen Schimmer«, sagte sie und kaute konzentriert darauf herum. »Malcolm hat mir SMS geschrieben. Vielleicht hat sie die ja gesehen.«

»Hast du ihm geantwortet?«

Laura funkelte sie wütend an. »Du hast echt keine Ahnung! Du hast noch nie eine Ahnung gehabt. Ich brauche diesen Job. Ich bin nicht wie du – mit deinem perfekten Uniabschluss und dem perfekten Job bei der *Times* und deiner perfekten Wohnung mit deinem *Freund.*«

Es sollte Esther erst später auffallen, dass Laura nicht »perfekter Freund« gesagt hatte.

»Oh nein, jetzt mal halblang«, sagte sie und spürte, wie die Wut in ihr hochkochte. »Hier geht es nicht um mich – wag es nicht, Laura!«

»Für dich ist doch alles so wunderbar einfach, stimmt's? Es ist, als ... Du hast einen fertigen Plan für dein ganzes Leben, oder nicht? Du hast immer schon gewusst, was du tun würdest. Tja, mir hat niemand einen Plan in die Hand gedrückt, Esther, verstanden? Ich hab keinen Plan, ich lande einfach nur immer wieder in einer verschissenen Sackgasse.« Dann fing sie lautstark an zu heulen und schlug sich beide Hände vors Gesicht. »Was ist, wenn Ricko recht hatte?«, wimmerte sie in ihre Handflächen hinein. »Ich dachte, Malcolm wäre eine Art Anti-Ricko. Ich wollte mich einfach nicht noch mal auf eine feste Beziehung einlassen. Ich wollte mich auf meine Karriere konzentrieren – und was passiert? Es ist genau, wie Ricko gesagt hat: Ich habe meinen Zenit längst überschritten. Und seither ist alles nur noch eine einzige Katastrophe gewesen.«

Esther sah, wie Laura nur für eine Sekunde zwischen ihren Fingern hervorspähte, um zu sehen, welche Reaktion sie damit hervorrief. So anstrengend Laura auch war und bei aller Schauspielerei, hatte sie in sich also doch noch einen Funken Selbsterkenntnis bewahrt, der die ganze Sache gleichermaßen lächerlich und entschuldbar machte.

»Von wegen Katastrophe«, sagte Esther geduldig. »Für Alice Bewes ist es doch noch viel schlimmer. Sie ist immerhin verheiratet mit diesem Arschloch. Du bist gerade erst sechsundzwanzig, du kannst kündigen, du kannst Malcolm den Rücken kehren. Irgendwo anders ganz neu anfangen.«

»Neu anfangen?« Laura lachte verbittert. »Du hast echt keine Ahnung, wie es in der Weinbranche läuft – das ist eine kleine Welt. Und dort kennt ihn jeder.«

»Jeder? Auch in Australien? Neuseeland? Hast du nicht erzählt, du wolltest schon immer mal für eine Saison auf einem Weingut arbeiten? Und dir die Produktionsseite näher ansehen? Warum nicht jetzt – während du solo bist und ungebunden?«

»Klar«, gab Laura sarkastisch zurück und verdrehte die Augen. »Ich zapfe einfach meinen Investmentfonds an und kauf gleich morgen früh ein Flugticket. Als könnte ich es mir leisten zu kündigen!« Sie griff wieder nach der Weinflasche, schenkte diesmal allerdings auch Esther ein Glas ein, was sicherlich ein gutes Zeichen war: Zumindest standen sie jetzt wieder auf derselben Seite.

»Komm schon, Laura«, sagte Esther. »Mach dir Pläne. Fang an zu sparen. Verschwinde aus diesem Drecksloch. Es ist nie zu spät.«

Laura sackte auf ihrem Stuhl zusammen. »Du hast leicht reden. Ich hab schon einmal neu angefangen, und schau dir an, wo es mich hingeführt hat.«

Esther war regelrecht verzweifelt. »Würde Drew Barrymore in so einer Situation aufgeben?«

»Oh bitte, jetzt halt aber den Rand«, murmelte Laura und ließ den Wein in ihrem Glas kreisen. »Wer schert sich bitte schön darum, was Drew Barrymore tun würde.«

Esther sah sie entsetzt an. »Laura! Und was ist mit dem Evangelium?«

»Hast du wirklich daran geglaubt?« Sie schniefte und sah mit rot geränderten Augen zu Esther auf. »Das war doch nur ein blöder Scherz. Du hättest es nicht ernst nehmen dürfen.«

»Dann bist du also abtrünnig geworden … Dir ist klar, dass du dafür auf den Scheiterhaufen kommst?«

Sie brachte ein schiefes Um-der-alten-Zeiten-willen-Lächeln zustande. »Ich bin *skeptisch* geworden«, erklärte sie, »nicht *abtrünnig. Zweifelnd.* Ich bin … eine zweifelnde Laura Thomas.«

Niedergeschlagen schüttelte Esther den Kopf. »Du zweifelst also an unserem Evangelium nach Drew. Ich muss schon sagen, ich hätte nie gedacht, das ausgerechnet von Gertie zu hören.«

Laura streckte ihr die Zunge raus, als wären sie wieder sieben Jahre alt. »Ist doch egal. Drew hat mich hängen lassen in den letzten Jahren. Schau mich doch an – mein ganzes Leben ist ein einziger Scherbenhaufen.«

»Ist das vielleicht Drew Barrymores Schuld?« Esther schnaubte in ihr Weinglas. »Ich kann mich nicht erinnern, dass sie dir je empfohlen hätte, mit Malcolm in die Kiste zu steigen – im Gegenteil.« Sie rückte vor bis an die Stuhlkante. »An diesem Abend bei Roland – da wollten wir eigentlich ins Kino gehen. *Ungeküsst*.«

»In der Nacht, als ich mit Malcolm mitgefahren bin?«

»Ganz genau.«

»Ja und?«

»Da sind wir *nicht* ins Kino gegangen.« Esther machte unwillkürlich große Augen, als die Theorie in ihrem Kopf Gestalt annahm. Nicht dass sie wirklich daran geglaubt hätte, aber sie ahnte, dass es funktionieren könnte, Laura damit aus der Trübseligkeit herauszulocken.

Laura zog eine Augenbraue hoch und grinste schief. »Was willst du damit sagen – dass Sex mit Malcolm die Rache dafür war? Dafür, dass wir uns diesen Film nicht angesehen haben?«

Esther schmunzelte und zuckte mit den Schultern. »Möglicherweise ist Drew ja eine Rachegöttin. Streng nach dem Alten Testament. Du sollst keine anderen Götter neben mir haben.«

Laura war fassungslos. »Du hast sie doch nicht mehr alle.«

»Du musst eben daran *glauben*«, gab Esther zurück. »Es funktioniert nur, wenn du *wirklich* daran glaubst.«

Laura stellte ihr Weinglas ab, stand auf und wischte ein paar Doritokrümel auf den Boden. »In Ordnung«, sagte sie, stellte sich stocksteif hin, als würde sie gleich auf dem Küchenboden eine Gymnastiknummer aufführen. Dann hob sie die Arme und sah entrückt zur Decke empor, als würde sie das Fresko der Sixtinischen Kapelle bewundern statt körnig weißen Gipskarton.

»Drew!«, rief sie zum Himmel gewandt. »Ich brauche ein Zeichen! Ich bitte dich, verzeih mir, dass ich dich vernachlässigt habe! Bitte, gib mir ein Zeichen, dass ich wieder an dein Evangelium glauben kann.«

Zwei Tage später wurde sie gefeuert.

18

Oktober 2013

Meine Hände zittern, als ich das Handy aus der Tasche ziehe. Jetzt habe ich den Beweis. Ich muss die Polizei rufen. Stanley weiß etwas über Lauras Verschwinden – mehr, als er mir erzählen wollte –, und mir ist klar, dass ich das ohne Hilfe nicht mehr regeln kann.

»Napa Police Department, mit wem wollen Sie verbunden werden?«, fragt mich eine nasale Stimme.

»Meine Freundin ist verschwunden … unter dubiosen Umständen.«

»Vermisstenstelle, danke, bleiben Sie dran.«

Es dämmert mir, dass ich zuallererst zu meinem Wagen hätte zurückfinden müssen. Während ich in der Warteschleife hänge, kann ich nicht auf dem Handy-GPS nachsehen, wo genau ich mich befinde. Die Umgebung, die zuvor noch so freundlich und charmant gewirkt hat, als ich mit Stanley herspaziert bin, scheint mit einem Mal wie verwandelt. Die Straßen sehen sich einfach nur noch zum Verwechseln ähnlich, wie ein Labyrinth – überall gleich breit, überall identische grüne Straßenschilder mit kantigen weißen Buchstaben. Als würden sie wollen, dass man hier nie wieder rausfindet. Ich frage mich, wer hier noch alles Geheimnisse hütet, wer hier noch bestimmte Sachen von den Nachbarn mitbekommen, aber es niemandem erzählt hat.

Während ich immer noch in der Warteschleife hänge, bleibe ich ratlos an der nächstbesten Kreuzung stehen.

»Sie möchten eine Person als vermisst melden?«, fragt ein Mann am anderen Ende. Er klingt väterlich, beruhigend, und auf der Stelle fühle ich mich besser. Ich bin nicht mehr allein. Es kann mir jemand bei der Suche helfen.

»Ja«, sage ich und überquere die Straße in der Hoffnung, dass ich die richtige Richtung eingeschlagen habe. »Ich vermute, dass ihr etwas zugestoßen ist.«

Die Umstände ihres Verschwindens sind für mich der entscheidende Punkt. Zuvor hieß es, dass es keinen Grund zur Besorgnis gebe, aber inzwischen weiß ich mehr, und ich habe Beweise. Jetzt müssen sie doch etwas unternehmen.

»Würden Sie mir bitte den Namen der Person nennen?«

Als ich ihm Lauras vollen Namen sage, höre ich am anderen Ende der Leitung das Klappern einer Tastatur. Dann fragt er nach einigen Details – Geburtsdatum, in welchem Verhältnis ich zu ihr stehe. Es fühlt sich offiziell an. Endlich passiert etwas.

»Okay, wir haben hier schon einen Eintrag auf Miss Laura Katherine Thomas, Ma'am. Anscheinend hat ihre Mutter sie vor einer Woche als vermisst gemeldet, und die Kollegen sind der Sache nachgegangen.«

»Sie ist nicht wieder aufgetaucht«, sage ich und marschiere zielstrebig den Gehweg entlang an weiß gestrichenen Häusern mit immer gleichen Vorgärten vorbei. »Ich bin den ganzen Weg aus England hergekommen, um sie zu suchen, und hab ein paar neue, sehr wichtige Informationen …«

»Und die wären?«, erkundigt er sich. Er klingt freundlich, allerdings fast schon ein bisschen zu routiniert, als hätte er sich gerade bloß ein Autokennzeichen notiert und nicht entscheidende Eckdaten zu einer Person, die möglicherweise in Gefahr schwebt.

»Jemand hat sie kurz vor ihrem Verschwinden noch gesehen«, sage ich triumphierend und stolz auf meine detektivischen Fähigkeiten.

»Sie ist am 25. Oktober als vermisst gemeldet worden«, liest der Polizist in der Datenbank. »Wann, sagten Sie, wurde sie zuletzt gesehen?«

Ich zögere. Schlagartig ist mir klar, dass ich auch das hätte nachschauen müssen, ehe ich den Notruf wählte. »Das genaue Datum kann ich Ihnen nicht sagen«, erwidere ich, »aber es war beim letzten Vollmond – die Nachbarin hat sie in dieser Nacht gesehen.«

Er räuspert sich verhalten. »Wie meinten Sie?«

»Ich weiß, das klingt verrückt, bitte entschuldigen Sie«, erwidere ich. »Die Nachbarin konnte sich an das Datum nicht erinnern, aber sie wusste noch, dass in der Nacht Vollmond war. Können Sie das nicht googeln? Es ist wirklich wichtig.«

Ich bleibe im Schatten eines Baumes stehen. Die Sonne steht inzwischen hoch am Himmel, und obwohl es ein verhältnismäßig milder Tag ist, ist mir von dem wütenden Marsch und der Unsicherheit, ob ich in die richtige Richtung laufe, viel zu heiß geworden. Schweiß perlt mir unangenehm über den Rücken, und es fühlt sich an, als würde mein Gesicht brennen.

»Die Mondphasen kann ich ja später recherchieren. Was hat Miss Thomas denn gemacht, als ihre Nachbarin sie« – er hält kurz inne, womöglich um genau das richtige Maß skeptischer Belustigung in seine Stimme zu legen – »als sie sie in jener Vollmondnacht beobachtet hat?«

»Sie … sie hat ihr Auto vollgeladen, aber das …«

Noch ehe ich weitersprechen kann, fällt er mir ins Wort: »Entschuldigen Sie bitte, Ma'am, aber ich muss hier jetzt was klarstellen, bevor wir weitermachen. Miss Thomas hat also vor ihrem Verschwinden ein Auto vollgeladen …«

»Ja, aber das ist nicht das Verdächtige daran. Sie verstehen mich einfach nicht! Seither hat sie niemand mehr gesehen oder von ihr gehört, und außerdem … hat sie offenbar einen geheimen Liebhaber gehabt.«

Am anderen Ende der Leitung herrscht kurz Stille. »Einen geheimen Liebhaber, Ma'am?«

»Ja. Sie hatte was mit ihrem Chef. Stanley Hoffmann von Foothills Vineyard. H-O-F-F-M-A-N-N, mit zwei N am Ende. Und keiner von den beiden hat mir davon erzählt – kommt Ihnen das nicht auch merkwürdig vor?«

»Stanley … Hoffmann. Zwei N.« Er sagt es so bedächtig, dass ich erleichtert bin: Er muss es sich irgendwo aufgeschrieben haben. Er hat es sich notiert oder in die Polizeidatenbank eingegeben. Jetzt taucht Stanley im System auf, und sein Name kann mit Laura in Verbindung gebracht werden. In eine überaus ominöse Verbindung. »Okay, Ma'am, und ich nehme an, dieses Verhalten sieht Ihrer Freundin nicht ähnlich?«

»Was meinen Sie damit?«

»Ist es ungewöhnlich, dass Miss Thomas in Sachen Privatleben Zurückhaltung übt?«

Aus irgendeinem Grund fange ich an zu stammeln. Es fühlt sich an, als hätte er mir gerade eine Fangfrage gestellt. »Nein … Ich … ich meine, schon, also … Dass sie einfach verschwindet, sieht ihr gar nicht ähnlich. So was hat sie noch nie gemacht.«

»Ist Mr. Hoffmann verheiratet? Ist es das, worauf Sie anspielen?«

»Nein, er ist …« Dann unterbreche ich mich. Wie konnte ich nicht daran denken, ihn danach zu fragen?

Das würde natürlich erklären, warum Stanley sein Verhältnis mit Laura geheim halten wollte. Und warum sie die Fotos von ihm im Schlafzimmer versteckt hat – damit ein unangekündigter Besucher sie nicht zu sehen bekommt. Ich kann mich an keinen Ehering an seiner Hand erinnern, allerdings habe ich danach auch nicht Ausschau gehalten. Und wäre so was nicht exakt Lauras Stil? Die einfachste Art, keine feste Bindung einzugehen, ist nun mal, sich jemanden zu angeln, der bereits in einer festen Beziehung lebt.

»Ma'am?«

»Ich weiß nicht, ob er verheiratet ist«, gebe ich zu. »Aber hören Sie mir bitte zu, es gibt da noch was anderes … Er war in ihrer Wohnung und hat dort sauber gemacht. Es roch stark nach Putzmittel.«

Ich biege nach rechts ab, wo die Straße ein wenig breiter zu werden scheint und die einander gegenüberliegenden Baumreihen schlagartig enden.

»Miss Thomas' Wohnung war … sauber?«

»Nicht *sie* hat dort sauber gemacht!«, schreie ich und kann selbst hören, wie gepresst und hysterisch ich inzwischen klinge. »Stanley Hoffmann hat dort sauber gemacht, nachdem sie verschwunden ist. Die Nachbarin meinte, er hätte Stunden damit zugebracht. Er hat säckeweise Mist – ich meine Müll – entsorgt. Finden Sie nicht, dass das verdächtig ist?«

Der Mann am anderen Ende kichert. Allen Ernstes. Als wäre all das urkomisch. »Es beschweren sich bei mir nicht viele Leute darüber, dass ein Mann den Müll rausgebracht hat. Haben Sie noch mehr verdächtige Beobachtungen gemacht, oder war das alles?«

»Reicht das nicht? Eine Frau ist verschwunden! Und Sie nehmen das Ganze anscheinend nicht einmal ernst!«

Ich kann hören, wie der Polizist tief durchatmet, ehe er antwortet: »Ma'am, für mich klingt es so, als wäre Ihre Freundin einfach nur verreist. Sie haben selbst gesagt, dass sie ihr Auto vollgeladen hat. Ich bin mir sicher, dass Sie sich unnötig Sorgen machen.«

»Aber das stimmt doch alles nicht!«, beharre ich. »Ich weiß, dass hier was faul ist – ich weiß es einfach. Sie müssen sich mit Stanley Hoffmann unterhalten.«

Erneut höre ich eine Tastatur klappern, dann ist er wieder dran. »Ich hab hier eine frühere Vermisstenmeldung zu Miss Laura Thomas«, sagt er langsam und scheint nebenbei zu lesen, was dort steht. »Das ist jetzt über ein Jahr her, und … Ja, hier steht, dass sie wohlbehalten wieder heimkam – nach einem Wellnessausflug.«

»Die Sache mit Calistoga Springs ist mir bekannt«, fauche ich. »Sie wollen offensichtlich nicht verstehen, dass es sich diesmal anders verhält. Hätte ich wirklich den ganzen Weg aus England auf mich genommen, wenn ich der Meinung gewesen wäre, sie hätte ein kleines Wellnesswochenende geplant?«

»Ma'am.« Jetzt klingt er fest entschlossen. »Im Protokoll steht, dass Miss Thomas – und ich zitiere wörtlich – ›peinlich berührt und zutiefst beschämt‹ war, als die Polizei sie anschließend aufsuchte. Und hier steht auch, dass sie im Vollbesitz ihrer geistigen Kräfte zu sein schien und weder für sich selbst noch für andere eine Gefahr darstellte.«

»Aber damals hat *Margie* sie als vermisst gemeldet und nicht ich!« Ich habe den Satz noch nicht beendet, als mir bereits klar ist, dass es keinen Zweck hat. Er wird mir ohnehin nicht glauben, und – schlimmer noch – er hat bereits beschlossen, dass ich offenbar ebenso hysterisch und paranoid bin wie Lauras Mutter.

»Stimmt«, sagt der Mann, »die Anruferin war eine gewisse Margaret Elizabeth Thomas aus Sussex, England. Wie war gleich wieder Ihr Name?«

Ich lege auf und starre wie vom Blitz getroffen auf mein Handy hinab. Kurz frage ich mich, ob sie mich mithilfe ihrer Fahndungstechnik bis zu dieser Straße zurückverfolgen können. Wenn ich jetzt meinen Namen hinterlasse, dann kann ich nie wieder dort anrufen und erwarten, dass man mir auch nur ein einziges Wort glaubt. Wenn sie mich erst einmal als verrückte Vollmondfrau abspeichert haben, die angerufen hat, weil Lauras Wohnung viel zu sauber war, wird mich kein Polizeirevier der Welt je wieder ernst nehmen, egal welche Beweise ich aufdecke.

Ich hab das alles vollkommen falsch rübergebracht. Der Jetlag setzt mir zu, und ich bin viel zu müde, als dass ich meine Gedanken überzeugend hätte formulieren können. Ich hab es diesem Polizisten viel zu leicht gemacht, mich abzuwimmeln, und meine größte Chance darauf vertan, bei der Suche nach Laura echte Unterstützung zu bekommen.

Die Ironie an dieser Sache ist natürlich, dass ich ausgerechnet jetzt, da die Polizei sich weigert einzugreifen, umso fester davon ausgehe, dass etwas Schlimmes geschehen ist. Obwohl ich mir auch zuvor bereits das eine oder andere Worst-Case-Szenario ausgemalt habe, war ich mir bis vor wenigen Stunden halbwegs sicher, dass ich hierherkommen und sich das Ganze als ein dämliches Missverständnis entpuppen würde. Ich war mir sicher, dass Laura irgendwann urplötzlich auftauchen würde und entsetzt darüber wäre, ein solches Drama verursacht zu haben.

Allerdings wird mir jetzt erst klar, dass der Grund, warum ich davon ausgegangen bin, Stanley war, der wiederum alles getan hat, um mich davon zu überzeugen, dass Laura auch ohne unser Zutun wiederkommen würde. Er hat angedeutet, sie bräuchte eine Auszeit. Auch wenn ich ihm zu gern geglaubt hätte (denn dann wäre Laura in Sicherheit), hab ich ihm nicht glauben *wollen* (weil sie uns in diesem Fall aus freien Stücken verlassen hätte). Ich hab mir eingeredet, dass ich mir den Verdacht, sie wäre entführt worden, nur zurechtgelegt hätte, um mich nicht schuldig fühlen zu müssen, weil ich sie in letzter Zeit derart vernachlässigt hatte. Nur was, wenn Stanley schon die ganze Zeit über der wahre Schuldige war?

Sicher, er hat uns selbst erzählt, dass Laura verschwunden ist, aber sieht so nicht ein klassischer Fall von Doppelbluff aus? Am besten lenkt man den Verdacht von sich selbst ab, indem man sich als hilfsbereiter Chef und Freund in Szene setzt. Natürlich ist mir klar, dass diese Einschätzung der Lage eher auf sämtlichen *Columbo*-Folgen beruht, die ich gesehen habe, als auf meiner langjährigen Erfahrung als Ermittlerin. Trotzdem – wenn Stanley von Anfang an die Wahrheit gesagt und uns von seiner Beziehung zu Laura erzählt hätte, hätte ich jetzt weniger Grund, ihn zu verdächtigen. Warum lügen, wenn er tatsächlich nichts zu verbergen hätte?

Zum Glück bin ich rechts abgebogen. Ich habe den Rand des Wohnviertels erreicht, und vor mir liegen endlich wieder Bed & Breakfasts und Touristenlädchen und dahinter die Einkaufsmeile. Mein Wagen steht immer noch dort, wo ich ihn abgestellt habe: in der Nähe des Cafés, wo ich gerade erst vor ein paar Stunden mit Stanley verabredet war. Mir wird schlecht, wenn ich nur daran denke, wie dankbar ich ihm war, während er die ganze Zeit über nur vorhatte, mir bei der Suche nach Laura Knüppel zwischen die Beine zu werfen. Es fühlt sich an, als wären Tage vergangen, seit ich nichtsahnend dort drinnen gesessen, Toast gegessen und ihm für seine Hilfe gedankt habe.

Hinter dem großen Fenster gleich vor der Empfangstheke sehe ich die Kellnerin, die uns bedient und Laura ein englisches Muffin genannt hat. Konzentriert runzelt sie die Stirn, während sie ihre Bestellungen mit dem Stift in einen Computer tippt. So sieht sie älter aus als heute Morgen, als hätten die Anforderungen des Tages sie mittlerweile runtergezogen. Bei ihrem Anblick bleibe ich mit meinem Autoschlüssel in der Hand wie angewurzelt stehen. *Sie hat Bescheid gewusst,* schießt es mir durch den Kopf. Sie hat über Laura und Stanley Bescheid gewusst – und das erklärt auch, warum sie so pikiert darüber war, dass Stanley mit einer neuen »Freundin« das Café besucht hat, während Laura irgendwo anders Urlaub macht. Ich hatte den entscheidenden Hinweis direkt vor der Nase und habe ihn übersehen.

Als ich die Tür aufschiebe, schlägt mir eiskalte Klimaanlagenluft entgegen und weht meinen Baumwollschal zur Seite, sodass ich ihn mit beiden Händen festhalten muss und ihn mir auf die Brust presse. Inzwischen ist es in dem Lokal ruhiger: Nur noch wenige Tische sind besetzt, die Leute lassen sich für ihr spätes Frühstück alle Zeit der Welt. Die meisten sind sechzig und älter; Rentner, nehme ich an, die es nicht eilig haben, irgendwo hinzukommen. Hilfskellner decken die übrigen Tische für den Mittagsbetrieb ein.

Die Bedienung entdeckt mich an der Tür und eilt mit einem Ausdruck freundlicher Besorgnis im Gesicht auf mich zu. Ich kann ihr ansehen, dass sie mich wiedererkannt hat.

»Alles in Ordnung, Schätzchen?«, fragt sie. »Haben Sie was liegen lassen?«

Ich schüttele den Kopf. »Nein, ich hab mich nur gefragt, ob Sie kurz eine Minute Zeit für mich hätten …«

Sie wirft einen flüchtigen Blick über die Schulter und lacht. »Sicher. Der Chef ist hinten. Was gibt's?«

»Dieser Mann, mit dem ich hier war«, sage ich, und Argwohn macht sich auf ihrem Gesicht breit. Ich kann es genau sehen: Die leichtherzige Freundlichkeit ist aus ihrem Blick verschwunden.

»Ja?«

»Wie gut kennen Sie Stanley?«, frage ich.

»Besser als viele«, antwortet sie. »Nicht so gut wie andere. Warum?« Misstrauisch schiebt sie das Kinn vor.

»War er oft mit Laura hier?«

Sie runzelt leicht die Stirn. »Hin und wieder, ja. Die beiden sind befreundet, aber das wissen Sie wahrscheinlich schon.«

»Inwiefern befreundet?«

»Schätzchen«, sagt sie unverkennbar missbilligend und schürzt die Lippen. »Ich bin hier nur die Bedienung. Persönliche Fragen zu stellen gehört nicht zu meinem Job. Und das sollten Sie genauso halten.« Die Klimaanlage über unseren Köpfen hat ihr einzelne feine graue Strähnen über die Augen geblasen. Ungeduldig wischt sie sie mit dem Handrücken beiseite.

Ich stelle ihr eine letzte Frage, bevor es mit ihrer Geduld zu Ende geht. »Ist Stanley verheiratet?«

Sie atmet scharf ein und schlägt die Hand vor den Mund. Eine so heftige Reaktion habe ich wirklich nicht erwartet, und sie hat offensichtlich jetzt schon mehr verraten, als ihr lieb ist. Sie reißt sich wieder zusammen und zieht einen Notizblock aus ihrer Schürze, als müsste sie im nächsten Moment zum Tisch eines unsichtbaren Kunden eilen.

»Er hat erzählt, dass er keine Kinder hätte …« Bevor sie mir entwischt, trete ich einen Schritt näher auf sie zu. »Aber ich hab ihn nicht gefragt, ob er verheiratet ist. Es ist wirklich wichtig – mir ist klar, dass Sie längst wissen, dass die beiden ein Paar waren.«

»Hören Sie auf«, sagt die Bedienung und hält mich mit ausgestreckter Hand auf Abstand. Sie weicht ein

Stück zurück, und irgendwie sieht sie plötzlich aus, als würde sie jeden Moment in Tränen ausbrechen. »Wühlen Sie hier bitte keinen Dreck auf.«

»Welchen Dreck?«

»Manche Dinge sollte man am besten ruhen lassen«, erwidert sie, doch noch ehe ich ihr die nächste Frage stellen kann, kommt ein großer Mann aus der Küche und ruft nach ihr. Sie stürzt regelrecht los, um von mir wegzukommen.

50 erste Dates, Juni 2004[8]

HENRY: Ich möchte nur was ausprobieren, das ihr hilft, sich an mich zu erinnern.

19

Das einzig Gute am Wochenende war, dass Esther nicht mehr so tun musste, als wäre alles in Ordnung. Niemand ahnte auch nur, wie viel Kraft es sie kostete, tagaus, tagein lächelnd zur Arbeit zu erscheinen, Anrufe zu beantworten, Unterlagen zu sortieren, mit Geschäftskontakten und Interviewpartnern Mittag essen zu gehen und sich zum Essen zwingen zu müssen, obwohl ihr Magen zur Größe einer nahrungsabweisenden, runzligen Erbse geschrumpft war. Ihre Chefin hatte ihr zwei Tage freigegeben, als es gerade erst passiert war – Trauerurlaub hatte sie es genannt, als wäre jemand gestorben, und tatsächlich hatte es sich für Esther so angefühlt.

An Samstagen musste sie sich nicht die Haare bürsten oder sich in Schale werfen, sie musste mittags nichts essen – sie musste überhaupt nicht essen. Stattdessen lag sie auf dem Bett und rauchte, und zwar Kette, als wolle sie für die Freestyle-Rauch-Olympiade trainieren. Charlie hatte ein Päckchen Marlboro Lights liegen lassen, das sie unter einem Sofakissen gefunden hatte, und sie hatte eigentlich nur eine der restlichen Zigaretten um des Geruchs willen anzünden wollen. Mit geschlossenen Augen konnte sie den Rauch einatmen und sich vorstellen, dass er immer noch hier wäre, mit den Füßen auf dem Küchenstuhl auf dem Fensterbrett säße und den Rauch mit einem schuldbewussten Grinsen im Gesicht zum Fenster hinausbliese. Ein einziges Mal hatte sie zaghaft an der Zigarette gezogen, das vertraute Schwindelgefühl aus ihrer Teenagerzeit verspürt – und es war um sie geschehen.

Warum hatte sie überhaupt je aufgehört? Wie hatte sie vergessen können, dass Rauchen die beste Art und Weise war, sich einzureden, man wäre beschäftigt, während man in Wahrheit überhaupt nichts tat? Mit der Zigarette im Mundwinkel wie die Heldin eines französischen New-Wave-Films saß sie im Bett, rauchte im Liegen, während sie den Aschenbecher auf der Brust balancierte, und sah die Goldmedaille für die längste noch intakte Aschespitze bereits vor sich. Wann immer irgendwann – unausweichlich – die Asche auf die Bettdecke fiel und zerbröselte wie die eingeäscherten Überreste ihres vormals glücklichen Lebens (zumindest stellte sie es sich so vor), rollte dieselbe Esther, die früher wöchentlich die Bettwäsche gewaschen hatte, sich jetzt einfach nur zur Seite und ignorierte es.

Genau wie sie die Türklingel ignorierte, die seit mindestens fünf Minuten schrillte. Es war halb neun Uhr morgens, und um diese Zeit wollte sie weder jemandem entgegentreten noch erwartete sie Post, die sie auch nur im Mindesten interessieren würde. Außer es handelte sich um Zigarettennachschub, aber soweit sie wusste, belieferte der türkische Laden an der Ecke seine Kundschaft nicht, erst recht nicht auf Verdacht. Obwohl sie das dort womöglich mal vorschlagen sollte. So würde sie sich nicht jedes Mal ordentlich anziehen müssen, um ihren Vorrat wieder aufzustocken.

Inzwischen klingelte es nonstop an der Tür, als würde sich jemand gegen den Klingelknopf lehnen. Charlie hatte eine dieser dämlichen Klingeln mit Melodie gekauft statt ein simples Dingdong, das man einfach überhören konnte, nein, es war ein blechernes Getöse, das auf einen höchst entnervend hohen Ton endete.

Als es endlich aufhörte, drückte Esther erleichtert ihre Morgenzigarette aus. Dann fing es wieder an. Unregelmäßig. Erst ein Klingeln, dann drei, dann vier gleich hintereinander, dann wieder eins. Zwei. Eins. Klingeltröpfchenfolter.

Ihre Laune, die schon beim Aufwachen nicht eben sonnig gewesen war, hatte sich zu einem tiefen, zornigen Schwarz verdunkelt, als sie die Tür aufriss.

»Warum gehst du nicht ans Telefon, verdammt?« Lauras Finger lag immer noch auf dem Klingelknopf. Sie trug ein blaues Seidenkleid und knallrote High Heels und war für diese Tageszeit ungewohnt schick, und schlagartig fiel Esther wieder ein, warum sie hier war.

Wortlos drehte sie sich um. Laura würde nicht nur ohnehin hinter ihr herkommen, das wusste sie. Esther würde sie auch so bald nicht wieder loswerden.

»Ich hab doch gesagt, dass ich um halb neun da bin«, meckerte Laura. Auf ihren roten High Heels marschierte sie über den Schmuddelteppich im Gemeinschaftsflur. Während sie die Wohnungstür hinter sich zuschob, sah sie auf die Uhr. »Du wolltest fertig sein. Los, ab mit dir unter die Dusche, oder wir kommen noch zu spät.«

»Und ich hab dir gesagt, dass ich nicht mitkomme.« Esther ließ sich auf dem Sofa in das Nest aus Decken plumpsen, das sie dort gebaut hatte für den Fall, dass sie es in ihrem Schlafzimmer nicht länger aushielt.

»Tja, anscheinend hast du stattdessen ein traumhaftes Wochenende geplant«, sagte Laura und sah sich im Wohnzimmer um, wo überquellende Aschenbecher neben Gläsern standen, in denen letzte Reste Rotwein von diversen einsamen Abenden vor sich hin trockneten.

Die Vorhänge waren halb zugezogen. Als Esther versuchte, das Zimmer durch Lauras Augen zu betrachten, stellte sie fest, dass die Morgensonne die feine Schicht aus Staub und Asche ausleuchtete, die sich wie bei Miss Havisham über allem ausgebreitet hatte. Allerdings war ihr das egal. Oder um genauer zu sein: Immerhin hatte Miss Havisham in Charles Dickens' Roman einen Heiratsantrag bekommen. Sie hatte ihren Freunden den Verlobungsring zeigen und sich ein Hochzeitskleid aussuchen können. Nicht einmal so weit war Esther gekommen, bevor Charlie seine Sachen gepackt hatte, um auf einer Weltreise sich selbst zu finden. Angeblich weil er noch zu jung war, um sich fest zu binden.

»Ich war ursprünglich doch nicht mal eingeladen«, murmelte sie. »Die Einladung kam gerade erst vor zwei Wochen. Und jeder weiß, was das bedeutet: Du bist der Ersatzgast. Wenn nicht sogar der Ersatz für den Ersatzgast. In Wahrheit will sie mich gar nicht dabeihaben.«

»Einem geschenkten Dandy schaut man nicht ins Maul«, entgegnete Laura, fegte vorsichtig Asche von der Sofalehne und setzte sich darauf, um auf Esther hinabzublicken. »Amelias Verlobter ist stinkreich – hast du die Einladung nicht gelesen? Der Empfang findet auf dem *Anwesen* seiner Eltern statt. Und die Trauung in der eigenen gottverdammten Kapelle.«

Esther schnaubte nur, kauerte sich auf der Couch zusammen und zog sich diverse Decken über das Gesicht. »Na und?«

»Na und? Schon vergessen, dass ich eine mittellose Studentin bin? Du mit deinem Schickimicki-Job bist es vielleicht gewohnt, dass es überall was kostenlos zu trinken gibt, aber ich habe gerade vier Klausurwochen in Weinbaukunde hinter mir, und das gedenke ich, auf Harry Branwells Kosten ordentlich zu feiern.«

»Du hättest Adam mitnehmen sollen«, brummte Esther, doch selbst unter ihrem stickigen Deckenzelt konnte sie Lauras spöttisches Lachen hören.

»Adam? Der ist so schon viel zu anhänglich. Weiß der Himmel, was der sich denkt, wenn ich ihn zu einer Hochzeit mitnehme. Außerdem sieht er vielleicht aus wie ein griechischer Gott, aber er hat den IQ eines griechischen Salats. Das wär doch nur der halbe Spaß. Ich will, dass du mitkommst. Los, gib Gummi.« Laura stieß sie mit der Spitze ihres roten Schuhes an.

»Ich mach aber grad keinen Spaß«, grollte Esther. »Und ich will auch keinen haben. Nie wieder.«

Niemals hätte sie es Laura gegenüber zugegeben, aber insgeheim genoss ein Teil von ihr die Wochenenden im Bett. Ab Donnerstagnachmittag freute sie sich regelrecht auf die einsamen Tage daheim. So war es unendlich viel leichter für sie, als wenn sie sich mit ihrem gebrochenen Herzen auseinandersetzen müsste. Ihr hohler Bauch und das Übermaß an Zigaretten bescherten ihr fast schon das Gefühl, betäubt zu sein. Leicht weggetreten, als würde sie überhaupt nicht richtig existieren. Und wenn niemand sie sah oder wusste, wo sie sich verkroch, dann existierte sie womöglich wirklich nicht.

»Steh jetzt auf und zieh dich an, du egoistische Kuh.«

Wütend schlug Esther die Decken zurück. »Ich – egoistisch? Hast du überhaupt ein Herz? Wie bitte schön soll ich Amelia Wentworths Hochzeit überleben, nachdem ich gerade von dem Mann verlassen wurde, von dem ich dachte, ich würde ihn *heiraten*?«

Beim letzten Wort brach ihr die Stimme. Sie schniefte laut und wischte sich mit der Decke über die Nase. Laura hielt ihr ein sauberes Taschentuch vors Gesicht, und sie nahm es entgegen. Die Schachteln mit Papiertüchern waren schon vor Wochen zur Neige gegangen, und seither hatte sie sich mit Toilettenpapier beholfen. Der unverhoffte Luxus eines echten Taschentuchs trieb ihr nur umso heftiger die Tränen in die Augen.

»Du kannst dich hier nicht für immer verbarrikadieren«, sagte Laura ein wenig milder. »Ich weiß doch, dass du Liebeskummer hast, Est. Aber du musst endlich wieder vor die Tür und unter Leute kommen. Amelias Hochzeit wird dir guttun – ein paar alte Schulfreunde, niemand, der Charlie kennt. Es wird wirklich nicht schlimm. Ehrenwort.«

Esther stemmte sich auf dem Sofa hoch und setzte die Füße auf den Boden. Zeige- und Mittelfinger ihrer rechten Hand waren von den Zigaretten widerlich gelb verfärbt. »Ich hab gerade erst vor zwei Wochen Katie Long gesehen«, sagte sie und starrte jämmerlich zu Boden. »Bei John Lewis an der Oxford Street, in der Mittagspause.«

»Kabaddi-Katie?«

Esther nickte und blinzelte unsicher, als sie sich wieder daran erinnerte, wie sie Katie in der Bettwäscheabteilung entdeckt und gehofft hatte, sie würde sie nicht wiedererkennen. Natürlich hatte sie Esther erkannt – und sie war förmlich auf sie zugesprintet, um ihr die frohe Botschaft zu verkünden.

»Sie hat erzählt, dass sie verlobt ist, und ich wusste nicht mal, was ich darauf erwidern sollte. Ich stand nur stocksteif da – und dann bin ich zu den Klos gerannt, ohne ihr auch nur zu gratulieren.«

»Schon in Ordnung«, sagte Laura beschwichtigend und tätschelte ihr die Schulter. »Ich bin mir sicher, dass sie es verstanden hätte, wenn sie Bescheid gewusst hätte.«

»Ich bin noch nicht fertig«, sagte Esther und schob Lauras Hand weg. »Sie ist mir nachgerannt und schrie mir hinterher, ich hätte sie wohl nicht richtig verstanden. Dann hat sie die Hand mit dem Verlobungsring unter der Klotür durchgeschoben, um ihn mir zu zeigen.«

»Hat sie nicht!«

»Hat sie doch. Es sah aus wie dieses abgehackte Händchen aus der *Addams Family,* das über den Toilettenboden krabbelt.«

»Das ist ja ekelhaft!«

»Ich hab fast drübergepinkelt …«

»Du hättest drüberpinkeln *sollen.* Die ist ja wahnsinnig!«

»Tja, und genau da täuschst du dich. Nicht sie ist wahnsinnig. *Ich* bin es. Jeder heiratet, Laura, oder verlobt sich oder bekommt Kinder. Ich bin fast dreißig, und mit dreißig sollte man solche Sachen unter Dach und Fach gebracht haben.«

Laura zuckte unbekümmert mit den Schultern. »Ich hab's auch nicht unter Dach und Fach gebracht. Fühlst du dich jetzt besser?«

»Nein«, murrte Esther.

»Und warum nicht?«

»Weil du ständig einen neuen Freund am Start hast, du musst sie dir doch mit 'nem Prügel vom Leib halten. Bei mir ist das anders. Charlie war *der Eine,* verstehst du mich? Er war der Eine, der mein Herz erobert und mich geliebt hat.«

Laura schwieg einen Moment. Dann stand sie auf, sammelte ein paar Gläser ein und wischte den gröbsten Aschestaub vom Couchtisch. Esther ahnte, dass es schlimm um sie stehen musste, wenn sogar Laura beschloss, dass geputzt werden musste.

»Schon verstanden, Est. Aber nur damit du's weißt, ich lieb dich auch.«

Esther schnaubte sarkastisch. »Und was jetzt? Sollen *wir* heiraten, oder was?«

Zutiefst entsetzt verzog Laura das Gesicht. »Im Leben nicht! Zumindest nicht, bevor du unter der Dusche warst. Und wasch dir auch die Haare, du riechst wie ein Kneipenboden. Danach können wir uns eventuell über ein erstes Date unterhalten.«

Als Esther mit einem Handtuch über dem gewaschenen Haar und mit rosig geschrubbtem Gesicht wieder aus dem Bad kam, war sie selbst überrascht, wie viel besser es ihr ging. Ihr Leben lag natürlich immer noch in

Trümmern, aber sie hatte tatsächlich vergessen, wie gut sich diese einfachen kleinen Dinge anfühlten: sich den Kopf mit Shampoo einzumassieren, sich die Beine zu rasieren, sich mit duftender Körperlotion einzucremen. Sie hatte sich selbst so lange vernachlässigt, dass es sich regelrecht angefühlt hatte, als würde sie diese Dinge einer Fremden in ihrer Obhut angedeihen lassen. Jemandem, der mit unendlicher Sanftheit und Güte behandelt werden musste.

In der Küche hatte Laura bereits Kaffee aufgesetzt und drei Kleider aus Esthers Schrank gezogen, die jetzt in der morgendlichen Brise am Fenstergriff baumelten wie gemusterte Geister jenes Mädchens, das sie einstmals getragen hatte. Zumindest beschlich Esther dieser Eindruck. Laura hatte weniger Zeit für derlei Überlegungen.

»Such dir eins aus«, befahl sie ihr vom Spülbecken aus, wo sie die Gläser abwusch. »Und dann föhn dir die Haare. Wenn wir vor zehn hier wegkommen, schaffen wir es noch rechtzeitig nach Kent.«

»Laura …« Esther steckte den Zipfel ihres Handtuchs an der Achsel fest. »Hör mal, ich bin dir wirklich dafür dankbar, dass du hergekommen bist, und ich weiß, dass du nur helfen willst, aber das hier muss ich auf meine Art bewältigen. Ein Schritt nach dem anderen. Eine Hochzeit ist mir einfach noch zu viel – die anderen zu treffen … Katie wird auch da sein … Das schaff ich nicht.«

Laura warf ihr einen finsteren Blick zu, als sie so tapfer weitersprach, wie sie nur konnte.

»Ich bin immer noch … Ich glaub, ich trauere immer noch. Lass mich das einfach mit mir selbst ausmachen. Bitte.« Sie schniefte wieder, diesmal allerdings leiser als zuvor. Als sie sich die Haare hatte waschen wollen, hatte sie zu ihrem Entsetzen etwas in ihrem Pony entdeckt, was verdächtig nach Rotz ausgesehen hatte. Das durfte nicht noch mal passieren. Schön eins nach dem anderen.

»Setz dich«, befahl Laura, zog mit einem entschlossenen Schnalzen die Gummihandschuhe von den Händen und warf sie beiseite.

Esther spürte, wie ihr das Herz in die Hose rutschte, als sie sich gehorsam auf einem der Küchenstühle niederließ. Sie war oft genug diejenige gewesen, die jemand anderem eine freundliche Gardinenpredigt gehalten hatte, um jetzt die Zeichen zu erkennen. Es fühlte sich an, als hätten sie plötzlich die Rollen getauscht. War nicht sie selbst diejenige, die immer die Vernünftige, die Weitsichtige gewesen war?

»Glaubst du allen Ernstes, dass Charlie in Bali oder Bangkok oder wo immer er sich rumtreibt *trauert*?«

»Er dürfte inzwischen in Malaysia sein«, warf sie ein und gab so unabsichtlich preis, dass sie sich seine geplante Reiseroute von A bis Z eingeprägt hatte. Sie schlug die Augen nieder, um nicht Lauras mitleidigen Blick sehen zu müssen.

»Esther.« Laura setzte sich ihr gegenüber. »Wo immer er gerade steckt, schwirren wahrscheinlich gerade unzählige Mädels um ihn herum, die nach der Schule erst mal ein Jahr Auszeit nehmen. Tut mir leid, aber so ist es doch! Niemand geht auf Reisen, um sich selbst zu finden – sie sind allesamt auf Vögeltour, ob sie es nun zugeben oder nicht.«

Esther starrte sie entsetzt an. Natürlich war ihr dieser Gedanke ebenfalls gekommen – nächtelang hatte sie wach gelegen und sich vorgestellt, wie Charlie sich mit langbeinigen schwedischen Nymphomaninnen in Thai-Bars amüsierte –, aber das waren ihre zutiefst geheimen Ängste gewesen, die nicht laut ausgesprochen werden durften, weil sie dann möglicherweise wahr wurden.

»Ich brauch 'ne Zigarette«, sagte sie und wollte sich bereits von ihrem Stuhl erheben, doch Laura legte ihr die Hand aufs Knie.

»Nein, brauchst du nicht. Du hast genug geraucht. Hör mir zu. Charlie ist zu neuen Ufern aufgebrochen, das kannst du mir glauben. Und jetzt bist du dran. Das hier dauert doch schon Monate. Du musst es einfach versuchen.«

»Ich *hab's* doch versucht«, wimmerte Esther, und erneut schossen ihr Tränen in die Augen. »Ich bin aber nicht wie du, ich kann drei Jahre Beziehung nicht einfach so vergessen.«

Laura biss die Zähne zusammen. »Natürlich kannst du. Jetzt werd bloß nicht sentimental. Jedes Mal, wenn du merkst, dass deine Gedanken zu ihm abschweifen, denk an was anderes. Reiß dich zusammen. Es wird nicht einfach so passieren, du musst schon selbst dafür sorgen, dass es passiert.«

Esther tupfte sich mit dem Handtuchzipfel die Wangen trocken. Sie wollte, sie wäre so stark wie Laura, die ihren Weg mit solcher Energie beschritt, dass sie nicht einmal mehr Zeit hatte, um darüber nachzudenken, was sie eigentlich dabei zurückgelassen hatte.

»Ich wünschte … Ich wünschte, ich könnte die Stelle in meinem Hirn ganz einfach ausräuchern, wo Charlie abgespeichert ist, und ihn ein für alle Mal vergessen. Als hätte es ihn nie gegeben.«

»Wie in dem Film«, grübelte Laura.

Genervt kniff Esther die Augen zusammen. Diesmal war ausnahmsweise sie an der Reihe, die Wände hochzugehen, und nicht Laura. »Lass mich raten«, sagte sie mit unverkennbarem Sarkasmus. »Wie in einem Drew-Barrymore-Film?«

Laura sah sie verblüfft an. »Nein … *Vergiss mein nicht!*, Kate Winslet.«

»Oh.«

»Aber jetzt, da du es erwähnst …«, sagte Laura nachdenklich. »Drews neuester Film handelt auch von einer Art von Amnesie. Nicht das Allerschlechteste, nehm ich mal an. Soll ich dir vielleicht ein bisschen auf den Kopf hauen? Vielleicht funktioniert es ja.«

Esther funkelte sie düster an.

»Jedenfalls«, fuhr Laura fort, »erinnere dich an unser Evangelium. Drew Barrymore ist auch nicht verheiratet, oder? Und sie hat auch keine Kinder. Das ist also offenbar nicht das Einzige im Leben, was zählt.«

»Halt die Klappe, Laura. Du kannst mich aus dieser Sache nicht einfach so rausdrewbarrymoren.«

Laura legte den Kopf leicht schief und sah ihre Freundin für einen Moment sprachlos an. Dann lehnte sie sich zurück, und ein Schmunzeln breitete sich auf ihrem Gesicht aus. Kein Mitleidslächeln, stellte Esther fest. Es schien fast, als würde Laura gleich laut loslachen. Sie mitten in ihrer schlimmsten Phase auslachen.

»Aha. Hab's schon kapiert«, sagte Laura und nickte. »Meinetwegen.«

Esther schniefte erneut. »Was?«

»Du bist dir zu gut dafür, nicht wahr?«

»Zu gut wofür?«, nuschelte sie.

Laura nahm sie unbewegt ins Visier, als sie erklärte: »Du glaubst wohl, dass das Evangelium nach Drew Barrymore als Lebenshilfe für die gute alte abgewrackte Laura gerade so ausreicht. Du erzählst *mir*, dass ich an Drew glauben muss, wenn in meinem Leben alles drunter und drüber geht. Aber für *dich* reicht das natürlich nicht, weil *deine* Gefühle so viel tiefer und komplexer sind als meine.«

»Stimmt doch gar nicht!«

»Doch, es stimmt. Ich hab verstanden. Wie oft hab ich in dieser Küche gesessen und mir anhören müssen, dass ich mir ein Beispiel an Drew nehmen soll? Aber wenn es um dich geht, dann bildest du dir ein, du stehst da drüber. Du denkst, es ist doch bloß ein blödes Spiel.«

»Es *ist* ein blödes Spiel.«

»Aber dich zu Tode zu rauchen ist wahnsinnig clever, ja?«, fauchte Laura. »Weißt du was, Est, nur weil bestimmte Leute ihre Gefühle nicht jederzeit zur Schau tragen, heißt das noch lange nicht, dass sie keine haben.«

»Ich hab doch nie …«

»Oh doch, hast du. Ich weiß, dass du es hast. Du denkst, ich kann einfach so den nächsten Schritt machen, weil ich nicht annähernd so tiefgründig bin wie du. Du glaubst, ich bin so oberflächlich, dass ich jeden Rückschlag einfach mithilfe eines Drew-Barrymore-Films hinter mir lassen kann. Und mithilfe eines schlauen Spruchs auf einer Grußkarte.«

Esther hatte keine Ahnung, was sie darauf erwidern sollte. Sie hatte sich derart in ihre eigene Gefühlswelt eingegraben, und ihre Leiden waren so einzigartig und so furchtbar gewesen, so Charlie-spezifisch, dass sie nicht mal auf die Idee gekommen war, dass irgendjemand anderes genauso empfinden könnte. Natürlich war ihr klar gewesen, dass auch andere Leute Liebeskummer haben konnten – handelte nicht jeder Song im Radio genau davon? –, aber ihr eigener Liebeskummer war für sie ein umso größerer Schock gewesen, weil sie felsenfest davon überzeugt gewesen war, dass sie so was nicht würde umhauen können. Sie war zutiefst erschüttert, wie recht Laura doch hatte. Esther hatte wirklich gedacht, sie wäre besser.

»Du bist nun mal stärker als ich, Laura.« Das kam einem Schuldeingeständnis noch am Nächsten. »Ich hab immer geglaubt, es wäre andersherum, aber das stimmt nicht.«

»Weißt du, warum ich stark bin?«, fragte Laura, und als sie sich vorlehnte, blitzten ihre Augen vielsagend. »Nicht weil ich Drew Barrymore bin, sondern weil wir einander ähnlich sind. Ich habe einfach immer weitergemacht, genau wie sie. Und das ist auch schon alles, was man tun kann, Est – weitermachen, bis es einem wieder besser geht. Vorgeben glücklich zu sein, selbst wenn du dich insgeheim alles andere als glücklich fühlst. Aber früher oder später stellt sich das Glück ein. Das hat nichts mit Zauberei zu tun, das ist echt harte Arbeit. Du musst daran arbeiten, die schlimmen Sachen hinter dir zu lassen.«

»Ich hab's doch versucht … Bei der Arbeit gebe ich mein Bestes, aber für alles andere fehlt mir die Kraft. Versteh mich bitte.«

Als sie in der Hoffnung auf ein wenig Mitgefühl und Vergebung zu ihrer Freundin aufblickte, war sie wie vor den Kopf gestoßen, ein wohlvertrautes Grinsen auf Lauras Gesicht zu sehen. Augenblicklich erkannte sie es wieder – wie einen Schnappschuss aus einem Fotoalbum, in dem sie oft geblättert hatte. Es war das gleiche Grinsen wie damals, als sie am Tag der Beerdigung ihres Vaters in Ricko Struthers' Armen gelegen hatte. Das Mitgefühl, auf das Esther gehofft hatte, war zwar ebenfalls da, aber darüber hinaus auch eine Art distanzierten Mitleids, als wäre sie Esther einmal mehr gewissermaßen einen Schritt voraus und würde einen sentimentalen Blick zurückwerfen.

»Glaubst du allen Ernstes«, sagte sie, »dass ich nicht weiß, was Trauer ist?«

20

Natürlich saß Kabaddi-Katie an ihrem Tisch. Selbstverständlich. Esther konnte sie schon von Weitem am anderen Ende des Festzelts sehen. Sie wedelte wie eine Besessene mit der linken Hand, sodass niemand in einem Radius von zwei Metern den Ring mit dem Baguette-geschliffenen Diamanten an ihrem Finger oder ihren gut aussehenden Verlobten übersehen konnte, der ihn ihr geschenkt hatte und artig an ihrer Seite ausharrte. Direkt neben ihr stand Sarah Maxwell, die sich ihnen mit einem Lächeln im Gesicht zuwandte, sowie sie sie entdeckte, und ihnen einen enormen Babybauch entgegenstreckte, über dem sich der Gürtel ihres Wickelkleids spannte.

Esther fühlte sich spontan in eine Folge von *Bullseye* versetzt, in der Jim Bowen am Ende das Schnellboot herausfahren würde, das sie gewonnen hätte, wenn sie bloß wie alle anderen imstande gewesen wäre, ihre Beziehung aufrechtzuerhalten. *Bleib stark,* ermahnte sie sich und setzte zur Begrüßung ein Lächeln auf, *bleib einfach stark.*

Sie war zu nervös, um sich in dem Festzelt noch nach anderen bekannten Gesichtern aus Portsdown umzusehen. Und waren Sarah und Katie nicht schon genug? Auf der Herfahrt hatte Laura in einem fort darüber geredet, dass Hochzeiten ach so tolle Anlässe seien, um alte

Bekannte wiederzutreffen. Sie musste wirklich glauben, dass dies für Esther eine Aufmunterung darstellte, aber allein bei der Vorstellung hatte sich ihr der Magen umgedreht.

Für Laura war es sicher nett, wieder Kontakt mit alten Freunden aufzunehmen – immerhin war sie in der Erinnerung der anderen damals die beliebteste Schülerin gewesen. Für Esther war es anders. Sie hatte angenommen, dass ihre Beziehung mit Charlie das Gespenst der Fetten Fester ein für alle Mal vertrieben hätte, aber seit er gegangen war, waren die Unsicherheiten, die sie als Schulmädchen gehabt hatte, zurückgekehrt, auch wenn sie mittlerweile schlanker war denn je. Wann immer sie glaubte, eine dieser Unsicherheiten beiseitegeschoben zu haben, tauchte eine neue auf. *Du bist nur hier, weil du Lauras Freundin bist. Du bist seit jeher nur das Anhängsel. Niemand wird dich je wieder lieben.* Dass sie früher dick gewesen war, schien nicht mal mehr als Ursache für all ihre Teenieängste zu taugen. Vielmehr hatten die in ihrem Körper einfach nur alle reichlich Platz gefunden. Und jetzt sirrten dieselben Ängste wie damals in ihr herum wie Fliegen, bloß in einem etwas kleineren Behältnis.

»Esther!«, rief Katie mit einem weiteren überflüssigen Winken ihrer Linken. Sie legte den Kopf leicht schief und schürzte die Lippen, wie man es gegenüber einem Kätzchen oder einem Welpen macht – gegenüber etwas Niedlichem, was aber definitiv auf einer niedrigeren evolutionären Stufe steht als man selbst. »Ooooooh, ich wusste nicht, dass Amelia dir so viel bedeutet! Du warst hinten in der Kapelle ja ganz in Tränen aufgelöst – sooooo süß!«

»Wirklich?«, fragte Sarah und sah überrascht aus.

»Es war ja auch rührend«, entgegnete Esther, die nach der Trauung nur mithilfe zweier dringend benötigter Zigaretten ihre Fassung wiedererlangt hatte, gleich neben dem Grabstein für Betty Mercer aus Tankerton, die im Alter von zweiundsiebzig Jahren gestorben war. Eine frische Lage Gesichtspuder und Wimperntusche hatte außerdem den gröbsten äußerlichen Schaden behoben, und Laura hatte Stein und Bein geschworen, dass niemand etwas bemerken würde.

»Ach, ignorier sie einfach. Bei Hochzeiten heult Esther immer wie ein kleines Baby«, sagte Laura. »Aber war Amelias Kleid nicht ein Traum?«

Daraufhin drehte sich die Unterhaltung eine Weile um dieses langweilige, aber immerhin unverfängliche Thema – waren das echte Perlen auf dem Mieder? Glaubt ihr wirklich? Und die Farbe – nennt man so was jetzt Creme oder eher Elfenbein? –, bis Esther von einer vornehmen Stimme von der Seite unterbrochen wurde.

»Entschuldigung«, fragte eine große Frau in einem fuchsiafarbenen Kostüm. »Ist das hier Dandy Dan?«

»Wie bitte?« Sie blinzelte ratlos und fragte sich schon, ob sie sich verhört hatte.

»Ja«, antwortete Laura an ihrer Stelle. »Das ist Dandy Dan. Auch wenn ich keine Ahnung habe, warum.«

Irgendwie kam Esther sich für einen Moment vor wie eine verwirrte alte Verwandte, die man zu einem kleinen Ausflug aus dem Pflegeheim abgeholt hatte. Sosehr sie sich auch bemühte, die Außenwelt überforderte sie maßlos.

»So hieß Harrys erstes Pony«, erklärte ein Mann mit stark gerötetem Gesicht, der ebenfalls neben Esther aufgetaucht war, und kicherte. »Die Tische sind allesamt nach Pferden benannt. Charmante Idee, wie ich finde.«

»Ich bin nur froh, dass wir nicht Copper Bottom erwischt haben. Garstiger kleiner Klepper. Hat geschnappt«, sagte die Frau in Fuchsia. Ihre großen Augen lagen verhältnismäßig weit auseinander, und ihr Gesicht lief auf ein spitzes Kinn zu. In Kombination mit ihren langen Gliedmaßen und den wippenden Federn an ihrem Fascinator verlieh ihr das eine gewisse Ähnlichkeit mit einer halbwegs glamourösen Gottesanbeterin. Sie streckte die Hand aus, um sich vorzustellen. »Barbara Weekes, aber nennen Sie mich Bunty. Und das hier ist mein Mann, Jonathan.«

Bunty und Jonathan wogen nach Esthers Einschätzung zusammen wahrscheinlich genauso viel wie jedes andere durchschnittliche Ehepaar, aber es sah aus, als hätte sich bei der Verteilung der Kilos bei den beiden ein gravierender Fehler eingeschlichen. Jonathan hatte deutlich mehr als seinen Anteil abbekommen, während Bunty nicht annähernd Normalgewicht hatte. Nebeneinander sahen die beiden aus wie eine wandelnde Zehn.

»Patenonkel des Bräutigams«, stellte Jonathan sich vor und schüttelte ihnen reihum die Hand. »Schön, Sie kennenzulernen.«

»Wir sind alte Schulfreundinnen von Amelia«, erklärte Esther. Es kostete sie alle Mühe, sich an der Unterhaltung zu beteiligen und sie nicht einfach den anderen zu überlassen, aber sie ahnte, dass es leichter für sie würde, mit Fremden zu plaudern als mit Leuten, die sie mit Anspielungen überrumpeln oder sogar heikle Fragen stellen könnten. Beispielsweise warum sie selbst noch nicht verheiratet war.

»Ich hab Sarah gerade erzählt«, sagte Katie, schmiegte sich an ihren Verlobten und sah bewundernd zu ihm auf, »dass wir die Tische bei *unserer* Hochzeit nach potenziellen Zielen für die Hochzeitsreise benennen. Ihr wisst schon: Amalfiküste, Malediven, Hawaii …«

Ihr Verlobter nickte brav, hatte dabei aber einen leicht resignierten Gesichtsausdruck, als würde er dies nicht zum ersten Mal hören.

»Die Idee dahinter ist – ihr müsst mir sagen, wenn ihr das schon mal gehört habt, ich nämlich nicht –, dass ich bis nach der Trauung nicht weiß, wo's hingehen soll«, fuhr Katie enthusiastisch fort. »John will, dass es eine Überraschung wird. Nach den Reden müsst ihr dann unter die Tische schauen, und wer die Tickets findet …«

»Schnappt sie sich und fliegt nach Bora-Bora?«, platzte es aus Esther heraus, noch ehe sie sich beherrschen konnte. Laura starrte sie für einen Moment an, und sofort fühlte sie sich wie die böse Fee bei Dornröschens Taufe, die allen mit ihren düsteren Gedanken die Feier verdarb.

Katie runzelte die Stirn, allerdings eher verblüfft als verärgert. »Nein … Wer die Tickets findet, händigt sie uns aus und verkündet das Reiseziel. Ich meine – ernsthaft? Glaubst du wirklich, jemand könnte sie sich unter den Nagel reißen? Gott, John, vielleicht sollten wir noch mal darüber nachdenken.«

Laura lachte. »Esther hat doch nur einen Witz gemacht. Du kennst sie doch.«

Auch Esther zwang sich zu einem Lachen. »Ja, war nur Spaß. Klingt großartig!«

Katie wandte sich zu ihrem Verlobten um. »Ich finde wirklich, wir sollten später noch mal darüber reden, John. Oder zumindest die Tickets nicht unter dem Tisch deiner Glasgower Cousins verstecken.«

Johns Augenbrauen schossen geradezu in die Höhe vor Schreck, und er hüstelte verlegen.

»Wirklich eine charmante Idee«, brachte Bunty nicht gerade überzeugend hervor. »Hinreißend.« Sie wirbelte ihr spitzes Kinn zur Seite, um die Nachbartische in Augenschein zu nehmen. Zweifelsohne fragte sie sich gerade, was sie und ihr Mann getan hatten, um Harry zu verärgern, sodass er sie an einen Tisch mit einem Haufen Fremder gesetzt hatte, die obendrein auch noch dreißig Jahre jünger waren als sie.

Als sie sich endlich setzten, war Esther erleichtert darüber, dass Laura recht gehabt hatte. Sie stellte Bunty zu ihrer Rechten und Sarah Maxwells Ehemann zu ihrer Linken höfliche Fragen, lachte über deren Witze, und es dauerte tatsächlich nicht allzu lange, ehe sie sich vielleicht nicht unbedingt pudelwohl, aber trotz allem besser fühlte als allein mit ihren Zigaretten im Bett. Sie hatte sogar den Verdacht, dass jeder, der in ihre Richtung blickte, einen ganz normalen Hochzeitsgast in ihr sehen könnte. Nur sie allein wusste, wie leer sie innerlich war. Leer – und voller Gier nach einer Zigarette. Laura war in blendender Form, flirtete dezent mit Jonathan und entlockte Katie Anekdoten aus der Schulzeit, um von dem nicht enden wollenden Hochzeitsgeschwafel abzulenken, und zum ersten Mal fragte sich Esther, ob Laura sich innerlich ebenfalls leer fühlte. Sie war erschüttert darüber gewesen, dass sie die Rüstung, die ihre beste Freundin sich angelegt hatte, für deren wahres Ich gehalten hatte. Sie hätte nie für möglich gehalten, dass die tapfere, mutige Laura nur Fassade war. Oder vielleicht war es ja auch so, wie sie gesagt hatte: dass die Fassade Geschichte und sie inzwischen wahrhaft glücklich war.

»Bei *unserer* Hochzeit«, seierte Katie mit einem Blick auf den Teller, der vor ihr abgestellt worden war, »gibt es keinen Lachs, das hab ich schon gesagt, nicht mal geräucherten zur Vorspeise. John ist da anderer Meinung, aber – nichts gegen Amelia – Lachs ist so wahnsinnig gewöhnlich … vor allem bei Hochzeiten.«

»Wir hatten keinen Lachs«, warf Sarah ein und rieb sich stillvergnügt den Babybauch. »Allerdings war unsere auch eine Winterhochzeit.«

»Wie außerordentlich«, murmelte Bunty höflich. Esther konnte sehen, dass sie unnötig heftig in ihrem Lachs stocherte, hätte aber nicht sagen können, ob aus Langeweile oder Verärgerung. »Hatten Sie heute eine lange Anreise?«

»Die Wimpel dort hab ich im Cox-and-Cox-Katalog gesehen«, schnitt Katie ihr das Wort ab und zeigte hoch zu den dreieckigen Fähnchen, die von der Zeltstange in der Mitte nach außen gespannt worden waren. Dann senkte sie die Stimme. »Johns Mutter wird für unsere Hochzeit die Wimpel selbst nähen, stimmt's, John? Das gibt dem Ganzen eine persönlichere Note.«

Als John gezwungen lächelte, sah Esther unwillkürlich seine arme Mutter vor sich, die inmitten meterweise hübscher Fähnchen zu Hause eingesperrt war und ackerte und schuftete, bis alles zu Katies Zufriedenheit war.

Auch andere Themen kamen zur Sprache, aber im Großen und Ganzen glich die Unterhaltung am Dandy Dan einer Tennisstunde mit einem unbarmherzigen Profi – wer immer zu einem neuen Thema aufschlug, kassierte umgehend einen Hochzeitsschmetterball von Katie.

»Was hattet ihr für Gastgeschenke?«, fragte sie Sarah, und ihre Augen leuchteten begierig, als wolle sie sich gleich Notizen machen oder Sarahs Gastgeschenke zu deren Ungunsten ihren eigenen Plänen gegenüberstellen.

»Ich war ja immer der Meinung«, ging Jonathan dazwischen – der erste Beitrag eines Mannes während der gesamten Unterhaltung, und Esther meinte zu erkennen, wie John kaum merklich zur Warnung den Kopf schüttelte – »dass der Bräutigam das beste Geschenk auspackt.«

»Oh Gott!«, entfuhr es Katie, und sie senkte ihr Gesicht tief übers Weinglas.

Der arme Jonathan lief rot an, Bunty warf ihm einen Darüber-unterhalten-wir-uns-noch-Blick zu, und Esther versuchte augenblicklich, ihn in ein alternatives Gespräch zu verwickeln.

»Ist das nicht ein leckerer Wein?«, fragte sie. »Zum Wohl.«

Laura verdrehte die Augen, aber »lecker« war nun mal das Beste, was Esther mit ihren sozial ein wenig eingerosteten Fähigkeiten zustande bringen konnte. Sie würde kein Wort verlieren über Katzenpisse oder Stachelbeeraromen und auch nicht prätentiös an ihrem Glas schnüffeln wie Laura früher, als hätte sie den Wein durch die

Nase hochziehen wollen. Sie hatte einfach nur einem Mann im Alter ihres Vaters aus der Bredouille helfen wollen, der zu einem Festessen mit Brautzilla verdammt war.

Jonathan lächelte sie dankbar an. »Ich bin froh, dass Sie das sagen.« Dann strahlte er seine Frau an.

»Bei *unserer* Hochzeit ...«, hob Katie erneut an, doch Laura unterbrach sie, indem sie sich die Weinflasche schnappte und laut vorlas, was auf dem Etikett stand.

»Ein Picpoul«, sagte sie und sah beeindruckt aus. »So etwas Interessantes hätte ich Amelia gar nicht zugetraut. Die meisten gehen bei Hochzeiten auf Nummer sicher und auf Ziffer langweilig. Mit einem Sauvignon oder so.«

Katie und John sahen einander erschrocken an. Esther schloss messerscharf, dass der angedachte Wein bei *unserer Hochzeit* soeben gestorben war.

Jonathan sah erneut mit einem kaum verhehlten Schmunzeln zu seiner Frau hinüber, und seine Schultern bebten leicht.

»Jonathan hat den Wein ausgesucht«, erklärte Bunty, und die Federn an ihrem Fascinator wippten, als sie sich vorbeugte. »Das war sein Hochzeitsgeschenk. Er ist ein halbwegs anständiger Weinkenner.«

»Eine ganz fantastische Wahl«, sagte Laura und hob ihr Glas, um ihm zuzuprosten.

Die anderen folgten ihrem Beispiel, und dann wurde um den Tisch mit der gebotenen Ehrfurcht an dem Wein genippt, den sie sich zuvor, ohne zu zögern, einfach hinter die Binde gekippt hatten – außer Sarah natürlich, die sich die Hand auf den Bauch gelegt, den Kopf geschüttelt und »schwanger« gehaucht hatte, als hätte es zuvor keiner bemerkt.

»Sind Sie dafür extra ins Languedoc gefahren?«, fragte Laura und setzte ihr Weinglas ab. »Ich dachte immer, der Winzer würde außerhalb Frankreichs gar nicht verkaufen.«

»Hör sich das einer an«, rief Jonathan und klatschte sich wie der Hauptdarsteller in einem alten Film auf den Oberschenkel. »Da kennt sich aber jemand aus!«

»Laura hat in der Branche gearbeitet«, erklärte Esther stolz. »Gerade macht sie ihren Abschluss in Weinbaukunde.« Sie war froh, das Gespräch in interessantere Bahnen gelenkt zu haben – zumindest für alle außer Katie, die sich inzwischen dem Tafelsilber widmete und das Messer musterte.

»Und dann wird Laura Winzerin.«

»Wirklich? Beeindruckend«, sagte Jonathan.

Laura winkte ab – so wahnsinnig beeindruckend sei das nun auch wieder nicht –, doch auch Bunty pflichtete ihrem Mann mit neu erstarktem Interesse bei: »Das ist ja spannend!«

Jonathan griff nach der Weinflasche und nahm sie in beide Hände wie ein neugeborenes Baby, stolz und geradezu fürsorglich. »Ich muss gestehen, nein, ich bin nicht hingefahren. Um ehrlich zu sein, hab ich ein bisschen getrickst.«

»Wie das?«, erkundigte sich Laura höflich.

»Ein Freund von mir ist Weinhändler. Er hat sie mir von einer seiner Reisen mitgebracht. Aber so was verschweigt man lieber, nicht wahr?«

»Ach was«, sagte Laura und nippte erneut an ihrem Wein.

»Kann es vielleicht sein«, fuhr Jonathan fort und

stützte beide Ellbogen auf, »dass Sie ihn kennen? Die Weinbranche ist doch eine ziemlich überschaubare kleine Welt, wenn ich nicht falschliege. Malcolm Bewes von den Bewes Brothers – kommt Ihnen der Name bekannt vor?«

Für einen Moment sah Laura aus, als hätte ihr jemand einen eiskalten Metalllöffel in den Rückenausschnitt ihres Kleids gesteckt. Sie setzte sich kerzengerade auf, und für den Bruchteil einer Sekunde weitete sich ihr Blick – was man allerdings nur bemerkte, wenn man sie gut kannte: flüchtiges Unbehagen, ehe sie sich sofort wieder unter Kontrolle hatte.

»Ich … Ja, der Name sagt mir was«, antwortete sie. »Er ist in der Branche ja kein Unbekannter.« Sie schob die Hand in Richtung Platzkärtchen und legte es flach auf den Tisch, sodass ihr Name nicht zu lesen war, und während Jonathan weiter über den glücklichen Zufall schwadronierte, dass sie ausgerechnet hier am selben Tisch gelandet seien, zog sie die Platzkarte unter der flachen Hand ganz langsam bis zur Tischkante und ließ sie in ihren Schoß fallen.

Esther war so konzentriert auf dieses Manöver, dass sie nicht mitbekam, was Jonathan sagte, bis es zu spät war, um ihn zu unterbrechen.

»… miserable Phase vor ein paar Jahren, und dann musste er auch noch diese junge Mitarbeiterin loswerden, die einfach nicht seinen Ansprüchen genügt hatte – man kennt das ja. Jedenfalls hat sie sich doch allen Ernstes gerächt, indem sie ihn verklagt hat. Wegen sexueller Belästigung – was für ein Schwachsinn! Malcolm ist ein Gentleman, ein vollendeter Gentleman.«

Laura wich Esthers Blick aus und nickte stumm.

»Trotzdem haben die Anwälte ihm damals geraten, sich lieber außergerichtlich zu einigen, als den Prozess zu führen. Die Frau hat eine dicke Abfindung bekommen, anscheinend ein kleines Vermögen. Der arme Malcolm war am Boden zerstört, er war komplett am Ende. Fürchtete, sein Ruf wäre ruiniert, obwohl doch kein einziges Wort wahr gewesen war.« Jonathan schenkte sich nach, anscheinend war er zu vertieft in seine Erinnerungen, um auch nur auf die Idee zu kommen, den anderen ebenfalls etwas anzubieten. »Üble Geschichte«, murmelte er und schüttelte bekümmert den Kopf. »Ganz üble Geschichte.«

Bunty hatte das Gespräch aufmerksam verfolgt, doch Esther konnte dem Ausdruck in ihren Knopfaugen unter dem Fascinator wenig entnehmen. Dann wurde ihr Blick konzentriert, als würde sie kopfrechnen. »Wie, sagten Sie gleich wieder, war Ihr Name?«, fragte sie und beugte sich leicht zu Laura vor.

Esther ging sofort dazwischen. »Ich brauch jetzt wirklich eine Zigarette – Sie müssen verzeihen, eine echt schlechte Angewohnheit …« Sie stand auf und warf Bunty einen entschuldigenden Blick zu. Dann nickte sie Laura zu. »Du auch?«

»Ach du Scheiße!«, brach es aus Laura heraus, als sie keuchend und lachend hinter das Festzelt schlüpften. Auch wenn sie von hier aus nur das Cateringzelt anstelle des manikürten Parks sehen konnten, waren sie zumindest aus dem Blickfeld all derer verschwunden, die womöglich nach ihnen suchen könnten.

»Was machst du denn jetzt?«, fragte Esther.

Laura zuckte mit den Schultern. »Nichts? Ich meine, was kann Bunty denn tun? Meine Güte, ich hätte nie gedacht …«

Bevor sie weiterreden konnte, lugte ein Blondschopf um die Ecke, und dann stöckelte eine schlanke, gebräunte Frau auf High Heels mit einer Zigarette zwischen den Fingern über die Zeltleine. Sie war auf strenge Weise attraktiv, hatte aber zu viel Make-up um die Augen und einen finsteren Ausdruck im Gesicht, als hätte sie sich gerade ihren Weg vom Tisch hierher mit einer Axt bahnen müssen.

»Habt ihr vielleicht Feuer?«, fragte sie und bedachte beide mit einem eisigen Blick.

Esther gab ihr das Feuerzeug und stellte sich vor, während die Frau tief und dankbar einatmete, als wäre sie gerade vor dem Ertrinken gerettet worden.

»Lou«, antwortete sie. »Scheißtisch?«

»Wie bitte?«

»Sitzt ihr auch an einem Scheißtisch?«

Esther und Laura wechselten einen Blick und versuchten, nicht laut loszulachen.

»Sieht so aus. Warum sonst würdet ihr euch hier hinten verstecken?« Lou blies eine wütende Rauchsäule gen Himmel. »Tja, ich auch. Dabei hab ich zu Amelia gesagt, setz mich *bitte* nicht an einen Tisch mit lauter tragischen Singlefrauen. Ich hab gesagt, ich will unbedingt neben einem Singlemann sitzen. Dreißig Prozent aller Frauen treffen ihren zukünftigen Ehemann auf einer Hochzeit, wusstet ihr das?«

Laura schüttelte den Kopf.

»Seid ihr auch Singles?« Erneut nahm sie einen tiefen Zug.

»Nicht so richtig …«, antwortete Laura.

»Und du?«

»Na ja, ich …«, stammelte Esther.

»Sie ist frisch getrennt«, antwortete Laura an ihrer Stelle.

Lou blies Rauch in Esthers Richtung. »Na dann. Willkommen im Club«, sagte sie. »Und ich bin die verdammte Vorsitzende. Ich kann nicht glauben, dass ich mir *hierfür* extra eine Spray-Tan-Sitzung geleistet habe. Amelias Hochzeit ist, was das Flirtpotenzial angeht, wie ein beschissenes Rettungsboot auf der *Titanic:* nur Frauen, alte Leute und *Kinder.*« Sie zog noch einmal an ihrer Zigarette und nahm dann Esther durch die Rauchwolke ins Visier. »Bist also sitzen gelassen worden, ja?«

»Ja, vor ein paar Monaten«, antwortete Esther schnell. Sie musste sich allmählich daran gewöhnen, darüber zu reden, und irgendeine Formulierung finden, bei der sie nicht sofort wieder Tränen in den Augen hatte.

Lou schien den drohenden Gefühlsausbruch zu erahnen und tätschelte Esther kurz die Schulter, allerdings eher wie man einen Hund tätschelt, wenn man Hunde eigentlich nicht leiden kann, aber den Eindruck erwecken will, eine mitfühlende Person zu sein. Esther fragte sich, ob Lou wohl Angst davor hatte, dass ihr bemitleidenswerter Zustand womöglich ansteckend und unheilbar sein könnte, wie Herpes beispielsweise.

»Ein Albtraum«, sagte sie, beließ es aber dabei, weil sie nicht wirklich an Esther, sondern eher an sich selbst interessiert war. »Ich bin allerdings nicht sitzen gelassen worden. Ich hab nur gesagt: ›Alex, nächsten Monat werde ich einunddreißig, und entweder machst du mir jetzt einen Heiratsantrag, oder ich suche mir jemanden, von dem ich einen bekomme.‹ Und dieser verdammte Dreckskerl« – jetzt zitterte ihre Stimme – »sagt doch glatt, jetzt da ich es erwähne, er hätte sowieso Zweifel gehabt.«

Esther wusste nicht, was sie darauf antworten sollte. Fast hätte sie das Schultertätscheln erwidert, doch als Lou entsetzt auf Esthers bereits erhobene Hand starrte, ließ sie es bleiben.

»Datest du jemand Neuen?«

»Nein«, antwortete Esther. Dass sie kaum je das Haus verlassen hatte, wenn es nicht unbedingt nötig gewesen war, behielt sie lieber für sich.

Lou kniff die Augen zusammen. »Wie alt bist du?«

»Neunundzwanzig.«

»Tja, dann gib mal lieber Gas«, sagte Lou. »Mit fünfunddreißig ist das nämlich vorbei.«

»Was ist vorbei?«, hakte Laura aufrichtig neugierig nach. Sie sah Lou so fasziniert an wie ein Tier im Zoo. Die Unterhaltung schien sie von ihrer eigenen Situation vollkommen abgelenkt zu haben.

»Alles!«, rief Lou entnervt. »Fruchtbarkeit, Aussehen … Heiratsaussichten. Glaub mir, du solltest dich beeilen.«

»Beeilen«, wiederholte Esther. Sie war sich nicht sicher, wie sie sich dieser angsteinflößenden Frau gegenüber verhalten sollte. Lou schien im Vergleich zu ihr selbst nicht nur grundverschieden, sondern regelrecht eine andere Spezies zu sein. Eine Spezies, die hinter Festzelten herumlungerte und unaufgefordert Ratschläge in einem ziemlich aggressiven Ton erteilte.

»Ratet mal, wie viele Dates ich in diesem Jahr hatte.«

Esther und Laura sahen einander ratlos an.

»Fünfzig«, sagte sie, und ihr Gesichtsausdruck sprach Bände.

Esther hörte, wie Laura scharf einatmete.

»Fünfzig Dates, wow«, murmelte Esther. Sie hatte keinen Schimmer, ob sie Lou beglückwünschen oder ihr Beileid aussprechen sollte.

Abrupt drehte Lou den Kopf zur Seite und spitzte die Ohren. »Gott, jetzt geht das los – die Reden fangen an. Als wäre es bis jetzt nicht schon schlimm genug gewesen. Gehen wir besser wieder rein.« Und mit diesen Worten stöckelte sie los. Ihre gebräunten Beine huschten um die Ecke, noch ehe die beiden anderen überhaupt nur einen Schritt gemacht hatten.

»Fünfzig Dates«, murmelte Laura. »Das ist ein Zeichen.«

»Wofür?«

»Das ist ein Drew-Barrymore-Film – *50 erste Dates.*«

Esther trat ihre Zigarette im Gras aus. »Es dreht sich nicht immer alles um Drew Barrymore, Laura.«

»Das denkst du«, gab sie mit einem Grinsen zurück. Ihre gute Laune war offensichtlich wiederhergestellt. »Man kann nie wissen, welche Wunder Drew Barrymore für einen bereithält.«

Sie waren rechtzeitig zur ersten Rede zurück an ihrem Tisch, und jede weitere Unterhaltung dort war jetzt dankenswerterweise unterbunden. Esther bemerkte allerdings, dass Bunty Laura häufiger ansah, als dass es zufällig gewesen wäre, doch Laura war wieder ganz sie selbst und vollkommen entspannt. Sie wettete mit Sarahs

Mann, wie lang die Reden dauern würden, und johlte und jubelte, als Harry Branwell seiner wunderschönen Braut huldigte. Ob geschauspielert oder nicht: Esther war überrascht, wie schnell Laura sich wieder gefangen hatte. Genau wie sie behauptet hatte, schob sie düstere Gedanken beiseite und machte einfach weiter. Aber waren die düsteren Erinnerungen dann nicht doch immer noch da? Auch wenn man sie schlicht ignorierte? Nur weil Laura nicht mehr an ihre Affäre mit Malcolm dachte, hieß das schließlich nicht, dass sie nie stattgefunden hatte. Esther hatte den Verdacht, dass es immer irgendeine Bunty geben würde, die die Vergangenheit just in dem Moment wieder aus dem Hut zauberte, wenn man sie gerade für sicher vergraben hielt.

Katies Verlobter, der gewettet hatte, dass die Reden geschlagene fünfundvierzig Minuten dauern würden, wurde als Gewinner ausgerufen, weil seine Prophezeiung leider eingetroffen war. Dann wurde Kaffee serviert, und nach und nach standen die Gäste von den Tischen auf und begannen, in dem Zelt herumzugehen. Von draußen klang die Bossanova-Version von »Crazy in Love« der Liveband herein.

Bunty wurde in ihrer anhaltenden Laura-Prüfung durch Jonathan unterbrochen, der sich mit einiger Mühe hochstemmte und verkündete, dass er sich nach den Reden gerne ein wenig die Beine vertreten wolle. Während Jonathan einen Paschminaschal um die Schultern seiner Frau legte, verabschiedeten sich Esther und Laura höflich, aber unverbindlich von den beiden.

Doch so leicht ließ Bunty sich nicht abwimmeln. Sie schob den Hals vor wie ein Vogel, der einen Wurm beäugte, und bat Laura erneut: »Meine Liebe, wie war doch gleich noch mal Ihr Name?«

Laura fing an zu stammeln, und Esther fragte sich für einen Augenblick, ob sie als Ablenkungsmanöver spontan ein Glas umstoßen sollte, als sich plötzlich zwei Hände über ihre Augen legten, sodass sie nur noch Schwarz sah.

»Aber hallo!«, hörte sie Jonathan mit einem kehligen Kichern ausrufen. »Was geht denn hier vor?«

Dann flüsterte ihr eine Stimme ins Ohr: »Die *Gazette* sagt … schön, dich hier wieder zu treffen!«

Esther war nur froh, dass sie noch saß. Ihre Knie wurden augenblicklich weich. Sie hatte sich eingeredet, schon seit Jahren über David Carrell hinweg zu sein. Es war nur eine vorübergehende Verliebtheit gewesen, nichts Ernstes wie mit Charlie. Doch ihr Körper sprach eine andere Sprache. Sie hatte genau gespürt, wie sich ihr Atem beschleunigte, als sie begriffen hatte, wer da hinter ihr stand.

Sie hob die Hände und tastete vorsichtig über seine. »Al?«, fragte sie zögerlich. »Bist du das, Al Webster?«

»Um Gottes willen!«, lachte David und zog die Hände weg, damit sie ihn endlich ansehen konnte.

»Al, du bist es wirklich! Wie gut, dass du dir eine neue Frisur zugelegt hast«, rief sie, und David Carrell schloss sie vor aller Augen fest in die Arme.

Noch während sie so dastanden, wurde Esther bewusst, dass sie einander nie umarmt hatten. Das höchste der Gefühle war ein Küsschen auf die Wange gewesen, wann immer sie sich nach ihrer Kündigung bei der *Gazette* zufällig über den Weg gelaufen waren. Jede Wette, dass Fiona im nächsten Moment auftauchen und ihn mit einem Nagetier-Niesen wieder in Beschlag nehmen würde. Esther versuchte, sich die wenigen Sekunden an seiner Brust für alle Zeiten einzuprägen. Unwillkürlich musste sie an Winona Ryder denken, die in *Meerjungfrauen küssen besser* über die Lederjacke dieses Typen geleckt hatte. Wenn sie nur Mumm gehabt hätte, hätte sie das Gleiche jetzt mit Davids Hemdenbrust getan.

Als er sie wieder losließ, blieb sein Arm auf ihrer Schulter liegen. Mit der freien Hand winkte er quer über den Tisch. »Wen sehe ich denn da? Laura Thomas, hallo!«, sagte er, und Esther hörte, wie Bunty scharf einatmete.

»Los, wir gehen tanzen!«, schlug Esther eilig vor.

»Was, jetzt?«, rief David und lachte.

»Auf der Stelle.«

Aber es war bereits zu spät. Jonathan trat vor, um sich selbst und seine Frau vorzustellen, und es folgten diverse schmerzhafte Minuten, während derer die beiden über gemeinsame Bekannte sprachen und Bunty stumm und mürrisch daneben stand. Und auch Esther und Laura hielten lieber wachsam den Mund. Zu guter Letzt beschloss Jonathan hinauszugehen und sich die Band anzusehen. Bunty warf noch ein paar Blicke über die Schulter, während sie hinausgeführt wurde wie Lots Frau, nur dass sie sich mit ihrem fuchsiafarbenen Fascinator nicht in eine Salzsäule verwandelte, auch wenn gewisse Leute sich nichts sehnlicher wünschten.

»Tanzen können wir später«, stellte Laura mit einem erleichterten Gesichtsausdruck fest. »Ich glaube, wir sollten uns erst mal unseren alten Freunden widmen.«

»Das ist wirklich eine Riesenüberraschung«, sagte Esther zu David. Sie hatte das Gefühl, dass nichts das alberne Grinsen in ihrem Gesicht würde auslöschen können. Sie musste sich schleunigst zusammenreißen, wenn sie nicht wie eine komplette Idiotin dastehen wollte. »Ich kann's nicht glauben. Wie geht es Fiona?«

»Ach ja.« Er zog den Arm weg, als hätte er sich gerade erst wieder an seine Freundin erinnert. »Gut. Sie ist in New York.«

»Ach so.« Esther spürte selbst, wie sie errötete, als sie ein Schrittchen von David zurückwich und Platz schuf für Fiona, als wäre sie tatsächlich physisch anwesend. »Schön. Die Glückliche.«

»Jepp.« Verlegen rieb er sich über den Nacken und blickte zu Boden. Draußen stimmte die Band »Toxic« von Britney Spears an.

»Gott, ihr macht mich wahnsinnig«, sagte Laura, stemmte die Hände in die Hüften und sah die beiden an, als hätten sie gerade ihre Katze überfahren. »Esther, David und Fiona haben sich getrennt. Sie ist beruflich nach New York gegangen, und seit Ostern lebt sie dort mit einem Rechtsanwalt zusammen, einem gewissen Mario. David, Esther und Charlie haben sich vor drei Monaten getrennt. Wenn du mich fragst, war das blöde Arschloch sowieso nicht gut genug für sie. Ihr seid beide solo. Soll ich noch mehr sagen?«

Esther starrte sie mit offenem Mund an. »Hast du …? Wusstest du, dass er hierherkommen würde?« Sie schielte zu David hinauf, der ähnlich perplex dreinblickte.

»Natürlich wusste ich das!«, rief Laura und riss entnervt die Arme hoch. »Amelia hat mir von einem von

Harrys Singlefreunden erzählt, den sie während der Hochzeit verkuppeln wollte, und ich hab irgendwann kapiert, um wen es sich dabei handelte. Gott, du hast es mir echt schwer gemacht, dich herzulotsen, Esther. Ich dachte schon, ich müsste dich an den Haaren herschleifen.«

»Dann bist du also …« Esther sah zu David auf. Sie wollte einfach nicht glauben, dass es wahr war.

Doch noch ehe er irgendwas sagen konnte, wurde er von einer unsichtbaren Hand beiseitegeschoben, und plötzlich war Bunty wieder da. Sie war ihrem Ehemann entkommen und zurück zu ihrem Tisch gestürmt. Sie warf einen Kontrollblick über die Schulter, um sicherzugehen, dass er sie nicht verfolgte. Die Fuchsiafedern an ihrem Kopf wippten bedrohlich, und alle wichen ein Stück zurück.

Anklagend richtete sie ihren Zeigefinger auf Lauras Gesicht, und obwohl ihre Wangen feuerrot waren, klang ihre Stimme seltsam ruhig. »Ich weiß genau, wer Sie sind, Laura Thomas, und was Sie mit Malcolm Bewes getrieben haben.«

Selbst David, der Malcolm Bewes nicht einmal kannte, erstarrte. Was würde sie als Nächstes sagen? Sie starrten einander an wie bei einer Runde »Wer hat Angst vorm Schwarzen Mann«, stocksteif, während Bunty knurrend um sie herumschlich.

»Ich weiß, dass Sie ihm ein Vermögen abgeknöpft haben und damit aufs College gegangen sind. Hab mir doch gleich gedacht, dass Sie das gewesen sein könnten, als Sie erwähnt haben, dass Sie Weinbau studieren. Und dann dieser Gesichtsausdruck, als Jonathan Malcolms Namen erwähnt hat! Das hat Sie verraten!«

Laura schluckte schwer, und Esther schlüpfte neben sie für den Fall, dass Bunty sie körperlich attackierte. David stellte sich aus reiner Solidarität daneben. Hinter ihnen starrten ihre alten Schulfreunde sie mit offenem Mund an.

»Und ich will nur sagen …«, fauchte Bunty und kam einen Schritt näher – und wie auf Kommando wichen alle zurück und lehnten die Oberkörper nach hinten wie Limbotänzer. »Ich will nur noch eins sagen«, fuhr sie fort. »Es war wirklich an der Zeit, dass jemand diesen perversen alten Drecksack mal ordentlich auf den Pott setzt.« Sie schnaubte demonstrativ, und ihre Fascinator-Federn wippten und bebten. »Malcolm Bewes hat es herausgefordert. Er hat es verdammt noch mal herausgefordert.«

21

Oktober 2013

Die Erinnerung kann mit Leerstellen nicht umgehen. Sie füllt die Lücken wie ein schludriger Handwerker – wird schon irgendwie passen. Man kann eine glasklare Erinnerung an eine Urlaubsromanze haben: damals im Sommer, als Laura mit Ricko Schluss gemacht hatte und wir von Luton Airport aus zu einem günstigen Pauschalurlaub auf Mykonos aufbrachen. Du siehst immer noch jedes Detail des griechischen Gottes vor dir – von seinem hinreißenden schweren Akzent bis hin zu dem Goldzahn, der in seinem Mund aufblitzte, sobald er lachte. Aber dann zieht Laura nur mit einem spöttischen Lachen das Fotoalbum hervor, das beweist, dass der gut aussehende Grieche in Wahrheit ein Dachdecker aus Billericay war, den seine Freunde nur den Brünstigen Barry nannten, und du weißt augenblicklich, dass sie recht hat. Der Goldzahn stammte immer schon aus Essex, nicht aus Athen.

Ohne eine Freundin, die einen seit Jahren kennt, werden die eigenen Erinnerungen unverlässlich. Das gilt natürlich für beide. Jede Neuentdeckung, die ich über

Lauras Leben mache, bringt meine bislang ach so felsenfesten Annahmen ins Wanken – wer sie ist, wer ich bin, wer wir füreinander sind.

Bevor ich hergekommen bin, hätte ich keine Sekunde gezögert und sie als meine beste Freundin bezeichnet und gehofft, dass es andersherum genauso wäre, aber allmählich werde ich in dieser Hinsicht unsicher. Eine gemeinsame Vergangenheit reicht nicht für eine lebenslange Freundschaft, ansonsten wäre ich bei Gott immer noch mit Amelia Wentworth befreundet, und das ist nun wirklich nicht der Fall. Zu einer Verbindung gehört mehr als bloß Erinnerungen. Freundschaft funktioniert wie ein Haifisch: Auch sie muss sich vorwärtsbewegen, um zu überleben.

Ich hab immer geglaubt, Laura und ich hätten genau das getan. Ich hab angenommen, wir wären gemeinsam durch die tiefen Täler hindurchgeschippert. Es war mir wie der Beweis unserer Freundschaft vorgekommen, dass wir nicht nur die räumliche Ferne, sondern auch unsere Verschiedenheit gemeistert hatten. Aber vielleicht bin ich da einem Trugschluss aufgesessen. Laura hatte geweint – tagelang, hat ihre Nachbarin gesagt –, und ich hab nicht die leiseste Ahnung, weswegen. Sie hat ihr Auto gepackt, und ich weiß nicht, wovor sie Reißaus genommen hat. Oder wohin. Vielleicht wollte sie in jener Nacht zu Stanley fahren? Ist es nicht eher wahrscheinlich, dass die letzte Person, die sie gesehen hat, ihr geheimer Liebhaber und nicht die Nachbarin war?

Die Polizei ist mir keine Hilfe. Sämtliche Nachrichten, die ich Laura geschickt habe, sind unbeantwortet geblieben. Es gibt nur eine einzige Person, die meine

Fragen beantworten kann, und diesmal werde ich ihn nicht so leicht davonkommen lassen.

Foothills ist mit dem Auto zwanzig Minuten von der Stadt entfernt, in Richtung Berge. Die richtige Freeway-Ausfahrt ist an der riesigen bunten Werbetafel für Weinführungen, Weinproben und Freizeitangebote für Familien leicht zu erkennen. Familien, die gern ein Gläschen zusammen trinken, nehme ich an.

Ich fahre hügelaufwärts, und dann liegt Foothills vor mir. Das Gebäude sieht aus, als wäre es Stein um Stein aus der Toskana hergeschafft und unter der kalifornischen Sonne wieder aufgebaut worden. Genauer gesagt ist es eine Ansammlung niedriger Steingebäude mit kleinen Bogenfenstern, aufgeklappten Fensterläden und rot gedeckten, steil abfallenden Dächern. In östlicher Richtung steht ein viereckiger Turm, der von Efeu umrankt und dessen Eingang von einer schieren Explosion aus leuchtenden pinkfarbenen Bougainvilleen umgeben ist. Weinstöcke erstrecken sich parallel zur Zufahrt bis zu den Mauern, als wären sie dort ganz von selbst in Reih und Glied aufmarschiert, um abgeerntet zu werden. Die Aussicht ist bilderbuchreif, und wie zum Beweis stehen japanische Touristen dort und schießen Fotos.

Als ich aussteige, kommt eine junge Frau in einem grünen Hemd mit dem Weingut-Schriftzug über einer stilisierten Hügelkette durch einen Seiteneingang auf mich zu und teilt mir mit, dass die Führung in fünf Minuten losgeht. Ich will gerade erwidern, dass ich nicht hergekommen bin, um an der Führung teilzunehmen, als ich einen Geistesblitz habe. Womöglich gibt es keinen besseren Weg, um unbemerkt an Stanley heranzukommen, als im Schutz einer größeren Gruppe. Ich schließe mich den Leuten an, die gerade aus einem Napa-Weintouren-Reisebus strömen, und laufe dem hochgereckten Regenschirm des Reiseführers nach auf den Ort zu, an dem Laura in den letzten drei Jahren gearbeitet hat.

Wir durchqueren einen Torbogen und bleiben in einem Innenhof stehen, der zu drei Seiten von einer ebenfalls rot gedeckten Veranda auf hölzernen Pfeilern gesäumt wird. Der Hof ist voll mit Besuchern, die von den alten Steingebäuden begeistert sind und neben dem Brunnen in der Mitte für Erinnerungsfotos posieren. Ältere Leute machen nun mal keine Selfies.

Ich schlendere hinüber in den Schatten der Veranda, wo es ruhiger zugeht und ich in der Dunkelheit weniger auffalle. Laura hat das Weingut einmal als kleines Familienunternehmen bezeichnet, aber auf mich wirkt es enorm professionell, mit dem einheitlich gekleideten Personal und dem Zeitplan für die Führungen auf einem Schild gleich neben einer großen Glastür, die zu einem Laden zu führen scheint. Drei weitere Türen gehen vom Hof ab, sind aber geschlossen. Ganz kurz geht die Tür auf der gegenüberliegenden Seite auf, und ich sehe weiße Fliesen aufblitzen, ehe die Tür wieder zuschlägt. Der Mann, der gerade hinausgeschlüpft ist, wischt sich die Hände an der Hose trocken. Diese Tür kann ich also geflissentlich ignorieren.

Wie eine normale Touristin sehe ich mich um und nehme meine Umgebung in Augenschein, während ich die Veranda entlangschlendere. Doch anders als eine normale Touristin behalte ich das Personal im Blick, weil ich nicht entdeckt werden will. Als die Besucher gebeten werden, sich vor dem Haupteingang anzustellen, nutze ich die Gelegenheit und schlüpfe durch den nächstbesten Eingang, auf dem »Privat« geschrieben steht.

Augenblicklich ist das Flair der toskanischen Villa verflogen, und ich befinde mich in einer Art Wartezimmer mit einem weichen Ledersofa und Stühlen, die um einen Couchtisch herum gruppiert sind. Auf dem Tischchen liegen Zeitschriften mit Namen wie *Napa Valley Life* und *Inside Napa,* als wäre es undenkbar, dass jemand sich für irgendein anderes Thema als den hiesigen Weinanbau interessieren könnte. Hinter dem Sofa steht eine beleuchtete Vitrine voller Auszeichnungen und gerahmter Zertifikate, die ich mir näher ansehen will, als plötzlich neben mir eine Tür aufgeht und eine Frau erschrocken die Hand vor die Brust schlägt und tief durchatmet.

»Oh!«, sagt sie. »Wollten Sie die Führung machen? Dann müssen Sie dort wieder raus, hier drinnen sind leider keine Besucher erlaubt.«

»Ich habe einen Termin mit Stanley Hoffmann«, sagte ich so selbstsicher, wie ich nur kann. Jetzt bloß nicht nervös werden, sonst weiß sie, dass ich hier nichts zu suchen habe. Das habe ich mir bei Dienstreisen in feinen Hotels angewöhnt: Solange man so tut, als wäre man richtig, nehmen es die Leute einem ab.

Die Frau scheint verwirrt. Sie ist älter als ich und hat ein freundliches Gesicht und dichtes blondes Haar, das sie sich um den Kopf geflochten hat. Sie wirft einen flüchtigen Blick zu der Tür, aus der sie gekommen ist. *Da ist er also,* denke ich.

»Ich hab nicht … Also, normalerweise bin ich für Mr. Hoffmanns Terminplan verantwortlich, und ich glaube nicht, dass er jetzt einen Termin hat.«

»Na ja, ich hab mich nicht offiziell angemeldet«, sage ich, mache ein paar Schritte auf sie zu und komme ihr absichtlich ein bisschen zu nah, sodass sie wie erhofft ein Stück von der Tür zurückweicht. Jetzt bin ich näher dran als sie. »Wir waren heute Vormittag schon verabredet und haben beschlossen, das Interview später fortzusetzen.«

Ich bin erstaunt, wie leicht mir die Lüge über die Lippen kommt. Wenn mir noch vor einer Woche irgendjemand erzählt hätte, dass ich – gestresste Mutter eines Kleinkinds – mir einfach so den Weg in die Privatgemächer eines kalifornischen Weinguts bahnen würde, hätte ich denjenigen für verrückt erklärt. Und doch bin ich hier und tue gerade so, als wäre diese Flunkerei völlig normal. Man weiß einfach nicht, wozu man in der Lage ist, bis man auf die Probe gestellt wird. Und heute werde ich mächtig auf die Probe gestellt.

»Interview? Sind Sie Journalistin?«, fragt sie und versucht offenbar, mich einzuordnen.

»Ja.« Diesmal ist es nicht einmal gelogen. Allerdings ist es auch nicht die ganze Wahrheit.

Sie sieht mich misstrauisch an, und ihre Nasenlöcher zittern leicht, als versuche sie, meine Beweggründe zu wittern. »Heute Morgen …«

»Ich kann Ihnen meinen Presseausweis zeigen, wenn Sie möchten«, sage ich und greife in meine Handtasche, obwohl ich genau weiß, dass er nicht da ist. Ich hab ihn schon seit Monaten nicht mehr gebraucht.

»Nein, schon in Ordnung.« Sie hebt beschwichtigend die Hand. »Wenn Sie kurz hier warten könnten, dann frage ich Mr. Hoffmann, ob er Zeit für Sie hat. Im Moment haben wir hier in Foothills ziemlich viel zu tun.«

Doch ich bin nicht bereit, Stanley eine Gelegenheit zur Flucht zu geben. Noch ehe die blonde Frau sich rühren kann, liegt meine Hand auf der Klinke, und ich drücke die Tür auf.

»Da dürfen Sie nicht rein!«, höre ich sie rufen. Dann schlage ich die Tür hinter mir zu.

Aber Stanley ist nicht da. Ich bin in einem kleinen, vollgestellten Büro gelandet: ein Schreibtisch und ein Computer vor einer weiteren Tür. Was ist das hier – ein Labyrinth? Ich haste weiter, aber nicht schnell genug. Die Blonde hat den Vorteil, dass sie genau weiß, wo sie hinwill, und sowie ich kurz innehalte, hat sie wieder Oberwasser. Sie packt mich am Arm, als ich gerade weiterstürmen will, sodass wir gemeinsam durch die nächste Tür stolpern.

Stanley sitzt hinter seinem Schreibtisch und sieht völlig unbewegt aus, als hätte er auf mich gewartet.

»Sie hat sich nicht aufhalten lassen«, ruft die blonde Frau und hört sich an, als würde sie gleich losheulen.

Ohne jedes Lächeln steht er auf. »Schon okay, Amy«, sagt er leise. »Ich habe sie erwartet.«

In Stanleys Büro ist es dunkel. Ziemlich weit oben in der Wand ist zwar ein Fenster, aber die Fensterläden sind gegen die Sonne geschlossen worden, und die einzige Beleuchtung ist das künstliche Licht einer Anglepoise-Leuchte auf seinem Schreibtisch. Mangels Deko wirkt es fast wie eine Zelle; nicht ein einziges Bild oder

Poster, kein Teppich, kein Kissen als weicher Kontrast zu den Steinwänden, die dieselben sind wie draußen. Kein einziges Familienfoto, nichts Persönliches. Schlagartig fühle ich mich in Lauras Wohnung zurückversetzt – ein Ort, der nichts preisgibt.

Als Amy sich endlich dazu überreden lässt, uns alleine zu lassen, aber darauf beharrt, draußen vor der Tür zu warten, setze ich mich auf einen der Drehstühle vor Stanleys Schreibtisch und schlage die Beine übereinander. Er sinkt zurück in seinen Stuhl, sodass wir wieder auf Augenhöhe sind.

»Ich hätte nicht einfach davonrennen dürfen«, sagt er, und mit Schrecken stelle ich fest, dass er Tränen in den Augen hat. Beschämt wischt er sich schnell mit dem Handrücken übers Gesicht, und ich spüre, dass ich im Vorteil bin, solange er die Deckung heruntergelassen hat.

»Ich hab die Polizei angerufen«, teile ich ihm mit.

Jetzt ist er an der Reihe, erschrocken zu sein. Ich kann ihm ansehen, welche Mühe es ihm bereitet, die Fassung zu bewahren. Seine Kiefer mahlen, als wolle er die Innenseite seiner Wangen zerkauen. Während sein Gesichtsausdruck gerade noch bar jeder Emotion war, scheint es jetzt fast, als wolle gleich alles auf einmal aus ihm herausbrechen. Er ringt mit sich selbst und verliert.

»Die Polizei? Laura wäre entsetzt – ich hab ihrer Mutter doch schon …«

»Ich weiß, was du ihrer Mutter erzählt hast, Stanley«, sage ich beherrscht. »Und ich weiß, was du mir erzählt hast. Aber was mir gerade eher Kopfzerbrechen bereitet, ist, was du mir *nicht* erzählt hast.«

Er lässt den Kopf in beide Hände sinken und murmelt irgendwas in Richtung Tischplatte. Als er wieder aufblickt, sieht er nervös aus, und urplötzlich wird mir klar, dass ich kein bisschen nervös bin. Das Machtverhältnis hat sich verschoben. Ich mag misstrauisch ihm gegenüber sein, aber Angst habe ich keine.

»Die Polizei wird dir diverse Fragen stellen, wenn sie kommt«, bluffe ich. Ich will, dass er Angst hat. Ich will, dass er endlich Panik verspürt. »Aber erst wirst du meine Fragen beantworten. Warum hast du uns nichts von dir und Laura erzählt? Glaubst du nicht, wir hätten ein Recht darauf gehabt zu erfahren, was da lief?«

»Ja«, sagt er und reibt sich hart mit dem Handballen über die Wange.

»Weißt du, warum sie verschwunden ist? Hattet ihr einen Streit oder so?«

Stanley schüttelt den Kopf. »Nein, kein Streit.«

Ich weiß nicht, ob ich ihm glauben soll. Steckt hinter dem Verschwinden einer Frau nicht immer der Ehemann oder der Lover? Und umso verdächtiger ist es, wenn dieser Lover ihr verheirateter Chef ist.

»Warum hast du dann ihre Wohnung leer geräumt?«, will ich wissen.

Er rutscht auf seinem Stuhl hin und her, und über meine Schulter hinweg starrt er flüchtig zur Tür, ehe er wieder mich ansieht. »Woher weißt du das?«

»Die Nachbarin hat dich gesehen.«

Stanley verdreht die Augen und seufzt. »Ich kann verstehen, dass du deswegen wütend bist. Aber Laura wäre bestimmt noch wütender. Sie hat es gehasst, wenn ich Ordnung gemacht habe. Einen Wirbel hat sie es genannt – hör auf, hier schon wieder einen Wirbel zu veranstalten. Lass die Lasagnereste einfach auf dem Boden liegen, Stanley. Steig doch über die Wäsche einfach drüber, Stanley, ist doch egal.« Er versucht am Ende sogar, ihren Akzent nachzumachen – »egaaa-aaal« –, und lächelt mich schief an, weil ich es ja womöglich lustig finden könnte, aber das Gegenteil ist der Fall.

»Warum hast du es also gemacht?«

Er blinzelt mich an, als würde die Frage ihn ernsthaft überraschen. »Für den Fall, dass du dort hättest übernachten wollen«, antwortet er, als läge das auf der Hand. »Ich hätte dich doch nicht dort reinlassen können, ohne die Wohnung erst zu putzen. Das wäre eine Zumutung gewesen.«

»Und du denkst, dass ich ihre Wohnung durchsucht habe, ohne zu wissen, dass du vorher säckeweise Müll rausgebracht und den Boden geschrubbt hast, wäre keine Zumutung? Was hast du noch vor mir geheim gehalten?«

Er wird blass, und erneut rutscht er unruhig auf seinem Stuhl herum. »Nichts«, sagt er. »Ich wollte nicht, dass du schlecht über Laura denkst, wenn du siehst, wie sie gehaust hat.«

»Warum sollte ich schlecht über sie denken? Ich weiß, wie Laura tickt – sie war schon immer unordentlich.«

Er seufzt von Neuem und kaut auf seinem Daumennagel herum, ehe er antwortet: »Sicher war sie nie die perfekte Hausfrau, aber in letzter Zeit wurde es schlimmer. Sie meinte, sie wäre zu müde, um zu putzen. Meinte, sie würde von der Arbeit heimkommen und einfach ins Bett fallen und nicht mehr die Kraft haben, erst noch hinter sich aufzuräumen. Und ich hatte den Eindruck, als würde sie sich nur noch von Pizza ernähren. Auf dem Boden lagen stapelweise Pizzakartons: manche leer, manche aber auch nicht. Ich dachte, wenn ich sie dort hätte liegen lassen, würde sich womöglich Ungeziefer breitmachen – Kakerlaken. Ich wollte nicht, dass du das siehst … oder ihrer Mutter davon erzählst, damit sie sich grundlos Sorgen macht.«

Ich muss an Margies chaotisches Haus in Sussex denken, wo die Hühner ein und aus watscheln und verletzte Igel neben dem Herd ihren letzten Atemzug taten. Dass sie sich deshalb Sorgen machen würde, kann ich mir nicht vorstellen. Und wer ist dieser Fremde überhaupt, dass er sich ein Urteil über Laura anmaßt – oder über uns alle?

»Tja, so ganz grundlos kann das aber ja nicht gewesen sein«, sage ich.

Mit fast geschlossenen Augen schüttelt Stanley den Kopf. »Ich dachte, es wäre meinetwegen«, sagt er. »Unseretwegen. Ich dachte, vielleicht war sie wegen … der Situation ja deprimiert. Deshalb habe ich es dir verschwiegen. Weil sie niemandem von uns erzählt hat … und ich ebenso wenig.« Seine Lippen bilden eine harte, schnurgerade Linie, die Mundwinkel werden weiß, und Schmerz liegt in seinem Blick.

»Weil du verheiratet bist?«, frage ich.

Er schiebt den Stuhl vom Schreibtisch zurück, um Distanz zwischen uns zu schaffen, und schnappt nach Luft, als würde ihm der Sauerstoff ausgehen. Er sieht aus, als würde er am liebsten rausrennen, wenn er könnte. Wusst ich's doch.

»Jetzt hör mir mal gut zu«, sagt er schließlich mit zittriger Stimme. »Sie hat dir nicht ihretwegen nicht von uns erzählt, sondern meinetwegen. Dass sie eine Frau war, die ein Geheimnis für sich behalten konnte, war … na ja, womöglich mit ein Grund dafür, warum ich sie so attraktiv fand. Sie war keine, die übers ganze Weingut laufen und jedem irgendwelche Geschichten erzählen musste. Über mich waren schon genug Geschichten im Umlauf.«

Er sieht auf und scheint sich zu fragen, ob auch ich ein Geheimnis bewahren kann.

»Laura hat dir also nie von meiner Familie erzählt?«, fragt er schließlich und verschluckt sich fast am Wort »Familie«.

»Nein«, antworte ich, aber als er wieder anhebt zu sprechen, dämmert es mir, dass Laura irgendwann in einer E-Mail seine Frau erwähnt haben könnte. Ich hatte nie Grund dazu, mich daran zu erinnern, also hab ich es einfach vergessen.

Er zieht den Stuhl wieder nach vorne, stützt sich mit den Ellbogen auf dem Schreibtisch auf und verschränkt die Hände. »Ich habe spät geheiratet«, sagt er langsam und weicht meinem Blick aus. »Mit vierundvierzig. Hätte nie gedacht, dass ich überhaupt noch mal heiraten oder Kinder in die Welt setzen würde. Männer sollen wegen so was angeblich ja nicht verzweifeln, aber mich hat es fertiggemacht.« Er blickt auf, reckt das Kinn und atmet tief durch. »Im Sommer 2004 kam Monica aufs Weingut, um hier zu arbeiten, und das war's. Sie war zwanzig Jahre jünger als ich, war für die Saison aus Arizona rübergekommen und sollte im Herbst eigentlich wieder zurück nach Phoenix gehen. Tja, Alter schützt vor Torheit nicht … Wie ein Teenager hab ich mich in sie verliebt. Nach sechs Monaten waren wir verheiratet, nach einem Jahr bekamen wir ein Kind.«

Ich weiß nicht, was er von mir will: Mitleid, weil er zu schnell geheiratet hat und es jetzt bereut? Die arme Monica – das ist schließlich nicht ihre Schuld. Und hat er nicht erwähnt, er hätte keine Kinder?

»Ich habe meine Frau geliebt«, fährt er fort, und bei der Vergangenheitsform werde ich hellhörig. »Aber mein Junge … das war was völlig anderes. Eine ganz andere Art von Liebe.«

Ich presse die Lippen zusammen und versuche, nicht in Tränen auszubrechen. Ich musste mich bereits den ganzen Tag zwingen, nicht an Linus zu denken. Wann immer es dann doch passiert, empfinde ich fast schon körperliche Schmerzen in der Brust, so sehr vermisse ich ihn. Ich habe nicht geahnt, dass selbst so kurz von ihm getrennt zu sein so wehtun kann.

»Er war ein wunderwunderschönes Baby. Schwarzes Haar, genau wie ich.« Er hebt die Hand an den Kopf und muss kurz lächeln, als er meinen Gesichtsausdruck sieht. »Wie ich es früher hatte. Ein echt guter Trick, den die Natur sich da ausgedacht hat: dass ein Neugeborenes aussieht wie sein Vater. So kann man gar nicht mehr aufhören, es anzustarren und seine eigenen Gesichtszüge in diesem frischen Gesicht wiederzuerkennen.«

»Hast du ein Bild?«, frage ich.

Stanley sieht regelrecht schockiert aus und schüttelt den Kopf. »Nein«, sagt er. »Zu Hause … Ich meine, nein, nein, ich hab keins.«

Als Stanley weiterspricht, beschleicht mich eine schreckliche Vorahnung. Am Anfang hat er zögerlich geklungen, schleppend, aber jetzt wird er schneller, will die Geschichte zu einem Ende bringen, das ich nicht hören will, fürchte ich.

»Wir haben ihn Ned genannt – nach meinem Vater. Und als er größer wurde, konnten wir ihn nicht mehr von den Weinbergen fernhalten. Er ist mit den Erntehelfern Traktor gefahren, hat in der Brennerei Verstecken gespielt. Wir haben ihn sogar hochgehalten, damit er mit seinen kleinen Babyfüßchen in der Maische herumtapsen konnte – das sind die Trauben, die zerstampft werden. Allerdings zerstampfen wir sie heutzutage nicht mehr mit den Füßen, das erledigen inzwischen Maschinen. Aber es war sozusagen eine Verbindung zur Vergangenheit – mein Sohn, der in den Trauben stand wie schon mein Vater und dessen Vater. Mein Sohn ...« Stanley hustet in die vorgehaltene Hand und setzt dann so konzentriert den Ellbogen auf dem Schreibtisch auf, als wolle er sich für den Aufprall wappnen, und fährt fort: »Es war an seinem ersten Tag im Kindergarten. Du weißt ja, dass wir hier früh anfangen, um drei, vier Uhr morgens. Monica kam mit Ned vorbei, damit wir uns noch einmal sehen konnten, bevor es für ihn losging. Wegen seines neuen Rucksacks wollte er nicht, dass ich ihn umarme, sondern drehte mir ständig den Rücken zu, um ihn mir vorzuführen und um uns zu erzählen, dass darin sein Mittagessen steckte. Am Nachmittag warteten wir alle darauf, dass er wiederkäme und uns von seinem aufregenden Tag erzählte. Vielleicht würde er sich ja jetzt von mir in den Arm nehmen lassen. Nicht dass ich ständig auf die Uhr geguckt hätte, dafür war es einfach zu hektisch, aber jedes Mal, wenn die Tür aufging, rechnete ich insgeheim mit meinem Jungen. Anfangs hab ich mir nicht einmal Sorgen gemacht – ich dachte, Monica wäre vielleicht noch mit ihm Eis essen gegangen oder hätte irgendeine befreundete Mutter getroffen. Aber als um fünf die Tür wieder aufging, war es Amy – vorne aus dem Büro –, die mir mitteilte, ich müsse sofort ins Krankenhaus fahren.« Stanley verstummt und atmet zitternd und abgehackt ein. »Am Telefon wollten sie es mir nicht sagen. Ich musste erst den ganzen Weg zum Krankenhaus fahren, ohne eine Ahnung zu haben, ob sie noch am Leben waren oder nicht.« Er legt eine kurze Pause ein, ehe er weiterspricht: »Ned war gestorben. Er war auf der Stelle tot gewesen, sie hatten nichts mehr für ihn tun können. Innere Verletzungen. Als ich zu ihm rein bin, hätte man glatt meinen können, er würde schlafen. Sein Gesicht war vollkommen unversehrt.«

»Es tut mir so leid«, flüstere ich. Was soll ich sonst sagen? Es ist zwecklos, aber das Einzige, was bleibt.

Stanley schüttelt den Kopf. »Monica war immer noch im OP«, sagt er. »Es hat Stunden gedauert, aber sie hat überlebt.«

»Gott sei Dank. Wie ging es ihr?«

Stanley schüttelt erneut den Kopf. »Sie würde keine bleibenden Schäden zurückbehalten, behaupteten die Ärzte. Das Bein war zertrümmert, aber sie würde wieder laufen können und all das. Aber ich glaube, sie hat sich nie vollständig davon erholt.«

»Von so etwas erholt man sich auch nicht, glaube ich«, werfe ich ein. »Nicht wirklich.«

Ich kann es mir nicht vorstellen. Ich meine, ich kann es mir buchstäblich nicht vorstellen, dass Linus oder mir so etwas passieren könnte. Nicht meinem lebendigen, atmenden, lachenden Jungen.

»Nein«, sagt Stanley, »sie konnte es nicht. *Wir* konnten es nicht. Monica hat es hier nicht länger ausgehalten – immer wieder dieselbe Strecke zu fahren, die anderen Kinder in den Kindergarten gehen zu sehen, als wäre nichts passiert, ihren Müttern beim Einkaufen zu begegnen ... Eines Tages ist sie einfach gegangen.«

»Wo ist sie jetzt?«

Stanley blickt zu dem verschlossenen Fenster, als würde sie dahinter stehen, bevor er antwortet: »Portland ... Oregon«, fügt er hinzu für den Fall, dass ich nicht weiß, wo Portland liegt. »Davor war sie in New Mexico. Sie zieht ziemlich oft um.«

»Habt ihr noch Kontakt?«

»Hin und wieder.«

»Ist ...? Hat Laura deswegen ...? Ist sie ...?«

Ich weiß nicht mal, was ich ihn fragen will. Es hat Stanley sichtlich Kraft gekostet, mir von Ned und Monica zu erzählen. Seine Schilderung hat weder glatt noch routiniert geklungen, sondern holprig und schmerzhaft. Er hätte es mir nie erzählt, wenn es da nicht irgendeine Verbindung zu Laura gäbe, aber ich kann sie nicht erkennen.

Stanley nickt knapp. »Laura weiß Bescheid. Jeder weiß Bescheid. Seit es passiert ist, hat Amy es sich zur Aufgabe gemacht, es jedem auf dem Weingut zu erzählen. Aus Mitgefühl, nehme ich an, damit niemand irgendetwas sagt, was mich verletzen könnte. Ich weiß immer genau, wenn es wieder so weit ist. An einem Tag rufen die Leute noch: ›Hi, Stanley, wie läuft's?‹, und am nächsten sehen sie mich mit diesem Blick an …«

»Mit diesem Blick?«

»Du weißt schon, wenn sie nichts sagen, sondern einen nur betreten anschauen. Die Augenbrauen zusammenziehen, den Kopf leicht zur Seite neigen, mitleidig gucken. Ich kann das nicht ertragen. Laura hat das nicht gemacht.«

»Nicht?«

»Nein«, sagt Stanley. »Sie kam eines Morgens einfach auf mich zumarschiert, da war sie gerade eine Woche da, und sagte: ›Stanley, ich hab mich gerade mit Amy unterhalten, und sie hat mir das von deinem Sohn erzählt. Das ist ja schrecklich … und ich wollte dir nur sagen, dass mir das furchtbar leidtut. Du musst ihn fürchterlich vermissen.‹« Kurz schnieft er. »Kein Mitleidsblick. Sondern einfach geradeheraus. Das fand ich mutig.«

»Laura war immer mutig«, sage ich, und Stanley sieht zu mir auf.

»Laura ist immer noch mutig«, entgegnet er. »Nicht ›war‹. Die meisten Leute haben Angst vor der Trauer. Sie wollen das nicht – aber man macht ihnen Angst. Als würde man den Tod immer bei sich haben und als könnten sie gar nicht schnell genug wegkommen. Laura ist da anders. Sie geht offen auf die Dinge zu. Und deshalb weiß ich auch, dass sie klarkommt. Wo immer sie gerade steckt.«

»Aber … glaubst du …? Ich meine, wenn Laura doch Bescheid wusste … Warum jetzt? Weshalb hat sich jetzt plötzlich was verändert?«

Stanley atmet tief ein – so tief, dass ich sehen kann, wie sich seine Brust unter dem blauen Hemd hebt. »Weil Welten dazwischen liegen«, antwortet er, und während er spricht, sieht er aus, als würde er schrumpfen, als würde wie bei einem Ballon die Luft aus ihm entweichen. »Es liegen Welten dazwischen, ob man etwas weiß oder ob man neben einem Mann aufwacht, der fast jede Nacht wach daliegt und sich die Augen aus dem Kopf heult.«

»Du hast selbst gesagt, dass sie mutig ist«, erwidere ich. »So was würde sie nicht abhalten.«

Er sieht traurig aus, alt und enttäuscht, nicht nur von Laura, sondern von der ganzen Welt.

»Hat es aber«, sagt er schließlich. »Eines Morgens bin ich aufgewacht, und sie war weg.«

Mitten ins Herz – Ein Song für dich
(frz.: Le Come-Back), Juli 2007[9]

RHONDA FISHER: Aber Liebes, du verfällst nicht oft jemandem, und ich sehe ja, wie du ihn ansiehst. Wenn du ihm also gerade verfällst, dann pass bitte, bitte auf, dass der Grund für seine Leidenschaft diesmal wirklich du bist.

SOPHIE FISHER: Weißt du, ich … Na ja, ich meine, ich verfalle ihm nicht, wir arbeiten nur zusammen, und abgesehen von dem einen Mal, wo wir miteinander geschlafen haben, bleibt alles streng beruflich.

22

Bis Laura nach Frankreich zog, um dort ein Praktikum zu absolvieren, war das Einzige, was Esther über Épernay wusste, dass es während des Ersten Weltkriegs besonders heftig umkämpft gewesen war. Sie konnte sich daran noch aus dem Geschichtsunterricht erinnern: Der Grabenkrieg hatte genau dort angefangen, wo die Champagnertrauben wuchsen. Hatte Churchill damals nicht auch einen seiner legendären Sprüche gemacht – *wir kämpfen nicht um Frankreich, Gentlemen, sondern um den Champagner?* Irgend so was in der Art.

Draußen vor dem Fenster des Zugs aus Paris flackerte der französische Sommer in den gelben Feldern vorüber wie auf einer alten Filmrolle. Zwei Druckfahnen für die Arbeit lagen vor Esther auf dem Tisch, und in ihrer Reisetasche steckte ein halb ausgedrucktes Manuskript, aber bislang hatte sie nur in der jüngsten Ausgabe von *Heat* geblättert, und auch das nur relativ geistesabwesend. Ihre Gedanken waren bei David, der ihr am Gleis zum Abschied zugewinkt hatte, obwohl sie ihm gesagt hatte, dass er sie nicht zum Eurostar bringen müsse. Er hatte dagegengehalten, dass er sich den romantischen Abfahrtsmoment nicht entgehen lassen wolle, auch wenn am Bahnhof Waterloo morgens um sechs wenig romantisch war.

Er hatte ebenfalls eine Reisetasche dabeigehabt, weil er übers Wochenende seine Großmutter auf der Isle of Wight besuchen wollte. Zumindest hatte er das behauptet. Sie wusste nicht, warum sie ihm nicht glaubte – sie war in der Vergangenheit dort selbst schon zu Besuch gewesen, in deren Haus in Bembridge. Zumindest dieser Teil entsprach also der Wahrheit. Aber sie kannte ihn zu gut, um nicht zu merken, wie aufgeregt er war, auch wenn er sich alle Mühe gab, es zu verbergen.

Wann immer er versuchte, etwas vor ihr geheim zu halten, kaute er fast wie ein kleines Kind auf seinem Mundwinkel herum, als würde ihm das Geheimnis gleich entschlüpfen, wenn er sich nicht darauf konzentrierte, es zurückzubeißen. Sie war schon eingestiegen, als sie aus einem Impuls heraus noch einmal stehen blieb, sich aus der Tür lehnte und ihm einen letzten Abschiedskuss zuwarf. Er hatte sich bereits halb umgedreht, um zu gehen, als sich ein Lächeln auf seinem Gesicht ausbreitete – allerdings mitsamt Zähnen auf der Unterlippe. Sie kannte diesen Ausdruck so gut wie ihr eigenes Spiegelbild, doch diesmal war er erstmals nicht für sie bestimmt gewesen.

Allerdings war auf dem Gleis sonst kein Mensch zu sehen. Trotzdem hielt sie kurz inne, um sich umzublicken, auch wenn die französische Familie hinter ihr sichtlich genervt war und hineindrängelte. Dann marschierte er ganz einfach fort.

Sie redete sich ein, dass sie sich lächerlich machte. Er hätte nicht mit zum Bahnhof kommen müssen, geschweige denn mit ihr früh aufstehen und ein Taxi rufen. Er hätte liegen bleiben und später zur Isle of Wight fahren können, wenn er gewollt hätte. Und doch wurde sie das Gefühl nicht los, dass er sie nicht allein aus Zuneigung begleitet hatte, sondern weil er hatte sicherstellen wollen, dass sie tatsächlich abfuhr.

Es kostete sie unendlich Mühe und ein Plastikfläschchen Weißwein aus dem Bordbistro, den Missmut bis zu ihrer Ankunft abzuschütteln. Sie hatte sich fest vorgenommen, das Wochenende in vollen Zügen zu genießen. Sie hatte Laura schon seit Monaten nicht mehr gesehen, und sie wollte nicht, dass das Wiedersehen von grundloser Paranoia überschattet würde. Abgesehen davon würden sie wahrscheinlich gar keine Zeit haben für selbstbezogene Überlegungen. Laura hatte ihr von der voll besetzten Unterkunft erzählt, von den Saisonarbeitern und den Luftmatratzen im Wohnzimmer und den beiden Leuten, die auf der Couch schliefen. Sie würde sich das Bett mit Laura teilen müssen und genau wie in alten Zeiten lange wach bleiben und Klatsch und Tratsch austauschen.

Als sie aus dem Zug stieg, stand Laura bereits mit einem breiten, lippenstiftroten Lächeln hinter der Absperrung und winkte wie wild. Sie trug ein gestreiftes langes Sommerkleid und eine riesige Sonnenbrille, als wäre sie geradewegs einem Modemagazinartikel darüber entsprungen, wie man chic und französisch wirkte, auch wenn man in Wahrheit aus Portsdown stammte. Sie hatte sich ein französisches Taschenbuch unter den Arm geklemmt. Balzac. Esther war überrascht. Das letzte Buch, das sie Laura hatte lesen sehen, war ein englischsprachiges von Jilly Cooper gewesen.

»Du bist ja vielleicht braun!«, rief Esther und umarmte sie. »Schau sich einer diesen Teint an!«

»Pfft.« Lachend trat Laura einen Schritt zurück. »Wie war die Reise? Hat das Umsteigen in Paris gut funktioniert?«

Entgegen Esthers Protest schnappte sie sich deren Reisetasche und warf sie sich über die Schulter.

»Lass mich doch ein bisschen angeben«, bettelte sie. »Du glaubst ja nicht, was ich mir Muskeln antrainiert habe! Los, fühl mal, mein Arm!«

Esther drückte den schlanken, braun gebrannten Arm, der sich ihr entgegenstreckte, und bewunderte wie ihr geheißen die harten Muskeln, die sich unter der Haut wölbten.

»Ich schleppe den ganzen Tag Kisten und schiebe Karren voller Flaschen hin und her, das ist das beste Training überhaupt. Aber jetzt hör mal ...« Vor dem Bahnhof blieb sie stehen und schob sich die Sonnenbrille in die Haare. »Es gibt eine kleine Planänderung.«

»Planänderung?«

Mit einem Mal war sie nervös. Laura hatte in der Vergangenheit schon so oft schwierigere Dinge hinter einer selbstbewussten Fröhlichkeit verborgen, dass Esther sich sofort fragte, worum es diesmal ging. Würde Laura doch am Wochenende arbeiten müssen? Würde Esther die Tage hier allein verbringen müssen?

»Die Sache ist die, Est – das Haus ist dermaßen voll, dass es ein Albtraum ist. Und diese ganzen Kerle haben ein solches Chaos angerichtet, dass ich dich unmöglich dort unterbringen kann.«

»Mir macht das nichts aus«, entgegnete Esther. Und es hätte ihr wirklich nichts ausgemacht. Mit einem Haufen jüngerer Typen rumzuhängen klang nach einer Menge

Spaß. Wie zu Unizeiten. Manchmal fragte sie sich tatsächlich, ob sie im Vergleich zu Laura zu schnell alt geworden war. Sie ging auf Dinnerpartys und geschäftliche Veranstaltungen, sprach über Hypothekenraten und fuhr an den Wochenenden in den Baumarkt. Lauras Leben erschien ihr unendlich viel aufregender.

»Aber mir macht es was aus«, sagte Laura. »Es ist einfach widerlich. Vor dem Bad muss man Schlange stehen, und die Jungs stehen zu den unmöglichsten Zeiten auf oder kommen heim. Also hab ich eine kleine Überraschung organisiert.«

»Äh … ja?«

Laura hakte sich bei Esther unter und zog sie vom Bahnhofseingang in Richtung Taxischleife. Die Fahrer standen neben ihren Wagen und rauchten gelangweilt, bis sie die beiden kommen sahen. Wie auf Kommando stellten sie sich alle kerzengerade hin und traten ihre Zigaretten auf dem Boden aus, und der extravagant schnauzbärtige Fahrer des vordersten Wagens hielt ihnen die Tür zur Rückbank auf.

»Du wirst es lieben!«, schwärmte Laura und überreichte dem Fahrer die Reisetasche. »Ich hab dir ein Hotelzimmer mitten im Zentrum reserviert. Es ist traumhaft schön – und du bist eingeladen.«

Bevor Esther einwenden konnte, dass sie lieber bei Laura übernachten wollte, hatte Laura auch schon den Fahrer in eine rasend schnelle Unterhaltung auf Französisch verwickelt. In gut gelaunter Uneinigkeit fuchtelten sie wild mit den Händen und diskutierten über irgendwas, was Esther nicht verstehen konnte. Stumm stand sie daneben und fragte sich, ob der wahrscheinlichste

Grund für die Planänderung womöglich ein neuer oder zumindest ein potenzieller neuer Mann in Lauras Leben war. Sie wusste genau, dass Laura sich gern alle Möglichkeiten offenhielt, und die beste Freundin neben sich im Bett bedeutete nun mal, dass gewisse Möglichkeiten ausgeschlossen waren. Esther konnte eine gewisse Enttäuschung nicht verhehlen. Das Bad zu teilen oder in aller Herrgottsfrühe aufgeweckt zu werden machte ihr nichts aus. Nachdem David sich auch schon so merkwürdig aufgeführt hatte, kam ihr die Übernachtung in einem eigenen Hotelzimmer inmitten einer fremden Stadt eher wie eine Bestrafung vor denn wie die freudige Überraschung, die Laura angekündigt hatte.

»Seit wann sprichst du so gut Französisch?«, fragte Esther, als sie schließlich auf der Rückbank saßen.

Laura antwortete mit einer typisch französischen Geste. »Hab ich *en passant* aufgeschnappt, nehm ich mal an.«

Dann lehnte sie sich zu dem Fahrer vor und gab ihm weitere Instruktionen und lachte kokett, als er irgendetwas erwiderte. Wenn Esther nicht gewusst hätte, dass Laura gebürtige Engländerin war – wenn sie sie nicht zum Beweis mit eigenen Augen Marmite essen und im Regen picknicken gesehen hätte –, hätte sie unter Garantie wie jeder andere auch angenommen, dass sie Französin wäre. Der rote Lippenstift, die routinierte Flirterei, das perfekt fließende Französisch ... Eigentlich hätte Lauras Fähigkeit, sich in jedweder Umgebung sofort anzupassen, Esther nicht überraschen dürfen, und doch war sie verblüfft. Laura war wie eine dieser russischen Holzpuppen: jederzeit imstande, unter welchen Umständen auch immer, strahlend neu und selbstbewusst aus ihrem alten Ich zu schlüpfen. Sie fragte sich, was wohl aus den abgelegten früheren Lauras wurde. Hörten sie einfach auf zu existieren, oder schrumpften sie zusammen und schlüpften ins Innere der Puppe, um vielleicht irgendeines Tages von Neuem aufzutauchen?

Mit einem kleinen Brummeln bog der Taxifahrer dort ab, wo Laura es sich gewünscht hatte, und fuhr die Avenue de Champagne entlang. Churchill hatte seinen Krieg gewonnen, erkannte Esther: Der Champagner war hier nicht nur siegreich geblieben, er war allgegenwärtig. Zu beiden Seiten der Straße standen grau gedeckte Villen hinter hohen Toren inmitten streng angelegter Gärten, und jede einzelne davon trug den Namen einer legendären Champagnerdynastie.

Laura zupfte an Esthers Ärmel und zog sie zu sich ans Fenster. »Schau mal«, rief sie und deutete mit ihrem zerlesenen Taschenbuch hinaus. »Pol Roger! Perrier-Jouët! Ist das nicht großartig? Wir mussten einfach hier entlangfahren, das hier ist wirklich das *beste* Intro für Épernay!«

Als sie das Hotel betraten, überreichte ihnen die mütterliche Inhaberin statt einer Tasse Tee oder Kaffee, die man hätte erwarten können, ein Glas Champagner und forderte sie gestenreich auf zu trinken, als würde sie zwei ungezogene Kinder anhalten, ein Brausemedikament einzunehmen. Erst als sie ihre Gläser ausgetrunken hatten, brachte sie die beiden hoch aufs Zimmer.

Laura steuerte sofort das Bad an. »Hab ich nicht gesagt, es ist ganz großartig? Toilettenartikel von Caudalie!«, hallte ihre Stimme aus dem Bad. »Das ist irre gutes Zeug! Darf ich das haben, wenn du abreist? Das wird aus Trauben hergestellt, weiß du? Die haben eigene Weinberge in der Nähe von Bordeaux.«

»Da steht sogar eine Miniflasche Blubberwasser im Schrank«, stellte Esther verblüfft fest, als sie die Türen aufzog, um ihre Tasche hineinzustellen.

Laura kam mit einer zweiten Flasche aus dem Badezimmer. »Da drin stand auch eine«, rief sie. »Wie heißt es immer? In London ist man nie weiter als zwei Meter entfernt von einer Ratte? Tja, und hier ist man nie weiter als zwei Meter entfernt von einer Flasche Schampus. Ohne Laurent-Perrier aufs Klo zu müssen, ist hier ein Unding, Est. Das wäre ein Skandal!«

»Offenbar haben sie hier wirklich an alles gedacht.«

»Genau wie ich«, sagte sie und öffnete schelmisch grinsend die Flasche.

»Übernachtest du auch hier?«, fragte Esther, setzte sich auf die Bettkante und wippte prüfend auf der Matratze auf und ab. »Dieses Bett ist riesig. Genügend Platz wäre hier allemal.«

Laura, die den Champagner in zwei Plastikbecher füllte, sah mit einem Ausdruck vorsichtiger Unschuld zu ihr hinüber. »Ich kann leider nicht – meine ganzen Sachen sind im Haus … und wir ziehen direkt von hier los. Daran habe ich nicht gedacht.«

»Morgen vielleicht?«, schlug Esther vor. »Wir können immer noch eine Übernachtungsparty machen, genau wie wir's geplant haben. Zwei Js und ein V, und hey, keine Schlange vor dem Bad.«

Sie hörte selbst, wie armselig sie klang. Hoffentlich hielt Laura sie nicht für undankbar, immerhin war das Hotel teuer. Trotzdem war sie wegen ihrer besten

Freundin hergekommen, nicht um sich gratis Toilettenartikel und ein paar flauschige Handtücher unter den Nagel zu reißen.

»Ja, klingt gut.« Laura hielt ihr einen Becher hin und trat ans Fenster. »Diese Aussicht! Ist die nicht fantastisch?«

Inzwischen war Esther überzeugter denn je, dass irgendein Mann im Spiel war. Allerdings war sie klug genug, das Thema noch nicht anzuschneiden. Bei Laura war man immer besser dran, wenn man ihr Zeit ließ, damit sie die Dinge in ihrem eigenen Tempo ansprechen konnte, auch wenn das bedeutete, dass man die ganze Story erst zusammenhatte, wenn man wieder daheim in England war. Ganz offensichtlich hatte Laura ein Geheimnis, und dass sie in einem fort wie eine Reiseführerin vor sich hin plapperte, sollte Esther davon abhalten, ihr Fragen zu ihrem neuen, französischen Leben zu stellen.

Zumindest würden sie sich alsbald irgendwo auf einen Drink niederlassen, dachte Esther, und halbwegs zur Ruhe kommen. Doch auch diesbezüglich machte Laura ihr einen Strich durch die Rechnung.

Ihre Freunde vom Weingut warteten bereits in einer Bar in einer Querstraße der Avenue auf sie – in einem Keller, den man durch einen geklinkerten Tunnel über ein paar steile Steintreppen erreichte. Die kopfhohen Wandregale in dem Kellergewölbe waren voll mit Flaschen, und dazwischen klemmten in einer wilden Anordnung einige Tische. Dass hier das Augenmerk eher der Lagerung der Weine galt als dem Komfort der Gäste, war offensichtlich. Kerzen erhellten die Tische, aber alles in allem war es verhältnismäßig dunkel, was Laura indes nicht davon abhielt, Esther am Eingang aufzuhalten und kurz stehen zu bleiben, ehe sie eintraten.

Esther glaubte schon, sie wolle ihr etwas verraten – ihr vielleicht zuflüstern, dass einer der Weingutkollegen ein grässlicher Langweiler sei und dass sie mit einem anderen eine Affäre habe –, doch dann erinnerte sie sich wieder daran, dass Laura so etwas immer machte: dass sie immer kurz innehielt, bevor sie einen Raum betrat, damit die Anwesenden sie kommen sehen und entsprechend reagieren konnten. Das hatte sie schon als kleines Mädchen gemacht. Inzwischen war ihr das bestimmt in Fleisch und Blut übergegangen. Die Vorstellung, einem ganzen Raum voller Leute die Gelegenheit zu geben, einen anzustarren, statt einfach unbemerkt hineinzuschlüpfen, weckte in Esther eine gewisse Ehrfurcht. Irgendein Teil von ihr – ganz gleich wie sie inzwischen aussah – würde für alle Zeiten die Fette Fester bleiben und mit dem Schlimmsten rechnen.

In der Bar war es heiß und wahnsinnig laut, und Laura schien auf dem Weg zu ihrem Tisch von jedem namentlich begrüßt zu werden. Sie stellte Esther so vielen Leuten vor, dass nicht mal klar war, wo sie sich hinsetzen würden, bis Laura zu guter Letzt einen Tisch ganz hinten ansteuerte. Dort saßen bereits vier Männer, und zwischen ihnen stand eine geöffnete Flasche Champagner. Als die Frauen näher kamen, standen sie auf und prosteten ihnen zur Begrüßung zu.

Nach all den Vorstellungen und dem Champagner, den sie bereits intus hatte, musste Esther sich schwer zusammenreißen, um sich einzuprägen, wer wie hieß. Es gab einen Pierre-Yves, der älter war als alle anderen und fast schon distinguiert aussah, Georges, der Pickel hatte und gerade einmal seine Teeniejahre hinter sich gelassen hatte, dann einen gut aussehenden blonden Thomas, der schmollend in der Ecke saß, und Dirk, der doppelt so groß wie alle anderen und kein Franzose, sondern Südafrikaner war.

Dirk zog einen Stuhl für Laura heran, doch die bedeutete Esther, sich zu setzen. Sie selbst ließ sich neben Pierre-Yves nieder, der sie mit Küsschen auf beide Wangen und Anerkennung für ihre Ausgabe von Balzacs *Eugénie Grandet* begrüßte. Laura sagte etwas auf Französisch, was Esther nicht verstand, und presste sich das Buch an die Brust, als wolle sie es nie wieder loslassen.

Dirk lächelte Esther freundlich an und schenkte ihr ein Glas ein, doch sie nahm sehr wohl zur Kenntnis, dass sein Blick zu Laura huschte, wann immer er gerade glaubte, sie würde ihn nicht ansehen. Esther kam sich vor, als wäre sie während des laufenden zweiten Akts mitten in ein Bühnenstück geraten. Jeder schien zu wissen, was hier vor sich ging, nur sie nicht, und unwillkürlich fragte sie sich, ob Laura sie überhaupt hierhaben wollte. Oder stand sie ihr eher im Weg?

»Du bist also die berühmte Esther«, sagte Pierre-Yves mit starkem französischem Akzent und lehnte sich zu Laura hinüber. »Die Journalistin, nicht wahr? Laura erzählt, dass du echt dick bist.«

Esther spürte, wie sie rot anlief. Ja, sie hatte ein paar Kilo zugenommen, seit sie mit David zusammenlebte, aber sie hätte nie gedacht, dass Laura das ihren Kollegen gegenüber erwähnen würde. Hatte sie ihnen etwa auch von damals erzählt, als Esther das dickste Mädchen an der Schule gewesen war?

Laura kreischte auf und gab ihm einen Klaps auf den Arm. »Dick *im Geschäft*, hab ich gesagt, du Vollidiot! Nicht *echt dick*. Ich hab nie behauptet, dass du dick wärst, Est, niemals!«

»Du schreibst für Zeitungen?«, fragte Georges zögerlich auf Englisch.

In dem Versuch, Pierre-Yves' Fauxpas wieder wettzumachen, antwortete Laura an Esthers Stelle: »Sie hat einen fantastischen Job bei der *Times*. Stimmt doch? Ständig sitzt sie in irgendeinem Flieger, um berühmte Leute zu interviewen und mit irgendwelchen Promis zu Abend zu essen.«

»Nur mit Autoren«, korrigierte Esther peinlich berührt. »Ich bin Rezensentin. So aufregend ist das nun auch wieder nicht.« Sie versteckte sich hinter ihrem Champagnerglas und fragte sich, ob die anderen sie gerade ansahen und sich insgeheim dachten, sie wäre sehr wohl zu dick.

»Jetzt komm aber, das machst du immer, stellst dein Licht unter den Scheffel … dabei hast du sogar Madonna getroffen, oder nicht?«

»Madonna!«, rief Thomas begeistert vom Ende des Tischs. Mit einem Mal schien seine Trägheit verflogen zu sein. »*J'adore* Madonna! ›Lucky Star‹ – hat sie dir etwas vorgesungen?«

»Nein«, erwiderte Esther schnell, und augenblicklich schien sein Interesse wieder abzuebben. »Sie hat ein Buch geschrieben – ein Kinderbuch. In Kensington fand eine Art Premierenfeier dafür statt – ich war beruflich dort.«

»Oh«, sagte er hörbar enttäuscht. »Nicht ein einziger Song?«

Esther schüttelte den Kopf, und er sank wieder auf seinem Stuhl zurück. Sie hatte das Gefühl, keine gute Performance abzuliefern.

Pierre-Yves sah sie aufmerksam an. »Laura hat viel von dir gesprochen – die große Journalistin aus London. Mich würde interessieren, wie diese beste Freundin Laura beschreiben würde.«

Obwohl Laura munter auflachte, konnte Esther den warnenden Blick in ihren Augen erkennen: *Blamier mich ja nicht.* Und das ärgerte sie. Anscheinend sollte sie Lauras Balzac-Version untermauern, die sie gerade erst vor ein paar Stunden kennengelernt hatte. Die neue, französische Laura hatte sie in ein Hotel verbannt. Die neue, französische Laura hatte sie ihren Kollegen vorgestellt, ohne sie vorzuwarnen, dass zwischen ihnen offensichtlich eine gewisse Spannung herrschte. Die neue, französische Laura ging ihr allmählich mächtig auf den Geist.

»Bevor ich das mache«, sagte sie und beschloss im selben Moment, Laura ein wenig zappeln zu lassen, »würde ich gern von euch wissen, wie *ihr* sie beschreiben würdet. Dirk?«

Als hätte ihn der Blitz getroffen, räusperte er sich und hüstelte in die vorgehaltene Hand – fast schon zu verhalten für einen so großen Mann. Während Lauras Blick zuvor Esther verwarnt hatte, brannte er sich jetzt regelrecht in Dirk, als er sich die Antwort zurechtlegte. Esther wäre nicht überrascht gewesen, Schmauchflecken auf seinem Poloshirt zu sehen.

»Sie ist hart im Nehmen«, sagte er vorsichtig und schien einzig und allein zu Esther zu sprechen. »Mit den Männern nimmt sie's locker auf.«

»Jetzt mal halblang, Dirk«, kam es von Laura, auch wenn sie insgeheim erleichtert zu sein schien. »Mach mich jetzt bloß nicht zu einem Kerl ehrenhalber. So was hört keine Frau gerne.«

Thomas schürzte die Lippen und schien darüber nachzugrübeln, was sie damit meinte. Dann legte er den Kopf schief. »Du bist kein *Kerl,* Laura, aber in gewisser Hinsicht durchaus männlich, denk ich mal.«

»Was – stehst du jetzt auf einmal auf mich?«, neckte sie ihn und verzog provokant den Mund, während Thomas eine übertrieben entsetzte Grimasse zog.

»Nie im Leben! Dafür fehlt dir ... eine gewisse Ausstattung. Aber du bist ehrgeizig wie ein Mann, oder etwa nicht? Was deine Karriere angeht, bist du genauso fokussiert. Du lässt dich nicht ablenken von ... Emotionen?«

Dirk lachte trocken und kippte den Rest Champagner in sich hinein.

Laura kniff die Augen zusammen. »Soll das heißen, dass ich gefühllos bin?«

Die Frage schien an alle gerichtet zu sein, aber ihr Blick blieb an Pierre-Yves hängen. Offenbar war ihr seine Einschätzung am wichtigsten. Esther konnte sich noch gut an Amelia Wentworths Hochzeitstag erinnern – als sie darauf beharrt hatte, dass sie Gefühle hatte, auch wenn sie sie nicht immer zeigte. Allerdings schien sie das Unmögliche zu wollen: Sie wollte als jemand wahrgenommen werden, der zu tiefen Gefühlen zwar in der Lage war, aber zugleich keine Spur von Emotionalität zeigen.

»*Non, non, non.*« Pierre-Yves schüttelte den Kopf, als hätte er über das Thema bereits nachgedacht. »Natürlich hast du Gefühle. Du bist schließlich nicht kaltherzig. Er meint nur, dass du eher praktisch veranlagt und keine Romantikerin bist.«

»Tja, und genau da täuschst du dich«, warf Esther ein, und alle drehten sich zu ihr um, auch Laura, die ihr einen weiteren warnenden Blick zuwarf.

»Wirklich?«, fragte Pierre-Yves, und in seinen Augen flackerte Belustigung.

»Wirklich. Laura ist eine große Romantikerin. Mehr, als ihr euch vorstellen könnt.«

Von Thomas kam ein sarkastisches »Oooh!«, und Laura machte Anstalten, ihn vors Schienbein zu treten.

»Hör auf damit!« Sie lachte zwar, allerdings ein wenig zu schrill und nervös.

Dann schob sie ihr Taschenbuch zu Esther hinüber, als wolle sie ihr damit sagen: Verstehst du nicht? Das bin jetzt ich. Esther fragte sich, ob sie gleich jemanden bloßstellen und ihn auf seinen Platz zurückverweisen oder einfach so tun sollte, als käme jene Rolle der Wirklichkeit gleich. Aber sie konnte nicht loyal zu einer Laura sein, die sie nicht kannte.

»Inwiefern ist sie denn romantisch?«, wollte Pierre-Yves wissen.

»Na ja, ihre Heldin – eigentlich sogar mehr als eine Heldin, ihre geistige Führerin – ist die Königin der romantischen Komödie. Zumindest in Hollywood«, fügte sie hinzu für den Fall, dass es auch eine französische Königin der romantischen Komödie gab, die ihr nicht geläufig war.

»*Non!*«, rief Thomas erneut und klatschte in die Hände. »Sandra Bullock! *J'adore* Sandra Bullock!«

»Nicht Sandra Bullock«, entgegnete Esther, und Thomas machte einen Schmollmund. Erst die Madonna-Enttäuschung und jetzt das.

»Meg Ryan?«, schlug Pierre-Yves mit einem Seitenblick auf Laura vor. Der Blick war eindeutig: *Ich bin mir nicht mehr sicher, ob ich dich kenne.*

»Meg Ryan ist doch seit zehn Jahren nicht mehr Königin«, warf Thomas abschätzig ein.

»Auch nicht«, sagte Esther, die erstmals das Gefühl hatte, die Situation auskosten zu können, weil alle sie anstarrten – alle bis auf Laura, die ein Gesicht machte, als wolle Esther im nächsten Moment den Umschlag von ihrem Balzac-Buch reißen und das Schundcover darunter enthüllen.

»Seid ihr so weit?« Sie sah von einem gespannten Gesicht zum anderen. »Laura lebt im festen Glauben an das Evangelium nach Drew Barrymore.«

»Wirklich?«, fragte Dirk und verzog ungläubig die Oberlippe. »Die aus *Drei Engel für Charlie?*«

Georges sah aufrichtig verblüfft aus, während Thomas irgendetwas auf Französisch vor sich hin murmelte, wovon Esther nur ein trotziges »Sandra Bullock« verstand. Pierre-Yves zog eine Augenbraue hoch und sah Laura in Erwartung einer Reaktion auffordernd an.

Für eine Millisekunde lag Lauras Gesicht im Schatten, als sie die Augenbrauen runzelte und wieder entspannte, als wäre nichts gewesen. Dann verzog sie den Mund zu einem breiten, selbstbewussten Lächeln. Esther kannte Laura gut genug, um ihr anzusehen, dass sie in diesem Moment beschlossen hatte, die Geschichte zu ihrer eigenen zu machen, um die Kontrolle wieder zu übernehmen, anstatt alles abzustreiten und sich dem weiteren Verlauf auszuliefern.

»Na klar«, sagte sie und hob die Hände auf jene urfranzösische Art, sodass selbst eine Brigitte Bardot neidisch geworden wäre. »Und wehe, irgendjemand sagt auch nur ein Wort gegen meine liebe Drew. Sie hat mir alles beigebracht, was ich je wissen musste.«

»Das ist ja interessant«, sagte Pierre-Yves und legte die Fingerspitzen aufeinander wie ein Professor in einem Uniseminar. »Und worum geht es in diesem Evangelium?«

»Ja!«, rief Dirk und kicherte leise. »Welche Lektion hat Charlies Engel dir denn beigebracht? Wie man in einem Catsuit einen Karatekick macht?«

»Dass Frauenfreundschaften verlässlicher sind als jeder Mann«, erwiderte Laura scharf, und Dirk hörte augenblicklich auf zu lachen.

»Ihre Filme …«, hob Thomas an, den die Auseinandersetzung aus seiner Sandra-Bullock-Schmollerei geholt hatte, »haben die für dich … irgendeine Message oder so was in der Art? Ist es das?«

Laura warf den Kopf in den Nacken. Jetzt da sie beschlossen hatte mitzuspielen, würde sie sich nicht mehr in die Enge treiben lassen. »Man muss schließlich an irgendetwas glauben«, verkündete sie. »Und dass ich an Drew geglaubt habe, hat mich weit gebracht.«

Thomas' Interesse war geweckt. »Okay«, sagte er. »Lass mich überlegen. Aus welchem Film könnte die Lektion stammen? Ah, aus diesem Film, in dem sie …« Ihm fiel das richtige Wort nicht ein, und er versuchte, pantomimisch eine Messerattacke darzustellen. »Am Anfang ist sie … *tué.*«

Esther wusste sofort, was er meinte. »*Scream.*«

»Das war einfach«, sagte Laura. »Vertraue nie dem Arschlochfreund aus der Highschool. Wenn ich damals schon auf Drew gehört hätte, hätte mir das eine Menge Liebeskummer erspart. Esther hatte es damals schon kapiert – sie kannte das Evangelium nämlich schon vor mir.«

Sie zwinkerte ihr zu, und Esther wusste, dass Laura ihr vergeben hatte. Sie war einfach nicht nachtragend. Wie sehr sie auch darauf beharrte, dass ihre Gefühle tief gingen, schienen ihre Launen zumindest oberflächlich so leicht zu verfliegen wie auf einer Zaubertafel.

»Jetzt du«, forderte Thomas Pierre-Yves auf, der ein leicht angewidertes Gesicht machte, als würde ihm das Thema nicht behagen.

»Ich hab keinen ihrer Filme je gesehen«, sagte er und schien stolz darauf zu sein.

»Nicht mal *Donnie Darko?*«, hakte Laura nach.

»Das ist ein Kunstfilm, kein Drew-Barrymore-Film!«, ereiferte er sich.

»Natürlich ist das ein Drew-Barrymore-Film«, widersprach Laura ihm. »Sie hat ihn sogar produziert. Und die Lehre daraus ist: Rechne immer mit dem Unerwarteten.«

»Die ist gut«, sagte Thomas an niemanden speziell gewandt.

»*Le Come-Back*«, warf der picklige Georges ein.

»*Le* was?«, fragte Esther.

»*Le Come-Back,* ihr neuester Film, glaub ich.« Er sah zu Thomas hinüber, um sicherzugehen.

»*Oui, oui,* mit 'Ugh Grant«, pflichtete Thomas ihm bei. »Wo sie singen, du weißt schon.«

»Den hab ich noch nicht gesehen«, gab Laura zu.

»Ich schon«, mischte sich Esther ein. »*Mitten ins Herz*. Hab ich letzten Monat im Flugzeug gesehen.«

»Und?«, fragte Thomas und drehte sich interessiert zu ihr um. »Wenn du das Evangelium auch kennst, kannst *du* uns ja sagen, welche Lektion darin steckt.«

Esther dachte für einen Moment nach. »Dass Hugh Grant besser keine Filme mehr machen sollte?«

Begeistert klatschte Thomas in die Hände. »Das ist wahr! Er ist *terrible,* oder nicht? Aber es gab darin noch eine zweite Lektion.«

»Ach ja?« Esther sah ihn verblüfft an.

»Drew lernt, dass es nicht immer gut geht, wenn man mit einem Kollegen schläft, oder nicht?« Mit der Hand vor dem Mund versuchte er, sein Kichern zu ersticken, und zwinkerte Esther zu. Dirk warf ihm einen finsteren Blick zu und murmelte irgendwas in sich hinein.

Laura tat so, als hätte sie nichts gehört, aber sie bekam rote Ohren. Verlegen sah sie auf die Uhr. »Oh Gott, so spät schon? Wir müssen los, sonst kommen wir zu spät zum Abendessen!«

Thomas sah sie überrascht an. »Abendessen?«

»Du nicht«, spöttelte Laura und tätschelte ihm gespielt herablassend die Schulter. »Wenn du Glück hast, landest du bis Mitternacht bei McDo. Aber wir haben einen Tisch im *Les Berceaux* reserviert.«

»Les Berceaux!« Er presste sich die Hand auf die Brust, als hätte er Atemnot.

»Was?«, fragte Esther leicht beschwipst und verwirrt.

»Die haben einen Michelin-Stern«, erklärte Georges mit ehrfürchtig aufgerissenen Augen. »Und, na ja, die sind …« Er rieb die Fingerspitzen aneinander in der international verständlichen Geste für »teuer«.

»Hier ist es doch nett, Laura«, sagte Esther, die allmählich begann, sich unter Lauras Weingutfreunden wohlzufühlen. Die eigenartige Atmosphäre vom Anfang war verflogen, inzwischen hatten sie doch Spaß. »Ehrlich, warum bleiben wir nicht einfach hier und bestellen uns etwas? Wir müssen nicht fein essen gehen. Hierzubleiben ist doch vollkommen in Ordnung?«

Aber Laura bestand darauf, zog Esther von ihrem Stuhl hoch und verabschiedete sich von der Runde.

»Es ist schon alles organisiert«, sagte sie Mal ums Mal. »Alles organisiert.«

23

Als sie den düsteren Keller verließen, waren sie überrascht, dass es draußen immer noch hell war. Am rosablauen Himmel hingen hoch oben zarte Wolken, die gutes Wetter ankündigten. Die Bürgersteige wimmelten nur so von Leuten, die direkt aus einer Castingagentur zu kommen schienen: Männer mit Löwenmähnen, zitronengelben Pullovern über den Schultern und eleganten Frauen an ihrer Seite, die samt und sonders gertenschlank waren. Bilderbuchkinder spielten mit einem Kätzchen unter der Markise eines nahegelegenen Cafés, vor dem alte Männer saßen, rauchten und das Treiben beobachteten. Jeder hier sah wohlhabend und entspannt aus und schien an diesem wunderschönen Abend alle Zeit der Welt zu haben.

Esther hakte sich bei Laura unter, und als sie sich den Flaneuren auf der Straße anschlossen, verfielen sie allmählich in Gleichschritt.

»Willst du mir vielleicht erzählen, was hier los ist?«, fragte sie.

»Es ist eine Überraschung«, entgegnete Laura, lächelte und legte den Finger auf die Lippen. Sie manövrierte sie durch die Fußgängerzone, wo die Schatten der gewaltigen Gebäude die Luft kühlten.

»Ich meine, mit Dirk und Pierre-Yves.«

Sie spürte, wie Laura sich leicht verkrampfte, während sie Seite an Seite weiterschlenderten. Ihr Oberarm verhärtete sich fast wie zuvor, als sie Esther aufgefordert hatte, ihre Muskeln zu befühlen.

»Gott, Dirk … das alte Waschweib.«

»Was soll das heißen?«

Laura seufzte leicht genervt. »Also, ich hab ein einziges Mal mit ihm geschlafen, und zwar vor Monaten, als ich gerade frisch hier angekommen war. Es war keine große Sache, ich hab's ziemlich bald wieder vergessen, aber er lässt seither einfach nicht locker. Und von Georges weiß ich, dass er herumerzählt, ich wäre seine *Freundin.*«

»Der arme Dirk.«

»Von wegen, der arme Dirk! Genau deshalb lass ich mich nicht mehr auf jüngere Männer ein – die nehmen alles so wahnsinnig ernst. Ältere Männer sind da einfach viel … Ich weiß auch nicht. Sie nehmen gewisse Dinge eher sportlich.«

»Ältere Männer wie Pierre-Yves, meinst du?«

Laura drehte sich zu ihr herum und sah ihr mit einem breiten Grinsen ins Gesicht. »Ich weiß! Ist er nicht hinreißend? Dabei ist zwischen uns noch gar nichts passiert. Dirk funkt einfach ständig dazwischen.«

»*Noch* nichts … Das ist also der Grund, warum ich nicht bei dir übernachten soll? Ich wusste, dass ein Mann im Spiel ist, ich hab's verdammt noch mal gewusst, Laura.«

»Blödsinn, es …«

»Was?«

»Nichts. Du wirst schon sehen.«

Erneut drückte Laura Esthers Arm, und mit einem Mal hatte Esther das Gefühl, dass diese eigenartige Distanz – was immer es gewesen war, das gleich bei ihrer Ankunft zwischen ihnen gestanden hatte –, sich letztlich in Wohlgefallen aufgelöst hatte. Vielleicht war es der Champagner gewesen, vielleicht war es aber auch der schöne Abend – sie hatte einfach das Gefühl, sie hätte für den Rest des Wochenendes ihre alte Freundin wieder.

Alte Gebäude ragten hoch über ihnen auf, die Fassaden von Balkonen mit Töpfen voller roter Geranien unterbrochen. Dazwischen war lediglich ein schmaler Streifen Himmel zu erkennen, wo Schwalben – oder Mauersegler? – im letzten Licht des Tages auf und nieder schossen.

»He – dein Buch!«, fiel es Esther plötzlich ein. »Du hast es in der Bar gelassen.«

Laura schnaubte und marschierte einfach weiter. »Scheiß auf Balzac. Pierre-Yves hat gleich gewusst, dass ich keine Zeile gelesen hatte. Er wollte mich bloß testen. Und jetzt, da er mein schmutziges Drew-Geheimnis kennt, wird er mich entweder mitsamt Evangelium akzeptieren müssen oder eben nicht.«

»Magst du ihn wirklich?«

Laura sah sie verwundert an. »Hab ich das nicht gerade gesagt?«

»Nein, du hast nur gesagt, er sei hinreißend. Ich meine, magst du ihn? So richtig?«

Diesmal würde Esther nicht lockerlassen. Die Möglichkeiten, Laura direkte Fragen zu ihrem derzeitigen Leben zu stellen, waren rar gesät, und noch geringer war die Chance, auf eine Antwort zu beharren. Sie war Expertin darin, E-Mails zu ignorieren, in denen zu viele Fragen gestellt wurden, und Telefonate abzuwürgen, sobald sie sich heiklen Themen zu nähern drohten.

»Du weißt, was ich meine: Glaubst du, es könnte etwas Ernstes daraus werden? Du machst hier in Frankreich einen wirklich glücklichen Eindruck – du wirkst sogar echt französisch! Als hättest du dich hier womöglich für alle Zeiten niedergelassen …«

»Du bist ja schon genauso schlimm wie Margie«, entgegnete Laura und äffte mit einer übertrieben hohen, flötenden Stimme ihre Mutter nach: »Oh Laura, erst zieht meine einzige Tochter ins Ausland und lässt mich allein, und dann enthältst du mir auch noch Enkelkinder vor, du nutzloses Weibsstück!«

»Hat sie das mit den Enkelkindern wirklich gesagt?« Esther konnte es sich zwar vorstellen, aber sie hätte Margie doch ein wenig mehr gesunden Menschenverstand zugetraut, als ernsthaft zu glauben, an Lauras Eierstöcke zu plädieren würde sie wieder nach Hause treiben.

Laura nickte. »Sie findet es ja schön und gut, sich in der Welt herumzutreiben, solange man jung ist, aber langsam sollte ich doch wieder heimkommen und sesshaft werden. Oh Laura«, wimmerte sie wieder mit verstellter Stimme, »warum kannst du nicht ein bisschen mehr wie Esther sein? Sie fährt ständig ihre Mutter besuchen, mit diesem netten Freund, den sie da hat …«

»Gott, du würdest vor Langeweile eingehen, wenn du nur eine Woche ich wärst, ernsthaft. Aber mal ehrlich, denkst du je darüber nach, wieder nach Hause zu kommen?«

Laura sah empor zum Himmel. Es war immer noch nicht dunkel, aber die Dämmerung hatte bereits so viel Licht geschluckt, dass ein vereinzelter Stern über ihren Köpfen zu sehen war.

»Die Frage ist doch: Wo bitte schön *ist* zu Hause?«, erwiderte sie. »In Margies Haus in Rackham hab ich doch nie gewohnt – und wollte es auch nie. London ist nicht mein Zuhause. Und Portsdown auch nicht mehr.«

Sie klang nicht einmal traurig, und trotzdem tat sie Esther leid. Sie musste an das Haus ihrer Eltern oben auf dem Portsdown Hill denken – das Haus, in das sie als Grundschülerin mit zerschürften Knien vom Spielen heimgerannt war. Das Badezimmer, dessen Tür Laura bewacht hatte, als sie sich nach der Party zu Katie Longs sechzehntem Geburtstag hatte übergeben müssen. Das Kinderzimmer, in dem Laura und sie einander erstmals gegenübergestanden hatten, war inzwischen das Arbeitszimmer ihres Vaters, aber ansonsten war es immer noch ihr Zuhause, in dem sie aufgewachsen war. Auch wenn sie mittlerweile zweiunddreißig war und in eigenen vier Wänden wohnte, musste sie bei dem Ausdruck »Zuhause« immer noch zuallererst an jenes Haus in Hampshire denken.

»Glaubst du, es wäre anders, wenn Margie nicht umgezogen wäre?«, fragte sie. »Das alte Haus war dein Zuhause, oder?«

Laura runzelte die Stirn, als hätte sie zuvor niemals darüber nachgedacht. »Schon möglich«, sagte sie. »Allerdings war da auch Dad, als er krank war … und Ricko. Irgendwie überlagert das all die guten Dinge, die dort früher passiert sind. Ich weiß auch nicht … Es ist außerdem schon lange her, was bringt es schon zurückzublicken?«

Ein paar Minuten lang gingen sie stumm nebeneinander her. Auch wenn Laura angedeutet hatte, dass es nichts brachte zurückzublicken, ahnte Esther, dass sie beide in diesem Moment genau das taten: dass sie sich an das alte Haus erinnerten, das sie so gut gekannt hatten, mit den ferngesteuerten Vorhängen und den topmodernen Elektrogeräten, die inzwischen hoffnungslos veraltet wären. Dass Laura die Krankheit ihres Vaters erwähnte, kam nicht häufig vor. Meistens erzählte sie lustige Anekdoten aus der Zeit, als sie noch klein und Edward gesund gewesen war. Die düsteren, schrecklichen Monate, in denen er dahingesiecht war, hatte sie in all den Jahren kaum erwähnt.

»Weißt du«, sagte Laura nach einer Weile, »der einzige Ort, an den ich nichts weiter als glückliche Erinnerungen habe, ist das Haus in Kalifornien. Ist das nicht merkwürdig? Wir haben dort nur für ein paar Jahre gewohnt, aber manchmal träume ich immer noch davon. Ich glaube, es war der letzte Ort, an dem ich gewohnt und von dem ich mich nicht weggesehnt habe.«

»Was soll das heißen?«, fragte Esther. Sie hatte das Gefühl, dass Laura sich gerade auf eine Weise öffnete, wie sie es kaum je tat, als würde durch ihre untergehakten Arme und den Gleichschritt im Dämmerlicht ein Zauber wirken.

Laura zuckte leicht mit den Schultern. »Ich hatte damals keine Ahnung, dass wir dort je wieder wegziehen würden. Ich dachte – als kleines Mädchen –, wir würden dort für immer bleiben. Ich dachte, es würde immer diesen Wäscheschacht geben, der von meinem Zimmer aus nach unten führte, und dass ich für immer zur Grundschule am Ende unserer Straße gehen würde. Als wir zurück nach England zogen, hab ich wahrscheinlich das erste Mal im Leben begriffen, dass nichts für die Ewigkeit ist.«

Esther sah Laura von der Seite an, während sie weiterspazierten. »Klingt irgendwie bitter, Laura. Wirklich gar nichts?«

Laura schob das Kinn ein Stückchen vor. »Ich finde das nicht bitter, es ist einfach die Wahrheit. Ich hab zwar kein Zuhause, aber das gibt mir eine gewisse Freiheit, verstehst du? Ich muss einfach nur sicherstellen, dass mir gefällt, wo ich gerade bin, und wenn das nicht mehr der Fall ist« – sie machte mit der freien Hand ein startendes Flugzeug nach – »dann zieh ich einfach weiter.«

Esther behagte diese Vorstellung von Freiheit nicht. Sie wollte sich nicht einmal ausmalen, wie es wäre, keinen Ort zu haben, zu dem sie heimkehren könnte. Ihr Leben in ein paar Koffer zu packen schien nicht ihre bevorzugte Art von Freiheit zu sein – eher ein bemitleidenswertes Dasein, wie das eines Flüchtlings.

»Du hast ein Zuhause, Laura«, wandte sie ein. »Du kannst immer zu mir kommen, wenn du willst.«

Laura lachte nur und wies hinüber zur anderen Straßenseite. Gleichzeitig traten sie vom Gehweg hinunter. »Willst du dann David vor die Tür setzen?«

»Im Leben nicht!« Esther grinste. »Ich quartier dich einfach im Schuppen ein.«

»Na, herzlichen Dank.«

»Ich meine es ernst.« Sowie sie die andere Straßenseite erreicht hatten, blieb Esther stehen, um ihren Worten Nachdruck zu verleihen. Diverse Passanten mussten ihnen ausweichen. »Wirklich. Du darfst nicht denken, du hättest nirgends einen Ort, zu dem du dich heimflüchten könntest, wenn du mal einen brauchen solltest. Du sagst, nichts wäre für die Ewigkeit – aber komm schon, sind wir nicht immer Freundinnen geblieben? Ist das nicht schon mal was?«

»Ich hab damit nicht dich gemeint, Doofie«, sagte Laura und knuffte sie in den Arm. »Du bist … Tja, du bist wahrscheinlich die längste Beziehung, die ich jemals hatte. Du und Drew.«

»Ob die allerdings noch in den Schuppen passt, wage ich zu bezweifeln«, sagte Esther. »So groß ist er auch wieder nicht.«

»Sie ist Schauspielerin, Est«, entgegnete Laura und verdrehte die Augen. »Wahrscheinlich ist sie winzig. Wir stellen sie einfach in die Ecke. Kein Problem.«

Irgendwo in der Nähe schlug eine Kirchturmglocke und scheuchte Tauben von den Dächern. Laura sah auf die Uhr und zuckte zusammen.

»Scheiße, wir haben zu viel gequatscht und sind zu langsam gelaufen. Wir kommen zu spät! Da lang!«

Sie schlüpfte in eine weitere schmale Gasse, und Esther versuchte, mit ihr Schritt zu halten. Das Klappern ihrer Schuhe auf dem harten Pflaster hallte von den Wänden wider. Esther verstand nicht recht, warum sie es plötzlich so eilig hatten – wie fein auch immer dieses Restaurant wäre, würden sie dort doch wohl ein paar Minuten Verspätung verschmerzen können –, doch Laura beharrte darauf, dass sie sich beeilen müssten. Auf Teufel komm raus pünktlich sein zu wollen sah ihr so wenig ähnlich, dass sich in Esther allmählich der Verdacht regte, dass noch etwas anderes dahintersteckte.

Dort wo die Gasse in eine etwas breitere Straße mündete, blieb Laura abrupt stehen, als wäre sie gegen eine Wand gerannt, und drehte sich um. »Du erinnerst dich daran, was ich in Sachen Ewigkeit gesagt habe?« Sie schob sich den Pony aus dem Gesicht.

»Ja«, antwortete Esther leicht außer Atem.

»Na ja, es ist …« Laura sah nach oben ins Dämmerlicht. »Das bin ich, okay, nicht du.«

»Was soll das denn heißen?«

»Ich meine nur, eins der Dinge, die ich an dir liebe, Est, ist, dass du echt gut bist in Sachen Ewigkeit. Du hältst an gewissen Sachen fest, du bist loyal. Und du kannst Leuten verzeihen.«

Lauras Gesicht hatte einen ernsten Ausdruck angenommen – fast schon beängstigend feierlich. Esthers Misstrauen schlug um in eine böse Vorahnung. »Was ist hier eigentlich los? Erzählst du mir jetzt gleich, dass du todkrank bist oder so?«

»Nein!« Sie musste lachen. »Ich fand es nur wichtig, dir das zu sagen. Vielleicht bist du ja tatsächlich so was wie mein Zuhause – nicht dass ich wirklich bei euch in den Schuppen einziehen will. Aber deine Fröhlichkeit und Ausgeglichenheit geben mir ein besseres Gefühl. Verstehst du, was ich meine?«

»Nicht ganz«, gab Esther zu. Inzwischen war sie vollends verwirrt.

Laura schnaubte irritiert durch die Nase. »Es ist … Du bist das Footballteam, und ich bin Vorsitzende des Fanclubs. Nur weil ich selbst keinen anständigen Schuss hinkriege, bedeutet das nicht, dass ich nicht gerne dabei zusehe, wenn andere es richtig gut hinkriegen.«

»Laura, bist du irgendwie high?«

»Hör mir zu, das hier ist wichtig. Was ich meine … Diese ganze Ewigkeitssache spielt für mich keine Rolle. Für dich aber schon. Nur das will ich damit sagen. Ich will, dass du glücklich bist, ich hoffe wirklich, dass du glücklich wirst.«

Sie nahm Esther bei der Hand und zog sie hinaus auf die breitere Straße. An der Ecke konnte Esther ein niedriges Häuschen erkennen, dessen dunkelgraue Schindeln über die gekalkten Außenmauern hingen wie bedrohlich schwere Augenbrauen. Über den Fenstern waren grün-weiß gestreifte Markisen angebracht, und mit dem Schornstein, der über dem Dach aufragte, sah das Haus trotz seiner Lage mitten im Stadtzentrum aus wie ein kleines Cottage auf dem Land. Der Name des Restaurants stand in Frakturbuchstaben über der Eingangstür, und ein Mann in einem Anzug wartete mit gefalteten Händen davor. Esther fragte sich, ob es normal war für Restaurants in Frankreich, die einen Michelin-Stern hatten, dass sie einen Türsteher beschäftigten. Irgendwie wirkte das ein wenig übertrieben.

Auf einmal hob der Mann die Hand an die Stirn und schirmte die Augen ab, als er die Straße überblickte, und Esthers Herz schlug plötzlich bis zum Hals. Sie konnte kaum mehr schlucken. Sie kannte diese Geste – sie kannte diesen Mann.

Denselben Mann hatte sie zuletzt gesehen, als er sich an diesem Morgen am Bahnhof Waterloo vorfreudig von ihr abgewandt hatte.

Er marschierte quer über die Straße auf sie zu. Er hatte seinen neuen Anzug an, erkannte Esther, den er sich angeblich für die Hochzeit eines Kumpels gekauft hatte, dessen Trauzeuge er werden sollte. Sein Haar war noch feucht – frisch gewaschen –, und als er näher kam, konnte sie sogar noch die Spuren erkennen, die der Kamm darin hinterlassen hatte. Langsam, aber sicher hatte Esther das Gefühl, dass sie sich für den Rest ihres Lebens daran erinnern würde, wie David heute Abend aussah.

Laura drückte ihr fest die Hand, dann ließ sie los, legte ihr die Hand auf den Rücken und schob sie sanft vorwärts.

»Geh schon, Esther«, sagte sie. »Geh und werde glücklich.«

24

Oktober 2013

Mehr denn alles andere will ich zu Hause anrufen. Es tut fast körperlich in der Brust weh, und ich atme flach und hektisch. Ich muss sicherstellen, dass mein Sohn wohlauf und quietschlebendig ist und auf mich wartet. Allerdings ist es in England gerade mitten in der Nacht, und Linus schläft bestimmt, hat seine makellose runde Wange der Kinderzimmerwand zugedreht, die Hände zu beiden Seiten an sein süß duftendes Köpfchen gezogen und die Fingerspitzen wie zu kleinen Muscheln auf die Handballen gelegt. Ich muss also warten.

Wenn ich mich konzentriere, kann ich seinen festen kleinen Körper fast in meinen Armen spüren, sein Herz an meinem, seinen Kopf schwer an meiner Schulter. Ich kann die Falten an seinen Handgelenken sehen, als lägen darum unsichtbare Gummiringe, und die perfekten Fingernägel. Ich weiß, dass meine Sehnsucht nach ihm bald gestillt wird, ich kann ja später anrufen, mit David sprechen und in Erfahrung bringen, wie es ihm geht. Mir vorzustellen, wie es sich anfühlen würde, wenn mein Sohn von einem Tag auf den anderen nicht mehr da wäre, die grässliche, lodernde Sehnsucht jedoch bliebe, ist ein Ding der Unmöglichkeit. Wie würde man die Zeit verbringen? Der Leere entgegentreten? Kein Wunder, dass Stanleys Frau immerzu umzieht.

Und plötzlich muss ich auch an Margie denken. Sehnt sie sich vielleicht genauso instinktiv nach ihrer verschwundenen Tochter, obwohl Laura längst erwachsen ist? Ist das Gefühl für sie genauso überwältigend, wie es mich zu überwältigen droht? In Stanleys Büro habe ich nicht geweint, ich konnte einfach nicht. Irgendwie hätte es sich aufgesetzt angefühlt, vor dem trauernden Vater um ein Kind zu weinen, das ich nicht einmal gekannt habe. Als hätte ich mich der Trauer eines Fremden bemächtigt. Aber jetzt auf dem Parkplatz von Foothills Vineyard mit dem Kopf am Lenkrad weine ich. Ich weine um Ned Hoffmann und um Stanley, um Laura und Margie und um Linus und David und mich.

Laura war der Ansicht, manche Leute hätten sich nun mal ein glückliches Heim verdient und andere nicht, aber ich bin mir nicht sicher, ob sie wusste, dass es in Wirklichkeit noch unendlich viel willkürlicher ist. Man kann sich einreden, man verdiene eine glückliche Beziehung, eine liebevolle Familie oder das Leben, das man sich so sorgfältig aufgebaut hat. Man kann sich sogar einbilden, es sei der Lohn für all die Mühen, und Leute ohne derlei Rahmenbedingungen – ohne ein liebevolles Umfeld – hätten entsprechend wohl irgendein Manko. Und doch kann einem binnen eines Augenblicks alles genommen werden, und das ist es, was das Ganze so wertvoll und so fragil macht. Stanley hatte eine Familie, und jetzt hat er keine mehr. Margie ebenfalls – doch ihr ist lediglich die Tochter geblieben, die jetzt ohne jede Erklärung verschwunden ist.

Ich weine auch aus Scham, dämmert es mir, während ich mir die Tränen wegwische, die inzwischen meinen Hals entlanglaufen. Wie konnte ich bloß Stanleys Distanziertheit, die aus seiner Trauer entsprungen war, als etwas Düsteres deuten? Und das, nachdem Laura sogar einmal selbst zugegeben hat, dass sie ganz einfach weiterzieht, wann immer ihr irgendetwas keinen Spaß mehr macht. Ich hätte ihr mehr zugetraut. Die Vorstellung, dass sie Stanley noch mehr Kummer aufgebürdet hat, indem sie sich erst mit ihm einließ und ihm dann ohne ein einziges Wort den Rücken kehrte, trifft mich umso schwerer, jetzt da ich die Wahrheit kenne. Alleine schon als Angestellte hätte sie ihm eine Erklärung geschuldet. Als Partnerin aber noch viel mehr.

Aber würde sie sich selbst als Partnerin bezeichnen? Als ich Stanley vor Stunden in Lauras Wohnung gefragt habe, ob es was Ernstes gewesen sei, hat er geantwortet, das solle ich womöglich besser sie fragen. Ganz schön schnippisch, dachte ich, aber inzwischen kann ich seinen Kommentar als das interpretieren, was er war: als ein Eingeständnis, dass er der Schwächere in der Beziehung war. Er hätte gar nicht sagen können, ob es was Ernstes war, weil er nicht wusste, wie ernst es *für sie* war. Wer immer sich weniger zu einer Beziehung bekennt, hat im Verhältnis mehr Macht. Und diese Person ist immer, immer schon Laura gewesen.

Ich tupfe mir die Augen mit einem alten Taschentuch trocken, das ich am Boden meiner Handtasche gefunden habe, und kontrolliere im Rückspiegel mein Make-up, wische die schwarzen Schlieren unter meinen Wimpern weg. Mein Gesicht ist verquollen und die Nase feuerrot. Ich sehe fürchterlich aus, aber seit ich mich ausgeweint habe, fühle ich mich besser. Entschlossen.

Bis jetzt habe ich mich zu sehr auf Gefühle verlassen, um Laura zu finden. Ich habe erwartet, dass ich irgendwie auf magische Weise verstehen könnte, was geschehen ist, einfach indem ich hierherkomme, als wäre die schiere, reine Geografie das Tor zu Lauras Gedanken. Mein Besuch in Kalifornien kam mir vor wie eine dieser Reisen ins Heilige Land, die in den Sonntagsausgaben der Zeitungen beworben werden – Treten Sie in Seine Fußstapfen. Verstehen Sie Lauras tiefste Ängste, indem Sie in ihrer Wohnung Tee trinken und der Bedienung in ihrem Stammcafé auf den Zahn fühlen. Ich nahm an, dass ihre Geheimnisse sich mir ganz einfach offenbaren würden, wie eine Tür, die nur derjenige öffnen kann, der den Trick kennt. Es hat sich allerdings herausgestellt, dass ich den Trick nicht kenne, und schlimmer noch: Alle haben mir dabei erwartungsvoll zugesehen.

Von jetzt an werde ich nur noch den Fakten Glauben schenken. Nur dass das nicht allzu viele sind.

Ein Klopfen an der Fensterscheibe reißt mich aus den Gedanken, und ich zucke auf meinem Sitz zusammen. Die Frau von vorhin beugt sich zu mir vor – dieselbe, die mich in Richtung Weingutführung dirigiert hat.

»Alles okay?«, lese ich hinter der Scheibe von ihren Lippen ab. Womöglich hat sie laut gesprochen, aber im Wagen rauscht die Klimaanlage, sodass ich darüber hinaus nichts hören kann, als würde ich im Auge eines Tornados sitzen.

»Alles gut«, antworte ich laut und klimpere mit den Schlüsseln. »Ich bin quasi schon weg.«

Sie winkt mir zu und macht mir den Weg frei, aber wie auf Kommando würge ich den Wagen wieder ab. Der zweite Versuch klappt, aber ich fahre mit der Gewissheit davon, dass ihr Blick mir folgt.

Erst als ich wieder auf dem Freeway nach Napa bin, wird mir klar, dass ich keine Ahnung habe, wo ich hinfahren soll. Es ist Mittagszeit, aber ich bin nicht hungrig. In das schäbige Motel zurückzufahren hat wenig Sinn, solange ich dort nichts zu tun habe. Aber wenn ich irgendeinen Ort fände, wo ich mich hinsetzen könnte, könnte ich womöglich eine Weile über alles nachdenken, was ich bislang in Erfahrung gebracht habe. Seit ich angekommen bin, bin ich wie ein Rückschläger zwischen wilden Spekulationen und Anschuldigungen und wieder zurück gesprungen und habe kaum je innegehalten, um neue Informationen zu verarbeiten, und man kann ja sehen, wohin mich das gebracht hat.

Ich biege an der ersten Ausfahrt ab in Richtung Stadtzentrum und lande in einem ruhigen Viertel, das deutlich weniger touristenfreundlich ist als der Ort, wo Stanley und ich uns zum Frühstück verabredet hatten. Die Häuser hier entsprechen nicht der schindelgedeckten Postkartenidylle, sie dienen weniger der Show, vielmehr dem tatsächlichen Wohnen. Für jemanden, der Londoner Verhältnisse gewohnt ist, ist es schon eigenartig, wie viel Platz die Leute hier haben. Die Häuser haben Gärten, Auffahrten und Garagen, und sie sind eher weitläufig und flach gebaut als in die Höhe. Die wenigsten haben ein Obergeschoss. Aus irgendeinem

Grund kommt mir die Umgebung so noch fremdartiger vor – beziehungsweise ich komme mir darin fremd vor. Eine Ladenzeile mit Parkplätzen taucht vor mir auf. Eine Reinigung, ein Rib Shack und ein weißer Kasten, in dem ein Supermarkt untergebracht ist und der einer Werbetafel zufolge neben frischen Lebensmitteln und Delikatessen auch eine Espressobar mit gratis WLAN beherbergt. Das reicht vollkommen. Online kann ich zumindest meine spärlichen Erkenntnisse überprüfen.

Als ich aussteige, höre ich das rhythmische Zischen der Rasensprenger in den Blumenbeeten, die den Parkplatz von den Läden trennen.

Drinnen läuft typische Berieselungsmusik, und die Espressobar ist beinahe menschenleer. Lediglich an der Rückwand sitzt eine Frau, die aus einem Glasgefäß mit Blechtülle Zucker in ihren Kaffee kippt. Auf Gemütlichkeit wird hier kein Wert gelegt, alles dient irgendeinem Zweck, aber das ist genau, was ich jetzt brauche. Ich weiß nicht, wo ich mich befinde, aber es ist weit genug entfernt von Lauras Nachbarschaft, dass ich mir sicher sein kann, dass sie hier niemand kennt, geschweige denn irgendwelche düsteren Andeutungen fallen lässt, wohin sie verschwunden sein könnte. Ein älterer Mexikaner kommt, um meine Bestellung aufzunehmen. Seine schwarze Hose sieht aus, als wolle sie seinen dürren Knöcheln entfliehen und Schutz in seinen Achselhöhlen suchen, indem sie sich an den Hosenträgern hochzieht. Der Saum flattert locker um seine Waden, als er müde auf meinen Tisch zuschlurft. Small Talk muss ich wohl nicht befürchten.

Ohne mein Lächeln zu erwidern, fragt er, was ich haben möchte. Ich bin erleichtert, dass er schweigt, beinahe dankbar, und mir schießt durch den Kopf, wie stark sich meine sozialen Interaktionen dieser Tage nur mehr um Linus drehen. Tagaus, tagein spreche ich mit Fremden, erzähle ihnen stolz, wie alt mein Sohn gerade ist, oder zeige ihnen die zwei Zähnchen, die im Unterkiefer gerade erst durchs Zahnfleisch brechen. Natürlich murren manche Leute, wenn er in der Öffentlichkeit schreit, oder schnalzen missbilligend mit der Zunge, wenn ich versuche, den Buggy in den Bus zu manövrieren. Aber die meisten sind freundlich und hilfsbereit, und irgendwie erwarte ich daher, dass die Menschen mich anlächeln. Ohne Linus komme ich mir vor wie Clark Kent – mein Sohn ist einfach das Beste an mir, und ohne ihn bin ich nicht mehr ich selbst.

Es ist eine merkwürdige Erkenntnis, aber womöglich auch eine befreiende, dass ich jetzt Kaffee trinken kann, ohne ihm in einem fort Aufmerksamkeit zu schenken, Reiscracker hinzuhalten oder mich mit anderen Erwachsenen unterhalten zu müssen. Ich weiß ehrlich nicht, wann ich zuletzt allein in einem Café gesessen habe – oder in der Espressobar eines Supermarkts.

Plötzlich habe ich eine Ahnung, wie Laura sich gefühlt haben muss, als sie alleine hier ankam, während der ersten Tage in einem fremden Land, ein bisschen angespannt womöglich und orientierungslos, aber auch frei zu tun, was immer sich ihr bot, und diejenige zu sein, die sie sein wollte. Nicht dass sie zu Hause nicht sie selbst hätte sein können, aber für jemanden, der immer schon gerne die Zügel in der Hand hatte, ist es doch perfekt, die Frau hinter sich zu lassen, die mit dem Chef geschlafen und die in jungen Jahren ihren Vater verloren hat. Ist nicht genau das der American Dream? Sich selbst neu zu erfinden? Sich auf die Suche nach dem Glück zu begeben?

Aber eben genauso gut auch frei zu sein und zu verschwinden, was jedem anderen, der sich nicht solche Mühe gegeben hat, sich von jeglichen Verbindlichkeiten zu befreien, kaum gelingen würde. Sosehr ich Laura hin und wieder für ihre Unabhängigkeit bewundert habe, hab ich jetzt doch eine Gänsehaut, wenn ich darüber nachdenke, dass sie einfach so ihr altes Leben abstreifen und hinter sich lassen konnte und tagelang niemand Alarm schlägt.

Der Kellner kommt mit meinem Latte auf einem Tablett und einem Armvoll zerlesener Promimagazine zurück, die er neben meinen Kaffee auf den Tisch legt und kurz tätschelt. So recht verstehe ich die eigenartige Geste nicht – war das womöglich Mitleid? Weil ich allein hier bin? Am liebsten würde ich ihm sagen, dass ich nicht einsam bin, dass ich ihm mitnichten leidtun muss. Das hier ist nicht mein echtes Leben, ich bin nur eine Besucherin im Leben einer anderen. Stattdessen frage ich ihn nach dem WLAN-Passwort, und er tippt auf den unteren Rand der Rechnung, wo es aufgedruckt ist. Dann schlackern seine Hosenbeine wieder weg.

Ich rühre meinen Kaffee um und versuche, mich zu konzentrieren. Wenn das hier eine *Sherlock*-Folge wäre, würden rund um meinen Kopf jetzt Hunderte komplexer Gleichungen erscheinen, Verbindungen und Hinweise, die nur das Hirn eines Genies deuten kann. Aber als Hobbydetektivin habe ich bislang nur zwei unverrückbare Tatsachen herausgefunden, seit ich in Kalifornien gelandet bin: Laura hatte eine Beziehung mit ihrem Chef, was nicht mal ungewöhnlich ist, sondern schon fast normal für sie; und sie hat ihr Auto eigenhändig vollgepackt, was entgegen all meiner paranoiden Theorien fast sicher heißt, dass sie – wo immer sie jetzt steckt – aus freien Stücken dorthin aufgebrochen ist.

Ich logge mich in das WLAN-Netz der Espressobar ein und schlage das Datum des letzten Vollmonds nach. Auch wenn ich mittlerweile wenig optimistisch bin, hofft ein Teil von mir trotz allem, dass die Polizei im Unrecht war und dies der entscheidende Hinweis sein könnte, der alles verändert. Aber natürlich tut es das nicht. Vollmond war zuletzt am Samstag, und Laura war bereits am Freitag nicht mehr zur Arbeit erschienen. Ich habe also nichts Neues in Erfahrung gebracht. In meiner Verzweiflung schlage ich sogar nach, wann dieser Kristallheilworkshop in Sedona war, und kontrolliere noch mal, wann genau Stanley Lauras Wohnung geputzt hat. Aber es ist genau, wie er behauptet hat. Er hat es erst gemacht, als ich schon unterwegs war. Wenn er irgendetwas hätte verbergen wollen, hätte er nicht so lange gewartet.

Ich habe mich offenbar daran festgebissen, jeden zu verdächtigen, der mir in den Sinn kam, um der Wahrheit nicht ins Auge blicken zu müssen: dass nämlich die einzige Person, die sich verdächtig verhalten hat, Laura selbst war.

Sie hatte mir eine E-Mail geschickt, in der sie schrieb, sie würde gerne mit mir reden, und sie hatte eine Drew-Barrymore-Anspielung gemacht, die ich nicht verstanden habe. Ich habe sogar »Drew Barrymore Film 2013« gegoogelt, um ganz sicherzugehen, aber es kam nichts dabei raus. Sie hat seither nicht einen einzigen Film herausgebracht.

Es ist eine Sackgasse.

Dann das Verschwinden mitten in der Nacht und die Heulerei, die ihre Nachbarin gehört hat. Wenn Stanley recht hat und sie wirklich vor der Schwere seiner Trauer Reißaus genommen hat, hätte sie dann allen Ernstes deswegen geweint? Weinen heißt für mich, dass jemand traurig ist oder verzweifelt. Das hat nichts mit dem kaltschnäuzigen Egoismus zu tun, den jemand an den Tag legt, der einfach so verschwindet. Das Weinen macht mich nachdenklich. Entweder hatte Laura ein schlechtes Gewissen, weil sie auf diese Weise ihre Sachen gepackt hat, oder aber es gibt noch einen anderen Grund, den ich nicht erkenne.

Während ich meinen Kaffee austrinke, schicke ich Margie eine Nachricht und kündige an, dass ich mich später bei ihr melde. In der Espressobar ist es zu still, lieber will ich sie vom Auto aus anrufen, wo niemand mir zuhört. Schwer zu sagen, ob die spärlichen Fakten, die ich zusammengetragen habe, sie enttäuschen oder ihre paranoiden Vorstellungen davon, was passiert sein könnte, nur mehr befeuern werden. Trotzdem: Sie ist alleine, und ich finde es wichtig, dass sie alles erfährt, auch wenn es quasi keine neuen Erkenntnisse gibt.

Weil ich nichts anderes zu tun habe, während ich die letzten Schlucke Kaffee trinke, greife ich nach den Zeitschriften, die mir der Kellner gebracht hat. Die erste beschäftigt sich fast ausschließlich mit irgendeinem

Reality-TV-Sternchen, das ziemlich abgenommen hat: »Bedrohlich dürr!«, heißt es auf der Titelseite. Gleichzeitig wird auf die entsprechenden Diättipps weiter hinten hingewiesen. Ich habe keine Ahnung, um wen es sich bei der Person handelt, also lege ich das Magazin beiseite. Die nächste Titelseite ist halb abgerissen und dreimal gefältelt wie zu einem Papierfächer. Ich streiche sie glatt, und plötzlich strahlt unter meinen Fingern Drew Barrymore hervor, die einen Säugling neben ihr Gesicht hält. Ihr Baby.

Das kann kein Zufall sein. Ich werfe sogar einen Blick über die Schulter, um sicherzustellen, dass sich hier niemand einen Scherz mit mir erlaubt, aber der alte Kellner putzt gerade die Kaffeemaschine, und ich bin mir ziemlich sicher, dass er nicht einmal weiß, wer Drew Barrymore ist. Laura würde es für ein Zeichen halten, das weiß ich sicher. Und selbst ich bin überzeugt davon. Doch als ich auf dem Cover nachsehe, wann die Zeitschrift erschienen ist, kann es wohl kaum von Bedeutung sein – sie ist Monate alt. Es hat rein gar nichts zu bedeuten, außer vielleicht dass Drew Barrymores Baby nur ein paar Wochen älter ist als Linus, was irgendwie nett ist, aber wohl kaum eine weltbewegende Erkenntnis.

Ich blättere zu dem Artikel vor und überfliege ihn. Auch wenn er hauptsächlich aus Fotos besteht, finde ich immerhin ein paar Zitate in Sachen »Babyglück«, aber nichts, was hilfreich wäre. Kein Hinweis, den ich doch so dringend bräuchte. Ich weiß auch nicht, was ich erwartet habe – dass am Ende des Artikels steht: »Wenn Ihre Freundin wegen Drew Barrymore verschwunden ist, rufen Sie die Hotline an«?

Doch da schlägt es bei mir ein.

Ich bin so bescheuert! Ich bin davon ausgegangen, Laura hätte Drew Barrymore als Hinweis auf die Vergangenheit erwähnt. Weil sie immer unser Insiderwitz war, unser Geheimcode. Aber was, wenn Laura gar nicht auf die Vergangenheit abgezielt hat? Sondern versucht hat, mir etwas zu sagen, was sich auf die Gegenwart bezieht?

Drew Barrymore hat in der letzten Zeit keine Filme mehr gemacht, weil sie Kinder in die Welt gesetzt hat.

Die Nachbarin meinte, Laura habe so viel geweint, dass sie sich habe übergeben müssen. Aber man muss auch noch aus anderen Gründen kotzen. Stanley hat erwähnt, sie sei ständig müde gewesen und habe keinen Funken Energie mehr gehabt. Und dass sie außer Pizza quasi nichts mehr zu sich genommen habe.

Es ist noch gar nicht lange her, dass auch ich selbst einen Heißhunger auf Kohlenhydrate hatte.

Gefühle und Erkenntnisse schlagen gleichzeitig über mir zusammen. Ich greife nach dem Telefon.

Laura, schreibe ich ihr, *bist du schwanger?*

Verrückt nach dir, August 2010[10]

BRANDY: Wo willst du hin?
ERIN: Ich bin 31, bin Praktikantin und geb mir jetzt so was von die Kante.

25

Gesendet: 29. August 2010

Von: laurakthomas@gmail.com
An: esther.carrell@thetimes.co.uk

Estaaaaaaah!
Bin angekommen. Du weißt, du hättest nicht mit zum Flughafen kommen müssen. Bin trotzdem froh, dass du dabei warst. Danke dafür, dass du ein Auge auf Margies geistigen Gesundheitszustand wirfst. Hat sie dir erzählt, dass sie mir eine SMS hinterhergeschickt hat, weil sie meinte, gesehen zu haben, wie ein Schuhbomber auf meinem Flug eincheckte? Wie in aller Welt sie darauf kommt, dass eine Zweiundsechzigjährige aus Sussex Schuhbomber besser erkennt als, sagen wir mal, die SECURITY, will mir zwar nicht in den Kopf, aber egal. Ich bin nur froh, dass du und David sie wieder heimgeschleift habt.
Erst jetzt dämmert mir, was für ein Glück ich mit dieser Praktikumsstelle habe. Die meisten Praktika gehen natürlich an Amis, aber womöglich bin ich für die eine Exotin – Engländerin und außerdem viel älter als die anderen. Dem englischen Wein sind sie eher abgeneigt, was aber total in Ordnung ist, weil mir alles, was sie mir gegenüber an Nachteilen aufzählen, später dabei helfen wird, mein britisches Weinimperium aufzubauen, muahahahaaaaa!
Die einzige Engländerin hier zu sein ist trotzdem komisch – so vieles

verstehen sie hier einfach nicht. Zum Beispiel dass die Hefekulturen für den Wein GENAUSO riechen wie Marmite. Sie haben mich alle nur ratlos angeguckt, als ich das erwähnt habe. Vielleicht musst du mir mal ein Glas schicken, damit ich ihnen zeigen kann, was ich meine.
Mit der Produktion selbst haben wir noch gar nicht angefangen – als ich angekommen bin, haben sie mich erst mal tagelang die Touris bei den Weinproben bedienen lassen. Die kommen allen Ernstes in Busladungen, um sich hier volllaufen zu lassen. Seither bin ich im Labor und im Weinkeller und klebe Etiketten auf die Fässer (spannend!).
Hab allerdings auch mein Zierliche-Frau-Ass-im-Ärmel ausgespielt, als es darum ging, die Fässer umzuschichten, und hab Trent, einem Australier, der schon seit dem Frühsommer hier ist, die Gelegenheit gegeben, seine Muskeln spielen zu lassen. Er hat die Fässer daraufhin alleine umgelagert, während ich daneben saß, ihn angehimmelt und angefeuert habe. Er hat sich dafür revanchiert, indem ich in die Tanks kriechen und sauber machen musste – der perfekte Job für eine zierliche Person, wie er meinte. Aber nachdem einige der Fässer haushoch sind, wollte er mich wohl für dumm verkaufen.
Beeil dich mit der Antwort! Ich vermiss dich!
Xxx

Gesendet: 1. September 2010

Von: esther.carrell@thetimes.co.uk
An: laurakthomas@gmail.com

Margie hat's gut verkraftet, ehrlich. Bevor wir sie nach Hause gebracht haben, waren wir mit ihr noch zum Abendessen in einem Pub, haben sie abgefüllt (mit zwei Gläsern Wein!) und dann aufgedreht und ziemlich gemittet wieder daheim abgesetzt. Ich ruf sie in ein paar Tagen mal an und erkundige mich, ob alles in Ordnung ist. Mach dir ihretwegen keine Sorgen.

Obwohl … Wusstest du, dass sie einen Dachs in der Garage hält? Mit einem gebrochenen Bein? Sie wollte ihn uns sogar noch zeigen, aber wir meinten nur, wir müssten schleunigst wieder heim nach London. Dachse sind riesig! Und beißen die nicht?
Hier ist ohne dich alles beim Alten – langweilig und unverändert wie eh und je. Davids Mutter kommt nächstes Wochenende zu Besuch, was meinem Selbstbewusstsein sicher zuträglich sein wird, ha, ha. Hab David schon gesagt, dass es diesmal SEIN Job ist, die Stoffservietten mit den Monogrammen, die sie uns geschenkt hat, zu bügeln. Beim letzten Mal hab ich dafür fast eine Stunde gebraucht, und Belinda meinte allen Ernstes nur, ich sollte mal ein Hühnchen mit meiner nichtsnutzigen Haushälterin rupfen. Anscheinend hab ich nicht nur schlampig gebügelt, sondern der Boden unter ihrem Bett war auch noch staubig. Die Haushälterin hat sich daraufhin in die Küche verzogen und musste ein paarmal ganz tief durchatmen, bevor sie den Nachtisch servierte, und der Mann der Haushälterin litt eine geschlagene Woche lang unter Liebesentzug. Ich denke mal, er hat seine Lektion gelernt.
Ich vermiss dich, Laura, du fehlst hier sehr! Bitte fang nichts mit diesem Australier an, Trent. Wehe, wenn du dich dort häuslich niederlässt – oder schlimmer: nach Australien auswanderst! Denk immer dran: Du bist Engländerin!
Hast du dir wieder deinen alten Amiakzent angewöhnt? Grässlich!
Xx

Gesendet: 4. September 2010

Von: laurakthomas@gmail.com
An: esther.carrell@thetimes.co.uk

Sag bitte nicht, dass du hellseherische Fähigkeiten hast – an welche Farbe denke ich gerade? Weil nämlich dieser Trent … Aaargh, ich weiß! Allerdings besteht nicht die geringste Gefahr, dass ich nach

Australien auswandere oder hierbleibe. Über der ganzen Geschichte steht wirklich nur »Ernteromanze« geschrieben. Sobald wir mit den Trauben durch sind, ist die Sache aus. Es ist schon ein bisschen klischeemäßig, überall schießen hier frische Pärchen wie die Pilze aus dem Boden: bei den Wanderarbeitern, die die Trauben lesen, zwischen den Gabelstaplern und hinter den Maischebottichen.
Trent ist wie einer dieser langhaarigen blonden Labradore: tänzelt überall rum, bringt für alles eine riesige Begeisterung auf und (psst!) ist nicht gerade der Hellste. Sieht aus wie der typisch australische Surferboy, allerdings hab ich den leisen Verdacht, dass er in Sachen blond ein bisschen nachgeholfen hat – kannst du dich noch an Sun-In erinnern?? Ich würd glatt meinen letzten Dollar drauf verwetten, dass er irgendetwas in der Art in seinem Bad versteckt, allerdings treffen wir uns in der Regel bei mir, weil er in einer dieser furchtbaren Gemeinschaftsunterkünfte mit sechs weiteren Kerlen haust. Jedenfalls sieht er echt gut aus und hat Humor und kommt aus einer Winzerfamilie aus dem Yarra Valley in der Nähe von Melbourne, die wohl irgendeine Verbindung zu diesem Weingut hier hat. Er ist schon den dritten Sommer hier, weil er … ächem … immer noch studiert. ICH WEISS! Älteres Semester allerdings. Mit sechsundzwanzig, ha, haaa!
Warte, hab ich schon erzählt, welchen Film ich auf dem Flug gesehen habe? In der Hauptrolle, tadaaaa … Drew Barrymore! Sie spielt eine Praktikantin. Und beschwert sich darüber, dass sie mit einunddreißig eben immer noch Praktikantin ist. Ich hab echt laut lachen müssen – Drew, Schätzchen, hab ich gedacht, dann versuch doch mal, mit FÜNFUNDDREISSIG ein Praktikum zu machen! Natürlich hab ich beschlossen, dass das ein Zeichen war, auch wenn ich noch nicht genau weiß, wofür.
Schon komisch, wenn ich mir dich so vorstelle, als Ehefrau, inklusive Schwiegermonster. Manchmal beneide ich dich, Est. Du hast immer schon genau gewusst, was du wolltest, und jetzt hast du es erreicht.

Du hast dir das alles verdient – das hast du wirklich –, und ich bin unendlich stolz auf dich. Vielleicht hast du jetzt den Verdacht, dass ich getrunken hab – yeah, ich verschwipse dich, du beste, BEE-EEEESSSSSTE FREUNDIN!
Manchmal finde ich es selbst ein bisschen albern, dass ich in meinem Alter immer noch so lebe, wie ich lebe: kein Häuschen, kein Ehemann – verdammt, ich hab noch nicht mal einen Zahnarzt!
Und dann gibt es da diese Momente, wie gestern Morgen, kurze Verschnaufpause, nachdem ich eine Stunde lang in den Tanks Traubenschalen geschippt hab. Die Sonne war gerade erst aufgegangen und hatte den Morgennebel vertrieben, als ich rausgegangen bin (wenn wir mit der Arbeit anfangen, ist es garantiert noch dunstig und natürlich auch stockfinster). Die Sonnenstrahlen fielen Meile um Meile über die Reihen von Weinstöcken, die sich bis hoch zum Fuß der Berge ziehen, und dazwischen hingen immer noch letzte Nebelfetzen. Ich war nassgeschwitzt und stank nach Traubensaft, meine Hände waren lila verfärbt, und ich hatte immer noch meine gelbe Gummihose an, die du für die Tanks anziehen musst. Ich konnte das Rührei mit Bacon riechen, das Amy und Chase brieten, und schlagartig hatte ich dieses starke, glasklare Gefühl, dass ich genau dort war, wo ich hingehörte. Ich kann es nicht erklären, vielleicht ist es ja so ähnlich wie bei dir mit David und der Hochzeit? Einfach dieses Gefühl, dass ich am richtigen Ort bin.
Auch wenn ich immer noch nicht die geringste Ahnung habe, was ich nach der Saison machen will oder wo ich mich in fünf Jahren sehe oder was immer sie dich in Vorstellungsgesprächen fragen: Zum ersten Mal, seit Dad gestorben ist, hab ich das Gefühl, dass alles gut wird. Und das reicht mir vollkommen.
Gott, entschuldige bitte, dass ich gerade so verquer und ERNST werde. Ich bin einfach nur erschöpft, zu müde, um mir irgendwelche lustigen Geschichten auszudenken. Muss ins Bett.
Xx

PS: Keine Spur von einem amerikanischen Akzent, im Gegenteil, ich rede immer lupenreineres British English, damit die Leute mich auch garantiert verstehen. Gib mir noch ein paar Wochen, und ich klinge exakt wie die Queen.

Gesendet: 18. September 2010

Von: laurakthomas@gmail.com
An: esther.carrell@thetimes.co.uk

Hallo? Est? Haben dich meine ERNSTEN GEDANKEN irgendwie verschreckt? Oder bist du wegen Schwiegermonstermeuchelei im Knast gelandet? Unter einer Lawine aus Monogrammservietten begraben worden und kommst nicht mehr an die Tastatur ran?
Ich bin komplett im Wein abgetaucht. Meine Hände werden wohl für alle Zeiten lila bleiben. Als ich heute im Supermarkt eine Milch aus dem Kühlregal ziehen wollte, hat ein Kleinkind neben mir laut angefangen zu schreien. Irgendwie hab ich mir angewöhnt, einkaufen zu fahren, wenn ich mich entspannen will. All diese Produkte und Pakete, die ich noch aus der Kindheit kenne, haben eine echt beruhigende Wirkung auf mich. Lucky Charms, Sun-Maid-Rosinenbrot, Cool Whip – es fühlt sich an, als würde ich an den Regalreihen entlang durch meine Kindheit schlendern. Jeden Moment rechne ich damit, dass Dad mit lauter Bierflaschen im Arm um die nächste Ecke kommt, weil er ein Barbecue geplant hat. Ich mag die Vorstellung, traurig macht mich das nicht.
Ich glaube, wenn die Saison vorbei ist, versuch ich mal, ob ich in San Diego unterkomme. Mein Visum ist dann sowieso noch ein paar Wochen gültig, und ich würde gern dorthin zurückfahren und mir unser altes Haus ansehen. Vielleicht die Schule besuchen und mal schauen, ob alles noch so ist wie in meiner Erinnerung.
Aber bis dahin gehe ich um halb fünf aus dem Haus, komme abends

um fünf heim, leg mich spätestens gegen neun schlafen!! Ich träume schon von Traubenschalen und von Saftpumpen. Würd gern behaupten, dass die Affäre immer noch brandheiß wär, aber Trent & ich sind beide dermaßen erschlagen – wenn ich behaupte, wir schlafen miteinander, dann meine ich damit tatsächlich, dass wir *schlafen.* Oder in seinem Fall: dass er schnarcht.
Schreib bald wieder & erinnere mich daran, dass es noch etwas anderes gibt als Wein!?
Xxx

Gesendet: 24. September 2010

Von: esther.carrell@thetimes.co.uk
An: laurakthomas@gmail.com

Sorry, Laura, hier ging's drunter und drüber. In letzter Zeit fühl ich mich einfach nur beschissen, komplett erledigt. Ich hab keine Kraft mehr. Anfangs dachte ich, es wären die Nachwirkungen des Besuchs von Davids Mutter, du kennst sie ja auch. Saugt dir sämtliche Energie aus wie ein Vampir, nur mit dem Knigge unterm Arm. Dann hab ich einen Knoten in meiner rechten Brust ertastet.
Mein Hausarzt hat mich zur Biopsie geschickt, aber als ich dann dort war, waren beide Brüste dermaßen empfindlich und prall, dass ich der Arzthelferin ansehen konnte, dass sie insgeheim dachte, ich würde mir das alles einbilden.
Vor der Biopsie sollte ich noch mal geröntgt werden, und die Arzthelferin fragte, ob ich schwanger sei. Nein, hab ich gesagt, definitiv nicht, und dann erklärte sie im Schneckentempo, als wäre ich eine totale Idiotin, dass sie wissen wolle, ob ich in den letzten Monaten Sex gehabt habe. Am liebsten hätte ich gesagt, schönen Dank auch, Lady, ich bin fünfunddreißig und keine dreizehn mehr, ich weiß schon, wie das mit der Fortpflanzung funktioniert, aber dann

hab ich mich höflich zusammengerissen und ihr erklärt, dass wir verhüten.
Nichts ist unfehlbar, meinte sie, und dass wir sicherheitshalber einen Test machen sollten. Und Laura, scheiße, echt, ich bin schwanger!
Ich weiß nicht mal, was ich davon halten soll. Eigentlich wollten wir vor Weihnachten nicht damit anfangen, es zu versuchen. David ist auf Wolke sieben, aber der hat ja auch leicht reden, immerhin ist er nicht derjenige, der in der U-Bahn auf dem Weg zur Arbeit schon zweimal in eine Plastiktüte kotzen musste. Bei der Arbeit im Übrigen auch, obwohl ich Nancy gegenüber einen schlimmen Kater vorgeschützt habe. Und, keine Ahnung, ich bin einfach schrecklich müde. Sobald ich um sechs heimkomme, geh ich direkt ins Bett – und du meinst, neun Uhr wär superfrüh! David bringt mir dann ein Sandwich oder so, wenn er heimkommt, und ich würg es runter … Es wird komischerweise schlimmer, wenn ich nichts esse, aber wenn ich esse, ist mir auch schlecht. Im Moment behalte ich im Großen und Ganzen nur Brot und Nudeln bei mir, hauptsächlich industriell verarbeitete Teigwaren. Allein wenn ich Gemüse rieche, muss ich würgen, Obst ist noch übler (mir kam schon wieder alles hoch, als ich nur das Wort »Obst« getippt hab!), entsprechend hab ich also ziemliche Schwabbelpolster um die Hüften angesetzt, als hätte sich dort ein Rettungsring verkeilt. Und weil ich es immer noch niemandem erzählen kann, sieht es so aus, als würde ich mich gerade wieder in die Fette Fester verwandeln.
Ich will mich ja freuen und aufgeregt sein – ich glaub, ich bin es auch –, aber ganz ehrlich, Laura, im Augenblick schwirrt mir einfach nur der Kopf. Ich nehme an, deshalb ist man ganze neun Monate schwanger, damit man sich allmählich an die Vorstellung gewöhnt – ach, und natürlich auch, damit da in deiner Gebärmutter ein neuer Mensch heranwachsen kann, klar. Aber Mutterschutz und KINDERKRIPPE und Strampler und BABYKOTZE und Stillen und … oh Gott, über die Geburtsschmerzen an sich kann ich noch nicht mal nachdenken, ohne

dass ich mich auf der Stelle auf meinen noch intakten Damm setzen muss (ich wusste nicht mal, was ein Damm ist, bis ich meinen ersten Schwangerschaftsratgeber gelesen hab).
Das, liebe Tante Laura, ist also der Grund, warum ich incommunicado war. Und jetzt musst du bitte entschuldigen, ich muss los und still und leise in meinen Papierkorb kotzen.
X

Gesendet: 24. September 2010

Von: laurakthomas@gmail.com
An: esther.carrell@thetimes.co.uk

HEILIGE SCHEISSE, EST, DAS SIND JA GROSSARTIGE NEUIGKEITEN!!!! Kein Wunder, dass du dich so bescheiden gefühlt hast, mit all den Hormonen und der Kotzerei! Ein Baby! Oh Mann, Trent fragt mich gerade, warum ich heule, dabei wünschte ich mir einfach nur, bei dir zu sitzen und dich mit tellerweise Pasta und mit Brot zu füttern und dir gut zuzureden, dass alles gut wird. ES WIRD ALLES GUT!
Komm schon, du bist doch keine siebzehn mehr. Und auch nicht dreiundzwanzig und mit dem falschen Mann liiert. Vielleicht war es ja nicht geplant, aber du bist verheiratet – mit einem Mann, der sich total auf dieses Baby freut! Du hast ein Dach über dem Kopf, genügend Zimmer, einen Garten, in dem ein Kind rumtoben kann! Du bist erwachsen, Est, du schaffst das. Du wirst eine ganz, ganz großartige Mutter sein, das weiß ich genau. Du machst das alles richtig, hast du schon immer.
Ich kann es kaum erwarten, dein Baby kennenzulernen!!
Wenn ich nicht so dermaßen die Nase voll von Wein hätte, würde ich dir jetzt zuprosten. In diesem Sinne, ein Cola-light-Hoch auf dein Wohl!
Xxx

Gesendet: 26. September 2010

Von: esther.carrell@thetimes.co.uk
An: laurakthomas@gmail.com

Ich wusste, dass du die richtigen Worte finden würdest. Danke! Inzwischen fühl ich mich ein bisschen wohler bei der ganzen Sache. Im Oktober haben wir den ersten Ultraschalltermin beim Frauenarzt. Wenn ich das Baby erst mal auf dem Monitor sehe, fühlt es sich vielleicht ein bisschen realer an, mit den Fingern und allem drum und dran … Man verbringt so viel Lebenszeit damit, nicht schwanger zu werden, dass es schon komisch ist, wenn es dann doch so weit kommt. Selbst wenn man es sich wünscht. Und ich wünsche es mir. Ich will es. Wirklich. Glaube ich.

David hat es seiner Mutter erzählt, kannst du das glauben? Als wären Servietten mit Monogrammen nicht genug, hat sie jetzt wohl das Carrell'sche Taufkleid rausgesucht und bei einer Spezialreinigung abgegeben, damit es beizeiten für den Thronfolger bereitliegt. Angeblich ist es fast einhundert Jahre alt. Am liebsten würde ich ihnen erzählen, dass bei den Conleys unverbrüchliche Tradition ist, Babys in Polyestermischgewebe taufen zu lassen, und dass mein Kind unter keinen Umständen mit antiker Spitze in Berührung kommen darf.

Meine Altvorderen haben natürlich begeistert reagiert. Dad war ganz stotterig und stumm am Telefon, als ich es ihm erzählt habe. Ich glaub, er hat sogar geweint. Mum ruft ziemlich oft an, »nur um zu fragen, wie es gerade geht, mein Schatz«, und schickt Carepakete wie damals an der Uni. Heute war's eine Dose schwarzer Rübensirup. Angeblich wegen des Eisengehalts. Oh ja, wie lecker.

X

Gesendet: 1. Oktober 2010

Von: laurakthomas@gmail.com
An: esther.carrell@thetimes.co.uk

Grundgütiger, deine Mum hat Margie erzählt, dass du einen Braten in der Röhre hast – WIE KONNTE SIE NUR?!!! Jetzt feiert Margie eine gigantische Selbstmitleidsparty, weil ihr die Großmutterschaft vorenthalten wird. Angeblich ruiniere ich gerade nicht nur ihr Leben, sondern auch meins, weil keine Frau je wahrhaft glücklich sein kann, wenn sie kein Kind zur Welt bringt – meine öde, fruchtlose Zukunft wird es mich noch lehren. Was schon seltsam ist, denn dass sie mich zur Welt gebracht hat, scheint SIE zumindest auch nicht zu einem besonders glücklichen Menschen gemacht zu haben, oder?
Verdammt, ich brächte es doch gar nicht übers Herz, in Margies Kaltem Krieg ein Kind in die Welt zu setzen! Sie würde ihm die Ohren vollquatschen mit Klimaerwärmung und Terrorismus, noch ehe es aus den Windeln raus wäre.
In Momenten wie diesen bin ich heilfroh, dass sie Tausende Meilen weit weg ist.
Mit leerem Bauch und lieben Grüßen,
L
X

Gesendet: 5. Oktober 2010

Von: esther.carrell@thetimes.co.uk
An: laurakthomas@gmail.com

Mist! Mum war wohl einfach zu aufgeregt, um die Klappe zu halten. Vielleicht können wir Margie ja irgendeine Rolle ehrenhalber zuteilen, so eine Art Ersatzgroßmutter oder so.
X
PS: Nächste Woche Ultraschall. Aufregend!

Gesendet: 11. Oktober 2010

Von: laurakthomas@gmail.com
An: esther.carrell@thetimes.co.uk

ICH BIN KEINE PRAKTIKANTIN MEHR! Kannst du das glauben? War es die stets barmherzige Kraft meiner Copraktikantin Drew Barrymore? Wer weiß? Irgendeine höhere Macht hat Stanley jedenfalls davon überzeugt, dass er mir einen echten Job anbieten muss. Er kümmert sich um mein Visum und die Aufenthaltsgenehmigung und den ganzen komplizierten Papierkram, der bislang jeden davon abgehalten hat, mich fest anzustellen.
Du hast mal gemutmaßt, dass ich der Liebe halber hierbleiben könnte, und gewissermaßen ist genau das jetzt wohl eingetreten. Vergiss Trent – aber dieser Ort hier und die Arbeit … Ich kann es nicht erklären. Ich weiß einfach nur, dass ich hierbleiben muss.
Wann kannst du mich besuchen kommen? Bring das Baby mit! Ich ziehe sogar in eine eigene Wohnung!
Xxx
PS: Wie war der Ultraschall?

Gesendet: 15. Oktober 2010

Von: esther.carrell@thetimes.co.uk
An: laurakthomas@gmail.com

Sorry, dass ich nicht gleich geantwortet habe, Laura – das sind ja tolle Nachrichten! Ich freue mich so für dich, und David gratuliert dir ebenfalls. Du hast so hart dafür gearbeitet, und ich bin überglücklich, dass sie das erkannt und belohnt haben.
Wir sind gerade in einer merkwürdigen Phase. Auf dem Ultraschall war eine Zyste am Hals des Babys zu sehen, hat irgendetwas mit der Nackenfalte zu tun. All diese neuen, schrecklichen Vokabeln,

die wir jetzt schleunigst lernen müssen! Angeblich kann diese Zyste von alleine wieder weggehen, aber wenn nicht, könnte sie die Entwicklung des Babys beeinträchtigen. (Verfluchte Ärztesprache, was? *Könnte die Entwicklung beeinträchtigen, Mrs. Carrell. Ich bin ein gefühlloser Automat mit toten Augen, Mrs. Carrell.*) Es könnte wohl ein Hinweis sein auf Downsyndrom oder irgendein anderes ernsthaftes Problem. Im Internet hab ich gelesen, dass es einen Zusammenhang gibt zwischen dieser Art von Zyste und dem Alkoholkonsum der Mutter – und ständig muss ich an die Wochen denken, in denen ich noch nicht mal wusste, dass ich schwanger war. Es war zwar nicht so, dass ich dauerhaft besoffen gewesen wäre, aber ich hab Alkohol getrunken. (Davids Mutter war da – natürlich habe ich getrunken.)

Als ich zu dem Termin gegangen bin, dachte ich, anschließend würde ich es endlich allen erzählen können. Hebamme raussuchen, Termin ausrechnen, anfangen, die Elternzeit zu planen. Es sollte doch nur ein Pflichttermin sein, ein weiterer Punkt, den man abhakt. So war das alles nicht geplant.

Ich kann mir nicht helfen, aber ich frage mich die ganze Zeit, ob das vielleicht die Strafe dafür ist, dass ich mich nicht von Anfang an über das Kind gefreut habe. Als hätte ich es nicht verdient, ein gesundes Kind zu bekommen, weil ich es nicht genug gewollt habe. Ich weiß, du sagst jetzt, das ist albern, aber so fühlt es sich für mich nun einmal an.

Nächste Woche stehen weitere Untersuchungen in Sachen chromosomaler Abnormitäten an. Sorry, dass ich dich von Wolke sieben runterhole. Wollte nur die Sendepause erklären.

Glaub ja nicht, ich hätte mich über deine Stelle nicht gefreut! Ich freu mich sehr und bin heilfroh, dass ich zumindest darüber ein bisschen lächeln kann.

X

Gesendet: 15. Oktober 2010

Von: laurakthomas@gmail.com
An: esther.carrell@thetimes.co.uk

Esther, meine arme Kleine! Du musst vor Sorge schier durchdrehen! JEDER würde unter solchen Umständen die Margie in sich entdecken! Aber du musst versuchen, optimistisch zu bleiben. Dass du dir Sorgen machst, hilft auch nicht weiter.
Als Dad krank war, war das Allerallerschlimmste, nichts zu wissen und auf die Testergebnisse warten zu müssen. Aber mal ganz ehrlich, es wäre noch viel schlimmer gewesen, wenn wir damals hätten online gehen und darüber argwöhnen können, was möglicherweise als Nächstes geschehen könnte. Dass wir keine Ahnung hatten, war damals ein echter Segen – wir wussten nicht, was uns bevorstand. Denk daran, wie oft sich die Ärzte damals geirrt haben. Sie wissen auch nicht alles – und Google noch viel weniger.
Recherchier nicht mehr online! Du bist keine Säuferin, du hast dir nicht jeden Morgen eine Flasche Wodka reingekippt. Ein bisschen Wein zum Abendessen wird dem Baby nicht geschadet haben. Und selbst der Arzt hat nicht behauptet, dass es deine Schuld wäre. Wer bist du bitte schön, dir selbst die Schuld zu geben, wenn es nicht mal die Medizinerprofis tun?
Ich weiß, dass dieser Rat vollkommen nutzlos ist, tut mir leid. Ich kann mir kaum vorstellen, wie lang die Zeit für dich und David sein muss, bis ihr die Ergebnisse bekommt, aber ich bin in Gedanken bei euch.
Zeit, morgen zu skypen? Ich kann dich morgens vor der Arbeit anfunken – müsste bei dir so gegen Mittag sein. Oder musst du dann weinen? Ich will nicht, dass du meinetwegen weinst.
Allerallerliebste Grüße!
Xxx

Gesendet: 18. Oktober 2010

Von: esther.carrell@thetimes.co.uk
An: laurakthomas@gmail.com

Ich weiß, ich sollte so was nicht im Internet nachschlagen, aber ich kann es einfach nicht lassen. Es gibt Foren, denen man beitreten kann und in denen die Babys der anderen das Gleiche haben – ein zervikales Hygrom –, und ich kann da einfach nicht wegsehen, auch wenn ich noch nicht beigetreten bin. Bin nicht sicher, ob ich auf Mumsnet überhaupt einen Eintrag schreiben darf, solange ich noch nicht mal Mutter bin. Viele dieser Frauen haben schon Kinder – eine hat einen irre langen Beitrag darüber geschrieben, wie schwer es war, das alles mit zwei weiteren Kindern durchzustehen, und ich hätte am liebsten rumgeschrien und sie angebrüllt, dass es da draußen Leute gibt, die noch nicht mal EIN Kind haben.

Deshalb schreib ich dort auch nichts, ich glaub, ich würde nur durchdrehen. Nicht mal David hab ich davon erzählt, dass ich bei der Arbeit die ganze Zeit fremde Leute online stalke. Er selbst kommt gar nicht auf die Idee, dass irgendetwas schiefgehen könnte. Er meint, wir müssen einfach optimistisch bleiben, aber es macht mich wahnsinnig, nicht darüber sprechen zu können, was wir tun sollen, wenn es doch schiefgeht.

Ich dachte, ich hätte dem Baby gegenüber gemischte Gefühle, Laura, bis zu dem Zeitpunkt, als es plötzlich aussah, als würde ich es womöglich nicht bekommen können. Beim Thema Schwangerschaft kam fünfunddreißig mir immer verhältnismäßig jung vor, und dann auf einmal kommt mir wieder diese Verrückte von Amelias Hochzeit in den Sinn – weißt du noch, wen ich meine? Die mit den Zigaretten? Die sagte, ab fünfunddreißig würde alles den Bach runtergehen, insbesondere die Fruchtbarkeit? Was, wenn sie recht hatte? Dann ist alles nämlich meine Schuld, weil ich zu lang gewartet habe.

Schreib mir ein paar lustige Geschichten, ja? Schick ein paar Fotos. Hol mich aus dieser verschissenen Tretmühle aus Sorgen und Schuldgefühlen raus.
X

Gesendet: 19. Oktober 2010

Von: laurakthomas@gmail.com
An: esther.carrell@thetimes.co.uk

Tja, wenn mit fünfunddreißig alles vorbei ist, dann kann ich mir gleich die Kugel geben. Jetzt mal ehrlich, du glaubst allen Ernstes einer wildfremden Schnapsdrossel von einer Hochzeit, die noch dazu Jahre her ist, wenn es um die Gesundheit deines Babys geht? Ich bitte dich, Est. Die Frau hätte doch nicht mal mit beiden Händen ihren eigenen Hintern gefunden – die war GESTÖRT.
David liebt dich viel zu sehr, als dass er sich auch nur vorstellen mag, dass dir oder dem Baby etwas passieren könnte. Sei nachsichtig mit ihm.
Und ich hab tatsächlich eine schöne Anekdote für dich, und du wirst es nicht glauben – in Sachen Wein! Sorry, aber während der Lese gibt's einfach 0 andere Themen.
ALSO … Gestern hat Stanley mir einen Zettel auf dem To-do-Brett hinterlassen und geschrieben, ich solle 400 JE in Tank 4 geben. Große Verwirrung meinerseits. Ich hatte keine Ahnung, was ein JE ist. Kam am College nicht vor, und Stanley war den ganzen Vormittag nicht zu erreichen. Am Ende hab ich Trent aufgespürt, und was sagt er? JE sind Jesus-Einheiten. D. h. WASSER. Um die Alkoholkonzentration zu verringern. Warum sagt er das denn bitte schön nicht gleich??? Jesus Christus (im wahrsten Sinne des Wortes)!
Ja, Esther, ich, deine Freundin Laura, mach Wasser zu Wein! Lobpreise mich und bete zu mir und gründe womöglich sogar eine Religion

zu meinen Ehren, bitte. Lauras Blut, das für dich vergossen wurde … und so weiter.
Ich denk die ganze Zeit an dich, feste Umarmung!
X

Gesendet: 19. Oktober 2010

Von: esther.carrell@thetimes.co.uk
An: laurakthomas@gmail.com

Ich bin bis auf Weiteres nicht im Büro erreichbar. In dringenden Angelegenheiten wenden Sie sich bitte an Nancy Campbell: nancycampbell@thetimes.co.uk

Gesendet: 20. Oktober 2010

Von: david.carrell@carrellmedia.com
An: laurakthomas@gmail.com

Hi Laura,
ich gehe davon aus, dass du es erfahren willst – Esther ist im Krankenhaus. Ihr geht es schon besser, in ein paar Tagen ist sie wieder daheim, aber sie hat das Baby verloren.
Tut mir leid, dass ich dir eine schlechte Nachricht schreiben muss. Niemand hätte etwas tun können, der Arzt meint, die Schwangerschaft sei nicht tragfähig gewesen. Sie machen jetzt einige Tests, um herauszufinden, was die Ursache war.
Sie macht sich Vorwürfe, weil sie dir nicht Bescheid gesagt hat, aber ich weiß, dass du es verstehen wirst.
David

Gesendet: 20. Oktober 2010

Von: laurakthomas@gmail.com
An: david.carrell@carrellmedia.com

David, mein Flieger landet morgen früh, fahre direkt in die Klinik. Welche ist es? Queen Charlotte's? Sag Esther bitte, dass ich in Gedanken bei ihr bin und dass es nicht ihre Schuld ist, du weißt ja selbst, dass sie das denken wird, ganz gleich was die Ärzte zu ihr sagen. Es tut mir so wahnsinnig leid, es muss ganz schrecklich für euch beide sein! Ich übernachte bei Margie und sitze euch nicht die ganze Zeit auf der Pelle, versprochen, aber ich kann einfach nicht hierbleiben, nachdem ich es erfahren habe. Sei mir nicht böse, Esther ist alles, was ich habe.
LG
Laura

26

Oktober 2013

Natürlich. Es ging von Anfang an darum, die richtige Frage zu stellen. Hab ich's nicht gleich gesagt?

Am entscheidenden Morgen wartet Laura auf mich im Dolores Park mitten im Mission District in San Francisco. Als ich mich darüber schlaugemacht habe, war ich ein wenig besorgt – sogar mit meinem rudimentären Spanisch weiß ich, dass *dolores* »Leiden« heißt. Ich bin inzwischen wohl so sehr darauf getrimmt, überall potenzielle Hinweise zu sehen, dass ich sie sogar dort erkenne, wo sie gar nicht existieren. Als ich nämlich dort ankomme, ist es ein ganz normaler Park wie jeder andere auch, nur eben mit Palmen, mit einem Spielplatz, einem Pärchen, das auf einer Decke im Gras liegt, obwohl ein kräftiger Herbstwind den Hügel heraufbläst. In der Ferne kann ich die höheren Gebäude von Downtown sehen und dahinter die blaugrauen Berge jenseits der Bucht.

Mittlerweile bin ich felsenfest davon überzeugt, dass Laura von Anfang an genau so gefunden werden wollte, wie sie hatte verschwinden wollen. Das widerspricht sich nicht. Sie wollte einfach niemandem erzählen müssen, was sie am meisten fürchtete, laut auszusprechen. Ich hab es mir erst selbst erarbeiten müssen, wie immer schon, und als ich dann darauf gekommen bin, hat sie auch postwendend geantwortet. Es gab nichts mehr zu verbergen.

Für den Bruchteil einer Sekunde sehe ich Margie vor mir auf der Parkbank auf dem Hügelkamm, ihr langer Hals neigt sich wie ein Tulpenstängel, als sie irgendwas in ihrem Schoß betrachtet, statt die Aussicht zu genießen. Die schmalen, abfallenden Schultern hat Laura definitiv von ihrer Mutter. Sie trägt ein weites schwarzes Jerseykleid, das ihr um die Knöchel weht, eine Jeansjacke darüber und an den Füßen Laufschuhe mit Leopardenmuster. Ich frage mich, ob ich jemals diese kindliche Eifersucht überwinden kann – was immer ihr gerade widerfährt im Leben, wie alt auch immer wir sind, Laura wird für alle Zeiten cool aussehen. Ihr dunkles Haar hat sie sich zu einem losen Knoten im Nacken gebunden, und als ich näher komme, kann ich zum ersten Mal überhaupt silbrige Strähnen darin sehen.

»Laura«, sage ich, und sie sieht aufrichtig verblüfft aus, als sie aufblickt, obwohl wir uns doch hier verabredet haben. Sie hat nie viel Make-up aufgelegt, mal abgesehen von der kurzen Liebelei mit dem roten Lippenstift in Frankreich. Sie hat so etwas nie gebraucht. Inzwischen bräuchte sie es. Ihre Gesichtszüge wirken irgendwie verwaschen, als würde ich sie durch mattiertes Glas betrachten, ihre Augen sind leer, und ihr Mund ist ein blasser Schatten seiner selbst.

Sie schenkt mir ein mattes Lächeln und streckt beide Arme nach mir aus. Mir fällt wieder ein, wie ich sie umarmt habe, während Ricko sie festgehalten hat, am Tag der Beerdigung ihres Vaters. Genau so fühlt es sich gerade wieder an, als wir uns auf der Bank umarmen: als würde irgendetwas an ihr zerren.

»Es tut mir leid«, flüstert sie an meiner Schulter, dann setzt sie sich gerade hin und reibt sich fest mit dem Jackenärmel über die Augen. Vielleicht hat sie deshalb kein Make-up aufgelegt, vielleicht ist es so einfach praktischer. Sie blickt zum Horizont und blinzelt ein paarmal.

Angeblich sind Worte zwischen besten Freunden überflüssig, aber ich glaube ehrlich gestanden nicht, dass das stimmt. Je länger Laura braucht, um etwas zu sagen, umso mehr Gedanken jagen mir durch den Kopf. Als sie noch weg war, habe ich Tod und Teufel an die Wand gemalt, Leichen, Entführungen, ungeborene Kinder. Das Mindeste, was sie mir schuldet, ist eine Erklärung.

»Du bist also immer noch …« Aber ich kann die Frage nicht stellen.

Sie dreht den Kopf und blinzelt mich mit feuchten Wimpern an. »Ja.«

»Und … ich meine, willst du es?«

»Ich geb mir Mühe«, sagt sie mit einem neuerlichen Lächeln. In der Art, wie sie versucht, wie früher das Kinn trotzig vorzurecken, kann ich die alte Laura erkennen, aber diesmal kriegt sie es nicht richtig hin, und ironischerweise erinnert sie mich so an einen Säugling, der versucht, seinen Kopf auf dem schwachen Hals zu balancieren.

Sie war zehn Tage lang verschwunden. Das ist eine lange Zeit, um immer noch unentschlossen zu sein bei dieser so wichtigen Frage, ob man ein Kind nun haben will oder nicht. Damals, als es um ihren Dad ging, meinte sie, die Ungewissheit sei das Schlimmste gewesen, und trotzdem hat sie sich für über eine Woche mutterseelenallein in diesem schrecklichen Zustand befunden. Dafür tut sie mir leid, aber insgeheim empfinde ich auch Wut. Da hat sie sich all diese Zeit genommen, die Menschen um sie herum in Angst und Schrecken versetzt, und wofür? Nichts scheint entschieden zu sein. Und wenn ich ihr Geheimnis nicht selbst gelüftet hätte, würde sie sich immer noch vor uns verstecken?

»Wie weit bist du?«, frage ich.

Sie schlägt die Augen nieder, als sie antwortet. »Sechste Woche«, flüstert sie, fast ohne dabei die Lippen zu bewegen.

»Und wie lange weißt du es schon?«

»Seit zwei Wochen«, antwortet sie. »Zwei Wochen und einen Tag.«

»Aber mein Gott, Laura«, sage ich, und die Verbitterung in meiner Stimme ist sogar für mich selbst überraschend, »warum hast du es denn niemandem erzählt? Du hättest das doch nicht allein durchstehen müssen. Wir hätten dir helfen können.«

Sie sieht mich niedergeschlagen an. »Glaubst du wirklich, ich hätte einfach Margie anrufen und ihr erzählen können, dass ein Enkelkind unterwegs ist, und es dann wegmachen lassen? Oder dir eine E-Mail schreiben und mich die ganze Zeit fragen, ob du je Zeit finden würdest, sie zu lesen? Esther, ich hab mir eine Fehlgeburt *gewünscht* – um es einfach hinter mir lassen zu können, ohne etwas dafür tun zu müssen. Wie hätte ich dir das denn bitte sagen sollen?«

»Ich hätte dafür Verständnis gehabt«, sage ich und bin mir sicher, dass ich es zumindest versucht hätte. Aber ich weiß auch, dass sie mich vor sich sah, hysterisch nach der dritten Fehlgeburt Anfang vergangenen Jahres und rasend vor Wut auf all die Frauen, die ungeplant schwanger wurden. Frauen, die diese Babys nicht mal wollten, hab ich damals gesagt, Frauen, die sich einen Dreck darum scheren – aber natürlich scheren sie sich darum. Wie bescheuert konnte ich bitte schön sein, um etwas anderes zu denken?

»Ich hab damals auf FaceTime versucht, es dir zu sagen«, fährt Laura fort. »Aber da hattest du Linus auf dem Schoß, weißt du noch? Ich hab's einfach nicht übers Herz gebracht, als ich ihn mit dir gesehen habe, wie er das Display anfassen wollte und du gelacht hast. Ich konnte es nicht sagen.«

Jetzt erinnere ich mich wieder daran – ich war derart mit dem Baby beschäftigt gewesen, dass ich gar nicht auf die Idee gekommen bin, Laura könnte aus einem anderen Grund angerufen haben, als um ihn zu sehen und ihn anzuhimmeln. Unsere Unterhaltung hatte immer wieder gestockt, aber ich schob es auf die schlechte Verbindung, diese winzige Verzögerung, die dazu führt, dass man dem anderen ständig ins Wort fällt und den Gesprächsfluss unterbricht. Und wenn das gerade mal nicht der Fall war, hat Linus mich an den Haaren gezogen oder versucht, mir an den Mund zu fassen, während ich redete. Ich bin inzwischen so gewöhnt an unterbrochene Gespräche und halb fertige Geschichten, dass mir das nicht im Geringsten komisch vorkam. Dann schlug Linus mit dem Kopf gegen die Tischkante, und ich musste auflegen.

»Aber selbst wenn du uns den Grund nicht erzählt hättest, hättest du doch zumindest sagen können, dass du für eine Weile weggehst. Damit wir uns keine Sorgen hätten machen müssen. Denk doch nur dran, was Margie beim letzten Mal veranstaltet hat! Du musst doch geahnt haben, dass sie wieder komplett durchdreht!«

»Ich dachte, bis dahin wäre ich längst wieder zurück«, sagt sie leise. Der Wind weht ihre Worte weg, und sie zittert und zieht sich die Jacke enger um den Oberkörper. »Ich hätte nicht gedacht, dass ihr euch alle Sorgen machen würdet.«

»Wo hast du überhaupt gesteckt?«

Sie schüttelt leicht den Kopf. »Hier und da.«

Früher hätte ich sie vielleicht damit davonkommen lassen. Sobald ich sie in Sicherheit gewusst hätte, hätte ich ihr die Geheimniskrämerei womöglich durchgehen lassen, die ihr immer schon solches Vergnügen bereitet hat. Aber die Zeiten sind vorbei. In den letzten Tagen habe ich eine gewisse Beharrlichkeit entwickelt – und Wut.

»Laura«, sage ich streng, »du kannst dich nicht einfach derart obskur verhalten. Ich bin Tausende Meilen geflogen, um dich zu suchen, ich hab wirklich gedacht, du könntest *tot* sein. Was glaubst du eigentlich, wie ich dir helfen soll, wenn du mir nicht einmal erzählst, wo du dich rumgetrieben hast?«

Sie sieht wieder in die Ferne und kneift die Augen zusammen. Ein Windstoß bläst ihr die Haare aus dem Gesicht, als stünde sie am Bug eines Schiffes und hoffe, als Erste das Festland zu entdecken. Der Wind hat aufgefrischt, und das Pärchen auf der Decke scheint sich umentschieden zu haben und seine Sachen zu packen, um zu verschwinden.

»Du kannst mir nicht helfen«, sagt sie.

Ich warte kurz. Vielleicht fährt sie ja fort – das kann doch noch nicht alles gewesen sein. Aber es war alles. Sie sitzt nur stumm da, mit ihrem dramatischen, edlen Profil, als könnte nichts und niemand auf der Welt ihren Schmerz nachempfinden, als würde er sie über uns restliche Normalsterbliche erheben. Am liebsten würde ich ihr eine Ohrfeige geben – und zwar eine schallende.

»In Ordnung«, sage ich und setze meine Handtasche mit Wucht auf der Bank neben mir ab. »Schon okay, Laura. Mach einfach auf geheimnisvoll wie immer und lass die anderen durchdrehen vor lauter Sorge. Du bist so verdammt egoistisch!«

Sie schnappt erschrocken nach Luft, und als sie sich zu mir herumdreht, sind ihre Augen mit einem Mal eiskalt und finster. »Ich hab dich nicht darum gebeten herzukommen.«

»*Danke* wär womöglich eher angebracht«, blaffe ich sie an. Inzwischen zittere ich, weil der kalte Wind durch meine für die Jahreszeit zu dünne Baumwolljacke dringt und weil ich endlich all die Wut herauslasse, die ich schon viel zu lange in mich reingefressen habe. »*Danke,* dass du dein Baby zum allerersten Mal allein gelassen hast. *Danke,* dass du meine durchgedrehte Mutter vom Flughafen abgeholt hast, als sie beinahe verhaftet worden wäre. Danke, Esther, dass du immer wieder die Scherben aufsammelst, wenn mein verdammtes Leben mal wieder in Trümmern liegt.«

»Margie ist verhaftet worden?« Sie sieht aufrichtig entsetzt aus. Ich weiß wirklich nicht, ob sie sich je bewusst gemacht hat, dass ihre spontanen Entscheidungen auch für andere außer ihr selbst Folgen haben.

»Um ein Haar«, antworte ich. »Sie hat versucht, ohne gültigen Reisepass den Flieger zu besteigen. Sie war verzweifelt, Laura, aber womöglich kannst du das nicht nachvollziehen.«

Sie zieht die Jackenärmel über die Finger. Über uns sind die Wolken jetzt metallisch grau, und die Luft ist abgekühlt. Gleich fängt es an zu regnen.

»Ich wollte sie nicht erschrecken«, sagt sie, und Tränen treten ihr in die Augen. »Ich hab nicht nachgedacht …«

Das macht sie nie. In Lauras Leben geht es einzig und allein um Abenteuer und um Freiheit. Den Preis dafür erkennt sie nicht – und sie sieht auch nicht, dass mitunter andere dafür bezahlen.

»Du musst auch an die anderen denken. Sie hatte Panik, dass dir etwas passiert sein könnte.«

»Ich *denke* an die anderen«, beharrt sie und klingt plötzlich defensiv. »Das ist nicht fair, ich hatte einfach zu viel um die Ohren.«

»Laura, auch wenn du glaubst, dass du ach so unabhängig bist, haben deine Handlungen auch für andere Menschen Konsequenzen. Aber das scheinst du nicht im Mindesten zur Kenntnis zu nehmen. Ich hatte auch viel um die Ohren, hab aber alles stehen und liegen lassen müssen, um dich aufzuspüren.«

Sie blickt finster drein und bockt jetzt wie ein Kleinkind. »Ich bin deinetwegen nach London gekommen – als du im Krankenhaus warst. Deinetwegen. Egoistisch war das ja wohl nicht.«

Ich atme einmal tief durch. Was ich gleich sagen muss, schwirrt mir schon seit geraumer Zeit im Kopf herum, aber der richtige Zeitpunkt, um es laut auszusprechen, hat sich nie ergeben, und wenn ich es nicht jetzt sage, dann werde ich womöglich nie wieder die Gelegenheit haben.

»Laura, du bist damals alleine *deinetwegen* nach London gekommen, nicht meinetwegen. Du hattest sicherlich die besten Gründe, aber du hast mich nie gefragt, ob es mir recht war. Dass eine Fehlgeburt vielleicht etwas zutiefst Privates ist, kam dir nicht in den Sinn – oder dass David und ich damit allein klarkommen mussten.«

Sie schlägt sich die Hand vor den Mund und presst die dünnen weißen Finger auf die Lippen, als würde ihr gleich schlecht werden. »War es so?«, haucht sie.

Ich nicke. »Es war unser Kind, Laura, nicht das von jemand anderem. Ich weiß, du wolltest helfen, aber du hast deine Entscheidung einfach so getroffen, ohne auch nur zu fragen, was wir davon halten.«

»Aber ich bin deine beste Freundin«, hält sie nach einer Weile dagegen. »Wie hätte ich denn wegbleiben können, als du mich gebraucht hast?«

»Ich hab dich nicht gebraucht, Laura. Ich weiß, das klingt jetzt sicher hart, und ich habe mich ja auch gefreut, dich zu sehen. Aber ich hab dich nicht wirklich *gebraucht*.« Ich versuche, sanft dabei zu klingen, doch ich kann ihr ansehen, wie verletzt sie ist.

Sie schlingt die Arme um die Taille und schaukelt leicht vor und zurück. »Was willst du damit sagen?«, fragt sie schließlich tonlos. »Dass wir keine Freundinnen mehr sind? Warum bist du dann überhaupt hergekommen?«

Ich will ihr die Hand auf den Arm legen, aber sie weicht mir aus.

»Natürlich sind wir Freundinnen, Laura, aber nicht mehr so wie früher. Wir sind doch keine siebzehn mehr. Ich hab dich von ganzem Herzen gern, aber du bist nicht mehr der Dreh- und Angelpunkt in meinem Leben. Das sind jetzt andere. Ich hab jetzt andere Prioritäten.«

»Linus und David«, sagt sie, als hätte sie sich gerade wieder an sie erinnern müssen.

»Linus, David und *mich*«, entgegne ich. »Laura, du warst viel zu lange meine Nummer eins. Und du hast dich daran gewöhnt – du glaubst, es ist bestimmt in Ordnung für mich, alles stehen und liegen zu lassen und nach Amerika zu fliegen, nur weil es dir gerade nicht gut geht. Aber das ist nicht in Ordnung. Ich kann das nicht – und du kannst das mit mir auch nicht mehr machen.«

Sie nickt energisch und presst die Lippen aufeinander, sodass die Mundwinkel ganz weiß werden. »Nein, schon gut«, sagt sie nach einer Weile, reibt sich mit dem Jeansärmel über die Wangen und streicht das Kleid glatt. »Ich hab's kapiert. Die Sachen können nicht für immer so bleiben, wie sie einmal waren. Natürlich. Du solltest wieder zu deiner Familie zurückkehren. Ich komm schon klar.«

»Jetzt bin ich aber hier.« Ich strecke noch einmal die Hand nach ihr aus. »Und mein Flieger geht erst heute Abend.«

Sie schnieft und steht abrupt auf, um auszuweichen. »Danke, dass du mir in deinem vollen Terminplan ein kleines Zeitfenster eingeräumt hast«, sagt sie steif und mit gepresster Stimme. »Ich weiß das sehr zu schätzen.

Aber ich brauch dich auch nicht, Esther. Ich hab dich nie gebraucht.«

»Jetzt sei nicht so.« Ich mache einen Schritt auf sie zu, doch sie sieht weg. Die Sonne ist verschwunden, dicke Wolken hängen davor, und der Park wirkt nun düster und abweisend.

»Du bist mir immer nachgeschlichen, wie ein kleiner Welpe, war's nicht so? Die kleine Fette Fester, die so gern beliebt gewesen wäre. Du hast mir leidgetan. Aber ich muss dir nicht leidtun, okay? Mitleid ist eine Einbahnstraße. Aber daran solltest du inzwischen gewöhnt sein.«

Nie zuvor hat sie mich Fette Fester genannt, nicht einmal während unserer schlimmsten Streitereien. Doch auch wenn der Name schon vor Langem seine Wirkung auf mich eingebüßt hat und obwohl ich weiß, dass sie es nur gesagt hat, weil ich sie zuerst verletzt habe, platzt es aus mir heraus, ehe ich es verhindern kann, als hätte mein Teenager-Ich die Kontrolle übernommen. Ich hab einfach die Schnauze voll.

»Fick dich«, sage ich. »Mach doch, was du willst. Bring erst mal dein Leben in Ordnung.«

»Darauf kannst du wetten.«

27

Laura stapft los über den Hügel und verlässt den Park. Mit ihren langen Beinen ist sie immer schon schnell gegangen, aber ich habe angenommen, dass sie vielleicht aufgrund der Schwangerschaft ein wenig langsamer geworden wäre. Pustekuchen. Ihr Haar löst sich aus dem Knoten und flattert hinter ihr her. Ich könnte ihr nachlaufen, aber ich denke, das hab ich lang genug getan, die längste Zeit meines Lebens. Nicht nur dass ich ihr den ganzen Weg nach Kalifornien gefolgt bin, um sie aufzuspüren – selbst nachdem ich sie gefunden und in Erfahrung gebracht habe, warum sie untergetaucht ist, bin ich es gewesen, die bis nach San Francisco fahren musste, um sie von Angesicht zu Angesicht zu treffen. Wir haben beide Autos zur Verfügung. Eine von uns kennt sich hier deutlich besser aus. Aber nein, *ich* habe das Opfer bringen müssen. Doch damit ist jetzt Schluss.

Ich bleibe stehen, obwohl mich ein dicker Regentropfen auf der Schulter trifft, dann ein zweiter. Ich sehe Laura nach, die aus dem Park hinausmarschiert, ihr schwarzes Kleid weht hinter ihr her wie die Schwanzflosse eines Fischs, bis sie zu guter Letzt verschwunden ist. Ich hab insgeheim damit gerechnet, dass sie sich noch mal umdreht. Nicht um zurückzulaufen, aber um nachzusehen, ob ich ihr folge. Ich will, dass sie sieht, dass das nicht mehr der Fall ist, dass ich hier stehen geblieben bin. Aber sie blickt nicht mehr zurück.

Der Regen wird stärker, und plötzlich wird mir bewusst, dass ich die Einzige bin, die noch hier ist. Ich ziehe mir die nutzlose Jacke über den Kopf und renne in Richtung Auto. Als ich das Tor erreiche, haben sich gegenüber vor einem Laden ein paar Hunde mitsamt Besitzern unter die Markise geflüchtet, und auch ich suche darunter Deckung.

Die Gassigeher machen Platz und scherzen über das Wetter. »Vier Jahreszeiten an einem Tag«, sagt einer, und ein anderer, dessen Pudel knallgrün lackierte Krallen hat, fügt hinzu: »Das Einzige, worauf ein armer Schweinehund sich hier verlassen kann, ist, dass das Wetter unverlässlich bleibt.« Wir sehen hinaus in den zusehends strömenden Regen, der aufs Pflaster prasselt, als würde jemand im Himmel riesige Eimervoll über uns ausschütten.

Ich kann einfach nicht glauben, dass unsere Freundschaft auf diese Weise endet … indem wir uns beide in einer fremden Stadt vor dem Platzregen zwischen lauter Fremde flüchten. Das Komische ist nur: Mir ist weder zum Heulen zumute noch bin ich mitgenommen, ich fühle nur eine gedämpfte Ruhe. Irgendwann hab ich mal behauptet, dass Freundschaft wie ein Haifisch wäre. Doch unser Hai hat offenbar zu lang in einem Aquarium seine endlosen Kreise gezogen. Wir haben uns zwar bewegt, allerdings ohne vorwärtszukommen. Jetzt ist die Klappe des Aquariums in Richtung Ozean aufgegangen, und entweder schwimmen wir gemeinsam dort hinaus, oder wir sagen einander Auf Wiedersehen.

Der Regen hört genauso abrupt auf, wie er eingesetzt hat, die Sonne kommt wieder hervor und erhellt den feinen goldenen Nebel, der unter den letzten sich verziehenden Wolken hängt. Einer der Gassigeher streckt zaghaft die Hand aus und lehnt sich ein Stück vor, um sicherzugehen, dass es wirklich vorbei ist. Die schweren Wolken haben sich verzogen, und ehe man sichs versieht, verkündet der Vier-Jahreszeiten-Gassigeher, wird es wieder brütend heiß. Die Leute machen sich wieder auf den Weg, winken einander zu und verabschieden sich, und ich bin wieder allein.

Die Straßen in diesem Viertel laden regelrecht zu einem kleinen Spaziergang ein. Anders als in Napa ist hier nicht alles aufs Autofahren ausgelegt, und ich beschließe, einen kleinen Umweg einzuschlagen, statt direkt zurück zu meinem Wagen zu laufen. Ich hab es schließlich nicht eilig. Vor fünf brauche ich nicht am Flughafen zu sein, und es sieht ganz so aus, als würde ich den Rest des Nachmittags allein verbringen. Der Mission District mit seiner leicht zwielichtigen Atmosphäre erinnert mich entfernt an Camden, genau wie dort wechseln sich teure Cafébars mit finsteren Spelunken ab. Es ist ein Ort voller Geheimnisse und illegaler Machenschaften, gestresster Geschäftsleute und verlorener Seelen, die nicht wissen, wohin sie sonst gehen sollten außer einfach den Bürgersteig entlang. In einer solchen Gegend sehen die Leute nicht allzu genau hin. Es ist der perfekte Ort, um zu verschwinden, wenn man will. Kein Wunder, dass Laura mich hier treffen wollte.

Vornehme Teehäuser stehen neben Coffeeshops und mexikanischen Taquerías, und unter dreißig scheint hier ausnahmslos jeder gepierct und aufwendig tätowiert zu sein. Ich will einige Sehenswürdigkeiten ablaufen, wenn schon nicht mit großer Begeisterung, dann doch zumindest mit einem gewissen Engagement. Ich fühle mich, als würde ich in einem Film mitspielen, den Laura sich möglicherweise gerade anschaut. Auch wenn sie mich nicht wirklich sieht, will ich doch unter Beweis stellen, dass ich mich auch wunderbar alleine amüsieren kann. Dass ich nicht heule und nicht leide wie ein Tier, sondern stattdessen shoppen gehe. Früher mag ich die Mitläuferin gewesen sein, aber das ist Geschichte. Sollten wir diesen Streit überwinden, dann muss sich einiges ändern.

Ich stehe vor dem Schaufenster eines Kinderbekleidungsgeschäfts und frage mich, ob es womöglich unpassend ist, auf Mitleidstour für die abgetauchte, schwangere, einstmals beste Freundin einen »I ♥ SF«-Strampler für ihr Baby zu kaufen, als mein Handy in der Tasche vibriert.

»Entschuldige«, steht in der SMS.

Dann kommt eine zweite. »Ich war in San Diego.«

Und noch während ich versuche, die Information zu verdauen, kommt die dritte. »Wo bist du? Ich hol dich ab.«

Laura will einen Spaziergang machen, so sei es leichter, sagt sie und dirigiert mich in eine bestimmte Richtung. Ich gehe davon aus, dass sie weiß, wohin sie will, weil ich selbst inzwischen die Orientierung verloren habe und mir nicht sicher bin, ob ich je zu meinem Mietwagen zurückfinde. Ich weiß nur, dass wir hügelabwärts auf die glitzernde Bucht zulaufen. Und tatsächlich scheint

Laura so besser reden zu können als auf der Parkbank, wo wir einander anklagend gegenübergesessen haben. Ihre Worte stürmen und stolpern geradezu übereinander, so schnell wollen sie gehört werden.

»Ich wollte nicht egoistisch sein«, sagt Laura und schluckt schwer, ehe sie weiterspricht. Es wirkt fast so, als dränge die Erklärung aus ihr heraus, jetzt da sie beschlossen hat zu reden. »Ich weiß, dass du der Meinung bist, ich würde über andere Leute nicht nachdenken, aber in Wirklichkeit war es das genaue Gegenteil.«

Sie verstummt kurz, während wir uns aufteilen, um eine alte Frau mit einem Einkaufstrolley voller Konserven links und rechts zu überholen, um dann weiter nebeneinanderherzugehen.

»Ich wollte wirklich nur ein paar Tage wegbleiben«, fährt sie fort. »Ich wollte am Montag in der Arbeit anrufen und mich krankmelden und bis Mittwoch wieder dort sein. So hätte niemand überhaupt bemerkt, dass ich weggefahren war. Sie hätten geglaubt, ich würde zu Hause im Bett liegen.«

»Und Stanley?«, frage ich. »Wär er nicht vorbeigekommen, um nach dir zu schauen?«

Sie schüttelt den Kopf, scheint sich ihrer Sache sicher zu sein. »Stanley hat am Tag zuvor mit angehört, wie ich mich übergeben musste, und ich hab ihm erzählt, dass ich mir den Magen verdorben hätte. Er ist sogar losgefahren und hat mir eine Flasche Pepto-Bismol besorgt. Ich hätte ihm einfach erzählt, dass es etwas Ansteckendes wäre – damit er wegbleibt. Um sicherzustellen, dass nicht das ganze Weingut ausgerechnet in der Hochsaison angesteckt wird.«

Ich sehe zu ihr hinüber. Ihr Profil sieht in der Sonne golden aus. »Da hast du ja wirklich an alles gedacht.«

Obwohl ich versucht habe, nicht wertend zu klingen, hört sie sofort heraus, was ich insgeheim denke, und geht sofort in die Offensive.

»Du denkst, ich hätte es ihm sagen sollen.«

»Er hat jedes Recht der Welt, es zu erfahren«, sage ich und schwäche meinen Vorwurf mit einer Frage ab: »Findest du nicht auch?«

Aber sie antwortet mit einer Gegenfrage. »Hat er … Weißt du über Ned Bescheid?«

»Ja«, sage ich nur. In Wahrheit hab ich kaum an etwas anderes gedacht, seit er es mir erzählt hat. Ich habe den Unfall sogar gegoogelt und ein Bild von Ned gesehen. Sein schwarzes Haar, genau wie sein Vater gesagt hat.

»Verstehst du mich jetzt?« Sie legt mir die Hand auf den Arm und fleht mich an, ihr beizupflichten, dass sie richtig gehandelt hat.

Unwillkürlich schüttele ich den Kopf. Doch was ich wirklich damit meine, ist – was für ein Chaos. Was für ein schreckliches Chaos für alle Beteiligten.

»Hättest du wirklich nicht mit ihm reden können? Du weißt doch gar nicht, wie er reagiert hätte.«

»Wie bitte?« Sie lacht verbittert, und ihre Schritte werden länger. »Du meinst, ich hätte ernsthaft einem Mann, der sein einziges Kind verloren hat, erzählen sollen, dass ich schwanger bin, aber nicht weiß, ob ich das Baby behalten will? Wie hätte ich das anstellen sollen? Wie? Wenn ich mich für eine Abtreibung entschieden hätte, hätte er das nie erfahren dürfen. Er *darf* es nicht erfahren, Est. Das könnte ich ihm niemals antun. Es wäre das Brutalste, Schrecklichste überhaupt.«

Sie sieht verzweifelt aus, und in ihren dunklen Augen blitzt regelrecht Panik, wie bei einem Tier, das sich in einer Falle verfangen hat. Und das sich das eigene Bein abnagen wird, um wieder loszukommen.

»Ich hab tagelang darüber nachgedacht«, fährt sie mit zittriger Stimme fort. »Ich konnte mich nicht dazu durchringen zu glauben, dass diese Schwangerschaft das Richtige war. Ich wusste einfach nicht, ob ich es wollte ... Ich *wollte* es wollen. Ich weiß doch, dass Kinder zu kriegen das ... keine Ahnung ... das ultimative Happy End für eine Frau sein soll. Oder etwa nicht? Wie bei Drew Barrymore – du kriegst ein Baby, und auf einmal ist alles perfekt, all deine Probleme lösen sich angesichts dieser großen Liebe ganz einfach in Wohlgefallen auf.«

Ich will schon widersprechen und entgegnen, dass es ganz und gar nicht so sein muss, dass Mutterschaft kein Fotoshooting für die *People* ist, aber mit einem Blick bringt sie mich zum Schweigen.

»Ich hab's versucht, Est, ich hab's wirklich versucht. Aber ich konnte einfach nicht glauben, dass es ein Happy End werden würde. Als ich herausgefunden habe, dass ich schwanger bin, wurden meine Probleme nur noch größer und tausendmal schlimmer. Was für eine Mutter wäre ich denn gewesen? Unverheiratet, nicht mal in einer festen Beziehung, kein richtiges Zuhause, keine Krankenversicherung, keine Ersparnisse. Wie hätte ich denn da ein Kind zur Welt bringen sollen?«

»Laura ...«

Mit erhobener Hand, als wolle sie den Straßenverkehr aufhalten, gebietet sie mir Einhalt und spricht weiter. »Ich hab einen Termin gemacht, um … du weißt schon.«

Laura kann mir nicht ins Gesicht sehen, sie starrt zu Boden, und ich kann nicht fassen, dass sie mutig genug war, ihre Wohnung und die Arbeit hinter sich zu lassen, den Vater ihres ungeborenen Kindes zu verlassen, einen Termin für die Abtreibung auszumachen – und dann nicht einmal in der Lage ist, das Wort laut auszusprechen.

»Der Termin wäre am Montagmorgen gewesen. Sonntagabend wollte ich in ein Motel einchecken, damit ich gleich in der Früh vor Ort sein würde. Aber Samstagnacht hab ich es nicht länger ausgehalten – ich musste irgendetwas tun, Napa verlassen, einfach abhauen. Also bin ich einen Tag zu früh los, dachte, ich könnte in San Francisco herumfahren, bis die Sonne aufging. Ich hätte ohnehin nicht schlafen können, und ich hatte das Gefühl, irgendwas zu unternehmen wäre besser, als gar nichts zu tun. Ich war es leid, nichts weiter tun zu können, als nachzudenken und die ganze Zeit zu heulen.«

Sie geht inzwischen so schnell, dass ich fast joggen muss, um mit ihr Schritt zu halten, aber sowie sie es bemerkt, wird sie wieder langsamer, scheint sich zu sammeln und redet jetzt auch bedächtiger und weniger hektisch.

»Ich bin bis Walnut Creek gekommen, wo man nach Oakland abbiegt.«

Sie sieht mich an. Dieselbe Strecke bin ich am Morgen auch gefahren, und ich nicke, um ihr zu signalisieren, dass ich mich daran erinnere. Von dort aus geht es auf direktem Weg nach San Francisco. Dort hätte sie hinfahren sollen.

»Ich hab das Schild in Richtung Süden gesehen, und bevor ich überhaupt begriffen habe, was ich tat, bin ich einfach abgebogen. Ich hab mir eingeredet, dass ich wieder umkehren würde, dass ich einfach nur einen kleinen Umweg fahren würde, um ein, zwei Stunden bis Sonnenaufgang totzuschlagen, aber ich glaube, ich wusste da schon intuitiv, wo ich in Wahrheit hinwollte. Seit ich nach Kalifornien gekommen bin, rede ich davon, dass ich nach San Diego fahren und mir das alte Haus ansehen will, in dem wir damals gewohnt haben. Es gibt immer Gründe, warum man es dann doch nicht macht. Aber bei Sonnenaufgang war ich dort.«

Erst vorgestern habe ich mir die Straßenkarte angesehen, als ich mein Gepäck auf dem Parkdeck am Flughafen eingeladen habe. San Diego ist Hunderte Meilen weit entfernt, fast schon in Mexiko. Es ist, als würde man aus einer spontanen Laune heraus beschließen, mal eben von London nach Aberdeen zu fahren.

»Hättest du nicht irgendjemandem Bescheid geben können?«, frage ich. »Was, wenn dir etwas passiert wäre?«

Laura bleibt abrupt stehen und sieht mich ungläubig an. »Was? Irgendwas noch Schlimmeres als das?« Sie zeigt auf ihren Bauch. »Egal. Zu diesem Zeitpunkt hatte ich mein Handy abgestellt, und bis vor zwei Tagen habe ich es auch nicht mehr eingeschaltet – und da sind die Nachrichten und Anrufe nur so hereingeströmt. Ich war so überfordert, dass ich keine davon hätte beantworten können.« Sie geht wieder los, wirft mir aber einen entschuldigenden Blick zu. »Ich wusste nicht, dass du einen Flug gebucht hattest, Est, sonst hätte ich Bescheid gesagt, dass du nicht kommen sollst. Ehrlich. Ich hätte nicht gewollt, dass du Linus und David allein zu Hause lässt. Ich habe nichts von alledem gewollt.«

»Aber du hast doch gesehen, dass wir uns Sorgen gemacht haben? Das wäre mit einer einzigen Nachricht aus der Welt gewesen.«

Sie schüttelt den Kopf, als wäre sie von ihrem eigenen Verhalten überrascht. »Ich kann es nicht erklären«, sagt sie. »Ich war wie in einer Traumwelt – nichts davon kam mir real vor.«

An einer Kreuzung bleiben wir stehen, um die Straßenbahn vorbeirumpeln zu lassen, um uns herum Touristenmassen, die uns beiseiteschieben, um Selfies mit dem pittoresken Gefährt im Hintergrund zu schießen. Dass sie am Ende womöglich ein Foto der grimmigen Laura und deren angespannter Freundin machen, amüsiert mich insgeheim.

Als die Ampel auf Grün schaltet, überqueren wir die breite Straße und biegen nach rechts ab in Richtung Wasser, das jetzt direkt vor uns liegt, obwohl es vom Dolores Park aus so weit weg gewirkt hat.

Die meisten Touris gehen nach links, wo Hinweisschilder in Richtung Fisherman's Wharf und Embarcadero weisen. Wir biegen noch einmal rechts ab und erreichen einen Asphaltweg, der direkt am Wasser entlangführt. Vor uns erhebt sich eine schwindelerregend hohe Eisenbrücke und wölbt sich beeindruckend über die Bucht.

»Ist das die Golden Gate Bridge?«, frage ich, und Laura sieht mich genauso an wie damals, mit sieben, als ich nicht wusste, wer Barbies Freund war.

»Natürlich nicht. Über diese Brücke bist du heute früh aus Richtung Oakland gekommen.« Es fehlt nur noch, dass sie herablassend mit der Zunge schnalzt. »Das ist die Bay Bridge.«

»Ah, okay.« Gerade ist wohl ohnehin nicht der richtige Moment für Sightseeing.

Der Verkehr rauscht an uns vorüber, doch der Gehweg ist gesäumt von Palmen und eleganten viktorianischen Straßenlaternen, und vor uns ragen ein gewaltiger Pfeil und ein Bogen auf. Die Pfeilspitze steckt im Boden, sodass nur mehr die rote Federung am hinteren Ende sichtbar ist. Wir bleiben stehen, um uns das Kunstwerk eine Weile anzusehen, und gehen dann weiter, ohne seinen tieferen Sinn verstanden zu haben.

»Hab ich dir erzählt, wie Margie und Dad mich mal in einem Motel in San Diego allein gelassen haben?«, fragt Laura, als wir ein Stück gegangen sind.

»Nein«, antworte ich, frage mich aber, was das mit ihrem Verschwinden zu tun haben soll.

»Wir waren gerade erst hierher gezogen, glaube ich, insofern dürfte ich vielleicht fünf gewesen sein. Sie haben sich Häuser angeschaut. Er dachte, sie würde auf mich aufpassen, und sie dachte, er würde es tun. Am Ende waren beide weg und haben mich versehentlich allein gelassen.«

Sie lacht. Trotzdem habe ich das Gefühl, dass das Ganze wie der Beginn einer grässlichen Geschichte über eine Kindesentführung klingt.

»Und was hast du gemacht?«

»Ich fand es super!«, sagt sie und reißt bei der Erinnerung daran die Augen auf. »Ich hab sämtliche Snackautomaten ausprobiert, an die Margie mich sonst nicht hat gehen lassen, nur dass ich keine Münzen hatte, und dann bin ich der Motelkatze nachgelaufen und hab entdeckt, dass sie lauter kleine schwarze Junge unter der Lobbyveranda hatte. Dort hat mich der Betreiber dann erwischt und mich zu seiner Frau gebracht, die für mich einen Zeichentrickfilm eingeschaltet und mir Cola und Chips vorgesetzt hat – und sie war auch diejenige, die mir erklärt hat, dass Chips in England und Amerika unterschiedlich heißen.«

Es ist komisch, ihr zuzuhören, wie sie im selben Ton von ihrem Abenteuer erzählt, in dem sie wahrscheinlich mit fünf auch ihren Eltern davon berichtet hat: ohne Punkt und Komma und viel zu begeistert, um auch nur ein einziges Mal Luft zu holen.

»Margie und Edward waren bestimmt außer sich, als sie begriffen haben, was passiert ist«, sage ich und höre selbst, wie ich im direkten Vergleich klinge. Besorgt. Verantwortungsbewusst. Und mir wird klar, dass ich die Seiten gewechselt habe. Ich sehe die Geschichte aus der Elternperspektive, nicht aus der des Kindes.

Bei der Erinnerung daran verdreht Laura die Augen. »Margie hat das Thema noch monatelang aufgebracht. Es wäre alles Dads Schuld und dass ich hätte entführt und außer Landes verschleppt werden können, lauter durchgeknalltes Zeug eben. Dabei weiß ich noch, dass ich nur daran dachte, wie großartig es gewesen war, einfach zu tun, was ich tun wollte, ohne einen Erwachsenen dabeizuhaben, der einem etwas vorschreibt. Ich dachte, so muss es sein, wenn man selbst irgendwann erwachsen ist: Man isst Kartoffelchips und sieht fern und macht die ganze Zeit, was einem gerade einfällt.«

Ich muss über die Vorstellung lachen. Dass das Erwachsenenleben die Zeit unendlicher Vergnügungen und Freiheiten sein soll, kann sich auch nur ein Kind ausdenken. Laura lächelt zurück.

»Ich weiß … Trotzdem glaube ich, dass ein Teil von mir wieder das kleine Mädchen war, als ich dort hinfuhr. Trotz Auto, Kreditkarte und eigenem Motelzimmer, das ich bezahlen musste – ich wollte nicht, dass jemand wusste, wo ich war. Ich wollte diese Freiheit, und ich weiß, Est, es klingt blöd, aber ich hab ehrlich damit gerechnet, dass alle wie Margie und Dad sein würden – zu nachlässig und zu beschäftigt mit ihrem eigenen Leben, als dass sie überhaupt bemerken würden, dass ich weg war.«

Ich muss an die panischen Anrufe denken, an die tränenreiche Vorwürfe, den Fluchtversuch am Flughafen, Diskussionen mit David, mein zurückgelassenes Baby und den stressigen Transatlantikflug. Es sieht Laura einfach nur ähnlich, dass sie keine Ahnung gehabt hat, welches Chaos sie anrichten würde.

»Gott, wenn du wüsstest«, sage ich, und zumindest sieht Laura diesmal aus, als hätte sie ein schlechtes Gewissen. »Und was hast du dort gemacht?«, frage ich dann. »Die ganze Zeit, in der du dort warst – was hast du unternommen?«

Ihr schlechtes Gewissen ist jetzt nicht mehr zu übersehen. »Ich war im Zoo?«

Es hört sich wirklich an wie eine Frage.

»Im *Zoo*?«

»Na ja, nicht nur …« Es dämmert ihr, dass sie es falsch angepackt hat. »Erst bin ich zu unserem alten Haus an der 1st Avenue, dann zu meiner alten Grundschule und zu dem Park gefahren, in dem im Sommer immer Bands aufgetreten sind. Danach war ich am Strand und im Hotel del Coronado, wo Dad immer mit mir hingegangen ist, um Shirley Temples zu trinken.«

Sie schenkt mir ein schmales, aber aufrichtiges Lächeln, als sie diese schönen Erinnerungen mit mir teilt. Trotzdem habe ich keinen Schimmer, was dies alles mit ihrer Schwangerschaft zu tun hat. Was hilft es, seine alte Grundschule zu besuchen?

»Aber hat es denn nun was gebracht?«, frage ich, kann es nicht lassen und hake nach: »Hat der *Zoo* etwas gebracht?«

Es ist ihr peinlich. Und das zu Recht. Alle machen sich verrückt und sind ganz krank vor Sorge, während sie durch Hotellobbys und an Stränden entlangspaziert und – echt unglaublich! – vor dem Gorillagehege steht, als wäre sie im Urlaub.

Plötzlich hat sie Tränen in den Augen. »Nein.« Wütend wischt sie sich übers Gesicht. »Ich weiß auch nicht, was ich mir davon erwartet habe. Ich dachte, dorthin zurückzukehren würde mir irgendeine Offenbarung bescheren, aber das ist nicht passiert. Ich hab mich weder frei noch großartig gefühlt, sondern einfach nur unglaublich traurig und einsam.«

Wir schlendern unter der Bay Bridge hindurch, und der Verkehrslärm über uns verhindert, dass wir uns weiter unterhalten, bis wir die Brücke hinter uns gelassen haben.

»Gott, ich bin dieses Geheule so was von leid!«, sagt Laura. »Was stellen diese Hormone noch mit einem an, Est? Ich halt das nicht mehr aus! Ich muss wegen jeder Kleinigkeit heulen, es ist so verdammt albern!«

Ich denke darüber nach, weswegen ich heutzutage heulen muss. Bei der Werbung. Wann immer ein Kind in Not oder bedroht ist. Wenn ich verwaiste Tierjunge in einer Naturdoku sehe. Wenn ich Linus allein lassen muss.

»Ich weiß nicht, ob das jemals aufhört«, gebe ich zu. »Aber wahrscheinlich wirst du dich wesentlich besser fühlen, wenn du ein für alle Mal entschieden hast, was du tun willst.«

Laura bleibt stehen. Sie sieht gequält aus, als hätte sie wirklich geglaubt, die Frage würde sich nicht mehr stellen, wenn wir nur weiter über Geschichten aus ihrer Kindheit plauderten. Ihr Ausflug nach San Diego war genau das Gleiche: eine Ausflucht, aber keine Lösung.

»Was findest du denn, was ich tun sollte?«, fragt sie zögerlich. Sie blickt in die Sonne und kneift die Augen zusammen, während sie auf meine Antwort wartet.

»Laura, hör auf dein Gefühl. Immer willst du vor allem davonlaufen, immer sollen andere deine Probleme für dich lösen. Ich hab den Eindruck, du denkst tatsächlich, dass die Antwort darin liegt, wieder selbst Kind zu sein. Aber da irrst du dich.«

Aus den zugekniffenen Augen wird ein Stirnrunzeln.

»Siehst du denn nicht, dass all deine Probleme überhaupt erst entstehen, weil du dir wünschst, ein Kind zu bleiben? Du bist fast vierzig, verdammt, du kannst kein Kind mehr sein.«

Laura macht den Mund auf und wieder zu, während sie über meine Worte nachdenkt. Und dann antwortet sie mir mit einer wütenden Gegenfrage, als hätte sie den Verdacht, ich wolle sie irgendwie reinlegen. »Willst du mir wirklich sagen, ich soll endlich erwachsen werden, indem ich *Mutter* werde? Denkst du das wirklich?«

»Laura, es spielt keine Rolle, was ich denke«, entgegne ich. »Du musst nicht Mutter werden, wenn du das nicht willst. Niemand kann dir diese Entscheidung abnehmen. Aber es ist allmählich an der Zeit, dass du dich wie eine Erwachsene benimmst.«

Sie fährt sich mit den Fingern durchs Haar, krallt sich fast an ihrer Kopfhaut fest. »Ich warte doch nur darauf, dass ich mir *sicher* bin«, sagt sie. »Ich will doch einfach nur wissen, was ich tue.«

»Aber darum geht es doch gerade«, sage ich. »Niemand kann sich da je sicher sein. Das glaubt auch nur ein Kind, das sich das Erwachsensein ausmalt. Vielleicht wirst du dir *nie* sicher sein, aber als Erwachsene musst du eine Entscheidung treffen und mit den Folgen dieser Entscheidung leben lernen, auch wenn sie noch so anstrengend werden.«

Laura sieht mich mit großen, weit aufgerissenen Augen an. »Aber ein Baby«, sagt sie und klingt vor Angst beinahe atemlos. »Das ist eine einzige massive Folge, mit der man leben muss. Eine Folge, die Jahre andauert. Da kann man sich nicht einfach umentscheiden und davonlaufen.«

»Nein«, pflichte ich ihr bei. »Aber vielleicht könntest du ja einfach auch die Laufschuhe wegpacken. Wie immer deine Entscheidung am Ende ausfällt.«

28

In Laura steckt mehr von Margie, als sie je glauben wollen würde, und mehr, als auch ich ihr je verraten würde. Ich habe immer gedacht, Laura würde über uns anderen schweben, weil sie einfach cooler, hübscher, weniger konventionell als andere Leute ist. Inzwischen habe ich den Verdacht, dass sie sich nur deshalb immer ein wenig abgesondert hat, weil sie Angst davor hatte, das echte, dreckige, anstrengende Leben meistern zu müssen. Sie hat versucht, die unangreifbare, wunderschöne Seerose zu bleiben, ohne einzusehen, dass wir alle – sogar sie – Wurzeln ganz unten im Schlick schlagen müssen.

Seit ihr Vater gestorben ist, hat sie in jeder engeren Beziehung immer nur eine Katastrophe gesehen und sie beendet, ehe es ernst wurde. Sie ist aus England nach Frankreich geflüchtet und hat dann Europa vollends den Rücken gekehrt, um in der Neuen Welt neu anzufangen.

Doch am Pazifik war letztendlich Schluss. Sie musste wieder zurückkehren. Ich hab sie nicht gezwungen, wieder nach Napa zu fahren, auch wenn sie genau das behauptet, wann immer sie heutzutage davon erzählt: wie ich sie zu ihrem Wagen schleife, wie ich ihr dabei die ganze Zeit in Sachen Verantwortung die Leviten lese. Wahrscheinlich ist es so leichter für sie – die

Entscheidung eher an äußeren Umständen festzumachen als an ihren eigenen, so oft verleugneten und von sich gewiesenen Gefühlen.

Laura zufolge bin ich wie ein Cowboy auf der Suche nach der Wahrheit in Kalifornien eingeritten, durch Saloontüren marschiert und hab beidhändig aus der Hüfte um mich geschossen, bis sie sich zu guter Letzt ergeben hat.

Die Wahrheit ist natürlich viel langweiliger – wie die allermeisten Erwachsenenentscheidungen. Ich glaube ja, dass wir alle uns wünschten, dass unsere Momente der Offenbarung so wären wie im Film. Wir wollen Drew Barrymore auf dem Baseballfeld sein – am Ende von *Ungeküsst* – und dem Moment entgegenfiebern, der unser Leben verändert. Dafür ist die Wahrheit aber auch viel schöner – so schön wie jeder echte, schicksalsträchtige Moment. Und daran werde ich mich um Lauras willen für immer erinnern, weil ich genau weiß, dass sie eines Tages darauf stolz sein wird – und auf sich selbst.

Laura lehnte sich an das Geländer, das die Embarcadero-Promenade vom Wasser trennte, ihr Haar wehte hinter ihr in der Meeresbrise, und sie heulte und lachte, als sie endlich Stanley anrief und ihm alles erzählte, während ich vor dem gigantischen Pfeil und Bogen auf sie wartete – wie sich herausstellte, hieß das Kunstwerk »Cupid's Span«. Ich hoffte, dass es ein gutes Omen wäre. Ich konnte nicht hören, was Laura Stanley erzählte oder was er antwortete, aber als sie auflegten, verkündete Laura, dass sie bereit wäre, wieder heimzufahren. Sie behauptet, die Entscheidung selbst hätte sie erst später getroffen – nachdem sie zu Hause mit Stanley gesprochen hatte und sie sich einig geworden waren. Allerdings glaube ich, dass sie sich in Wahrheit bereits entschieden hatte, als sie »heimfahren« sagte.

Lauras Version ist wahrscheinlich die bessere Story. Sie liebt die Dramatik: Margies Beinahefestnahme, mein Verdacht, Stanley könnte sie beiseitegeschafft haben, unser Zickenkrieg im Dolores Park. Das Einzige, was all dies hätte toppen können, wäre Drew Barrymore gewesen – Guru und Totemfigur –, die an der Bay Area aufgetaucht wäre, um Laura die Botschaft höchstpersönlich zu verkünden.

Allerdings war Drew zu der entsprechenden Zeit mit Adam Sandler in Afrika, um *Urlaubsreif* zu drehen, und aus Respekt lassen wir ihr Evangelium lieber hier zu Ende gehen, ehe der neue Film in die Kinos kommt. Unsere Lektionen haben wir jedenfalls gelernt.

Laura Thomas und Stanley Hoffmann
sind überglücklich angesichts der Geburt ihrer Tochter
Drew Esther Edwina Hoffmann
am 10. Juni 2014.
Ned, den wir für immer
in unserer Erinnerung behalten,
wäre ihr ein großartiger Bruder gewesen.

Danksagung

Die Recherche für dieses Buch – das Eintauchen in Erinnerungen an meine Kindheit und Jugend in den Achtzigern und Neunzigern – hat eine Menge Spaß gemacht, aber noch mehr gefallen hat es mir, die Erinnerungen anderer Leute zu durchforsten, die mir dies so großzügig erlaubt haben: Danke, Rebecca Folland, Emily Brooks, Julia Nicholls, Jo Roberts-Miller, Jenny Geras, Zoe Gilbert, Valentina Rice, Alexis Venn, Sophie O'Neill, Suzie Dooré, Cath Lovesey und Samantha Mattocks, dass ihr eure peinlichen Jugendsünden, den schlechten Klamottengeschmack, Enttäuschungen in der Liebe und Ansichten über Prinzessin Dianas Astrologen mit mir geteilt habt.

Danke, Emma Rice von Hattingley Valley Wines, für die Führung durchs Weingut inklusive Lehrstunde zur Weinherstellung und für den hervorragenden Rosé-Sekt, den ich (natürlich zu Recherchezwecken) ziemlich oft verkostet habe.

Ein riesiges Dankeschön an meine Lektorin Caroline Hogg für ihre unendliche Geduld, als es zweimal so lange dauerte als ursprünglich gedacht, dieses Buch fertig zu schreiben, dafür, dass sie beim Lesen der ersten zwei Entwürfe nicht kreidebleich im Gesicht wurde, und für die unaufhörlichen guten Tipps, Mittagessen und Aufmunterungen.

Ergebensten Dank an die Dogsitter Jo Paton Htay, Kate Morgan und Rory Gallard, die am letzten hektischen Wochenende vor dem Abgabetermin mit meinem Hund Gassi gingen.

Und natürlich Danke an Drew Blyth Barrymore, die mir die Idee zu diesem Roman beschert hat.

Quellenverzeichnis

1. *E. T. – Der Außerirdische,* 1982 Kathleen Kennedy – Produktion • Melissa Mathison – Drehbuch • Steven Spielberg – Produktion und Regie • Produktionsfirmen: Universal Pictures • Amblin Entertainment (*uncredited*)
2. *Little Girl Lost* (Drew Barrymores Autobiografie, nicht auf Deutsch erschienen), Pocket Books 1990
3. *Poison Ivy – Die tödliche Umarmung,* 1992 Katt Shea – Regie • Melissa Goddard – Produktion • Jana Howington-Marx – Associate Producer • Marjorie Lewis – Co-Executive Producer • Peter Morgan – Produktion • Rick Nathanson – Co-Producer • Andy Ruben – Drehbuch • Produktionsfirma: New Line Cinema, MG Entertainment
4. *Scream – Schrei!,* 1996 Wes Craven – Regie • Stuart M. Besser – Co-Executive Producer • Dixie J. Capp – Co-Producer • Cathy Konrad – Produktion • Marianne Maddalena – Executive Producer • Nicholas Mastandrea (Nicholas C. Mastandrea) – Associate Producer • Bob Weinstein – Executive Producer • Harvey Weinstein – Executive Producer • Cary Woods – Produktion • Produktionsfirmen: Dimension Films • Woods Entertainment
5. *Eine Hochzeit zum Verlieben,* 1998 Frank Coraci – Regie • Richard Brener – Co-Executive Producer • Jack Giarraputo – Produktion • Brad Grey – Executive Producer • Michelle Holdsworth – Associate Producer • Ira Shuman – Co-Producer • Robert Simonds – Produktion • Rita Smith – Associate Producer • Sandy Wernick – Executive

Producer • Brian Witten – Co-Executive Producer • Produktionsfirmen: Juno Pix • New Line Cinema • Robert Simonds Productions

6. *Ungeküsst,* 1999 Raja Gosnell – Regie • Drew Barrymore – Produktion • Jeffrey Downer – Co-Producer • Sandy Isaac – Producer • Nancy Juvonen – Producer • Produktionsfirmen: Fox 2000 Pictures • Bushwood Pictures • Flower Films (II) • Never Been Kissed Productions
7. *Donnie Darko,* 2001 Richard Kelly – Regie • Christopher Ball (Chris J. Ball) – Executive Producer • Drew Barrymore – Executive Producer • Adam Fields – Produktion • Thomas Hayslip (Tom Hayslip) – Herstellungsleiter • Nancy Juvonen – Produktion • Casey La Scala – Executive Producer • Hunt Lowry – Executive Producer • Sean McKittrick – Produktion • Aaron Ryder – Executive Producer • William Tyrer – Executive Producer • Produktionsfirmen: Pandora Cinema (Pandora) in Zusammenarbeit mit Flower Films (II) (A Flower Films Production) • Adam Fields Productions • Gaylord Films
8. *50 erste Dates,* 2004 Peter Segal – Regie • Scott Bankston – Co-Producer • Michael Ewing – Executive Producer • Jack Giarraputo – Produktion • Steve Golin – Produktion • Kevin Grady – Associate Producer • Nancy Juvonen – Produktion • Larry Kennar – Co-Producer • Daniel Lupi – Executive Producer • Jay Roach – Executive Producer • Produktionsfirmen: Columbia Pictures Corporation (Columbia Pictures) • Happy Madison Productions • Anonymous Content • Flower Films (II)
9. *Mitten ins Herz – Ein Song für dich,* 2007 Marc Lawrence – Regie • Bruce Berman – Produktion • Scott Elias – Co-Producer • Hal Gaba – Produktion • Liz Glotzer – Producer • Nancy Juvonen – Produktion • Martin Shafer – Producer • Melissa Wells – Co-Producer • Produktionsfirmen: Castle

Rock Entertainment • Village Roadshow Pictures in Zusammenarbeit mit Reserve Room • Flower Films (II)

10. *Verrückt nach Dir,* 2010 Nanette Burstein – Regie • Richard Brener – Executive Producer • Michael Disco – Executive Producer • Jennifer Gibgot – Produktion • Garrett Grant – Produktion • Dave Neustadter – Executive Producer • Adam Shankman – Produktion • Produktionsfirmen: New Line Cinema • Offspring Entertainment.